*K·N*의 비극

K·N NO HIGEKI
by TAKANO Kazuaki

Copyright © 2003 TAKANO Kazuaki
All rights reserved.
Originally published in Japan by Kodansha Ltd.

Korean Translation Copyright © 2013 by Minumin

Korean translation rights arranged with
TAKANO Kazuaki, Japan through THE SAKAI AGENCY and BC AGENCY.

이 책의 한국어 판 저작권은 THE SAKAI AGENCY와 BC 에이전시를 통해
TAKANO Kazuaki와 독점 계약한 ㈜민음인에 있습니다.
저작권법에 의해 한국 내에서 보호를 받는 저작물이므로 무단 전재와 무단 복제를 금합니다.

차례

프롤로그 —— 9

1장 **이변** 異變 —— 16
2장 **빙의** 憑依 —— 103
3장 **비극** 悲劇 —— 196
4장 **감응** 感應 —— 241
5장 **유지** 遺志 —— 295

에필로그 —— 363

저의 부르짖음이 주께 이르게 하소서…….*

---
* Et clamor meus ad te veniat: 소성무일도에 나오는 기도문.

프롤로그

불어 닥치는 싸락눈이 예뻤다.

들리는 소리라곤 눈을 밟는 두 사람의 발소리뿐.

어두운 하늘을 올려다본 가나미는 조금 불안해져 함께 걷고 있는 친구의 옆얼굴을 봤다.

"괜찮아. 아기는 건강하게 태어날 거야."

구미가 말했다.

"응."

가볍게 고개를 끄덕인 가나미는 구미와 발걸음을 맞추기 위해 잔걸음 쳤다. 몇 번이고 눈 때문에 발걸음을 멈췄다. 엄마가 얼마 전에 사 주신 겨울용 부츠는 익숙하지 않아서 그런지 꽤나 미끄러웠다.

숲길을 얼마간 걷자 신사 입구에 세워 둔 문이 보이기 시작했다. 그 너머에 있는 계단은 완연히 어둠 속에 녹아들어 있었다.

"손전등 가져왔어?"

가나미는 아차 하며 계단 앞에서 걸음을 멈췄다. 스스로도 놀랄 정도로 당황했다.

"앗, 깜빡했어. 어쩌지?"

"그럴 줄 알았지."

구미는 웃으며 빨간 다운재킷 주머니에서 펜라이트를 꺼냈다.

가나미는 평소처럼 민망함을 계면쩍은 웃음으로 무마했다. 그러고는 고개를 들어 구미의 표정을 살폈다. 동갑인데 어쩌면 이렇게나 다를까? 어쩜 이렇게 의지가 되는 걸까? 구미는 장난꾸러기 남학생들로부터 가나미를 보호해 주는 보디가드였다.

"자, 갈까?"

가나미는 재촉하는 구미의 허리를 끌어안다시피 하며 눈에 묻힌 돌계단을 오르기 시작했다.

한 층, 그리고 또 다시 한 층. 둘은 미끄러지지 않게 조심하면서 가파른 경사를 올라갔다. 눈에 반사된 펜라이트의 어슴푸레한 빛에 양쪽 나무에 감긴 금줄이 어둠 속에서 떠올랐다. 새해에 참배하러 왔을 때 아버지가 "이게 신성한 곳이라는 표식이란다."라고 설명해 준 일이 기억났다. 여기부터는 신들이 있는 곳이었다.

가나미는 계단 위를 올려다봤다. 토해 낸 하얀 입김 너머로 어렴풋이 본당이 보였다. 미끄러질 뻔해서 구미의 코트를 움켜쥔 순간, 옷 아래서 가슴이 흔들렸다. 가나미는 속으로 되뇌었다.

'이제 곧 6학년이니까 겁먹어선 안 돼. 구미처럼 정신을 똑바로 차려야 해.'

드디어 계단을 다 오르자 구미가 물었다.

"무서웠어?"

"아냐, 괜찮아."

대답하면서 가나미는 문득 한참 전부터 겁을 집어먹고 있었다는 사실을 깨달았다. 무엇이 두려운지는 알 수 없었다. 하지만 왠지 모를 불안감을 오래전부터 느껴 온 듯한 기분이 들었다. 뺨에 와 닿는 눈바람이 강해졌다.

"벌써 태어났을지도 모르겠다."

구미는 신사 안쪽으로 걸어 들어갔다.

가나미는 황급히 구미의 뒤를 쫓았다. 그 순간 갓난아기의 울음소리가 들렸다. 가나미는 깜짝 놀라 걸음을 멈추고 어둠 속을 응시했다.

구미가 뒤돌아서더니 숨죽여 웃기 시작했다. 그러고는 갓난아기의 울음소리를 재차 흉내 냈다.

"이렇게 울려나?"

"그럴 리가."

가나미는 억지웃음을 지으며 당황한 기색을 감추고는 말을 이었다.

"어서 가자."

"응."

두 사람은 누가 먼저랄 것도 없이 나무로 지어진 본당 뒤쪽으로 달려 들어갔다.

얇은 판을 덧대 만든 작은 창고가 있었다. 눈이 쌓일 정도로 내렸지만, 문 앞은 말끔했다. 가나미는 벙어리장갑을 낀 손으로 문을 열었다.

"안에 있니?"

창고 안으로 들어서면서 구미가 말했다.

가나미는 어둠 속에 시선을 고정한 채, 3평 정도 돼 보이는 바닥을 살폈다. 자루가 짧은 삽 같은 제설 도구밖에 없었다. 문을 닫자 한층 더 고요해졌다.

"안쪽에 있나?"

구미는 펜라이트를 비추며 창고 안으로 걸어 들어갔다.

"찾았다."

벗겨져 가는 널빤지 아래 흙이 드러난 작은 웅덩이에 치즈색 암고양이가 누워 있었다. 고양이는 다소 귀찮다는 듯이 올려다볼 뿐 도망가려 들지 않았다. 지금까지 줄곧 먹이를 줘 왔으니 두 소녀가 적이 아니라는 사실을 알고 있는 것이다. 가나미는 고양이가 추워하지는 않을지 걱정이 됐다.

구미가 펜라이트로 고양이의 엉덩이 쪽을 비추며 말했다.

"아직인가?"

가나미는 뭔가 자그마한 게 움직이는 것을 보고는 외쳤다.

"구미야! 아기 고양이야! 젖을 먹고 있어!"

구미는 소리를 지른 가나미에게 "쉿." 하며 타박하고는 고양이의 가슴팍에 빛을 비췄다. 엄지손가락만 한 생물이 젖을 빨고 있었다.

"아기 고양이다!"

구미와 가나미는 마주봤다가 이내 시선을 되돌렸다.

어미 고양이의 숨결이 약간 가빠졌다고 생각한 순간 뒷다리를 움찔하더니 검붉은 것을 몸 밖으로 쏟아냈다. 가나미는 말을 잃은 채 내장처럼 보이는 그것을 바라봤다. 어미의 태내로 가느다란 선이 이어져 있었다. 탯줄이었다.

어미 고양이는 힘겹게 몸을 일으켜 막 낳은 새끼를 핥기 시작했다. 아기 고양이를 감싸고 있던 막이 벗겨지고 끈끈한 체액으로 범벅이 된 털이 보였다.

아기 고양이는 생각과는 달랐다. 털이 부숭부숭하게 난 작은 인형처럼 생기지 않았던 것이다. 하지만 어미 고양이가 몸을 핥아 주는 동안 야옹야옹 울기 시작하자 귀엽다는 생각이 들었다.

어미 고양이가 이로 탯줄을 끊어 냈다. 아기 고양이는 짧은 사지를 버둥거리며 어미의 젖을 향해 기어갔다.

가나미는 작은 목소리로 응원했다.

"힘내!"

"대단하다."

구미가 놀랍다는 듯 말했다.

"응."

"아기 고양이들 이름 지어 주자."

가나미는 고개를 끄덕이며 어미의 젖을 물고 있는 아기 고양이 두 마리를 바라봤다. 너무 작은 탓에 털 무늬가 제대로 보이지 않았다.

가나미는 누워 있는 어미 고양이에게 물었다.

"있잖아, 얘네들은 남자애일까 여자애일까? 이름 뭐라고 붙여 줄까?"

그 순간 어미 고양이의 허리 부근이 들썩이더니 뒷다리 사이에서 무언가가 나왔다.

구미는 인상을 찌푸렸다.

"이게 뭐지?"

셋째가 태어난 건가 싶었지만 방금 끊어 낸 탯줄이 붙어 있는 그 살덩이는 움직임이 없었다. 썩은 고기같이 기분 나쁜 색을 띠고 있었다. 가나미도 얼굴을 찌푸렸다.

"뭐지?"

어미 고양이가 낮게 낑 하는 소리를 내고는 몸을 일으켰다. 그러고는 막 쏟아 낸 이물질에 코를 가져다 댔다. 가나미가 설마 하고 생각하기 무섭게 기분 나쁜 상상은 현실이 됐다. 어미 고양이가 기괴하게 생긴 그 살덩이를 우걱우걱 먹어 치우기 시작한 것이다.

계단을 오르며 느꼈던 막연한 불안감이 다시 마음속에 피어올랐다. 가나미는 웅크린 채 배에 손을 올리고 말했다.

"구미야, 나 몸이 이상해."

"너도 그래?"

바로 옆에 있던 구미 역시 아랫배에 손을 대고 있었다.

둘은 눈을 마주쳤다. 구미의 눈동자에는 지금껏 본 적 없는 거센 동요의 빛이 서려 있었다.

"우리 병이라도 걸린 걸까?"

그렇게 말한 가나미의 말허리를 구미가 끊었다.

"아니면……."

"아니면?"

구미는 가나미의 시선을 피해 널빤지 아래 고양이들을 바라봤다. 귀 뒤로 넘긴 앞머리가 쏟아지면서 구미의 옆얼굴을 덮었다. 그 옆

모습을 보고 있던 가나미는 왠지 모르게 애처로워졌다. 구미가 마치 자신처럼 의지가 안 되는 존재가 돼 버린 듯한 기분이 들었다.

"돌아갈까?"

"응."

가나미도 숫기 없이 대답하곤 일어섰다.

서로의 눈을 바라본 구미와 가나미는 시선을 그대로 고정했다.

"오늘 있었던 일은 비밀이야."

"응. 아무한테도 말하지 않을게."

둘은 어미 고양이에게 "나중에 또 올게."라고 말하곤 문 쪽으로 돌아섰다. 문을 열자 날카로운 소리를 내며 바람이 들이닥쳤다.

싸락눈이 눈보라로 변하고 있었다. 가나미와 구미는 다운재킷의 소매를 맞대고 한동안 발을 내딛기를 주저했다. 가나미는 불안한 마음이 들어 구미와 팔짱을 꼈다. 구미는 팔꿈치에 꽉 힘을 줘어 부들부들 떨고 있는 가나미의 팔을 감싸고는 함께 발걸음을 뗐다.

어두컴컴한 신사 안을 한 발 한 발 꾹꾹 힘껏 디뎌 나가며 가나미는 엄마를 생각했다. 항상 온화한 미소를 짓는 상냥한 엄마.

가나미는 엄마처럼 될 수 있을까 생각했다. 싸락눈이 흩날리는 이날 밤, 아마도 가나미 자신은 엄마가 될 자격을 얻었으리라.

구미와 함께…….

구미의 표정을 살피자 눈동자에 예의 굳센 빛이 돌아와 있었다. 가나미는 안도했다. 구미와 함께 있는 한 자신은 보호받고 있다고 되뇌었다.

1장
이변異變

1

가재도구가 전부 이사 갈 집으로 실려 나갔다. 낡아 빠진 목조 아파트 방에 남아 있는 것이라고는 보스턴백 두 개와 남성용 정장, 파티 드레스뿐이었다.

나쓰키 가나미는 휑한 3평 남짓의 방 한가운데 서서 옷장과 책장 자국이 찍힌 다다미를 응시했다.

정말로 이런 날이 오다니 아직까지도 믿을 수가 없었다. 믿을 수 없었지만 얼굴엔 자연히 웃음꽃이 피어났다.

결혼 후 맞는 두 번째 봄. 막 지나간 올해 겨울은 마치 계절에 어울리지 않는 축제처럼 요란했다. 출판사에서 남편 앞으로 보낸 재판을 찍는다는 알림, 통장에 찍히는 어마어마한 인세, 각종 매체로부터 끊임없이 쇄도하는 인터뷰 요청.

둘이서 결혼 신고서를 제출할 때까지만 해도 어느 정도 고생은 각오하고 있었다. 하지만 이 사람과 함께라면 어떤 어려움이라도 헤쳐 나갈 수 있을 거라고 가나미는 믿고 있었다. 그리고 그 믿음은 예상을 벗어날 정도로 빨리 결실을 맺은 듯했다. 한바탕 떠들썩한 시기가 지나고 나쓰키 부부에게 새로운 삶이 시작하려 하고 있었다.

열린 창문을 통해 기분 좋은 바람이 불어왔다. 봄 공기가 가나미의 긴 머리를 훑었다. 눈을 감고 바람이 불어오는 쪽으로 얼굴을 향한 가나미는 마음속을 가득 채운 만족감을 한껏 맛보았다.

후우 하는 한숨 소리가 들려 눈을 떠 보니 대형 쓰레기를 버리러 갔던 슈헤이가 돌아와 있었다.

가나미는 미소로 남편을 맞이했다.

"끝났어?"

"응."

슈헤이도 눈웃음쳤다. 살같이 흰 탓인지 이목구비가 뚜렷했다. 스물일곱 살치고는 어린아이 같은 인상을 풍기는 얼굴이었다.

"이걸로 낡아 빠진 아파트랑 이별이네."

"조금 섭섭하지 않아?"

"아니, 후련한걸."

슈헤이는 뿌듯한 듯 웃고는 말을 이었다.

"여긴 임시로 지내는 곳이었잖아. 우리에게 어울리는 삶을 손에 넣을 때까지만 사는 곳이라고나 할까?"

가나미는 자신보다 15센티미터 정도 키가 큰 슈헤이를 올려다봤다. 아침부터 계속 힘쓰는 일을 했는데도 피곤한 기색이 없었다. 가나미는 평소처럼 무의식적으로 슈헤이의 몸을 살폈다. 대체 깡마른 이 몸 어디에 이런 에너지가 숨어 있는 걸까?

슈헤이가 물었다.

"안 피곤해?"

"괜찮아."

"그럼 일단 잠깐 헤어지도록 할까?"

슈헤이의 말을 듣고 가나미는 손목시계를 봤다. 오후 1시가 지나 있었다.

"5시 30분에 거기서 만나."

"응."

고개를 끄덕이는 가나미의 뺨에 슈헤이가 손을 뻗었다. 가나미는 슈헤이의 품에 몸을 맡겼다. 격렬하게 키스를 하고 눈을 뜨자 벽에 걸린 진주색 드레스가 보였다. 오늘 밤 파티는 1년 전에 못 했던 피로연을 겸하는 것일 터였다.

"그럼 이따가 봐."

"잠깐, 두고 갈 뻔했네."

가나미는 보스턴백과 정장을 남편의 손에 쥐어 주었다.

슈헤이는 자그맣게 웃고는 다시 올 일 없을 임시 거처를 둘러보고 방을 나섰다.

남편이 떠났어도 몸 안의 열기는 그대로였다. 가나미는 셔츠 소매를 걷어붙이고 침실로 쓰던 1.5평 남짓의 방에 들어갔다. 옆집에서 나는 소리가 새어 들어오는 난처한 방이었다. 가나미는 주인집에서 빌린 대야와 걸레를 집어 들고 현관으로 이어진 부엌을 향했다.

개수대에서 대야에 물을 붓고 걸레를 쥐어짰다. 바닥을 닦는 중에도 마음이 들떠 절로 미소가 지어졌다. 여기서 보낸 1년 반 남짓의 신혼 생활이 머릿속에 떠올랐다. 무릎을 꿇고 부지런히 오른손을 놀리면서 부부 싸움이 없었다는 사실에 만족감을 느꼈다. 분명 자신은 좋은 사람을 만난 것이리라.

아사가야의 아파트를 나선 나쓰키 슈헤이는 전철을 갈아타고 고마고메에 위치한 새집으로 발걸음을 옮겼다. 역에서 도보 12분. 18층짜리 고층 남향집. 방 세 개에 거실, 부엌으로 구성된 4670만 엔짜리 집. 슈헤이는 구멍이 뚫리도록 살펴본 신축 분양 맨션 광고를 떠올리면서 신록 향기가 감도는 주택가를 걸었다.

발걸음은 가벼웠다. 기분이 들떠 있었다. 스물일곱이라는 젊은 나이에 이렇게 비싼 집을 산 자신이 자랑스러웠다. 말 그대로 지옥에서 천국으로 입성한 셈이었다.

골목길 끝에 짙은 갈색 벽돌을 쌓아 올린 거대한 벽이 보이기 시작했다. 가나미를 이전 집에 두고 오길 잘했다는 생각이 들었다. 이 인생 최대의 지출은 아내에게 줄 선물이었다. 아파트 선물은 오늘 밤 파티를 마무리 지을 성대한 피날레가 될 터였다.

고층 맨션 앞에는 벌써 이삿짐센터의 4톤 트럭 두 대가 정차돼 있었다. 슈헤이는 1층에 상주하는 관리인에게 가볍게 인사한 후 이삿짐센터 인부를 16층 새집으로 안내했다. 집 전체에 목재 바닥이 깔린 78평방미터의 도회적 분위기를 풍기는 새집에 그다지 많지 않은 가구가 차례차례 운반됐다. 슈헤이는 어디에 물건을 둘지 지시만

하면 됐다. 새로 주문한 가구는 어제 모두 배달되었고, 가스 배관 등도 모두 처리돼 있었다.

가구 운반은 한 시간여 만에 끝났다. 네 명의 인부들 역시 싹싹하게 굴었기에 슈헤이는 각각 5000엔씩 팁을 얹어 줬다. 반년 전까지만 해도 상상조차 하지 못할 큰 씀씀이였다.

인부들이 떠난 후 화장실에서 샤워를 한 뒤 속옷을 새로 꺼내 입었다. 침실에서 눈을 붙이고 피로를 풀까 했지만 새 침대에 눕는 건 가나미와 함께 하기로 마음을 고쳐먹었다.

슈헤이는 거실에 놓인 소파에 풀썩 앉아 몸을 길게 뻗었다. 열린 창문 너머로 도시의 번잡스러운 소리가 희미하게 들려왔다.

그러고 보니 2년 전 일 때문에 불려 갔던 편집 프로덕션 '북크래프트'도 분명 이런 분위기였다. 처음으로 출근했던 사무실. 책상 다섯 개가 놓인 방을 한 젊은 여성이 혼자 지키고 있었다. 그녀는 창가 의자에 앉아 희미한 빛을 받으며 기분 좋은 듯이 선잠을 자고 있었다. 깨울까 어쩔까 망설인 끝에 슈헤이는 말을 걸어 봤다. 여성은 깜짝 놀라 잠에서 깨더니 "시라이시입니다."라고 자기 소개를 했다. 그러고는 정신이 번쩍 들었던지 부끄러운 듯 얼굴을 붉혔다. 명함에 인쇄된 '시라이시 가나미'라는 이름을 보고 슈헤이는 예쁜 이름이라고 생각했다. 당시 가나미의 앞머리는 양 눈썹에 맞게 정리돼 있었다.

지금 생각해 보면, 그때가 여러 의미로 인생의 전환점이었다. 시라이시 가나미에게는 가볍게 사귈 만한 사람이 아니라는 생각이 들게 하는 무언가가 있었다. 깨지기 쉬운 것들에만 깃드는 기품일지도 몰랐다. 아니면 좀 더 단순히 말해 운명적인 만남이었기 때문일지도 몰랐다. 어쨌든 슈헤이는 질질 끌어오던 여러 여자들과의 관계를 정리하고 가나미에게만 온 마음을 쏟았다.

내성적인 가나미와 바람둥이인 슈헤이. 슈헤이를 잘 알던 지인들에게는 그가 가나미 같은 타입의 여자와 사귀는 게 의외였던 듯했다. 물론 슈헤이 자신도 놀랐다. 화려한 양복을 즐겨 입어 왔는데 평범하기 짝이 없는 디자인이 훨씬 잘 어울린다는 사실을 알게 된 듯한 기분이었다. 그리고 얼마 지나지 않아 슈헤이는 놀이와 연애를 혼동하고 있었다는 사실을 깨달았다. 과거에 만났던 여자들은 단순한 놀이 상대. 그리고 가나미는 사랑의 대상이었다. 자연히 가나미와 육체적인 관계를 갖기까지 전에 만났던 여자들보다 시간을 들였다. 가나미의 몸도 마음도 어쨌든 소중히 대해 주고 싶다는 마음이었다. 이윽고 그 마음은 가나미를 보호해 주고 싶다는 강한 의지로 바뀌었고, 슈헤이는 약혼반지를 선물했다.

그로부터 2년.

슈헤이는 새로운 자기네들의 성을 한 번 더 둘러봤다. 여기까지 오게 된 것도 가나미의 덕택이리라. 아무런 미래 계획도 없이 눈앞의 향락만을 좇던 무일푼의 자유기고가가 도심에 위치한 맨션을 살 수 있을 정도로 출세한 것이다. 슈헤이는 귓불에 손을 가져가 거의 막혀 가는 피어스 구멍을 만졌다. 이다음 목표는 맞벌이를 언제쯤 끝내느냐였다. 가나미는 여전히 북크래프트에서 사무직으로 근무하고 있었다.

손목시계를 흘끗 본 슈헤이는 파티에 입고 갈 옷으로 차려입기 시작했다. 새로 맞춘 수제 양복과 이탈리아제 넥타이. 이날을 위해 아껴 뒀던 오드콜로뉴도 있었다.

화장실 거울을 보며 옷매무새를 체크한 뒤 슈헤이는 방을 나서려고 열쇠를 집어 들었다. 그러다가 깜빡했던 일을 생각해 내고 쌓여 있는 상자 중 하나를 열었다. 같은 제목의 책이 스무 권 정도 들어차 있었다.

슈헤이는 저자 부분을 재차 바라보고는 아직 아무 것도 놓여 있지 않은 붙박이장에 꽂았다.

나쓰키 부부에게 어마어마한 인세를 안겨 준 베스트셀러였다.

책등에는 『쾌적하게 사는 법』이라고 쓰여 있었다.

2

아사가야의 아파트는 별 탈 없이 뺄 수 있었다.

실내 청소를 끝낸 가나미는 타일이 떨어져 나가다시피 한 욕실에서 샤워를 한 뒤 미용실에 가서 머리를 세팅했다. 긴 머리를 위로 틀어 올려 뒤로 깔끔하게 정리했다.

그러고는 아파트로 돌아와 새 파티 드레스로 갈아입은 후 집을 넘겨받기 위해 찾아온 집주인을 만났다. 장년의 집주인은 잘 차려입은 가나미를 보고 마치 자신의 딸을 보는 듯 흐뭇해했다. 보증금도 90퍼센트 정도 돌려줬다. 가나미는 그동안 신세를 졌다며 정중하게 예를 갖춰 인사한 후 신혼 생활을 했던 방을 나섰다.

슈헤이와 만나기로 한 '그곳'으로 향했다. 하라주쿠 외곽에 위치한 역 근처 도민회관 로비였다.

자동문을 들어서자 회관은 예전 그대로였다. 널찍널찍하고 기분 좋은 공간에는 공중전화와 벤치, 자동판매기 등이 놓여 있었다. 항상 에어컨을 틀어 두고 있는 곳이라, 유복하다고 할 수 없는 커플에게는 아무리 오랫동안 상대방을 기다린다 해도 돈이 전혀 들지 않는 절호의 만남 장소였다.

결혼 전에 얼마나 이곳을 들락거렸던지. 드레스 자락이 구겨지지 않도록 조심스럽게 벤치에 걸터앉으며 가나미는 향수에 젖어들었다.

데이트 장소에 나타날 때마다 슈헤이는 자동문을 들어서기 전에 항상 갖가지 표정을 지어 보였다. 유리 너머로 가나미가 지켜보고 있는 줄도 모르고 눈을 반짝거리거나 기분이 나쁜 듯 입을 비죽거리는 등 다양한 표정을 지었다. 하지만 회관에 들어서면 그 뒤로는 항상 같았다. 직장에서 얼마나 기분 나쁜 일이 있었든 전혀 내색하지 않았다. 둘이 함께 있을 때는 마음속에서부터 즐겁게, 뭐든 겁내는 가나미를 리드해 줬다. 가나미는 슈헤이의 꼬임에 넘어가 심야에 클럽도 가 봤고 노점상에서 라면을 사 먹은 적도 있었다.

슈헤이는 천생 난봉꾼이었다. 하지만 가나미는 싫지만은 않았다. 슈헤이가 연인이자 보호자 역할을 자처하고 있음을 알고 있었기 때문이다. 가끔은 의지가 안 되는 보호자였지만 그런 슈헤이에게 가나미는 점점 이끌렸다.

당시 가나미는 직소퍼즐의 조각을 종종 떠올리곤 했다. 사람은 모두 자기 마음 테두리에 퍼즐 조각처럼 요철이 나 있는 건 아닐까?

자신과 슈헤이는 옆에서 보기엔 의외의 조합일지 모르지만 부족한 점과 넘치는 점이 딱 맞아떨어진 것이리라.

교제를 시작하고 3개월째, 슈헤이가 4페이지에 달하는 특집 기사를 혼자 써 내려가는 엄청난 일을 끝낸 밤 두 사람은 아자부에 위치한 바에서 축배를 든 뒤 유명한 큰 호텔의 한 방에서 처음으로 관계를 가졌다. 가나미에겐 첫 경험이었다. 듣던 것보다 더 극심한 통증이 있었지만 슈헤이의 품에 안긴 가나미는 분명 행복했다.

그러고 얼마 지나지 않아 프러포즈를 받았다. 슈헤이가 살고 있던 오피스텔에서였다. 방을 청소해 주러 갔던 가나미는 가는 길에서 산 앞치마의 배색이 맘에 들어 즐거운 마음으로 부엌 정리를 시작했다. 그런 모습을 지켜보던 슈헤이가 의자에 앉은 채 갑자기 말문을 열었다.

"결혼하지 않을래?"

손을 멈추고 돌아본 가나미에게 슈헤이는 평소 표정대로 말했다.

"소중히 대할게."

평범한 프러포즈는 가나미에게 그 무엇보다도 큰 기쁨이었다. 가나미는 그날 슈헤이의 방을 깨끗이 청소했는지 지금도 생각나지 않았다. 앞치마만은 안 쓰게 된 지금도 소중히 보관하고 있다.

"기다렸지?"

그 목소리에 가나미는 정신이 들었다. 올려다보자 슈헤이가 와 있었다. 새로 맞춘 슈트로 몸을 감싸고 있었다. 어깨부터 가슴까지 이어진 선이 멋져 보였다. 이곳에 들어설 때 슈헤이가 어떤 표정을 짓고 있었는지 제대로 봐 둘걸 그랬다고 가나미는 후회했다.

나쓰키 부부는 웃으며 서로의 복장을 칭찬했다.

"웃옷 벗어 봐."

슈헤이의 말에 가나미는 얇은 코트를 벗었다. 진주색 파티 드레스가 몸을 감싸고 있었다.

"소매가 긴 옷이 나았으려나?"

"아냐, 굉장히 잘 어울려. 머리도 예뻐."

"정말?"

되물으며 가나미는 기대했던 대로의 대답에 미소 지었다. 사귀기 시작한 후로 지금까지 슈헤이는 단 한 번도 그녀에게 부정적인 말을 한 적이 없었다.

나쓰키 부부는 약속이라도 한 듯 나란히 회관을 나섰다. 택시를 잡고 아카사카에 위치한 호텔로 향했다. 자신들이 주빈인 파티 회장. 남편의 성공을 축하하기 위해 모여든 사람들.

회전문 너머는 따뜻한 빛에 감싸여 있었다. 푹신푹신한 양탄자가 가나미가 신고 있는 흰 하이힐을 감쌌다.

연회장이 있는 2층으로 올라가자 휴대품 보관소 앞에 낯익은 얼굴이 보였다.

"어이."

슈헤이보다 한 살 많은 담당 편집자 하시모토 나오키가 낮은 목소리로 말을 걸어 왔다. 오늘 파티의 간사도 바로 하시모토가 맡아 줬다.

"수고가 많아."

슈헤이가 감사의 말을 건네자 하시모토는 별일 아니라는 듯 손을 내저었다. 만면에 웃음을 띠고 있었다.

"그나저나 정말 잘됐어. 오늘 같은 날이 오다니."

키가 큰 하시모토를 올려다보며 가나미도 기뻐했다. 하시모토는 북 크래프트에서 일하는 가나미의 동료이기도 했다. 아직 나이가 20대 후반밖에 안 되는 젊은 나이 탓에 영업력이나 말발이 부족한 편이 긴 하지만 사내 모든 사람들은 그가 언젠가 두각을 나타내리라고 믿고 있었다. 이번에 슈헤이의 책이 베스트셀러가 된 것도 하시모토에게는 바라 마지않던 첫 승리인 셈이리라. 그 책을 세상에 선보일 수 있도록 하시모토가 전력을 다해 준 것은 분명한 사실이었다. 신출내기 자유기고가가 쓴 원고를 출판물로 유통시키기까지가 얼마나 어려운 일인지 두 사람의 분투기를 지켜본 가나미는 잘 알고 있었다.

"슬슬 손님들이 모여들고 있는데, 안에 들어가는 게 어때?"

"그러자고."

슈헤이는 고개를 끄덕이고 가나미의 팔을 잡았다. 가나미는 왠지 모르게 쑥스러워져 고개를 떨구었다.

"너희 둘은 여전하네."

하시모토가 웃으며 회장 문을 열었다.

슈헤이와 함께 소연회장에 발을 들인 순간 안에 있던 사람들의 시선이 나쓰키 부부에게 쏠렸다. 가나미는 겁먹지 말고 이 장을 즐기자고 속으로 되뇌었다. 남편과 함께 박수로 환영받자 달콤한 도취감이 가슴 속에서 치고 올라왔다.

문득 슈헤이가 발걸음을 멈췄기에 그의 시선을 좇자 테이블 중앙에 마련된 케이크가 눈에 들어왔다. 초콜릿으로 '축 쾌적하게 사는 법 20만 부 돌파'라고 쓰여 있었다.

슈헤이는 잠시 감개무량하게 글씨를 바라보다가 이윽고 가나미를 데리고 연회장을 찾아 준 손님들에게 일일이 인사하러 다녔다.

슈헤이의 책을 내준 교분도 출판사의 부장과 세 명의 담당자. 서적 입고까지 도맡아 처리해 준 북크래프트의 사람들. 가나미는 상사와 동료들이 건네는 축하의 말에 겸연쩍게 고개를 숙였다. 나쓰키 부부는 다른 출판사 편집자들로부터 명함을 스무 장 가까이 받았다. 슈헤이의 활동 영역을 넓혀 주기 위해 하시모토가 각 출판사 관계자를 일일이 초대한 듯했다.

오후 6시 무렵 연회가 시작됐다. 우선은 출판사 부장이 연단에 서서 축사를 읽기 시작했다. 출판 시장이 불황을 맞은 오늘날 무명 자유기고가가 쓴 책이 20만부 이상 팔린 베스트셀러가 된 것은 정말로 경이로운 일이라며 내용뿐만 아니라 시류를 읽는 저자의 능력이 빼어났다는 점 등을 유창하게 읊었다. 끊임없이 이어지는 찬사에 내빈객들이 다소 지루해하는 듯했지만 가나미의 귀에는 달콤하게만 들렸다. 처음 화장을 하기 시작했던 소녀 시절 가나미는 어떤 칭찬에든 민감하게 굴었다. 결혼한 이후로는 남편에 대한 주위의 평가에 일희일비하기 시작했다.

이어 북크래프트 사장이 허물없는 태도로 슈헤이와 아내인 가나미를 축복했다. 마지막으로 하시모토가 건배를 선창하자 장내는 회식과 담소의 장으로 바뀌었다.

회사 동료, 처음 만나는 출판 관계자들과 이야기를 나누면서 가나미는 회장을 바쁘게 돌아다니는 슈헤이를 눈으로 좇았다. 찬사에 둘러싸인 슈헤이의 표정은 여느 때보다 상기돼 있었다. 한창 인기를 구가하는 남편의 눈동자는 아무리 바라봐도 질리지 않았다.

"즐거운 때는 금방 지나가듯, 슬슬 끝날 시간이 다가오고 있습니다."

두 시간으로 예정된 파티가 50분이나 시간을 넘겼을 즈음 하시모토가 연단에 서서 말문을 열었다.

"마지막으로 오늘 밤의 주인공인 나쓰키 슈헤이 씨의 말씀을 듣겠습니다."

열렬한 박수를 받으며 금색 병풍 앞에 선 슈헤이는 약간 긴장한 듯했다. 평소의 경쾌한 슈헤이를 아는 사람이라면 그 진지함이 와닿았을 터였다.

"오늘 저희 부부를 위해 이런 연회를 열어 주셔서……."

슈헤이가 감사의 말을 시작했다. 부부라는 단어에 요란한 환성이 일었다. 뺨을 붉힌 가나미는 벅차오르는 눈물을 웃음으로 무마했다. 슈헤이는 자신의 책을 출판하는 데 관여한 많은 사람들에게 감사의 말을 드린 뒤 앞으로도 가나미와 서로 의지하며 노력하겠다고 연설을 마무리했다.

"왠지 부인 자랑을 줄곧 들은 것 같은데."

하시모토가 웃는 와중에 연회가 끝났다.

긴자에 있는 바에서 새벽 1시에 2차가 끝났다. 하시모토가 슈헤이에게 택시 티켓을 건네줘서 나쓰키 부부는 빈 택시를 잡아 몸을 실었다.

가나미는 "아사가야……."라고 입을 떼었다가 곧 실수했음을 알아차렸다.

"……가 아니라 고마고메로 가 주세요."

"길 아시나요?"

운전수가 물었다.

"역까지만 가면 그 뒤로는 대충 알아요."

택시가 출발했다. 가나미는 슈헤이와 마주보고 기쁨에 찬 한숨을 뱉었다.

슈헤이가 미소를 지었다.

"이렇게 둘만 있는 게 아주 오랜만인 것 같네."

"정말."

"내일부터 또 힘내야지."

"응."

"그 전에 마지막 즐거움이 남았어."

슈헤이는 주머니에서 새집 열쇠를 꺼내 가나미의 손에 쥐어 주었다. 가나미는 오늘의 정신없이 바쁜 일정이 다 남편의 계획이었음을 알아차렸다. 새집 이사와 오늘 밤 파티를 왜 굳이 같은 날로 정했는지 궁금했던 차였다.

"정말 고마워."

"별말씀을."

슈헤이가 답했다.

고마고메 역에서 복잡하게 얽힌 길을 달려 택시가 고층 맨션 앞에 도착했다. 차에서 내린 가나미는 고급스러운 분위기를 풍기는 거대한 건물을 올려다봤다. 어제까지 살았던 아사가야의 아파트는 여기에 비하면 성냥갑 같다는 생각이 들었다.

"자자, 어서."

슈헤이의 재촉에 자동 잠금 장치가 설치된 건물 입구를 지나 엘리베이터를 타고 16층을 향했다. 방음이 철저한 모양인지 건물 안은 쥐 죽은 듯 고요했다. 타일이 깔린 복도를 따라 호텔 투숙객처럼 방 번호를 확인하면서 두 사람은 드디어 자기네 집 앞에 섰다.

가나미는 슈헤이에게서 건네받은 열쇠를 가지고 현관문을 열었다. 새 내장재 냄새가 밀려왔다. 슈헤이는 약간 뿌듯한 표정을 지으며 손을 더듬어 벽에 설치된 스위치를 켰다. 안쪽 거실로 이어지는 복도에 불이 들어왔다.

"자아, 사모님부터."

슈헤이는 이 방을 안내해 준 부동산 중개사 말투를 흉내 냈다.

가나미는 키득거리며 하이힐을 벗고 자기네 집에 발을 들였다. 복도를 지나 거실에 도착한 가나미는 불을 켜려는 슈헤이를 저지했다. 목재 바닥이 깔린 7.5평짜리 거실. 창가에 다가가 커튼을 젖히자 유리창 너머로 도쿄의 야경이 펼쳐졌다.

"멋지다."

슈헤이는 자기도 모르게 감탄사를 뱉은 가나미를 뒤에서 팔로 감쌌다. 양어깨를 감싸 안긴 가나미는 마치 정원처럼 펼쳐진 장대한 광경에 눈을 빼앗겼다.

"파티 마무리를 해야지?"

슈헤이가 천진난만한 어조로 귓가에 속삭였다.
가나미는 남편을 돌아봤다. 평소의 상냥한 눈매였다. 가나미가 살짝 고개를 끄덕이자 슈헤이는 공주님을 다루듯 그녀를 양팔로 안아 올렸다. 슈헤이가 종종 아니꼬운 짓을 해도 치기가 보일락 말락 한 탓에 약이 오르지는 않았다. 가나미는 웃음을 터뜨리며 남편의 목덜미에 기대어 자신들은 아직도 어린애일지도 모른다고 생각했다.
침실은 복도의 한가운데쯤에 있었다. 맨션을 미리 살펴본 게 항상 낮이였던지라 밤에 침실에 들기는 처음이었다. 슈헤이는 새 침대에 가나미를 눕혔다. 스프링이 부드러워 기분이 좋았다. 슈헤이가 침대 옆에 놓인 스탠드를 켜고 문을 닫자 방 안이 간접 조명에 희미하게 비춰졌다.
슈헤이의 품에 안기기엔 약간 밝은 듯한 기분도 들었다. 부부가 된 지 2년째에 접어들었지만 가나미는 여전히 부끄러운 마음이 남아 있었다. 가나미가 틀어 올린 머리를 풀어 내리자 슈헤이가 얼굴을 바싹 대고 키스를 했다. 등 뒤로 뻗은 손이 더듬거리며 지퍼를 끌렀다. 몇 번이고 입맞춤을 하면서 슈헤이도 옷을 하나씩 벗었다. 브래지어도 팬티도 전부 벗겨진 가나미는 맨몸을 이불로 감싸면서 피임 기구를 준비하지 않았다는 사실을 깨달았다. 세면도구와 같은 박스에 담겨 있을 텐데.
그 말을 하려는 순간 슈헤이의 입술이 가나미의 입을 덮었다. 혀가 빨리고 양 손목이 침대에 짓눌리면서 저항하려는 마음이 기학적인 쾌감으로 바뀌었다. 슈헤이의 딥키스는 뺨에서 귀로, 목덜미에서 봉긋한 가슴으로 천천히 옮겨 갔다. 동시에 그는 무릎으로 가나미의 양다리를 벌리고 그 한가운데로 손을 집어넣었다.

가나미는 자그맣게 소리를 질렀다. 부드러운 부분을 덮은 슈헤이의 손가락이 가운데를 집중적으로 자극했다. 슈헤이가 다른 쪽 손으로 그녀의 민감한 옆구리를 쓰다듬고 유두를 강하게 빨아들인 탓에 가나미는 자기도 모르게 허리를 위로 젖혔다. 지금 당장에라도 슈헤이가 삽입해 줬으면 하고 생각했다. 슈헤이의 입술이 살결을 타고 내려가 다리 사이를 혀로 애무하는 중 하복부 전체에 열이 오른 가나미는 순식간에 절정에 도달해 버렸다. 무아지경의 순간이 지나고 당혹감이 가나미의 몸을 덮쳤다. 평소와는 느낌이 달랐다. 감각이 지나칠 정도로 예민해져 있었다.

슈헤이가 몸을 일으켜 가나미의 양 무릎을 벌렸다. 뜨거운 물건이 삽입되기 직전 잠시 동안의 공백. 이윽고 몸의 중심을 밀어 열고 둔탁한 이물감이 들어왔다. 그 무겁고 딱딱한 감촉이 안쪽에 닿더니 눅눅함 속으로 사라졌다. 몸 안이 슈헤이로 가득 찼다. 뚜렷이 남아 있는 굵은 탄력에는 표면의 부드러움과 가운데 부분의 딱딱함이 동시에 느껴졌다. 음부로 꼭 감싸자 목 깊은 곳에서부터 탄식이 흘러나왔다. 항상 피임에 신경 써 왔기에 맨살 그대로 슈헤이를 받아들이기는 처음이었다. 이걸로 정말로 하나가 될 수 있으리란 생각이 들었다. 지금까지 느껴 본 적 없는 농후한 밀착감에 가나미의 맥박이 빨라졌다.

앞뒤로 천천히 움직임이 시작됐다. 처음에는 얕게, 이윽고 깊이. 질 안으로 윤곽 없는 강렬한 자극이 끊임없이 왔다 갔다 하면서 입구에서부터 안까지 휘저어 댔다. 기분이 좋았다. 몸 더욱 깊은 곳에서 슈헤이를 갈망하고 있음을 느낀 순간 양다리가 들어 올려져 닿는 곳이 훨씬 깊어졌다. 큰 소리가 새어 나왔다. 여성만이 가지고 있는 작은 돌기가 손가락으로 빠르게 애무당하자 가나미는 두 번째 절정을 맛봤다.

  도취감이 사라지자 금단의 영역에 발을 들인 듯한 불안감이 엄습해 왔다. 하지만 그 불안감은 벌거벗은 가나미를 말리기보다는 더더욱 앞으로 밀어붙이는 듯했다. 가나미는 슈헤이가 이끄는 대로 자세를 바꿔 유방의 무게감을 느끼며 등 뒤에서 전신을 꿰뚫는 것 같은 감각에 몸을 내맡겼다. 몸 앞으로 뻗어 나온 슈헤이의 손이 클리토리스를 잡자 세 번째 날카로운 절정에 이르렀다.

  가나미는 힘이 다 빠져 침대에 턱을 파묻었다. 이렇게나 많이 느낀 적이 한 번도 없었다. 만족감과 안도감에 온몸이 압도된 기분이었다. 양팔로 당장이라도 슈헤이를 껴안고 싶어졌다.

  슈헤이가 몸을 빼자 가나미는 후 하고 숨을 내쉬고 몸을 뒤집어 남편을 마주보려고 했다. 그 순간 슈헤이가 가나미의 허리를 들어 올렸다. 순식간에 다리가 붕 뜨더니 주저앉는 자세로 양 무릎을 꿇은 순간 슈헤이의 물건이 안쪽 깊숙이 꽂혔다. 등에 전기가 올랐다. 소리를 내지르며 몸을 뒤로 젖힌 뒤 천장을 보고 누운 슈헤이에게 상체를 기대려고 했다. 하지만 그 순간 몸 바로 아래에서 전신을 꿰뚫는 격렬한 움직임이 시작됐다. 목소리를 떨며 위로 포개지려고 했던 가나미의 어깨를 슈헤이가 양손으로 쥐고 뒤로 젖혔다. 벌거벗은 채 위에 올라타 가슴을 내민 채 야한 소리를 내는 자신의 모습이 어떻게 비춰질까 생각하던 순간 가나미는 또 다시 절정에 오를 것 같았다. 하지만 평소처럼 날카로운 쾌감을 맛봤는데도 그 너머에 전혀 새로운 세계가 기다리고 있는 것 같은 기분이 들었다. 꽉 다물고 있던 양다리를 벌리자 체중이 하복부 끝에 쏠려 상상 이상으로 강렬한 감각이 가랑이 사이에서 치고 올라왔다. 지금까지 경험하지 못할 정도로 엄청난 습기가 다리 사이로 퍼져 나갔다. 풀어 흐트러진 긴 머리카락이 벌거벗은 등을 브러시처럼 쓰다듬고 있었다. 침실에 울리는 자신의 교성이 수치심과 관능에 박차를 가했다. 벌린 다리 사이로 남편을 찍어 누르고 있는 성기에 온 신경이 집중돼 가나미는 자신이 여자라는 사실밖에 구분할 수 없어졌다. 여자 그 자체가 되어 가는 느낌이었다. 아래서 뻗쳐 올라온 손이 유두를 희롱하고 클리토리스를 계속 문지르는 중에도, 가나미 자신이 삼켜버린 딱딱한 음경이 질벽 앞과 안쪽을 마구 찔러 댔다. 성감대를 전부 공략당해 이제 그만하라고 마음속으로 외치면서도 어느새 스스로 격렬하게 허리를 놀리고 있었다. 성의 노예가 된 것 같았다. 남편의 몸에 걸터앉은 그녀의 온몸은 쾌락을 있는 대로 받아들이는 그릇이 되어 몸부림치고 있었다. 자신의 성기에서 넘쳐흐르기 시작한 갓 싹튼 쾌락에 '이제 한계야, 더는 못 참겠어.'라고 생각한 순간 아래서 더욱 강하게 자궁을 꿰뚫는 움직임이 이어졌다. 가나미는 비명을 질렀다. 떨리는 뜨거운 질 안으로 클리토리스의 예리한 감각이 봇물처럼 흘러들더니 몸을 가눌 수 없는 절정감이 밀려들었다.

벌거벗은 자신을 지킬 수 있는 게 아무것도 없었다. 가나미는 모든 사고가 마비돼 정상 궤도에서 벗어난 쾌락에 이성을 잃었다. 부들부들 떨리는 양손이 무의식적으로 잡을 것을 찾았다. 붕 뜬 기분과 동시에 어디론가 떨어지는 것 같은 기분이 하나가 되어 가나미의 존재가 덧없어진 듯했다. 눈이 멀 것만 같은 쾌감. 눈 쌓인 벌판처럼 새하얀 황홀감…… 게다가 이 감각은 반복해서 밀려왔다. 자신을 태운 상하운동이 끊이질 않았다. 가나미가 올라탄 오르가즘의 물결은 이대로 영원히 계속될 것만 같았다. 잇따른 강렬한 절정감에 농락당하면서 몸을 활처럼 구부린 가나미는 자신이 죽었는지 살았는지조차 알 수 없었다.

눈물이 절로 흘렀다. 몸 어느 곳에도 힘이 들어가지 않았다. 질 안에 뜨거운 액체가 흩뿌려지는 감각에 맥없이 슈헤이의 가슴팍에 쓰러지자 깊은 입맞춤이 가나미를 맞았다. 슈헤이는 가나미의 머리를 쓰다듬듯이 머리카락을 쓸어 올렸다. 코앞에서 얼굴을 마주하는 건 부끄러웠지만 슈헤이가 여자인 자신을 이대로 영원히 안아 줬으면 했다.

가나미를 껴안으며 슈헤이는 묘한 달성감을 맛봤다. 가나미가 마침내 진정한 의미로 인생의 반려자가 되어 주었다는 만족감이었다.

내성적이고 무엇이든 선뜻 나서지 못하는 가나미. 사랑을 나눌 때도 자신을 배려해서 신음 소리를 낼 뿐이던 가나미. 슈헤이는 가나미와 섹스를 하기 시작한 이래 그녀가 쾌락의 입구에서 발을 돌려 버리고 있다는 사실을 눈치 챘다. 몸의 반응이 둔한 것도 수치심이라는 마음속 벽에 갇혀 있기 때문이라는 사실을 깨달았다. 그런데 오늘 밤 가나미는 전에 없이 흐트러진 모습을 보였다. 예전에는 자그마한 얼굴을 찡그릴 뿐이었는데 오늘 밤에는 격렬한 통증을 참는 듯 번민에 찬 표정을 짓고 있었다. 자신의 몸 위에 벌거벗고 올라타 몸을 비틀던 가나미는 귀엽고 예쁘게, 심지어는 신선해 보였다. 이걸로도 충분하다고 슈헤이는 생각했다. 여자가 얼마나 음란하게 굴든, 그것은 새로운 아름다움으로 물들기 마련이었다.

가나미의 얼굴을 살펴보니 두 눈을 감고 뺨에 눈물 자국이 남은 채 거칠게 숨을 쉬고 있었다. 가나미의 얼굴에는 수줍어하는 듯한 순진함이 돌아와 있었다. 평범한 사람보다 훨씬 많은 여자 경험이 있는 슈헤이는 더는 다른 여자를 보고 마음이 설레는 일은 없을 것이라고 생각했다. 젊은 패기에 내린 성급한 확신일지도 모르지만 품 안에 아내를 껴안고 있는 지금, 마음속에 가눌 길 없는 사랑스러움이 넘쳐흐르는 건 진실이었다.

슈헤이는 보들보들한 아내의 몸을, 그 무게를, 그 부드러움을 온몸으로 받아들였다. 꽃처럼 달큰한 체취에 싸인 가나미가 사랑스러웠다.

오늘 밤 자신은 한 여자를 정복하러 나섰다가 정복당해 버렸다고 생각했다.

슈헤이의 온기에 감싸인 채로 가나미는 자신의 몸에 물었다.

하복부에 자리하던 열기는 아련한 욱신거림으로 변하여 남아 있었다.

가나미는 잉태했음을 느꼈다.

3

이소가이 유지에게 이날은 평소보다도 배로 바쁜 날이었다.

오전 외래 진료 시간에 시간이 걸리는 초진환자가 세 명이나 찾아왔다. 그 외에도 우울증과 신경증 환자가 각 네 명씩 방문했다. 진료는 점심시간이 되어서도 이어져, 본관 1층의 외래 진료실에서 신관 5층 병동으로 돌아왔을 때에는 점심을 포기할 수밖에 없는 상황이었다. 이소가이가 근무하는 분쿄의과대학병원 정신과는 다른 과에 비해 역사가 짧고 만성적으로 일손이 부족하여 최근 수 년 동안 증가하는 검진 희망자들을 다 소화하지 못하고 있었다.

새로 입원한 환자들의 상태를 살펴보고 간호사실로 가자 기다리는 사람이 있었다. 이소가이가 본래 적을 뒀던 산부인과에서 온 여의사 히로카와 쇼코였다.

이소가이는 동갑내기 여의사에게 미소를 지으며 가볍게 인사했다. 의과대학 학창 시절 이소가이가 속해 있던 럭비부에서 히로카와는 매니저를 맡고 있었다. 벌써 지금으로부터 15년이나 지난 일이었다.

"검사 결과가 나왔어요."

히로카와가 검사실에서 가져온 보고서를 내밀었다. 이소가이가 담당하는 환자의 것이었다.

히로카와의 설명에 귀를 기울이며 이소가이는 골격이 드러난 얼굴의 미간을 찌푸렸다.

"HLA(조직 적합성 항원 — 옮긴이)가 일치한다고?"

"네. 남편 분과 환자 본인의 백혈구 형태가 닮아 있었어요."

이소가이는 산부인과 전문의 시절에 쌓아 둔 지식을 머리 한구석에서 끄집어냈다. 습관 유산의 한 원인으로 부부간 HLA 형태가 일치한다는 점이 기재돼 있던 듯한 기분이 들었다. 극히 드문 병례이지만 부부간 백혈구의 형태가 지나치게 닮아 있으면 본인들의 생식 능력에 아무런 문제가 없음에도 자식을 낳지 못하는 경우가 생길 수도 있었다. 히로카와가 말을 이었다.

"그렇지만 최근 들어 이걸 유산의 원인으로 보기 어렵다는 설도 제기되고 있어요. 만약 그게 정말이라면 도다 씨의 불임은 원인 불명이 되겠지만요."

이소가이는 자신이 담당하는 환자 도다 마이코의 병세를 머릿속에 떠올렸다. 29세의 기혼 여성. 체형은 말랐고 비만이 되기 쉬운 순환 기질(독일 심리학자 크레츠머가 분류한 성격 유형의 하나로 조울증의 이전 단계로 볼 수 있다 ─ 옮긴이)도 아니었다. 부부 사이에 아기가 생기지 않아 산부인과 진료를 받고 불임의 원인을 규명하기 위해 이런저런 검사를 받아 왔다. 그러던 중 마음이 너무나도 갑갑해져 이소가이가 있는 정신과에서도 검진을 받고 있었다. 이런 케이스는 리에종 정신 의학(마음의 갈등을 전문 지식으로 도와주는 한편 입원 환자의 불안을 해소하거나 가족의 고민 등도 들어 적절히 조언하는 의학 ─ 옮긴이)을 전공한 이소가이의 전문 분야였다. '리에종'은 프랑스어로 '밀접함'을 뜻하는 단어로, 다른 과 환자의 정신 상태에 변화가 생기는 경우 연계 치료에 나서는 행위를 지칭한다. 암 선고를 받거나, 수족 절단 등 불행한 사건을 겪은 사람들을 정신적으로 돌보는 일 외에도 산부인과 의사로서의 근무 경험이 있는 이소가이는 임산부나 불임 때문에 고민하는 여성을 진찰할 기회가 많았다.

이소가이는 손목시계를 봤다. 1시 20분이었다. 오후 외래 진료를 받기 위해 도다 마이코가 찾아올 시간이 얼마 남지 않았다.

"그래서 앞으로 치료 방침은?"

"남편의 림프구를 접종한 뒤 상태를 보려고 해요."

"불임이 해결될 가능성은 얼마나 되지?"

"이게 아직 의견이 분분해서요."

히로카와는 난처하다는 듯 말했다.

"가임률이 올라간 사례도 있고, 그대로라는 연구 결과도 있어요. 이 부분 관련 영역은 모든 게 다 애매모호하죠. 불임을 겪는 사람 다섯 명 중 한 명은 원인 불명 판정을 받으니까요."

이소가이와 히로카와는 눈을 마주보고 누가 먼저랄 것도 없이 미소를 지었다. 무력감을 지우기 위한 웃음이었다. 의학은 아직도 여성의 몸에 생명이 깃드는 현상에 대해 명쾌한 해석을 내놓지 못하고 있었다. 모체 안에 생겨난 태아라는 이물질에 대해 어째서 면역 시스템이 관용을 베푸는지조차 알아내지 못하고 있었다. 인체의 이물질 배출은 당연한 현상으로, 태아만이 보호받는다는 것은 오늘날의 면역학을 대입해 보면 일어날 수 없는 극히 이례적인 현상이었다.

산부인과나 정신과나 하나같이 맨손으로 싸우고 있다고 생각하면서 이소가이는 입을 열었다.

"알겠어. 이쪽은 이쪽 나름대로 최선을 다해 보도록 하지."

"부탁해요."

히로카와와 헤어진 이소가와는 간호사실을 나서 엘리베이터 홀로 발걸음을 옮겼다. 외래 환자 진료실이 위치한 1층으로 내려가면서 도다 마이코에 대해 생각했다.

히로카와가 말한 방법으로는 불임을 극적으로 해소시키지는 못하리라. HLA 검사 결과도 환자가 비관적으로 받아들이지는 않을까? 도다 마이코를 진찰하는 건 오늘이 세 번째이지만, 지난번 내진 때 이소가이는 내인성 우울병이라는 진단을 내린 바 있었다. 아마도 도다 마이코는 불임이라는 신체적 상태로 인해 마음에 상처를 입어 뇌내 신경전달물질 제어 체계에 변화가 일어나게 된 건 아닐까?

이소가이는 약물 요법에 대해 낙관하고 있었다. 내인성 우울증의 원인은 여전히 밝혀져 있지 않지만 치료에 사용되는 약제는 잇따라 강력한 게 개발되고 있었다. 환자 역시 복약 지도를 준수하고 있었다. 항우울제와 경우에 따라서는 항불안제를 병용하면 병세가 길어지는 '지체화'는 막을 수 있으리라.

1층에 내린 이소가이는 치료의 또 다른 축을 이루는 정신 요법에 대해 궁리했다. 치료에 임하는 정신과 의사는 약물을 처방하는 동시에 환자와 대화를 나누면서 병의 원인을 찾고 제거하거나 평소 마음가짐에 대해 조언을 하기도 한다. 이것이 정신 요법이라고 불리는 치료 방침이지만 불임 때문에 고민하는 도다 마이코의 경우 치료에 방해가 될지도 모르는 환경 인자가 있었다.

도다 마이코는 고향 근처에서 5대에 걸쳐 요릿집을 이어 오고 있는 집안에 시집을 갔다. 당연히 후손에 대한 기대는 엄청났고 시부모로부터의 압박도 상당했을 것으로 추측됐다. 특히 함께 살고 있는 시어머니는 부부에게 자식이 생기지 않는 건 아닐지 의심하기 시작한 뒤로 며느리를 야멸차게 대하기 시작했다는 듯했다. 남편과 함께 검진을 받았을 때에는 친척의 자식을 양자로 들이라는 말은 물론 시어머니가 이혼하라는 얘기까지 꺼낸 게 아닌가 싶었다.

이런 사정이 우울증을 일으킨 원인임에 틀림없었다. 며느리를 후대를 이을 도구로 여기는 나쁜 관습은 예전보다는 덜하지만 여전히 명맥을 이어 오고 있었다. 도다 마이코는 매정한 환경의 희생자라고도 할 수 있었다. 하지만 이러한 환자 특유의 생활사 외에도 이소가이는 개인적으로 씻어 내기 어려운 당혹감을 느끼고 있었다.

모성의 문제였다. 아이를 갖고 싶다는 설명할 수 없는 욕구.

불임 때문에 고민하는 여성들 중에는 오히려 의사가 당황할 정도로 절실하게 호소하는 사람들이 있었다. 이런 환자를 만날 때마다 이소가이는 이해할 수 없는 생각에 사로잡혔다. 어째서 이렇게까지 임신하기를 바라는 걸까? 여자는 당연히 아이를 낳아야 한다는 구태의연한 강박 관념이 스며들어 있는 걸까? 아니면 이런 여성들의 마음 깊은 곳에는 어떤 문화의 영향과도 관계없이 그저 자신의 아이를 낳고 싶다는 강렬한 충동이 감춰져 있는 걸까?

사람마다 정도의 차이는 있지만 아무래도 후자일 가능성이 높지 않을까 하고 이소가이는 생각했다. 자연이 인간이라는 생물의 암컷에게 이러한 프로그램을 심어 둔 게 아닐까? 만약 여성들이 임신을 희망하지 않는 생물이었더라면 인류는 이미 진작에 멸망했을 터였다. 과거 20만 년에 걸친 역사 속에서 인간은 단 한 명의 예외도 없이 여성의 몸에서 태어났다.

하지만 그렇기 때문에 이소가이가 느끼는 곤혹스러운 감정은 더욱 떨쳐내기 어려웠다. 남자라는 성을 타고 태어난 자신에게도 자식을 갖고 싶다는 욕구는 있었다. 하지만 이뤄질 수 없다고 해서 마음이 답답해지는 상태를 초래할 정도로 강한 바람은 아니었다. 정신과 의사로서 불임 때문에 고민하는 여성들을 대할 때 병리학적인 이해는 할 수 있지만, 감정적으로 깊이 공감이 되지는 않았다.

외래 진료실에 들어가 진료 기록을 다시 훑어보면서 이소가이는 현실적인 대응에만 온 신경을 집중하기로 마음을 바꿨다. 도다 마이코의 병세는 악순환의 고리에 빠져 있었다. 불임 때문에 초래된 우울증이긴 하지만, 이 억눌린 기분이 불임 증상에 박차를 가하고 있을 가능성도 있었다. 이 역시 의학계에서는 불분명한 추측이지만 여성의 정신 상태가 가임률에 영향을 미친다는 연구 결과도 있었다. 특히 아이를 낳아야 한다는 의무감만으로 섹스를 반복하면 오르가즘을 맛보기는커녕 정신적인 중압감에 지배당해 도리어 임신 확률이 떨어지는 결과를 초래했다. 도다 마이코는 육체적인 생식 능력에는 아무런 문제가 없었다. 정신과에서 해야 할 일은 그녀의 억눌린 마음 상태를 누그러뜨려 임신을 가로막는 정신적인 요소를 제거하는 일이었다. 아이가 생기기만 하면 앞으로 우울증이 재발할 위험도 상당히 낮아지지는 않을까?

오후 진료 시간이 됐다. 간호사가 얼굴을 빼꼼 내밀고 물었다.

"진료 시작하시겠어요?"

이소가이는 고개를 끄덕이고는 얼굴 근육을 이완시켰다. 산부인과에서 정신과로 과를 옮길 당시 이소가이를 맞아 준 교수의 조언은 단 하나였다. "자네는 얼굴 골격이 두드러지니까 되도록 상냥한 표정으로 환자를 맞게." 이소가이는 뼈마디가 굵은 손가락 열 개로 얼굴을 쓱쓱 문지르고 흐트러진 복장을 수습했다.

진료실 문이 열리자 도다 마이코가 고개를 숙인 채 들어왔다. 부하게 뜬 긴 머리칼과 화장기 없는 흰 피부. 전에 진료할 때보다도 몸가짐이 흐트러진 듯했다. 이런 겉모습을 보면 우울증이 진행돼 있는 게 분명했다. 입고 있는 원피스의 무난한 배색이 그녀의 심리 상태를 대변하는 것만 같았다.

도다 마이코를 맞이한 이소가이는 그녀가 의자에 앉기를 기다리며 진찰할 때 쓰는 상당히 밝은 톤의 어조로 인사를 건넸다.

"오늘은 혼자 오셨나 보네요?"

마이코는 고개를 끄덕이고 작은 목소리로 말했다.

"남편은 일 때문에요."

이소가이는 "바쁘신가 보네요."라고 대답하면서도, 마이코가 점점 더 궁지로 몰리는 건 아닐까 걱정했다. 시어머니와 함께 병원에 올 수도 있을 텐데.

"지난번에 다녀가신 뒤에 좀 어떠셨습니까?"

마이코가 고개를 들었다. 벌써 눈물이 번져 있었다. 안 그래도 갸름한 얼굴이 더욱 해쓱해져 있었다. 이소가이는 부드러운 표정으로 대답을 기다렸다.

"전혀 차도가 없어요."

마이코는 물기에 젖은 눈을 내리깐 채 떨리는 목소리로 말했다. 어린아이 같은 목소리였다.

"저, 어떻게 해서든 아이를 갖고 싶어요."

투명한 눈물 방울이 바닥에 떨어져 흩어졌다.

이소가이는 마음을 다잡았다. 자살 가능성을 염두에 둬야 하는 급성 우울증과의 싸움이 시작되려 하고 있었다.

새로운 맨션으로 이사하고 한 달이 지났다. 『쾌적하게 사는 법』의 판매 부수는 눈에 보일 정도로 떨어지고 있었다. 앞으로 추가로 인쇄할 일은 없을 것이란 게 편집자 하시모토의 의견이었다.

슈헤이는 취재처로 향하는 전철을 타고 머릿속으로 수지 타산을 반복했다. 책의 정가 1200엔 중 자신이 가져가는 인세 비율은 6퍼센트였다. 일반적인 비율보다 낮은 것은 출판사가 만든 기획을 하청받은 편집 프로덕션이 슈헤이를 작가로 고용했기 때문이었다. 당초에는 매절 계약을 제안받았지만 하시모토가 사이에 껴들어 인세 계약을 성사시켜 주었다. 결과적으로 책은 발행 부수 22만부를 기록한 대히트작이 되었고 슈헤이는 보수로 세금을 포함해 약 1600만 엔을 받았다. 과거 평균 연 수입의 5배 이상의 돈을 거머쥐게 된 것이었다.

슈헤이는 차창 너머로 지나가는 역 이름을 확인하면서 '그렇지만' 하고 생각했다. 보수 중 1200만 엔은 맨션 계약금과 각종 수수료로 사라졌다. 더욱이 100만 엔은 가구를 새로 구입하고 이사하는 데 사용됐고, 남은 돈은 세금으로 사라졌다. 평균과세제도(변동 소속이나 임시 소득의 세금 부담을 완화시켜 주는 세금 산정 방법 ─ 옮긴이)에 따라 문필가로 인정받은 덕택에 세금이 줄어든 게 그나마 다행이었다.

현재 나쓰키 부부에게는 둘이서 겨우겨우 저축해 모은 100만 엔 가량의 예금밖에 없었다. 그에 비해 매월 대출 상환금으로 14만 엔, 관리비와 전기, 난방 요금을 합치면 20만 엔 전후의 돈이 고정적으로 빠져나가야 했다. 북크래프트에 근무하는 가나미의 얼마 안 되는 수입을 고스란히 쏟아 부어야 하는 금액이었다. 식비나 의류비, 유흥비 등 부부가 얼마나 쾌적하게 생활할 수 있는지는 슈헤이의 향후 벌이에 달려 있었다.

<u>스스로도</u> 별일이라고 생각하면서도 슈헤이는 약간 반성했다. 너무 들떠 있었는지도 몰랐다. 새 가구를 사들이는 데 수십만 엔을 쓸 필요가 있었을까? 예금 통장에 찍힌 여덟 자리 숫자를 봤을 때에는 큰돈을 쥐었을 때 생겨나곤 하는, 무엇이라도 할 수 있을 듯한 이상한 감각에 사로잡혀 있었다. 하지만 그 금액은 도심 맨션을 구입하는 계약금 정도밖에 되지 않았던 것이다.

항상 높은 곳을 바라보며 살자고 슈헤이는 되뇌었다. 산의 정상에 서 있는 게 아니라고 말이다. 노력한다면 지금보다도 더 나은 생활이 가능해질 터였다. 가나미의 손을 이끌어 그곳까지 달려가야만 했다.

몸을 실은 전차가 도쿄 도를 떠나 사이타마 현에 들어서 목적지에 도착했다. 취재처는 시립 동물 구호 센터였다. 어느 주간지에서 '버려지는 불쌍한 반려동물'을 주제로 잡은 2페이지짜리 기획이었는데, 데이터 원고와 사진 촬영을 포함해 2만 엔짜리 일감이었다.

걸어서 센터에 도착해 접수처에서 용건을 말하자 앞서 전화로 약속을 잡은 직원이 마중을 나왔다.
"나쓰키 슈헤이 씨?"
명함을 받아 든 중년 직원은 슈헤이를 꼬치꼬치 뜯어봤다.
"신문 같은 데서 성함을 봤었습니다. 작가 분이시죠?"
"네."
슈헤이는 미소를 지어 보였다.
"이렇게 유명하신 분이 취재하러 오시다니 영광입니다."
그렇지만 고료는 높지 않다고 슈헤이는 마음속으로 중얼거렸다. 마음을 고쳐먹고 숄더백에서 A5판 취재용 노트와 볼펜을 꺼내 인터뷰에 임했다.

직원은 질문에 시원시원하게 대답해 줬다. 1년 동안 전국에서 살처분 당하는 강아지와 고양이는 각각 30만 마리 정도로 안락사에는 탄산가스가 사용된다고 알려 주었다. 또 90퍼센트가 자견과 자묘라는 사실과 살처분당하는 동물 수를 줄이기 위해 계몽 활동에 나서고 있지만 반려동물을 내다버리는 무책임한 주인은 전혀 줄지 않는다고 토로했다.

"더 이상 불행한 동물을 늘리지 않기 위해 중성화 수술을 철저히 하는 수밖에 없습니다."

질문에 답하는 직원의 태도에 죽어 가는 동물에 대한 동정이 녹아 있어서, 강아지를 좋아하는 슈헤이는 그나마 마음이 덜 아팠다.

직원은 굳은 표정으로 말했다.

"때로 저희들은 잔혹한 일을 한다는 비판을 받기도 합니다만, 절대로 의도적으로 그러는 게 아닙니다. 잔혹한 쪽은 살아 있는 동물을 아무렇지도 않게 버리는 주인들이죠. 저희는 그 뒤처리를 하고 있을 뿐입니다."

그 말을 들으면서 슈헤이는 어제 취재했던 내용을 떠올렸다. 잡지 편집부원이 연줄을 이용해 찾아낸 사람이었는데, 강아지 세 마리를 버렸다고 했다. 그 남자는 슈헤이의 눈에 서린 비판적인 기색을 봤는지 갑자기 걸걸한 목소리로 이렇게 말했었다. "저라고 좋아서 강아지를 버린 게 아닙니다. 충분히 마음 아파하고 있다고요."

죽어 가는 강아지들에게는 아무런 위안도 못 된다고 슈헤이는 생각했지만 입 밖으로 내지는 않았다.

직원 인터뷰가 끝나자 슈헤이는 줌 기능이 있는 콤팩트 카메라를 꺼내 수용된 강아지와 고양이 사진을 찍었다. 이 동물들은 반려인이 찾지 않는 이상 결국 죽을 운명이었다. 이런 강아지와 고양이를 위해 자신이 무얼 할 수 있을지 슈헤이는 스스로에게 물었다. 아무것도 할 수 없음을 알면서도. 적어도 고마고메의 맨션에 돌아가면 오늘 있었던 일은 가나미에게 말하지 않기로 마음먹었다. 가나미는 길거리에서 펫숍을 발견할 때마다 더없이 부드러운 웃음을 지으며 강아지와 고양이를 보곤 하니까.

다시 전차를 타고 도심으로 들어섰을 때는 저녁 5시가 넘어 있었다. 슈헤이는 단골 카페에 들어가 하시모토를 만났다.

『쾌적하게 사는 법』의 편집자는 친구의 얼굴을 보자마자 평소처럼 웃음을 지었다.

"어때, 새집에서 생활해 보니?"

"전에 살던 낡아 빠진 아파트랑은 비교도 안 돼. 차원이 전혀 달라."

"그것 참 잘됐네."

슈헤이는 자신의 성공을 보이지 않는 곳에서 도와준 하시모토에게 아직 진지하게 고맙다는 말을 하지 못하고 있었다. 지금 여기서 말할까 생각했지만 괜히 서먹해질 것 같아 관뒀다. 하시모토라면 이미 한참 전에 자신의 기분을 헤아리고도 남았을 것이다.

"그래, 요새 일은 좀 어때?"

하시모토가 물었다.

슈헤이는 숄더백에서 A4판 문서를 꺼내 하시모토에게 건넸다.

"신간 계획을 세워 봤어. 이게 먹힐 것 같으면 교분도에 들고 가려고."

하시모토는 세 개의 계획서를 받아 들고 꼼꼼히 살펴봤다. 다시 고개를 들었을 땐 표정이 썩 좋지 않았다.

"좀 지나치게 딱딱한 거 아냐? 게다가 경제나 범죄 분야는 경쟁 상대가 엄청나게 많다고."

"무슨 말인지는 알겠는데, 슬슬 노선을 변경하고 싶어. 잘하는 분야가 패션이나 인테리어뿐이어서는 앞길이 뻔하잖아."

"그래도 말이지……."

하시모토는 팔짱을 꼈다.

"기껏 이름을 알렸잖아. 당분간은 같은 노선을 유지하는 게 나을 거 같아."

"출판사는 어떻게 생각하는데? 2부를 낼 생각인 것 같아?"

"그게 말인데."

하시모토는 씁쓸한 듯 입을 뗐다.

"부장과 이야기할 기회가 있어서 안 그래도 물어봤지만 『쾌적하게 사는 법』의 붐이 일회성이라고 생각하는 것 같더라고. 2부는 힘들겠어."

일회성 붐이라는 말에 슈헤이의 기분이 상했다. 그렇게 생각하고 싶지 않았다. 자신이 쓰는 문장에는 독자를 매료시키는 무언가가 있을 터였다. 슈헤이는 화를 억누르고 친구에게 말했다.

"그렇다면 더더욱 다른 기획으로……."

"잠깐. 현실적으로 생각해 보자고. 실은 다른 일 얘기가 있어."

"어떤 일인데?"

"게이도 출판사가 새로운 패션 잡지를 창간할 모양이더라고. 그래서 우리 프로덕션에 기자를 몇 명 정도 파견해 달라고 부탁을 해 왔거든. 이걸 기회로 북크래프트는 작가 파견 업무에도 본격적으로 발을 들이게 됐어."

"그래서, 날 파견하겠단 소리야?"

"응. 받아들여 준다면 네가 우리 계약 사원이 되는 셈이야."

"급료는 일마다 주는 건가?"

"아니, 고정급. 18만 엔부터 시작인데……."

"18만 엔?"

슈헤이는 울컥해서 하시모토의 말허리를 잘랐다.

"가나미보다 적게 받는단 말이야?"

하시모토는 시선을 들어 슈헤이를 흘끗 봤다. 슈헤이는 자신이 편집자의 덕을 봤다는 사실을 깜빡했음을 깨닫고 말했다.

"미안. 그 책이 잘 나간 뒤로 모든 게 바뀌어서. 자만하고 있는 게 아닌가 하는 생각도 종종 들어."

하시모토는 웃음을 짓더니 개의치 않는다는 듯 말했다.

"스스로 알고 있으면 그걸로 됐지, 뭐."

"그럼 부탁인데, 조금만 더 꿈을 좇을 수 있게 해 주지 않겠어? 내 원고를 더욱 사회에 도움이 되는 방향으로 쓰고 싶어. 지금대로라면 새끼 고양이 한 마리도 구하지 못해."

"생활은 괜찮겠어? 베스트셀러가 된 책 인세보다 맨션 가격이 비쌌잖아?"

"위험하다는 건 충분히 알고 있어. 다행히 가나미도 일을 하는 중이고."

하시모토는 고개를 끄덕였다.

"그래, 알았어. 내 얘기는 선택지 중 하나인 셈이니까 머릿속 어디 한구석에라도 넣어 둬."

"응, 고마워."

"그리고 하나 말해 두고 싶은데 있는데."

테이블에 놓인 전표를 집어 들려던 하시모토는 손을 멈추고 말을 이었다.

"『쾌적하게 사는 법』에서 네가 쓴 라이프스타일은 분명 독자의 마음을 사로잡았어. 읽은 사람은 번잡한 현실을 잊고 보다 나은 생활에 대한 동경을 품게 되었단 얘기야. '꿈같은 한때' 같은 것 말이야. 사흘 만에 잊힐 별거 아닐 꿈일지 모르지만 내가 볼 땐 사회에 도움이 됐다고 생각해."

슈헤이는 카페 창밖으로 오가는 젊은이들을 바라보며 하시모토의 말을 들었다.
"자만하는 건 좋지 않지만, 거꾸로 스스로를 비하할 필요도 없어."
역시 친구밖에 없다고 슈헤이는 생각했다. 자그맣게 고개를 끄덕인 것으로 자신의 고마운 마음이 하시모토에게 전해진 듯했다.

주기적으로 찾아오는 몸의 변화는 있었다. 기분이 좀 처지고 유방이 무거워진 데다가 유두가 민감해져 있었다. 그렇지만 기다리던 생리는 시작되지 않았다.
벌써 2주나 밀렸다.
회사 화장실에서 나온 가나미는 자신의 책상으로 돌아갔다. 저녁 늦은 시간이 되어서인지 북크래프트의 사무실 안에는 레이아웃을 담당하는 여자 사원 말고는 아무도 없었다.
가나미는 임신한 걸까 하고 생각했다. 고개를 들자 컴퓨터에 달라붙어 작업하고 있는 동료의 뒷모습이 보였다. 연보라색 여름용 스웨터에 흰 플레어스커트를 입고 있었다. 어째서인지 그녀의 등에서 농밀한 여자 냄새가 퍼져 나오는 것 같다는 생각이 들었다.
생리가 밀리는 이유는 뭘까? 슈헤이와 결혼한 뒤 아사가야의 아파트로 이사했을 때에도 2주 정도 밀렸던 적이 있었다. 고마고메의 맨션으로 이사한 탓에 생활 환경의 변화가 몸에 영향을 미친 걸까? 아니면…….
그날 밤에 느꼈던 예감이 뇌리를 스쳤다. 기초 체온을 재 둘걸 하는 후회가 들었다. 임신을 했다면 체온이 높아진 상태가 이어질 터였다.

"먼저 들어갈게."

가나미는 책상 위에 놓인 전표를 정리하고는 가방을 어깨에 걸쳤다.

"문만 잘 잠가 줘."

"네."

레이아웃부 여사원은 모니터를 바라본 채로 대답했다.

지하철역으로 발걸음을 옮기면서 가나미는 약국을 찾았다. JR선 스이도바시 역 펜스 근처에 약국이 몇 개인가 산재해 있었다. 회사에서 가장 먼 곳을 골라 부끄러운 마음을 숨기고 임신 테스트기를 샀다. 가격은 880엔이었다.

지하철을 갈아타고 고마고메 역에 내려 저녁거리를 사 들고 귀가했다. 고층 맨션 엘리베이터에 탈 때엔 항상 새집에 대한 만족감을 맛봤지만, 오늘 밤에는 그럴 경황도 없었다. 찬거리를 부엌 테이블에 올려 두고 임신 테스트기 곽을 뜯었다. 안에는 체온계처럼 생긴 스틱이 들어 있었다. 설명서에 따르면 소변 안에 들어 있는 호르몬 양을 측정해 임신했는지 여부를 판별한다는 듯했다. 생리 예정일로부터 1주일이 지난 뒤부터 검사가 가능하다고 적혀 있었다.

가나미는 검사 순서를 외워 화장실에 들어가 스틱의 끝부분에 소변을 묻혔다. 그러고는 설명서대로 스틱에 뚜껑을 씌우고 바닥에 올려 뒀다. 조그만 원형의 결과 표시 창 안에 붉은 자줏빛 선이 떠오르면 결과는 양성, 즉 임신이었다. '이 진단 키트는 임신 여부를 보조적으로 검사하는 제품으로 정상 임신 등의 최종 진단은 반드시 전문의의 판단에 따라야 합니다.'라는 설명서 내용을 떠올리면서 기다렸다. 1분 후 붉은 자줏빛 선이 뚜렷이 떠올랐다.

임신이었다.

가나미는 한동안 멍하게 테스트기를 바라봤다.

슈헤이와 자신의 아이가 배 속에 깃들었다.

그런데 어째서 불안한 기분이 드는 걸까? 아주 오래전부터 마음속에 품고 있었던 막연한 공포감을 느끼는 건 왜일까?

현관문이 열리더니 슈헤이의 목소리가 들렸다.

"다녀왔어."

가나미는 서둘러 옷매무새를 가다듬고 화장실에서 나왔다.

"어서 와."

그렇게 반기자 피곤한 남편의 얼굴이 확 밝아졌다. 결혼 전과 똑같은 반응이었다. 자신과 함께 있는 걸 기뻐하는 남편의 웃는 얼굴. 가나미는 기대를 품었다.

"하시모토를 만나고 왔어."

웃옷을 벗으며 슈헤이가 말했다.

"기획서는 호평을 받았어. 노력하면 물건이 될 것 같아."

"정말? 잘됐다."

미소 지으며 가나미는 남편의 웃옷을 받아 들기 위해 임신 테스트기 곽을 테이블 위에 놓았다.

한 번 무심히 스쳐 지나간 슈헤이의 시선이 이내 곽으로 돌아갔다.

부부는 얼굴을 마주봤다. 가나미는 남편이 뭐라고 말하길 기다렸지만, 남편 역시 자신이 먼저 입을 열기를 기다리는 듯했다.

가나미는 용기를 내 고백했다.

"아기가 생긴 것 같아."

그러자 슈헤이는 가나미가 본 적도 없는 표정을 지었다. 놀란 듯 멍한 듯하면서도 머릿속으로는 무언가를 계산하는 듯한 표정이었다. 적어도 남편의 표정에는 가나미가 절실히 바랐던 상냥한 미소는 없었다. 어릴 적 바늘 끝에 정면으로 코끝을 찔렸을 때 같은 아픔이 마음속에 느껴졌다. 눈물이 나왔다.

"확실해?"

슈헤이가 당황한 듯 물었다.

가나미는 가까스로 눈물을 삼켰다.

"의사한테 진단을 받지 않으면 확실히는 몰라."

슈헤이는 시선을 떨구고 몇 번인가 고개를 끄덕였다.

"내일 일 쉬고 검진 받고 와. 중요한 일이니까 분명히 해 둬야지."

가나미는 겁이 나 남편의 애매모호한 말을 추궁할 수가 없었고 그저 "응." 하고 자그마한 목소리로 대답했다.

그리고 나서 부부는 거의 말을 나누지 않고 저녁을 먹었다. 슈헤이는 욕조에 몸을 담갔지만 가나미는 샤워만 했다. 침실에 들어가 불을 끌 때까지 남편의 평소같은 쾌활함은 돌아오지 않았다.

침대에 몸을 뉘인 가나미는 내일은 분명 좋은 하루가 될 거라고 자신의 배에 대고 말했다.

4

이튿날 슈헤이는 일어나기 무섭게 전화번호부를 펼쳤다. 기재된 의료 시설 중 믿을 만한 대형 병원을 찾았다. 지하철로 한 정거장 떨어진 거리에 있는 '분쿄의료대학병원'이라는 곳이 보였다. 사립 의과 대학이지만 입학시험 편차치가 높은 명문으로 알고 있었다.

아침 식사 때 가나미에게 병원 이름을 가르쳐 주면서 자기도 같이 가겠다고 말을 꺼내 봤지만 남편을 배려한 가나미는 혼자서도 괜찮다고 말했다. 장마 초입이라 그런지 날씨가 영 걱정스러웠다.

반팔 원피스를 입은 가나미를 배웅한 슈헤이는 작업실로 쓰고 있는 현관 옆 방으로 들어갔다. 3평 정도로 널찍한 방으로 벽에 설치된 책꽂이에는 각종 사전과 자료 등이 들어차 있었다. 책상 앞에 앉아 노트북 전원을 켜고 문서 작업 프로그램을 실행시켜 집필에 착수했지만 '버려지는 불쌍한 반려동물'의 데이터 원고는 전혀 진척이 없었다.

이 맨션을 고를 때에는 미래 계획도 세워 뒀었다. 슈헤이는 노트북에서 눈을 떼고 멍하니 생각에 잠겼다. 방 세 개 중 하나는 부부의 침실로, 하나는 슈헤이의 작업실로, 그리고 지금은 창고로 쓰고 있는 가장 안쪽 방을 아이 방으로⋯⋯ 아이를 둘 낳을 정도로 일이 순조롭게 흘러가면 근처에 저렴한 아파트라도 빌려 그곳을 작업실로 삼을 계획이었다.

가나미와 자신의 아이. 웃는 아기 얼굴이 떠올랐다. 아이가 생겼다면 분명 그날 밤일 터였다. 이 맨션으로 이사 온 날. 가나미와 살을 섞기 시작한 이후로 피임을 하지 않은 날은 그날뿐이었다.

검사 결과가 어떻게 나올까? 약국에서 파는 임신 테스트기는 얼마나 정확할까?

슈헤이는 초조한 마음에 전화기를 집어 들었다. 학창 시절 친구 중 이미 유치원에 다니는 아이가 있는 부부가 있었다. 슈헤이는 연락처에서 번호를 찾아내 그 친구에게 전화를 걸었다.

분쿄의료대학병원은 역사가 느껴지는 고풍스러운 분위기를 풍기고 있었다. 넓은 부지 한가운데 본관과 신관 병동이 두 개 서 있었다. 각 층 외벽에는 땜질한 흔적이 있는 배관이 깔려 있었다.

하지만 안으로 한 발 들어서자 의학의 요새 같은 분위기가 풍겼다. 청결하게 닦인 복도 좌우로 최첨단 의료 기구와 검사 기기가 얼핏 보였다. 각 과 대기실은 진료를 기다리는 환자로 꽉 차 있었다.

가나미는 접수처에 가서 건강보험증을 꺼내 들고 산부인과 검진을 받으러 왔다고 말했다. 그러자 산부인과용 문진표를 기입해 달라는 대답이 돌아왔다. 주소, 이름, 연령 등을 적은 뒤 첫 질문에 펜을 놀리는 손이 멈췄다. 초경을 시작한 나이를 묻고 있었다.

언제였더라 하며 가나미는 고개를 갸웃했다. 분명히 알고 있을 터였는데 어째서인지 기억이 나지 않았다. 오래 사귄 친구의 이름이 기억나지 않을 때 같은 기분이었다. 머릿속에는 사춘기 시절 체형이 멋대로 변하기 시작했을 때 느꼈던 당혹스러움밖에 떠오르지 않았다. 별수 없이 가나미는 평균이라고 생각되는 '12세'를 문진표에 적고 나머지 칸을 채워 넣었다.

초진 수속을 마치고 산부인과 외래 진료실을 향했지만 머릿속 께름칙함은 사라지지 않았다. 자신이 여자라는 즐거움과 불안…… 그 두 개가 균형을 잃고 지금은 불안한 쪽으로 기운 듯했다.

문득 훌쩍거리면서 우는 소리가 들려왔다. 가나미는 시선을 위로 향했다. 오른쪽으로 꺾인 복도 안쪽에서 비쩍 마른 여자가 걸어오는 게 보였다. 그 사람의 눈물에 젖은 얼굴을 보고 이것저것 생각할 새도 없이 가나미도 울고 싶은 마음이 들었다. 뒤에 보이는 문 중 하나가 열리더니 골격이 두드러져 억세 보이는 인상의 의사가 얼굴을 내밀었다. 울고 있는 여자를 걱정스러운 표정으로 바라보고 있었다.

가나미는 고개를 들어 천장에서부터 늘어뜨려진 안내판을 봤다. '정신과'라고 쓰여 있었다. 멍하게 걷다가 길을 잃은 듯했다. 마침 지나가던 간호사를 붙잡고 산부인과가 어딘지 물어 그쪽으로 향했다.

대기실에서 한 시간 가까이 기다려야 했다. 배가 볼록 솟아난 임신부들에게 둘러싸인 자신이 기댈 곳 없는 존재가 돼 버린 듯했다. 간호사가 "나쓰키 씨."라고 부르자 마침내 진료실에 들어갔다.

안에는 몸집이 작은 30대 여의사가 기다리고 있었다. 이름은 히로카와였다. 문진표를 토대로 과거 병력과 임신 경험의 유무, 본인과 가족의 병력 등을 확인했다. 다 마친 히로카와가 말했다.

"진찰해 보죠."

내진대를 마주한 가나미는 움츠러들었다. 내과에서 사용하는 평탄한 침대가 아니라 천장을 바라보고 누워 다리를 벌리고 양 무릎을 추켜올려야 하는 구조였다.

"겁내지 않으셔도 돼요."

히로카와가 부드러운 어조로 재촉하자 가나미는 내진대에 올랐다. 우선 흉부와 복부의 촉진을 받은 뒤 속옷을 벗었다. 상반신과 하반신을 나누는 위치에 커튼이 드리워져 있어 수치심은 꽤나 누그러들었다. 히로카와는 촉진, 질 내시경 등 내진을 척척 진행했다.

"배 속에 아기가 있더라도 아무 영향을 안 받으니 괜찮아요."

그렇게 말하고는 초음파 진단을 위해 봉처럼 생긴 탐지기를 질 안에 넣었다.

가나미는 얌전히 누운 채 결과가 나오기를 기다렸다. 잠시 후 히로카와가 커튼을 살짝 열고 초음파 진단 장치의 모니터를 가나미가 볼 수 있도록 조정했다.

"가나미 씨, 잠시 봐 주시겠어요?"

화면에는 숫자와 알파벳에 둘러싸인 틀 안으로 가나미의 태내를 비춘 화질 나쁜 흑백 영상이 떠 있었다.

히로카와가 화면을 짚으며 설명을 시작했다.

"여기에 자그맣게 보이는 게 배아예요."

"배아요?"

"쉽게 말해, 아기죠."

"네?"

숨을 삼키며 고개를 든 가나미에게 히로카와와 간호사들이 부드러운 미소를 건넸다. 가나미는 자기도 웃어야 한다는 생각이 들어 웃음을 지었다.

"축하드려요. 임신 7주째네요. 아기 심장이 벌써 뚜렷하게 움직이고 있네요."

　가나미는 화면으로 시선을 되돌렸다. 자그맣고 귀여운 이등신의 실루엣이 보였다.

　"위의 둥근 부분이 머리고 아래가 몸이에요. 구분하기 어려우실지도 모르겠지만 팔하고 다리가 조금 튀어나와 있네요. 키는 3센티미터 정도예요."

　이게 자신의 아이라니. 가나미의 마음속에 마치 솜에 푹 파묻힌 것 같은 기쁨이 퍼져 나갔다.

　탐지기를 빼낸 뒤 가나미가 옷매무새를 가다듬을 때 히로카와가 설명을 이어 나갔다. 임신 주수를 헤아리는 법, 유산을 방지하기 위해 평소 생활할 때 주의할 점, 다음 혈액 검사 시기 등을 얘기했다.

　"마지막으로 생리한 날을 기준으로 예정일은 내년 1월 27일이 되네요."

　'물병자리의 아기가 되겠구나.' 머릿속으로 몇 번이고 모니터 화면을 반복해 떠올렸다.

　자신의 아이.

　배 속에 싹튼 자그마한 생명.

　계산 결과는 빠듯했다. 친구에게 전화를 걸어 얻어낸 출산, 육아, 교육 비용과 자신들의 경제 상태를 저울질해 보면 선택지는 단 하나 뿐이었다.

　슈헤이는 절망적인 기분으로 메모지를 내던졌다. 만약 정말로 임신했다면 가나미는 아이를 낳고 싶어 할 터였다. 슈헤이도 아빠가 되고 싶은 마음이 없지는 않았다. 하지만 자신의 다음 일이 결정되지 않은 지금으로서는 긍정적으로 생각할 수가 없었다. 책을 출판하기는커녕 전처럼 잡지 기사의 데이터 취합 정도밖에 못 한다면 대출 원리금도 가나미의 고정 수입에 의존할 수밖에 없었다. 하지만 가나미는 계약직인 탓에 복리후생 혜택도 거의 없는 것과 다름없었고 아이를 낳기라도 하면 계약 해지를 통보받게 될 터였다. 모아 둔 돈으로 어찌어찌 생활한다 하더라도 3개월 만에 바닥을 보이고 말 것이다. 도저히 아이를 낳을 여유가 생기지 않았다.

그래도 슈헤이는 아내의 슬퍼하는 얼굴을 보고 싶지 않다는 일념으로 막 입주한 이 맨션을 팔아 치우는 방법도 생각해 봤다. 부동산에 전화를 걸어 물어본 결과 "빼려면 지금 당장 빼야 돼요."라는 대답이 돌아왔다. 전입 신고를 안 한 채 매물로 내놓으면 구입 금액의 90퍼센트의 가격에 팔 수 있다고 했다. 하지만 부부가 실제로 거주했다는 사실이 밖에 알려지게 되면 이 맨션은 중고 물건이 돼 자산 가치가 크게 떨어진다는 것이었다. 최악의 경우 집도 없이 대출만 껴안은 상태가 될 수도 있다는 생각이 들었다.

맨션을 매각한다는 선택지는 없던 일로 치는 게 나을 법했다. 숫자 상 계산 때문만이 아니라 자신의 힘으로 쌓아 올린 성을 내팽개치고 싶지 않은 마음도 강했다. 무슨 짓을 해서라도 이 집만은 지켜내고 싶었다.

사정을 설명하면 가나미는 분명 이해해 주리라고 생각했다. 마음에 쏙 드는 야경이 눈앞에서 사라져 버리는 일은 가나미도 바라지 않을 터였다.

방문 바로 바깥에서 현관문이 열리는 소리가 들렸다. 슈헤이는 메모지를 집어 들고 현실적인 판단을 내리는 건 남자의 역할이라고 되뇌었다. 그러고 작업실 방문을 열었다. 막 운동화를 벗은 가나미가 앗 하고 고개를 살짝 들어 이쪽을 봤다. 왜 저렇게 부드러운 표정을 짓고 있는 건지 슈헤이는 궁금했다.

가나미가 애매모호한 웃음을 지으며 말했다.

"아기가 생겼어."

"그래."

최대한 담담하게 말한다고 했지만 이쪽을 바라보는 가나미의 얼굴에는 점점 그늘이 드리워졌다. 자신이 무슨 말을 하려는지 눈치챈 것만 같았다.

"부엌에서 얘기 좀 하자."

슈헤이는 먼저 복도 안쪽으로 걸어 들어갔다. 가나미는 얌전히 뒤를 따랐다. 테이블을 가운데에 끼고 마주앉은 슈헤이는 메모지를 가나미에게 내밀었다.

"재무 상황을 이리저리 생각해 봤어. 지금 아이를 낳더라도 만족스럽게 키우지는 못할 거야."

슈헤이는 세세하게 숫자를 들먹이며 설명하기 시작했다. 가나미는 양어깨를 움츠리고 듣고 있었다. 5분 정도 장황하게 설명한 뒤 자신이 무얼 말하고 싶은지 전달됐다고 판단한 슈헤이는 마지막으로 말했다.

"안타깝지만 다음으로 미루자."

가나미가 툭 내뱉었다.

"이 맨션 대출만이라도 없었으면 좋았을 텐데."

"두 번 다시 아이가 안 생기는 것도 아니잖아."

슈헤이는 억지로 웃음을 지어 보였다.

"더 행복하게 키울 수 있는 여건을 만들고 나서 생각해 보자. 우리 아이도 그쪽이 훨씬 좋다고 생각할 거야."

"왜?"

슈헤이는 질문을 이해할 수 없었다. 있는 힘껏 저항하려는 건가 생각했지만 아내의 얼굴에 적의는 없었다. 묘하게 온화한 표정을 짓고 있었다. 슈헤이는 오히려 이런 반응이 두려웠다.

가나미는 양손으로 테이블을 짚고 일어섰다. 그러고는 가방을 집어 들고는 "저녁 찬거리 사 올게."라고 말했다.

"응."이라고 대답할 수밖에 없었다.

가나미는 슈헤이와 눈도 마주치지 않고 방을 나섰다.

처음으로 아내에게 상처를 입혔다는 씁쓸한 뒷맛이 남았다. 슈헤이는 일어서서 베란다로 나가 차가운 바깥바람을 쐬었지만 장마철 하늘처럼 기분은 전혀 개지 않았다. 어째서 이렇게 돼 버린 건지 뭐라도 저주를 퍼붓고 싶었다. 하지만 뭘 저주해야 하는 걸까? 피임을 하지 않은 자기 자신을? 얇은 고무막을 성기에 씌우지 않은 자신이 잘못한 건가? 겨우 그런 일 때문에 이렇게 고통스러운 재앙을 겪어야 하는 건가? 어처구니없다고 슈헤이는 마음속으로 내뱉었다. 10대를 타깃으로 한 잡지엔 섹스 정보가 범람하고, 크리스마스이브 도쿄 도내 호텔엔 성행위에 탐닉하는 커플이 넘쳐 나는 세상이었다. 서로 사랑하는 남녀가, 그것도 결혼까지 한 자신들이 쾌락을 추구하는 게 뭐가 잘못됐는가.

16층 높이에서 땅바닥으로 시선을 떨구자 맨션을 나서는 가나미의 뒷모습이 보였다. 고개를 숙이고 터덜터덜 걸어가고 있었다. 아내가 이렇게 불쌍해 보이기는 처음이라 슈헤이는 동요했다. 문득 가나미는 알고 있었는지도 모른다는 생각이 들었다. 그날 밤 자신이 피임 기구를 사용하지 않았다는 사실을. 만약 그렇다면 가나미도 같이 죄를 지은 게 아닌가. 왜 가나미는 먼저 자신의 몸을 지켜달라는 말을 하지 않았을까? 나중에 눈물짓더라도 이미 늦어버린 일이 아닌가.

거실로 들어와 창문을 닫고 소파에 몸을 파묻으면서 슈헤이는 죄책감이 차오르지 않는다는 사실을 깨달았다. 자기 자신을 책망하려 하더라도 온전히 그렇게 하지 못하는 답답한 마음이 들었다. 남자는 쾌락을 느낄 뿐 육체적인 부담을 지지 않아도 되기 때문인 걸까? 차오르지 못하는 죄책감은 가나미가 전부 짊어지고 있는 걸까?

이상한 기분이었다. 마음이 현실에서 동떨어져 둥실둥실 하늘을 떠다니는 것 같았다.

배 속에 아기가 있다. 그렇게 생각하는 것만으로도 가나미는 행복했다. 이 행복감 속에 계속 머무르고 싶다고 생각했다.

역 계단을 오를 때에도, 전철 의자에 몸을 내맡기고 있을 때에도 왼손이 무의식적으로 아랫배를 감쌌다. 자그마한 아기를 조금이라도 지켜 주고 싶었다. 번화가 역에서 내려 백화점으로 이어지는 통로를 걸어가면서 지금 이 순간에도 자신의 아기를 어르고 싶다는 마음이 들었다.
　에스컬레이터를 타고 백화점 9층으로 올라갔다. 가나미는 아기 옷을 파는 가게에 진열된 작은 옷을 하나씩 하나씩 보면서 걸었다.
　빨강, 흰색, 파란색, 노란색. 색 배합도 촉감도 아기의 몸을 감싸는 옷은 온통 부드러움으로 가득했다. 깜찍한 핑크색 망토가 보였다. 같은 색의 오버올과 함께 입히면 되는 듯했다. 여자아이라면 이 옷을 입혀 주고 싶을 텐데 하고 생각하면서 가격표를 봤다.
　9800엔.
　가나미는 움직임을 멈췄다. 자기네는 이 옷을 살 수 없으리라. 매월 14만 엔이나 하는 맨션 대출금이 있으니.
　아까 슈헤이가 지었던 표정을 떠올렸다. 억지로 웃음을 지으려 했지만 굳어 있던 눈매를. 남편 뒤로 보이던 노을이 아름답다고 느꼈다. 그때 필사적으로 말다툼을 했더라면 자기 안의 추악함이 그대로 드러났을 터였다. 그래서 가나미는 아무 말도 하지 않았다.
　발밑으로 조그만 아이 둘이 아장아장 달려갔다. 뒤에서 엄마가 웃으면서 따라오고 있었다. 고개를 들자 층 전체에 아이를 데려온 엄마들이 잔뜩 있었다. 점원도 모두 여자들이었다. 다른 층과 달리 모두들 표정이 밝고 부드러워 보였다.
　여기에 오는 게 아니었다고 가나미는 후회했다. 행복한 사람들 사이에 자신이 있어서는 안 되었다.
　눈물이 쏟아졌다. 누군가가 지켜보고 있는 기분이 들어 고개를 숙이고 눈물을 감췄다. 천천히 걸어가면서 시선이 느껴지는 쪽으로 고개를 돌리자 통로 안쪽에 서 있는 여자가 보였다. 자신과 비슷한 연배의 임부복을 입은 임신부였다. 얼굴을 이쪽으로 향하고 있었지만 눈물 때문에 앞이 뿌옇게 보여 표정을 분간할 수 없었다. 가나미는 서둘러 매장을 나서려고 했지만 괜히 신경이 쓰여 한 번 더 돌아봤다.

여자의 등이 진열된 옷 너머에 가려져 있었다.

본 적 있는 여자라는 사실을 가나미는 깨달았다. 아는 사람한테 이런데서 훌쩍거리는 모습을 보이다니 괜히 부끄러워졌다. 하지만 그보다도 고민을 털어놓고 싶은 기분이 들었다. 저 사람이라면 들어 줄 것 같은 기분이 들었다.

그건 그렇고 누구더라. 가나미는 통로 안쪽으로 걸어 들어가면서 분명 본 적이 있는 얼굴을 몇 번이고 떠올렸다. 자기처럼 흰 피부, 둥그스름한 뺨, 강인함 속에 배려심을 품은 독특한 눈. 짧은 머리만이 기억 속에 남아 있던 인상과 달랐다.

여자의 모습이 보이지 않게 된 지점에 다다르자 계단이 있었다. 지금 있는 층은 11층 건물의 9층이었다. 아래층으로 간 게 아닐까 생각하면서 가나미는 계단을 내려갔다. 배에 신경이 쓰여 발걸음을 재촉하지 못했다. 8층에서 7층으로, 그리고 6층으로 매 층을 살펴봤지만 아까 봤던 사람의 모습은 보이지 않았다. 임신부일 텐데 이렇게나 빨리 어디로 가 버린 걸까?

결국 1층까지 내려오도록 찾지 못했다. 가나미는 포기하고 지하 통로로 나서 역으로 돌아섰다.

그 순간 또 다시 등 뒤에 꽂히는 시선을 느꼈다. 돌아봤지만 오가는 인파에 막혀 그 여자인지 확인할 수가 없었다. 가나미는 역으로 향하는 사람들에게 떠밀려 걸어갔다.

아까 그 사람이 계속 뒤를 쫓는 것만 같았다. 핀트가 어긋난 영상처럼 뿌연 사람의 형상이 계속 등 뒤에 있는 듯했다.

초인종이 울렸다.

소파에 누워 천장을 바라보고 있던 슈헤이는 깜짝 놀라 몸을 일으켰다. 귀가가 늦어지는 아내 걱정을 하고 있던 참이었다. 가나미라면 오토락 현관을 그냥 지나올 터였다. 인터폰을 울릴 리가 없었다. 그렇다면 대체 누가 온 걸까? 갑작스런 손님이 나쁜 소식을 가져온 게 아니기만을 빌면서 슈헤이는 벽에 걸린 수화기를 집어 들었다.

"네."

긴장한 목소리로 답했지만 응답이 없었다. 감시 카메라에 비친 맨션 현관엔 아무도 없었다.

뭔가 잘못 작동한 걸까? 소파로 되돌아가려는 순간 재차 초인종이 울렸다. 슈헤이는 기괴한 생각에 사로잡혀 아무도 비춰지지 않은 모니터를 응시했다. 이윽고 착각하고 있었음을 깨달았다. 방금 울린 초인종은 집 현관 것이었다. 손님은 벌써 방 바로 앞에까지 와 있었던 셈이었다.

어떻게 자동 잠금 장치가 있는 현관을 통과했는지 수상하게 생각하면서 슈헤이는 수화기를 내려놓고 다른 수화기를 집어 들었다.

"네."

그러자 들어 본 적 없는 여자의 목소리가 들려왔다.

"여기가 어디죠?"

"네?"

슈헤이는 당황해서 반문했다.

"누구 집이죠?"

"나쓰키입니다만."

슈헤이는 대답하면서 상대방이 현관 바로 앞이 아니라 어딘가 멀리에서 말을 걸고 있는 것 같은 착각에 사로잡혔다.

"누구십니까?"

"내가 누군지 알아?"

반문하는 여자의 목소리에는 장난기가 묻어났다.

장난인가 싶었지만 그렇다 치기엔 이상했다. 여자의 목소리는 젊긴 했지만 아이 같지는 않았다. 분명 어른의 목소리였다.

"들여보내 줘."

"누구십니까?"

슈헤이는 재차 물었다.

"내가 누군지 알아?"

여자가 물었다.

슈헤이는 조금씩 불안한 마음이 들기 시작했다. 해가 저물었지만 불을 켜는 걸 잊고 있었다. 복도 불을 켜고 대답하기를 관두고는 발소리를 죽이고 현관을 향했다.

문 너머에는 인기척이 없었다. 가 버린 건가 하고 문구멍에 눈을 가져다대자 여자의 머리칼이 나부끼더니 재빠르게 시선이 닿지 않는 곳으로 움직였다.

그 순간 똑똑 하는 가벼운 노크 소리가 들리더니 가냘픈 여자의 목소리가 들렸다.

"내가 누군지 알아?"

슈헤이는 흠칫 놀라 뒷걸음질 쳤다. 여자는 문에 바싹 대고 직접 말을 걸어 왔다. 문 너머로 슈헤이가 와 있다는 사실을 알아챈 것이었다.

정신병자일지도 몰랐다. 슈헤이는 황급히 거실로 돌아와 수화기에 대고 말했다.

"누구신지 모르겠지만 장난은 그만두시죠."

대답은 없었지만 여자의 숨소리는 확실히 들렸다.

슈헤이는 애를 태우며 뭐라고 말해야 쫓아낼 수 있을지 생각하던 중 가나미가 아직 집에 돌아오지 않았다는 사실을 깨달았다. 아내가 돌아와 현관문 앞에 있는 정신 이상자를 만나기라도 하면 어떤 일이 벌어지게 될지 몰랐다. 이렇게 된 이상 직접 말할 수밖에 없다고 마음을 굳힌 슈헤이는 현관으로 돌아갔다. 문구멍 너머로 확인했지만 여자의 모습은 보이지 않았다. 긴장하면서 문손잡이에 손을 올리고 자물쇠를 푼 뒤 문을 확 젖혔다.

하지만 거기엔 아무도 없었다. 무의식적으로 어라 하고 뱉었다. 좌우를 둘러봤지만 조용한 복도엔 개미 한 마리조차 없었다.

방금 일은 대체 뭐였을까? 여우에 홀린 기분으로 문을 닫으며 설마 귀신인가 하는 생각이 들자 소름이 끼쳤다. 하지만 이 맨션은 신축 건물이었다. 괴담 따위 있을 리가 없었다.

슈헤이는 자물쇠를 잠그려고 시선을 떨구었다. 그때 문고리가 저

절로 돌아가기 시작했다. 앗 하며 손으로 막으려 든 순간 손잡이가 소리를 내며 끝까지 돌아가더니 문이 바깥쪽에서 열렸다.

눈앞에 선 여자의 모습에 슈헤이는 잔뜩 경악해 눈을 부릅떴지만, 서 있는 사람은 가나미였다.

슈헤이는 안도의 한숨을 내쉬었다.

"왜 그래?"

"방금 이상한 일이 있어서."

"뭔데?"

슈헤이는 "어떤 여자가……."라고 운을 떼다 입을 다물었다. 아내의 장난일지도 몰랐다. 하지만 목소리 톤도 억양도 가나미와는 전혀 달랐다. '그러고 보니.'라고 생각하며 슈헤이는 떠올렸다. 문 너머에서 들려오던 여자의 말에는 미미하지만 사투리 같은 억양이 있었다.

"어떤 여자가 어쨌는데?"

방으로 들어서면서 가나미가 물었다.

"아냐, 기분 탓이었나 봐."

아내를 불안에 떨게 만들어서는 안 된다고 생각한 슈헤이는 말꼬리를 흐렸다. 그러고는 빈손인 가나미에게 물었다.

"찬거리 사러 갔던 거 아녔어?"

"오늘은 시켜 먹어도 될까? 좀 피곤해서."

"괜찮은데."

가나미는 가방을 테이블에 올려 두고 거실 소파에 걸터앉았다. 온화한 표정으로 뭔가 생각하고 있는 듯했다. 그 표정을 보고 슈헤이는 가나미가 마음 정리를 끝내 준 건 아닐까 기대했다. 중절이라는 괴로운 선택을 이해해 준 건 아닐까?

나쓰키 부부는 피자를 주문했다. 그러나 가나미는 거의 손도 대지 않았다. 슈헤이는 입덧인가 하고 멋대로 추측했지만 임신 초기에 입덧이 오는지 어떤지도 잘 몰랐다. 부부는 교대로 목욕을 하고 자정 즈음에 침대에 누웠다.

"오늘 예전 친구를 만났어."

잠에 빠져들기 전에 가나미가 말했다.

"다음에 우리 집에 데려와도 될까?"

"당연하지."

슈헤이는 대답하고 눈을 감았다. 곧 악몽이 밀려왔다. 현관문이 열리고 새카만 여자 형상이 걸어 들어오는 꿈이었다.

"내가 누군지 알아?"

검은 여자가 물었다.

5

도다 마이코의 상태는 악화일로를 걷고 있었다. 병 증세뿐만 아니라 주변 환경도 자꾸만 나빠졌다.

네 번째 진찰일인 오늘 이소가이는 더욱 많은 시간을 할애해 마이코와 대화했다. 지금이 고비라는 생각이 들었다.

"아기가 생기지 않는 원인을 알 수 없다는 얘기를 들었어요."

마이코는 눈물을 흘리며 말을 이었다.

"치료 방법이 없대요."

"그렇지 않습니다."

이소가이는 부드럽게 말했다.

"산부인과의 히로카와 선생에게 사정은 들었습니다. 도다 씨도 남편 분도 몸에는 이상이 없다더군요. 그러니까 몸은 건강해요."

"그렇다면 왜……."

마이코는 기어들어 가는 목소리로 물었다.

"초조해하지 않으셔도 된다는 말입니다. 결혼하고 5년, 10년이 지나서 겨우 아기가 들어서는 사람도 있어요. 검사 결과 이상이 없다는 말은 앞으로 임신할 가능성이 있다는 말이니 비관하지 않으셔도 됩니다."

"그렇지만 몇 년이나 더 걸린다니요. 시어머니께서 기다려 주지 않으실 거예요."

"그러실까요?"

이소가이는 반문하면서도 내심 당황해 뭐라고 말해야 할지 고민했다. 지난번 진찰이 끝나고 마이코의 양해를 구해 자택에 전화를 했었다. 이번 진찰 때 시어머니와 남편을 불러내기 위해서였다. 아무리 항우울제를 복용한다 하더라도 가정 환경이 마이코를 궁지로 내몰면 무위로 돌아가고 말 터였다. 하지만 전화를 받은 남편은 우유부단하게 "일이 있어서요."라고 말했고 시어머니는 심지어 "모든 걸 의사 선생님께 일임하도록 하지요."라고 도전적인 어조로 응수했다. 냉랭하기 짝이 없는 가정 환경이 눈에 선했다. 이소가이는 고립무원인 싸움에 내몰린 마이코를 동정 가득한 눈길로 바라봤다. 해야 할 말이 자연스럽게 흘러나왔다.

"시어머니껜 제가 확실히 말씀드리지요. 남편 분께서도 분명 이해해 주실 겁니다. 경우에 따라서는 입원을 하셔도 좋습니다."

"입원요?"

마이코가 고개를 들었다. 마치 중병에 걸렸다는 선고처럼 들렸던 모양이었다.

"저 역시 아기가 생기지 않는 괴로운 기분을 압니다."

이소가이는 거짓말임을 들키지 않기 위해 단호하게 말했다.

"전에 여기 오신 환자 한 분은 사는 것 자체가 괴롭다고 말씀하셨습니다."

그러자 마이코의 두 눈에서 눈물이 흘렀다.

"저도 그래요."

"정말인가요?"

이소가이는 부드럽게 대화를 이어 나갔다.

"그 환자 분은 죽고 싶다고 말씀하셨는걸요."

마이코는 고개를 끄덕였다.

"저도 마찬가지예요."

이소가이는 마이코에게 자살하려는 의사가 있는지를 확인해 나갔다.

"그런 생각을 구체적으로 해 보셨나요?"

"그제는 밧줄에 눈이 갔어요. 어제는 칼이었고요."

"많이 힘드셨겠군요."

다독이듯 얘기하자 마이코의 눈에서는 계속 눈물이 넘쳤다. 이소가이는 좀 더 울어 달라고 기도했다. 울면 울수록 자살 충동이라는 심적 에너지가 밖으로 발산된다. 이 울음은 생명을 이어 나가는 눈물이었다.

마이코가 한바탕 우는 모습을 지켜본 뒤 이소가이는 말했다.

"전에 드린 명함은 갖고 계시죠?"

"네."

"힘들 때에는 언제라도 전화 주세요. 상담해 드릴 테니, 걱정하지 않으셔도 됩니다."

마이코는 연신 가볍게 끄덕였다.

"그리고, 하나만 약속하죠. 다음 주에 오실 때까지 절대로 자살하지 않겠다고. 아셨죠?"

잠시 공백이 있었다. 이소가이는 참을성 있게 기다렸다. 마침내 마이코는 기어들어 가는 목소리로 "네."라고 대답했다.

"좋아요, 약속한 겁니다."

이소가이는 거듭 확인하면서 악수하려고 마이코의 손을 쥐었다. 다섯 손가락에 힘을 주자 약하긴 하지만 마이코도 자신의 손을 쥐었다. 이소가이로서는 이 희박한 의지력을 믿는 수밖에 없었다.

가나미는 자처해서 병원에 갈 의사가 없는 듯했다.

임신 사실을 알게 된 후 1주일 동안 슈헤이는 아내의 행동을 주의 깊게 살폈다. 가나미는 아무 일도 없던 것처럼 생활하고 있었다. 하루도 빼 놓지 않고 출근을 했고, 귀찮다는 내색도 없이 집안일을 해

치웠다. 전과 다른 점이라면 침대에서 맨살을 섞지 않게 된 것 하나 뿐이었다.

슈헤이는 아무 잡지사에서나 일이 들어오길 기다리면서 인터넷으로 인공 임신 중절에 대해 조사했다. 조사에 따르면 21주 이내에만 합법적인 수술이 가능했다. 산모에 대한 부담을 생각하면 최대한 빨리 수술하는 게 좋다는 듯했다. 법적으로는 신체적, 혹은 경제적인 이유로 산모의 건강이 저해되거나 성폭력 등 범죄로 인해 임신해 버린 경우에 한해 수술을 인정했다. 이 모자보건법 조문은 꽤나 확대 해석이 되고 있는 듯했다. 중절은 드문 일이 아니었다. 수술을 받는 여성 모두 이 조건에 합치한다고는 도저히 믿을 수가 없었다.

이렇게 생각한 슈헤이는 진전 없는 고민에 다시 빠져들었다. 과연 자신들은 어떤가. 이 나라의 느슨한 성 규범에 편승해 자신들의 아기를 지워 버리려 하는 것은 아닌가. 슈헤이의 의식의 표층, 가장 가볍고 얄팍한 부분은 그 생각을 부정하려 들고 있었다. 하지만 자기 자신을 마주 대하려는 각고의 노력 끝에 역시 내면의 기만을 인정할 수밖에 없었다. 지금 생활을 내팽개치고, 최악의 경우에 복지 시스템에 의존해 살아갈 각오가 돼 있으면 아이를 낳아 기를 수 있다. 하지만 충분한 교육이나 즐거움을 제공할 수는 없게 된다. 그렇다면 부모의 생활 방식에 따라 불행이 결정된 아이들은 태어나지 않는 게 맞는 걸까? 그들은 어머니의 태내에서 지워지는 쪽이 더 행복할까?

'결혼 전이었더라면.' 하고 슈헤이는 스스로도 진절머리를 칠 상상을 했다. 아마도 중절 수술을 받게 한 뒤 가나미와 헤어졌을 터였다. 얼굴을 마주할 때마다 견딜 수 없는 기분이 들게 뻔하니 말이다. 하지만 지금 상황에서는 어림도 없었다. 부부가 돼 한 지붕 아래서 생활하는 이상 서로에게서 도망갈 곳은 없었다. 이혼하지 않고서는.

결국 슈헤이는 처음 내린 결론으로 되돌아갈 수밖에 없었다. 자신은 가나미를 사랑하고 있었다. 지금 생활도 내팽개치고 싶지 않았다. 그렇다면 아이를 포기할 수밖에 없었다.

월말이 돼 은행에서 각종 공과금 등을 납부하고 돌아오는 길에 슈헤이는 빨리 모든 걸 끝내야겠다고 결심했다. 지금 이러고 있는 동안에도 가나미의 몸 안에서는 아기가 점점 자라나고 있었다. 수술을 미룰수록 산모가 져야 할 부담도 커진다.

슈헤이는 저녁 식사 후 널찍한 부엌에서 가나미와 나란히 설거지를 하면서 말했다.

"괴롭겠지만, 슬슬 병원에 가지 않을래?"

"응."

가나미는 고개를 끄덕였다. 담담한 반응이었다. 자기가 재촉하기만을 계속 기다려 온 듯했다. 슈헤이는 문득 지금 이 대화를 배 속의 아기가 듣고 있을지 생각했다. 친부모가 나누는 잔혹한 모의를.

이튿날 가나미는 휴가를 신청했다. 슈헤이와 함께 분쿄의료대학으로 향했다. 산부인과 진료실에 들어서자 히로카와가 부부를 맞이했다.

"오늘은 남편 분도 함께 오셨네요?"

퍽 기쁜 말투였다.

고개를 숙인 가나미 옆에서 슈헤이가 의사에게 말했다.

"그렇습니다만, 이번에는 포기할까 합니다."

"무슨 말씀이시죠?"

기분 탓인지 모르지만 히로카와의 표정이 험상궂게 변한 듯했다.

"중절 수술을 할 수 있을까 해서요."

"왜죠? 이유가 뭔가요?"

슈헤이는 솔직하게 대꾸했다.

"대출 상환만으로도 빠듯해서요. 아이를 기를 상황이 아닙니다."

히로카와는 다소 어이없다는 듯이 젊은 부부를 번갈아 봤다. 그녀의 시선이 흘끗 옆으로 향하자 슈헤이는 자신의 귀에 뚫린 피어스 구멍을 본 게 아닐까 하는 생각이 들었다.

"속단하시면 안 돼요."

히로카와는 지자체 단체에서 시행하는 출산 육아 장려금 등의 설명을 시작했다. 하지만 이미 슈헤이가 검토 단계에서 무리라고 판단한 선택지였다.

마음을 돌릴 수 없다고 생각했는지 히로카와는 낮은 목소리로 말했다.

"아무리 원해도 아이를 갖지 못하는 사람도 있는데, 어째서죠?"

"죄송합니다."

자신도 잘 알 수 없었지만 슈헤이는 히로카와에게 사죄했다.

"그래도 저희가 함께 내린 결정입니다."

히로카와는 의심스럽다는 표정으로 바닥만 보고 있는 가나미에게 시선을 향했다. 간호사들의 차가운 시선을 느낀 슈헤이는 병원을 바꿀까 생각했다.

"별수 없군요. 그러시다면 협력 병원을 알려 드리죠. 그쪽에도 모자보건법 지정 의사가 있으니까요."

"부탁드리겠습니다."

슈헤이는 고개를 숙였다.

소개 받은 '나카이 산부인과 의원'은 분쿄의대에서 도보 5분 거리에 있었다. 슈헤이는 가나미의 손을 잡고 묵묵히 걸었다. 도착한 곳은 작은 3층 건물로 1층과 2층이 진료실인 듯했다. 외관도 깨끗하고 믿음직한 병원 같았다.

접수처에서 초진 수속을 마친 뒤 가나미와 함께 대기실로 들어갔다. 거기에는 배가 불룩 나온 임신부가 한 명 앉아 있었다. 그 사람은 슈헤이 부부에게 미소 지었지만 눈을 내리깐 가나미를 보고는 이내 거북한 표정을 지었다. 한눈에 사정을 파악한 듯했다.

20분 정도 기다린 뒤 나쓰키 부부는 진료실에 들어갔다. 둘을 맞은 나카이 원장은 다소 몸집이 왜소한 중년 남성이었다. 벗어진 이마가 오히려 이지적인 인상을 풍겼다. 베테랑 의사임이 분명했다.

"분쿄의대에서 소개받고 오셨군요."

나카이는 진료 목적을 확인하기 시작했다. 부부에게 중절 의사를 듣고는 무표정인 채로 고개를 끄덕였다. 그러고는 가나미를 내진하는 동안 슈헤이는 밖에서 기다리라고 말했다. 다시 진료실로 불려 들어가 보니 침대 위에 누운 가나미가 드러낸 배를 간호사가 닦고 있었다.

"초음파 진단으로 확인해 보았습니다만, 지금 임신 8주하고 이틀째군요."

나카이가 슈헤이에게 설명했다.

"중절을 희망하신다면 모체에 부담이 있기도 하니 서두르는 게 좋겠습니다. 그리고 12주차를 넘기면 사산아 처리를 해야 해서 관청에 사산계를 제출하고 아기도 넘겨야 합니다."

가나미가 부르르 어깨를 떨었다. 슈헤이는 당황해서 물었다.

"언제쯤 수술할 수 있을까요?"

"제일 빠른 게 다음 주 월요일입니다. 괜찮으십니까? 아내 분께선 직장에 다니시나요?"

"네."

"저희 병원 같은 경우에는 하루 입원을 하셔야 합니다. 퇴원하고도 일주일 정도는 집에서 쉬는 편이 좋습니다."

빨리 끝내 버리자고 슈헤이는 생각했다.

"월요일로 할까?"

작은 목소리로 묻자 가나미는 고개를 끄덕였다.

"그럼 월요일에 오겠습니다."

"알겠습니다."

그러고도 나카이는 사무적인 이야기를 계속했다. 비용은 보험 처리가 안 되는 탓에 15만 엔 정도가 든다는 듯했다. 가나미는 수술 전날 병원에 입원해 다시마로 만든 봉을 질 내에 삽입하는 처치를 받게 된다. 이게 체내의 수분을 빨아들여 서서히 불어나 출산 경험이 없는 가나미의 자궁 문을 잡아 연다. 그대로 하룻밤을 지내고 이

튼날 오전 중에 자궁 내 내용물을 제거하는 수술을 집도한다. 초음파 영상을 보면서 진행하는 수술이지만 절대적으로 안전하다고는 할 수 없고 불임이나 자궁 외 임신 등 후유증이 있을 수 있는 데다가 수술이 끝난 후에는 경과를 보기 위해 다섯 시간 정도 병원에 체류해야 한다고 나카이는 깍듯하게 설명했다.

"알겠습니다."

슈헤이는 무거운 목소리로 답했다.

"그리고" 하고 운을 뗀 나카이는 가나미에게 시선을 돌렸다. 그러고는 다소 누그러진 말투로 생리용품 등 당일 가져와야 할 물건을 일러 주고 화장이나 매니큐어 등은 하지 않는 게 좋다고 주의를 줬다.

가나미는 소리 없이 고개를 끄덕이며 들었다.

마지막으로 나카이는 종이 한 장을 슈헤이에게 건넸다. '인공 임신 중절 동의서'라고 쓰여 있었다.

"여기에 부부께서 서명 날인하시고 수술 당일에 가져오시면 됩니다."

슈헤이는 서류로 시선을 떨어뜨렸다.

'모자보건법 제14조 제1항 제1호에 의거해 인공 임신 중절 수술에 동의합니다.'

그 아래에 있는 본인과 배우자의 서명란을 바라보면서 슈헤이는 생각했다. '이게 아기의 생명을 빼앗는 계약서구나.' 집에 가져가는 게 내키지 않아 나카이에게 물었다.

"지금 여기서 작성해도 상관없습니까?"

"상관없습니다. 인감 있으신가요?"

일 때문에 가지고 다니는 가방 안에 막도장이 있었다. 슈헤이는 의사의 책상을 빌려 서류를 작성했다. 그리고 가나미에게 볼펜을 건네어 '본인' 칸에 주소와 이름을 채워 넣었다. 글씨체가 평소보다 작고 동글동글했다. 작은 동물이 방어 자세를 취하고 있는 것처럼 보였다.

슈헤이는 막도장을 꺼내 각자의 서명 옆에 날인했다. 이걸로 동의서가 갖춰졌다. 중절 수술을 위해 가나미는 3일 후에 입원하기로 했다.

6

지난번 진찰 후 다음 날, 그다음 날에도 도다 마이코가 계속 전화를 걸어 왔다. 죽고 싶다는 기분을 토로해 왔기에 이소가이는 외래 진료를 중단하고 전화로 지지적 치료에 임했다. '지지적'이란 정신요법의 기반이 되는 접근법으로 환자가 호소하는 내용을 따뜻하게 수용해 정신적 고통을 완화하고 제거하는 것을 목적으로 하는 방법이었다. 최악의 경우 이소가이는 직접 도다 마이코의 자택을 방문할 각오도 있었지만 약 20분에 걸친 대화 덕택에 마이코의 자살 충동이 누그러진 듯했다.

사흘째에는 연락이 없기에 점심시간에 먼저 전화를 걸었다. 도다 마이코의 억양 없는 평탄한 어조는 그대로였지만 기분이 경쾌한 쪽으로 기울고 있다고 밝혔다. 안도한 이소가이는 남편과 전화를 바

줘 다음 진료 때 병원에 함께 와 달라고 말했다. 남편은 평소처럼 내키지 않는다는 태도를 보였지만 결국에는 부탁을 받아들였다. 하지만 전부터 말한 시어머니와 같이 와 달라는 부탁에 대해서는 "노력해 보겠습니다."라고 말할 뿐이었다.

그리고 오늘…….

오전 진료가 끝나기 무섭게 이소가이는 도다 마이코의 집에 전화를 걸었다. 오후 1시 30분으로 예정된 진료에 시어머니가 함께 올 수 있는지를 확인하기 위해서였다. 전화는 시어머니 본인이 받았다. 도다 마이코와 남편이 벌써 병원으로 가고 있다고 말했다.

"어머님께선 함께 오지 않으십니까?"

최대한 부드럽게 물었지만 시어머니는 냉랭한 어조로 대답했다.

"며느리가 아픈데 왜 내가 가야 한단 말이죠?"

"가족 여러분들의 지지도 중요하기 때문에 그에 대해 설명을 드리고자 합니다."

"아들에게 얘기하면 될 문제 아닌가요."

"그렇긴 하지만……."

말문을 열기 무섭게 가로막혔다.

"선생께서 며느리에게 입원하라고 말씀하셨나 본데."

"그런 선택지도 있다고 말씀드렸습니다."

"불쾌한 말씀이네. 며느리는 그 정도로 나쁘지 않아요. 우리 집안에서 입원 환자 따위 용납 못 해요."

그 말의 본의를 깨달은 이소가이는 머리로 피가 역류하는 것 같았다. 이 나이 든 여성은 정신 질환에 대해 시대에 뒤떨어진 편견을 갖고 있었다. 자기네 집안에 입원 환자가 있다는 사실을 수치스럽게 생각하는 것이다. 어째서 정신과가 취급하는 질환을 다른 과 질환과 차별하는 걸까? 이렇게 무지한 인간의 악의가 환자에 대한 치료를 방해하고 치료할 수 있는 병을 치료가 불가능하게 하고 있었다.

이런 시어머니와 함께 사는 이상 도다 마이코의 병은 절대 호전될 수 없다고 이소가이는 판단했다. 오늘 진찰 시간에는 남편과 함께 입원 방법에 대해 이야기할 예정이었다. 하지만 한편으로는 경쾌한 기분이 든다고 말하는 마이코가 입원에 동의할지조차도 의문이 들었다. 결국 이소가이는 겉으로는 의사로서 냉정한 태도를 유지한 채 시어머니와의 전화를 끊었다.

한 시간 남짓의 점심시간 동안 병원 구내식당에서 식사를 하고 일부러 기분을 전환했다. 정신 요법에서는 의사가 동요하면 치료에 악영향을 미치게 된다. 우울증이나 신경증 환자들은 주치의의 안색을 정확하게 읽어 내기 때문이었다. 그게 의사에 대한 불신이나 증오라는 부정적인 전이 감정으로 이어지게 되면 복약 지도를 어기거나 치료를 거부하는 경우도 있었다.

다행히 오늘은 드물게 충분한 시간 여유가 있는 점심시간을 보낸 덕택에 이소가이는 식사 후 의국 소파에서 뒹굴거리며 마음을 가라앉힐 수 있었다.

오후 진료가 시작됐다. 이소가이가 진료실에 들어가자마자 마이코와 마른 체격의 남편이 들어왔다. 서른을 넘긴 남자로 요릿집의 6대손이었다.

이소가이는 우선 마이코에게 말을 붙였다.

"그 뒤로 좀 어떠신가요?"

"덕택에 상당히 좋아진 것 같아요."

힘없는 시선이나 생기 없는 피부 등 겉모습은 그대로였지만 말투만큼은 확신에 차 있는 듯했다.

"죽고 싶다든가 하는 생각도 줄었나요?"

"네. 게다가 밤에도 잘 자고 있어요."

항불안제가 효과를 낸 듯해 이소가이는 조금이나마 흡족했다. 하지만 한편으로는 입원 치료를 어떻게 해야 할지 고민하기 시작했다. 혹여나 며느리가 그 정도로 나쁘지 않다고 말한 시어머니가 옳았던 건 아닐지 생각했다. 아까 전화할 때 정신과에 대한 편견을 포착한 자신이 냉정한 판단력을 상실했던 게 아닐까?

이소가이는 남편에게 고개를 돌렸다.

"남편 분께서 보실 땐 어떠십니까?"

긴장한 듯 고개를 숙이고 남편이 말했다.

"네, 최근 며칠 동안은 부엌일도 하고 있고, 상당히 호전된 게 아닐까 합니다."

"그렇습니까? 가족 여러분의 도움도 있었겠군요."

이소가이는 미끼를 던져 봤다.

남편의 표정이 굳었다. 시어머니와의 관계는 여전히 냉랭한 걸까? 하지만 마이코의 표정을 살펴봐도 아무런 변화가 없었다.

"조급해하지 말고 지금처럼 천천히 갑시다."

이소가이는 입원 치료를 보류하기로 했다.

"지난주랑 같은 약을 드릴 테니 경과를 살펴보죠."

"네."

남편이 고개를 끄덕였다.

마지막으로 이소가이는 자살 충동을 재확인했다.

"도다 씨. 지난주 저와 한 약속 기억하고 계시죠?"

"네."

마이코가 대답했다.

"앞으로도 무슨 일이 있으면 바로 전화 주세요. 언제든 상담해 드리겠습니다."

"감사합니다."

"그럼 다음 주 이 시간에 뵙도록 하죠."

도다 부부는 함께 고개를 숙이고는 진료실을 나섰다.

이소가이는 책상 앞에 자세를 고쳐 앉고 진료 기록부에 경과를 적기 시작했다. 그때 문이 열리고 방금 나갔던 남편이 다시 들어왔다.

"선생님?"

남편은 조심스럽게 입을 열었다.

뭐라도 두고 갔나 하고 이소가이는 생각했다.

"무슨 일이시죠?"

"어머니 일로 좀 상담을 할 수 있을까요?"

더없이 진지한 표정에 이소가이는 불길한 예감이 들었다.

"뭔가요?"

"요새 아내에게 전보다 더 가혹하게 굴고 계십니다."

"네?"

"아내 눈앞에서 이혼 서류를 들이미시기까지 하셨어요."

화가 나기도 전에 불안감이 밀려들었다.

"하지만 아내 분께선……."

"아내가 상당히 무리하고 있는 게 아닌가 싶습니다. 차도가 있는 듯 보이려고 말이에요."

갑자기 이소가이의 머릿속에 연수생 시절 선배가 해 줬던 충고가 떠올랐다. 자살을 결심한 환자는 여러 가지 수단으로 의사를 속이려 든다고…….

겉으로는 상당히 답답해 보이던 마이코의 표정과 그와는 정반대로 명확했던 말투를 생각하며 이소가이는 전율을 느꼈다.

"아내 분은 지금 어디에 계십니까?"

"대기실에서 약을 받으려고 기다리고 있는데요."

"같이 좀 가시죠."

이소가이는 빠른 걸음으로 진료실을 나섰다.

복도를 끼고 바로 앞에 대기실이 있었다. 이소가이를 보고 환자 몇 명이 고개를 들었지만 그 안에 마이코의 모습은 보이지 않았다. 이소가이가 남편을 돌아보니 그는 아연실색한 표정으로 서 있었다.

"어디로 간 거지?"

이소가이는 진료실로 되돌아가 간호사 두 명을 불렀다.

"도다 씨가 사라졌네. 병원을 좀 찾아 줘."

"네."

상황을 파악한 두 명의 간호사가 달려 나갔다.

"남편 분께선 1층을 살펴봐 주십시오."라고 말하고 이소가이도 달려 나갔다. 최악의 경우를 염두에 두고 행동해야 했다. 도다 마이코가 죽을 생각이라면 어디서 어떤 방법을 택할 것인가. 손목을 그으려고 칼을 준비해 온 건 아닐까? 목을 매 죽으려면 끈을 손에 넣어야 했을 텐데. 투신자살에 생각이 미친 이소가이는 계단을 뛰어 올라갔다.

자살을 완전히 막을 수는 없다…….

두 칸씩 성큼성큼 계단을 뛰어오르며 선배가 했던 말이 다시 머릿속에 떠올랐다.

병원에서 각종 자살 방지책을 세우더라도 죽을 마음이 있는 환자는 반드시 그 틈을 파고든다…….

이소가이는 입과 코에 휴지를 욱여넣어 질식사한 환자의 사례를 알고 있었다.

죽기에 충분한 높이와 사람들의 눈에 띄지 않는 곳이 어디일지 생각하면서 이소가이는 6층으로 달렸다. 본관과 신관을 잇는 통로. MRI 검사실 앞을 달려 나간 순간 유리가 깨지는 파열음이 들렸다.

이소가이는 코너를 돌아 복도 입구에 당도했다. 15미터 정도 떨어진 반대쪽에 마이코가 있었다. 가느다란 양팔로 접이식 의자를 잡고 원심력에 튕겨 나가지 않게 발을 굳게 디디고는 붙박이창을 때려 부수고 있었다.

"그만두세요!"

유리가 완전히 깨진 걸 보고 이소가이가 달려 나갔다.

마이코가 고개를 들었다. 앞머리 사이로 절망적인 빛을 띤 눈동자가 이쪽을 직시하고 있었다. 슬픔과 강한 결의가 느껴지게 하는 눈빛이었다. 마이코는 복도에 떨어진 유리 조각을 집어 들고 자신의 왼쪽 손목을 단숨에 그었다.

"그만!"

겨우 15미터밖에 안 되는 거리가 더없이 멀게 느껴졌다.

마이코는 피를 뿜는 왼쪽 손목을 또 다시 그었다. 이소가이는 엉키는 발걸음을 필사적으로 옮기며 마이코를 향해 돌진했다. 5미터 앞까지 좁혀졌을 때 죽지 못할 것 같다고 봤는지 마이코는 창문 틀 밖으로 몸을 기울였다. 틀에 끼인 유리 파편의 끝이 마이코의 배를 갈랐다. 이소가이는 바닥과 평행해진 마이코의 양다리에 달려들었다.

"도다 씨!"

그렇게 외치는 순간 마이코가 예상 외로 세게 이소가이의 턱을 차 올렸다. 뒤로 몸을 젖힌 순간 양팔로 잡고 있었던 무게감이 사라졌다. 바로 팔을 뻗었지만 늦어 버렸다. 숨을 삼키고 창문 밖을 내다보자 눈앞에 악몽이 펼쳐졌다. 도다 마이코의 마른 몸이 6층 높이에서 땅을 향해 떨어지고 있었다. 스커트의 단과 긴 머리칼이 바람결에 펄럭였다. 슬퍼 보이던 옆얼굴이 더욱 애절해 보였다. 죽음을 향하는 여자의 얼굴. 절망의 심연에서 내던져진 생명.

도다 마이코는 지상에 정차돼 있던 차 상판에 온몸을 부딪쳐 크게 튀어 올랐다가 땅 위로 떨어졌다.

'내 탓이야.' 이소가이는 생각했다. 마이코의 모성에 공감해 주지 못한 자신이 치료를 망쳐 버린 것이다.

쓰러진 마이코의 주위로 피 웅덩이가 붉게 번져 나갔다.

"뒤는 저희에게 맡기십시오."

나직한 목소리에 이소가이는 제정신으로 돌아왔다. 고개를 들자 구급센터 의사가 자신의 눈을 들여다보고 있었다. 이소가이는 시선을 떨구었다. 들것 위에 산소마스크를 쓴 도다 마이코가 누워 있었다. 고무 인형처럼 차 상판에 부딪혀 튕겨 나가던 마이코의 모습이 선하게 떠올랐다. 이소가이는 간호사가 허둥지둥 제세동기를 준비하는 모습을 보며 마이코의 심장이 점점 멈춰 가고 있다고 멍하게 생각했다.

"최선을 다하겠지만……."

입을 뗀 구급 의사가 뒷말을 흐렸다. 그러고는 마이코의 가슴에 댈 두 개의 전극을 양손에 쥐었다.

7

산부인과 병실에는 모종의 독특한 냄새가 배어 있는 듯했다. 가나미와 함께 개인실에 들어선 슈헤이는 그것이 여자 냄새라는 걸 금방 알아챘다. 그것도 어렴풋한 냄새가 아니라 주위의 수컷을 모두 불러 모을 법한 동물적이고 야성적인 향기였다.

드디어 그날이 왔다. 이미 가나미의 혈압과 체중 측정을 마쳤다. 오늘 밤 곧 가나미의 자궁 문을 벌리는 처치가 취해지고 내일 아침 가장 처음으로 중절 수술을 받을 예정이었다.

창밖으로 저녁노을을 바라보면서 이건 피할 수 없는 운명이었다고 슈헤이는 자포자기했다. 동의서에 같이 서명한 뒤 보낸 이틀간의 주말. 대부분의 시간을 품 안에 가나미를 안고 보냈다. 자신이 할 수 있는 일이라곤 고작 그것뿐이었다. 어설프게 위로하려 들었다가는 오히려 가나미에게 상처를 입힐 수 있다는 사실을 알고 있었다. 결국 나쓰키 부부는 몇 마디 나누지 않은 채 그저 함께 시간을 죽일 수밖에 없었다.

병실 문에 노크가 울렸다. 슈헤이가 문을 열자 간호사가 옅은 푸른색 수술복을 내밀었다.

"이 옷으로 갈아입어 주시겠어요?"

젊은 간호사의 언행에 부부를 책망하는 기색은 없었다. 슈헤이는 약간 안심했다. 침대에 걸터앉아 처치를 기다리는 가나미 역시 같은 생각을 했으리라.

수술복을 받아 든 가나미는 묵묵히 옷을 벗기 시작했다. 오랜만에 아내의 나체를 본 슈헤이는 몸의 변화에 깜짝 놀랐다. 아내의 가슴이 두드러지게 커져 있었고 예쁜 분홍색이던 유륜이 갈색으로 짙어져 있었다. '아이를 위한 표시일까?' 하고 슈헤이는 생각했다. 앞이 제대로 보이지 않는 아기가 빨기 쉽도록 엄마는 몸 자체를 바꿔 버리는 걸까?

가나미가 옷을 다 갈아입었을 즈음 아까 왔던 간호사가 다시 찾아왔다.

"다 되신 모양이네요. 그럼 이쪽으로 와 주시겠어요?"

가나미가 불안한 듯 슈헤이를 바라봤다.

슈헤이가 물었다.

"저는 어쩔까요?"

"여기서 기다려 주세요."

슈헤이는 고개를 끄덕였지만 걱정이 돼 아내를 병실 입구까지 배웅했다. 간호사와 함께 복도를 걸어가던 가나미가 도중에 뒤를 돌아봤다. 울음이 터질 것 같은 표정이었다. 슈헤이는 힘을 북돋아 줄 요량으로 눈에 힘을 주었지만 자신의 얼굴도 슬픔에 차 있을게 분명하다고 생각했다.

가나미가 앞으로 고개를 돌렸다. 수술복을 입고 있는 탓인지 평소보다 어깨가 작아 보였다. 그렇게 슈헤이의 스물다섯 살 아내는 분만실로 사라졌다.

문을 닫은 슈헤이는 산부인과 병실에 혼자 남겨진 자신이 지독하게도 우습다고 생각했다. 정신적인 피로감을 느껴 병문안 손님용 의자에 걸터앉자 자조적인 웃음이 났다. 일부러 경망스럽게 굴지 않는 이상 자기 자신을 오롯이 책망할 수 없을 것 같았다.

너무 들떠 있었다고 슈헤이는 생각했다. 운 좋게 쓴 베스트셀러. 맨션 선금밖에 안 되는 여덟 자리 숫자를 보고 기고만장해진 끝에 피임 기구를 깜빡했다. 그리고 아내를 임신시켜 버렸다. 이게 우습지 않다면 뭐란 말인가. 세상에서 중절 문제를 대대적으로 논의하지 않는 건 이유가 터무니없이 멍청해서였다. 비명 소리가 들렸다. 다들 그런 것이다. 겨우 몇 초 안 되는 쾌감을 위해 사리분별 따위 내던지고……. 비명 소리가 들려왔다. 가나미의 목소리였다. 가나미가 절규하고 있었다.

슈헤이는 고개를 들었다. 마취 없이 개복 수술을 하고 있기라도 하듯 복도 너머에서 들려오는 비명 소리는 어마어마했다. 슈헤이는 엽기적인 공포를 느끼며 문으로 달려갔다. 분만실 문은 굳게 닫힌 채였지만 사랑하는 사람의 비명 소리는 몸을 갈기갈기 찢는 통증으로 변해 울려 퍼졌다. '가나미에게 대체 무슨 짓을 하고 있는 거지? 그렇게나 아픈가? 마취는…….' 그렇게 생각할 때 분만실 문이 열리고 가나미의 비명 소리가 더욱 커졌다. 간호사가 달려 나오다가 슈헤이의 모습을 보고 깜짝 놀란 듯 눈을 홉떴지만 이내 자리를 떴다.

가나미의 절규가 여운을 남기고 뚝 끊겼다. 아까 달려 나오던 간호사가 다른 간호사를 데리고 돌아왔다.

"무슨 일이 생긴 겁니까?"

슈헤이가 물었지만 방에서 기다리라는 대답만 돌아왔다. 두 사람은 분만실로 뛰어 들어갔다.

별수 없이 멍하니 서 있자 잠시 후 문이 열리고 수술용 가운을 입은 나카이가 나왔다.

"선생님, 아내한테 무슨 일이 생긴 거죠?"

슈헤이가 물었다. 분만실 안을 들여다보려 했지만 문은 이내 닫혀 버렸다.

나카이는 베테랑 의사답게 부드러운 표정이었지만, 다소 긴장한 어조로 말했다.

"아기를 지우는 건 나중으로 미루는 게 나을 것 같습니다."

"무슨 문제라도 있나요?"

"처치를 위해 분만대에 오르시자마자 아내 분께서 전신에 경련을 일으키시더니 기절하셨습니다."

슈헤이는 마음속에 일어나는 동요와 필사적으로 싸웠다.
"무슨 말씀이죠? 설마 정신적인 쇼크로 그랬다는 건가요?"
"그럼 다행이겠습니다만."
나카이의 말에 인상을 찌푸리고 의사의 얼굴을 봤다.
"더 나쁜 일이라도?"
"최근 아내 분께서 머리를 강하게 맞은 일은 없었습니까?"
"아뇨."
"그럼 과거에 비슷한 일이라도?"
나카이는 알통을 드러내듯 팔을 굽히고 더더욱 손목을 안쪽으로 향한 채 물었다.
"이런 자세로 기절한 일은 없었나요?"
"제가 아는 한에는 없습니다."
슈헤이는 기억을 더듬어 보고 대답했다.
"만약 그런 증상이 있었다면 어떻게 되는 거죠?"
"정확한 판단을 위해서는 전문의의 진단이 필요하겠습니다만, 강직 간대 발작일 가능성이 있습니다. 전신에 경련을 일으키고 의식을 잃는 증상입니다. 다만, 이 증상만으로 병명을 특정할 수는 없습니다. 요독증이나 감염증 등 다양한 원인으로 발생할 수 있거든요. 게다가 솔직하게 말씀드리자면 저희와는 전문 분야가 다르기 때문에 판단이 그를 가능성도 있습니다. 어쨌든 뇌부터 해서 전신 검사를 받아 보는 게 좋을 것 같습니다."
슈헤이는 아연실색해서 물었다.
"뇌라고요?"

"만일을 위해 검사를 하자는 겁니다. 게다가 검사 자체는 아프지 않습니다."

나카이는 처음으로 이쪽을 안심시키려는 듯 미소를 지었다.

"슈헤이 씨가 방금 말씀하신 정신적인 문제일지도 모르고, 그렇지 않을지도 모릅니다. 어쨌든 지금은 원인을 규명하는 게 먼저입니다."

슈헤이는 고개를 끄덕였다.

"분쿄의대 쪽에서 시간이 맞기만 하면 내일이라도 접수를 받아 줄 겁니다. 저희 측에서 연락을 먼저 드릴까요?"

"부탁드립니다."

그때 분만실 문이 열리고 들것에 실린 가나미가 나왔다. 슈헤이는 서둘러 다가갔다. 지금도 기절한 상태인지 가나미의 표정은 멍했다. 뺨이 파랗게 질렸고 파들거리는 눈꺼풀 아래로 안구가 불규칙하게 움직이고 있었다. 슈헤이는 다시 평정심을 잃고 무의식적으로 의사의 얼굴을 봤다.

"아마도 지금부터 단시간 수면에 빠질 겁니다. 오늘 밤은 어떻게 하실 건가요? 병원에서 하루 머무르시겠습니까?"

자기네 맨션보다는 병원에 머무르는 쪽이 안심이 될 것 같다고 슈헤이는 생각했다.

"그렇게 할게요."

"알겠습니다. 그리고 사정이 이런고로 중절 처치는 아직 아무것도 하지 않았습니다. 그 점을 알아 두셨으면 합니다."

"네."

가나미가 아까 있었던 개인실로 옮겨졌다. 슈헤이는 아내의 몸을 침대로 옮기는 걸 도왔다. 다 옮긴 후 간호사가 가나미의 수술복을 벗기고 다리 사이를 거즈로 닦았다. 기절하면서 자기도 모르게 오줌을 눈 모양이었다. 슈헤이는 간호사와 둘이서 아내에게 속옷과 잠옷을 입혔다. 이때 벌써 가나미는 잠에 빠져든 듯했다.

"무슨 일이 생기면 바로 불러 주세요. 나중에 다시 올게요."

간호사는 그렇게 말하고 병실을 나섰다.

고요한 병실 안에서 슈헤이는 가나미가 내질렀던 이 세상의 것이 아닌 것 같은 비명 소리를 떠올렸다. 그것은 마치 엽기적 살인마에게 갖은 괴롭힘을 받으며 죽어 가는 피해자의 목소리 같았다. 그 정도로 가나미는 괴로워하고 있었던 걸까? 아니면 정신적인 문제가 아니라 몸 자체에 이변이 일고 있는 걸까?

마침 가나미가 눈을 떴다. 슈헤이는 깜짝 놀라 물었다.

"가나미?"

"나 어떻게 된 거야?"

가나미가 작은 목소리로 물었지만 가나미의 얼굴은 슈헤이가 앉아 있는 침대 반대쪽으로 향해 있었다.

"의사 선생님 말로는……."

슈헤이의 말허리를 자르고 가나미가 말했다.

"당신은 누구죠?"

"가나미?"

"아까도 그 방에 있었죠? 전에도 만난 적이 있는 것 같은데 기억이 나지 않아요."

"가나미!"

슈헤이는 아내의 어깨를 붙잡고 자기가 있는 쪽으로 돌렸다.

가나미는 놀란 듯 눈을 크게 떴다.

"슈헤이."

"괜찮아? 어떻게 된 거야?"

"머리가 아파."

가나미는 다시 침대 반대편으로 고개를 돌렸다. 그러고는 멍한 표정으로 슈헤이에게 물었다.

"방금 저기 있던 사람은?"

"뭐?"

무슨 말인지 이해가 되지 않아 슈헤이는 반문했다.

"임신부가 있었잖아?"

"그런 사람 없었어."

슈헤이는 환각이라도 봤던 걸까 생각했다.

"거짓말! 방금 전까지만 해도 여기 있었잖아! 아까 전에도 분만실 안에서도 계속 날 보고 있었단……."

가나미는 갑자기 말을 멈추고 자신의 몸을 내려다봤다.

"나 어떻게 된 거야?"

"기억 안 나?"

가나미는 고개를 저었다. 겁먹은 듯 의지하려는 듯한 눈길로 슈헤이를 올려다봤다.

"수술은 연기하기로 했어. 검사를 할 필요가 있다고 해서."

슈헤이는 말을 마치고 가나미를 포옹했다. 아내를 위해서 그리고 자신을 위해서 꼭 껴안았다. 가나미의 온기를 느끼지 않고서는 차오르는 불안감에 찌부러질 것만 같았다.

"오늘 밤은 푹 자고 내일부터 준비하자, 알겠지?"

슈헤이의 품 안에서 가나미가 자그맣게 고개를 끄덕였다.

이튿날부터 가나미는 분쿄의과대학병원 통원 치료를 시작했다. 슈헤이도 매일같이 함께 따라가 검사 결과가 나올 때마다 의사의 설명에 귀를 기울였다. 뇌에 기질적 이상이 없는지 살피기 위해 MRI 검사, 약칭 EEG인 뇌파 검사, 근육 반사 운동을 보기 위한 검사 등이 이뤄졌고 어느 것 하나 이상 소견이 나오지 않았다.

가나미는 신경내과에서 제1내과로 옮겨져 그곳에서 임신 증상을 포함한 자세한 문진과 혈액 검사 등을 받았다.

1주일 후 슈헤이는 라이트 패널이 줄지어 붙어 있는 회의실로 불려 들어가 내과 의사의 설명을 들었다.

"아내 분의 몸을 여러 각도에서 검사해 봤습니다만 임신이라는 점 하나를 빼면 이상이 없었습니다."

슈헤이는 일단 한숨 놓았지만 소거법으로 내린 결론이 새로운 걱정을 불러일으켰다.

"그렇다면 가나미가 기절한 건 정신적인 문제 때문이라고 볼 수 있을까요?"

내과 의사는 대답하지 않고 진료 기록부로 시선을 떨구었다.

"산부인과 의원에서 발작을 일으킨 후 병실에서 아내 분과 대화를 나누셨던 모양인데요."

"네."

"그때 아내 분께서 눈에 보이지 않는 상대를 향해 말을 걸었다더군요."

"네."

슈헤이는 불안한 기분을 느끼며 답했다.

"마지막으로 딱 한 명, 저희 병원 의사를 소개해 드리죠. 그분께 진료를 받으세요."

"그 선생님 성함이 어떻게 되죠?"

"이소가이 선생입니다. 이소가이 유지. 그렇지만 지금 휴직 중이어서, 자택에 전화를 거셔야 할 겁니다."

슈헤이는 이 변칙적인 수속 절차에 당혹감을 느꼈다.

"병원에 계신 선생님께 진료를 받으면 안 되나요?"

"이소가이 선생이 적임자라고 생각합니다. 원래 산부인과 의사였다가 다른 과와 연계하는 리에종 정신 의학을 전공한 의사예요."

슈헤이의 마음에 동요가 일었다.

"정신 의학요?"

"아내 분의 몸에는 아무런 문제가 없습니다. 검사의 주안점이 신체 의학에서 정신 의학의 영역으로 넘어갔다고 봅니다."

저녁나절이 돼서야 집에 돌아왔다.

같이 현관문을 열었을 때, 그때까지 이어지던 긴장의 끈이 끊어졌는지 갑자기 가나미가 눈물을 흘리기 시작했다. 슈헤이는 아내를 끌어안다시피 하면서 복도를 지나 거실 소파에 앉혔다.

어린아이처럼 훌쩍거리면서 가나미가 말했다.

"있잖아, 이러고 있을 시간이 있어? 빨리 안 하면 아기가 커져 버리잖아."

"가나미!"

슈헤이는 본심과 달리 아내를 타박했다.

"지금은 가나미의 병을 치료하는 게 먼저야. 아기는 당분간 잊고 지내자. 알겠지?"

"응."

두 눈을 훔치며 가나미가 대답했다.

슈헤이는 다시 복도를 지나 작업실로 들어갔다. '부재 중 전화'를 재생시켜 보니 편집자 하시모토가 음성 메시지를 남겨 뒀다. 전에 말했던 북크래프트의 계약 기자가 되지 않겠냐는 내용이었다. 회신 기간이 얼마 남지 않았으니 되도록 빨리 연락을 달라고 했다. 그리고 하시모토는 마지막으로 덧붙였다. "최근 계속 휴가를 신청하고 있어서 말인데, 가나미는 괜찮아?"라고.

슈헤이는 책상 앞에 앉아 굳어 버린 머리를 억지로 굴렸다. 앞으로 가나미는 어떻게 되는 걸까? 가나미 역시 계약 사원이기 때문에 지금처럼 계속 휴가를 내다가는 계약을 해지당할지도 몰랐다. 그렇게 되면 나쓰키 부부의 소득은 슈헤이가 자유기고가 활동을 통해 얻는 몇 푼 안 되는 수입밖에 남지 않게 될 터였다. 슈헤이는 자신의 부족한 생활 능력에 머리를 쥐어 뜯었다. 수입을 목적으로 아내를 억지로 일터로 몰아내고 있는 건 자기 자신이었다.

생활고에 부딪혀 미래의 꿈을 접어야 할 때가 온 듯했다. 어엿한 저널리스트가 된다는 목표를 버리고 패션이나 인테리어 관련 일터로 돌아갈 수밖에 없었다.

하시모토에게 전화를 걸기 위해 손을 뻗었지만, 그 전에 한 가지 급히 처리해야 할 일이 있었다는 사실을 생각해 냈다.

슈헤이는 주머니에 손을 찔러 넣어 병원에서 받은 메모를 꺼냈다. '이소가이 유지'라는 이름 밑에 주소와 전화번호가 쓰여 있었다. 정신과 의사는 메지로에 위치한 맨션에 살고 있는 모양이었다.

하지만 왠지 모르게 기분이 내키지 않았다. 산부인과 병원에서 발작을 일으킨 후 기운이 없을 뿐 가나미의 행동에 이상이 있지는 않았다. 신체 검사에서도 안 좋은 곳은 발견되지 않았다. 내과 의사는 의학적으로 어떤 점을 걱정했던 걸까? 이대로 가나미를 내버려 두면 큰일이라도 날 거라고 생각한 걸까? 아니면 의사로서 혹시 모를 사태에 대비해 처치를 권고한 걸까?

갑자기 방 안 전기가 전부 꺼졌다. 슈헤이는 깜짝 놀라 천장을 올려다보고는 이내 두꺼비집이 꺼졌음을 알아챘다. 그리고 가나미를 불안에 떨게 해서는 안 된다는 생각에 방에서 뛰쳐나갔다.

"슈헤이?"

창밖 어슴푸레한 빛을 등진 가나미의 실루엣이 보였다.

"뭔가 이상해."

"두꺼비집이 꺼졌어."

"아냐. 방 안에 누군가가 있어."

그 말에 슈헤이는 발걸음을 멈추고 7.5평 남짓한 거실을 둘러봤다. 하지만 어슴푸레한 방 안에는 아무도 없었다. 그 환각이 또 나타난 걸까? 가나미에게 시선을 되돌린 슈헤이는 숨을 멈추고 멍하니 서 버렸다. 똑바로 선 가나미가 턱을 들어 올리고 천장을 바라보면서 고통스럽게 헐떡이고 있었다.

"가나미!"

달려든 슈헤이에게 탈진한 가나미가 축 늘어졌다. 꼭 끌어안고 무릎을 꿇은 슈헤이는 아내의 눈을 살펴보고는 무의식적으로 뒷걸음질 칠 뻔했다. 안구가 뒤집어진 듯 흰자밖에 보이지 않았다.

"그만해."

가냘픈 목소리가 아내의 입에서 흘러나왔다. 누구에게 하는 말인지 분간이 되지 않았다.

"제발, 그만해."

가나미가 다시 말한 순간 바닥에 늘어뜨려진 긴 머리칼이 거꾸로 서기 시작했다. 머리카락 뿌리 부분이 들리는 게 아니라 보이지 않는 손이 끝부분을 잡아끌고 있는 듯한 기괴한 움직임이었다.

대체 무슨 일이 벌어지고 있는 건인가. 슈헤이는 패닉에 빠질 것만 같았다.

"가나미? 정신 차려!"

대답 대신 가나미는 나직한 목소리를 냈다. 깊은 한숨 같았다. 점점 예리한 금속을 긁는 것 같은 목소리로 변하더니 가나미의 몸이 떨리기 시작했다. 가나미의 움직임은 이윽고 흉포할 정도의 경련으로 변했고 온몸이 바닥에 무너져 내리듯 부딪혔다. 목 안에서 쥐어짜 내는 듯한 목소리는 단발적인 절규로 변해 갔다. 무얼 생각할 틈도 없이 슈헤이의 머릿속에 그날 밤 일이 떠올랐다. 지금 가나미가 정신을 잃고 내는 소리는 미쳐 버릴 것만 같이 강한 황홀경에서 내 지른 소리와 닮아 있었다.

슈헤이는 아내 위에 올라타 활처럼 구부러진 몸을 내리누르려 했다. 계속 헐떡이는 가나미의 호흡이 두 눈에 와 닿았다. 온몸의 체중을 실어 경련을 멈추려 들었지만 자기도 모르는 사이에 배 속의 아기를 짓눌러 버리는 게 아닐까 하는 불안감이 엄습했다. 몸을 움츠린 순간 슈헤이는 맹렬한 힘에 떠밀려 튕겨 나가 천장을 향한 채 바닥에 널브러졌다.

뿌연 시야 안으로 가나미가 새카만 형상처럼 천천히 일어서는 게 보였다. 마치 망령 같은 움직임이었다.

슈헤이는 아내의 이름을 불렀다.

"가나미?"

하지만 대답은 없었다.

정적 속에서 슈헤이도 몸을 일으켰다. 아내의 얼굴을 살펴 보니 가나미가 아니었다. 얼굴 모양이 변해 있었다. 부드러운 눈매는 사라지고 차가운 빛을 띤 깊은 두 눈이 슈헤이를 뚫어져라 보고 있었다. 자그마한 입매도 볼 위로 끌어올려져 잔인한 인상을 자아냈다.

슈헤이는 다시 아내의 이름을 불렀다.

"가나미?"

눈앞에 선 여자가 웃음 지으며 말했다.

"가나미가 아냐."

아내의 목소리가 아닌 그 낮은 목소리는 어째서인지 들어 본 적이 있었다. 슈헤이의 양 무릎이 떨리기 시작했다.

그걸 본 여자가 비웃는 음성으로 말했다.

"내가 누군지 알아?"

슈헤이는 온몸이 얼어붙는 듯했다.

희미한 웃음을 띤 여자가 양손을 벌리고 무릎으로 기어 오기 시작했다.

슈헤이는 공포를 이기지 못하고 복도를 내달려 작업실에 틀어박혔다. 그러고는 전화기를 집어 들고 구급차를 불렀다.

2장
빙의憑依

1

 메마른 타구음이 울려 퍼졌다. 오락실과 노래방이 들어선 빌딩의 벽면. 슈헤이는 거기에 설치된 철제 계단을 올라갔다. 비가 내리고 있었는데도 오전의 밝은 하늘에 눈이 아팠다. 어젯밤 한숨도 못 잔 탓이리라.
 가나미는 구급차가 도착한 순간 원래대로 돌아왔다. 발작을 일으켜 전혀 다른 사람처럼 변했던 때의 일은 하나도 기억하지 못했다. 결국 가나미가 구급차를 타지 않겠다고 버틴 탓에 병원행은 포기할 수밖에 없었다. 그리고 슈헤이는 곧 이소가이라는 정신과 의사의 집에 전화를 걸었다. 하지만 아내를 진찰해 달라는 슈헤이의 부탁은 거절당했다. 휴직 중이라는 게 그 이유였다.
 빌딩 계단을 다 오른 슈헤이는 옥상을 둘러봤다. 실내 야구 연습장에는 철망이 죽 늘어서 있었다. 개점한 지 얼마 안 된 탓인지 손님은 한 명밖에 없었다. 녹색 네트로 둘러싸인 타석 가장 안쪽에서 기계가 던지는 속구를 차례차례 쳐내고 있었다.

슈헤이는 철망 뒤로 가 말을 건넸다.

"이소가이 선생님이신가요?"

상대방이 배트를 내리고 이쪽을 돌아봤다. 정신과 의사의 생김새는 상상과 딴판이었다. 슈헤이와는 대조적으로 운동선수 같은 체격이었다. 근육질인 어깨 위에 산적 같은 얼굴이 얹혀 있었다. 저 너머에서 날아온 공이 홈 베이스 위를 지나 그대로 네트에 꽂혔다.

"어제 전화 드린 나쓰키입니다. 방금 댁에 갔더니 여기에 계실 거라더군요."

"휴직 중이라고 말씀드렸을 텐데요."

이소가이는 타석으로 돌아갔다. 공을 쳐냈지만 빗맞아서 땅볼이 됐다.

"억지를 부리고 있다는 건 알지만 제발 좀 부탁드립니다. 이제 선생님밖에 의지할 사람이 없어요."

이소가이의 배트가 허공을 갈랐다.

"이러지 마시죠. 의사라면 저 말고도 얼마든 있지 않습니까?"

약간 짜증이 난 어투에 슈헤이는 왜 그러는지 생각했다. 가나미를 진찰한 내과 의사는 이소가이야말로 적임자라고 단언했었다. 더 이상 아내를 여기저기로 옮겨 다니게 하고 싶지 않았다.

이소가이가 다음 공을 치기 위해 배트를 쥐었지만 공은 날아오지 않았다. 한 게임을 더 할 요량인지 이소가이가 기계에 전용 코인을 넣기 위해 슈헤이 앞으로 다가왔다.

슈헤이가 네트 너머로 말을 걸었다.

"야구를 좋아하시나 보네요."

"기분이 개운해지거든요. 기분 전환용입니다."

그러고는 이소가이는 자조적인 웃음을 지어 보였다.

"우습죠? 정신과 전문의가 이런 걸로 기분 전환을 한다니."

이소가이의 얼굴에 생기가 없다는 사실을 슈헤이는 처음으로 눈치 챘다.

"뭔가 곤란한 일이라도 있으셨나요?"

이소가이는 소리 내 웃었다.

"그건 정신과 의사들의 대사로군요."

"아니, 그렇지만……."

슈헤이는 얼버무리듯 말을 이었다.

"친구들끼리라도 이런 말은 하지 않습니까? 내버려 둘 수만은 없으니까요."

타석으로 돌아가려던 이소가이가 갑자기 걸음을 멈추고 슈헤이 쪽을 돌아봤다.

"내버려 둘 수만은 없다고요?"

험상궂은 표정에 슈헤이는 당황했다.

"죄송합니다. 친구 운운하다니. 일부러 친한 척하려는 생각은 아녔습니다."

"아뇨, 친구라 해도 상관없습니다."

이소가이는 퉁명스럽게 말하고는 배트를 케이스에 넣었다. 그러고는 날아오는 공에는 눈길도 주지 않은 채 다시 슈헤이 앞으로 왔다. 이쪽을 관찰하는 것 같은 눈길에 슈헤이는 움츠러들었다.

그리고 얼마가 지났을까, 이소가이는 난처하다는 듯이 한숨을 내쉬었다.

"나쓰키 씨, 요 며칠간 잠을 잘 못 주무시나 보군요?"

"네."

"게다가 식욕도 없고 일도 손에 안 잡히고."

"맞아요."

대답하면서 슈헤이는 이소가이 역시 마찬가지라고 생각했다.

"아내가 걱정돼서요."

"아내 분에 대해선 간단히 보고를 받은 적이 있습니다. 강직 간대 발작과 환각 증상이었죠?"

"네."

슈헤이는 기대를 품고 대답했다.

"그리고 어제 난리가 났어요."

이소가이가 고개를 들었다.

"어떤 일이 있었습니까?"

"비명을 지르면서 바닥에 쓰러졌어요…… 그러고는 마치 전혀 다른 사람처럼 굴기 시작했죠."

"전혀 다른 사람처럼요?"

되풀이한 이소가이는 무언가를 생각하는 듯 고개를 숙였다.

슈헤이의 기대감은 점점 부풀어 올랐다. 하지만 이소가이는 또 다시 한숨을 내쉬더니 물었다.

"시간 괜찮으십니까?"

"네."

"잠시 좀 따라오십시오."

이소가이가 네트를 빙 둘러 나오더니 돌아보지도 않고 출구를 향했다. 슈헤이는 뒤를 쫓았지만 말을 걸면 안 될 것 같은 분위기였다. 계단을 내려와 1층으로 나오자 이소가이가 택시를 불러 세웠다. 어디로 갈 심산일까? 슈헤이는 자신이 택시비를 낼 수 있을지 걱정됐다.

"타세요."

이소가이가 그렇게 재촉하자 별 수 없었다. 시트에 풀썩 앉자 "분쿄의료대학병원요."라는 이소가이의 목소리가 들렸다.

휴가를 반납하고 가나미를 진찰해 주려는 걸까? 슈헤이는 생각해봤지만 어째서 가나미가 있는 맨션이 아니라 병원으로 향하는지 알 수가 없었다. 진료 기록부라도 가지러 가는 걸까?

병원까지는 10분 정도 걸렸다. 이소가이는 지갑을 꺼내 든 슈헤이를 말리더니 요금을 지불했다.

"이쪽으로 오세요."

병원 문을 들어선 이소가이가 현관 정면이 아닌 건물을 끼고 걸어가기 시작해서 슈헤이는 더더욱 영문을 알 수가 없었다. 정신과 의사의 뒤를 좇아 병동 뒤쪽으로 돌아가자 두 병동 사이에 위치한 주차장이 나왔다. '비상구'라고 쓰인 문 앞에 의료 기기 제조업체의 차가 정차돼 있는 게 눈에 들어왔다.

"왼쪽이 본관, 오른쪽이 신관입니다."

이소가이가 발걸음을 멈추고 말했다.

"발 부근을 봐 주시겠습니까?"

슈헤이는 이소가이의 말에 따라 자신의 발 부근을 내려 봤다. 흰 콘크리트 위에 검은 얼룩이 번져 있었다.

"제 환자가 6층에서 뛰어내렸습니다."

이소가이의 말에 슈헤이는 움찔하고는 고개를 들었다. 위를 올려다보자 6층 높이에 두 병동을 잇는 다리가 보였다. 뛰어내리면 도저히 살 가망이 없어 보이는 높이였다.

"제가 치료를 망쳐 자살 미수 사건이 벌어진 거죠."

"미수요?"

의외라고 생각한 슈헤이가 반문했다.

"차 상판이 쿠션 역할을 해서 목숨만큼은 건졌습니다. 하지만 지금은 식물인간 상태입니다. 언제 사망하더라도 이상할 게 없죠."

이소가이는 땅바닥을 내려다본 채 침통한 목소리로 말을 이어 나갔다.

"아내 분을 제가 진료하는 게 옳을지 판단이 서지 않는군요. 나쓰키 씨가 결정하세요."

슈헤이는 대답할 말을 찾지 못했다. 유일한 적임자라는 얘기를 들은 이소가이에게 의존하려 했는데 당사자는 의사로서의 제 기량을 의심하고 있었다. 생긴 것과는 달리 이렇게 무기력한 의사한테 가나미를 맡겨도 될지 내심 의문이 들었다.

"어떻게 하시겠습니까?"

담담한 어조로 이소가이가 물었다.

"부탁드립니다."라는 말이 슈헤이의 입을 뚫고 나왔다. 적어도 이소가이는 책임감이 강한 의사라는 생각이 들어서였다. 환자의 불행에 기가 죽은 의사를 슈헤이는 처음 봤다. 게다가 지금은 별다른 선택권이 없는 것과 마찬가지였다.

"아내를 봐 주세요."

예상하지 못한 말이었는지 이소가이는 팔짱을 낀 채 입을 꾹 다물었다. 그러고는 고개를 숙이고 말했다.

"알겠습니다. 내과로 가서 아내 분의 진료 기록부를 가져오지요. 본관 1층 로비에서 기다려 주세요."

나쓰키 슈헤이와 헤어진 이소가이는 어쩌다가 진찰하겠다고 해 버렸는지 이상한 일이라고 생각했다. 자기 자신을 임신부 치료로 내모는 무언가가 마음속에 숨어 있는 걸까?

신관에 들어선 이소가이는 우선 7층에 있는 집중치료실로 향했다. 휴직계를 낸 후 한 번도 찾지 않은 곳이었다. 간호사실에 있던 간호사가 놀란 듯 쳐다봤지만 이소가이는 못 본 척 지나갔다.

복도로 나서자 유리벽 너머로 집중치료실 내부가 보였다. 늘어선 침대 열여섯 개를 눈으로 훑으며 도다 마이코를 찾았다. 마이코는 바로 앞 가장 끝 침대에 누워 있었다. 머리를 포대로 감싸고 눈을 감은 채 조금도 움직이지 않았다. 겉으로 보기엔 스스로 숨을 쉴 수 있다는 점을 빼고는 시체나 다름없었다.

격렬한 자책감과 무력감이 마음속에 들끓었다. 이소가이는 잠시 동안 자기에게 벌을 줄 심산으로 그 자리에 머물렀다. 그러고는 엘리베이터를 타고 내과 외래실로 가 가나미의 검사를 담당한 동료를 만났다. 그는 대학 시절 동기로 이소가이의 복직을 바라고 나쓰키 가나미의 남편에게 자신을 추천해 줬다.

외래 진찰 시간 짬에 얼굴을 들이밀고 "가나미 씨 진료 기록 좀." 이라고 말하자 그는 빙긋 웃으며 말했다.

"의욕이 좀 생긴 건가?"

"개인적으로 진찰할 거야. 휴직은 계속 할 거고."

진료 기록을 들고 로비를 향하면서 정신과 교수에게 인사를 해 둘까 생각했다. 도다 마이코의 자살 미수 사건 이후 병원 내에서는 잇따라 자살을 시도하는 '집단 자살' 현상을 막기 위해 입원 환자에 대한 주의를 배로 기울이고 있었다. 자신의 실수로 병원 전체에 폐를 끼치게 된 건 분명했다. 하지만 이소가이는 그냥 병원을 나서기로 마음을 정했다. 교수가 자신을 생각해 휴직을 반려하더라도 받아들일 생각은 없었다. 좀 더 쉴 필요가 있었다.

"기다리셨죠."

벤치에 앉아 있던 슈헤이에게 말을 걸자 바로 일어섰다. 자기보다 열 살 정도 젊은 청년을 보면서 이소가이는 한참 전부터 궁금했던 점을 물었다.

"나쓰키 씨를 어디선가 본 적이 있는 것 같군요."

"그럴지도 모르죠."

슈헤이는 곤혹스럽다는 듯이 대답했다.

"작년에 책을 냈는데 그게 좀 팔렸거든요."

이소가이는 금세 생각해 냈다. 텔레비전 인터뷰인가 어디선가 나쓰키 슈헤이라는 저자를 본 적이 있었다.『쾌적하게 사는 법』이라는 책 제목까지 생각나자, 마른 체격에 말쑥한 슈헤이의 풍모와 책 제목이 딱 맞아떨어진다고 생각했다.

"댁이 어디시죠?"

"고마고메입니다."

"진료 기록을 훑어보고 싶으니 자동차로 움직입시다."

슈헤이의 집에 도착할 때까지 이소가이는 나쓰키 가나미의 진찰 기록을 살폈다. 기록한 사람이 어질어질할 정도로 많이 바뀌었다. 임신을 검사한 분쿄의대의 히로카와 쇼코. 그다음 인공 임신 중절 수술을 하려 했던 나카이 산부인과 원장. 거기서 발작을 일으켜 분쿄의대로 되돌아와 신경내과와 제1내과에서 검사를 받았지만 나쓰키 가나미에게 기질적인 이상은 발견되지 않았다.

이소가이는 나카이 의사의 보고를 주의 깊게 봤다. 기묘한 인연 같은 걸 느꼈다. 산부인과 의사였을 때 나카이 산부인과에서 중절 처치를 하지 않았더라면 전공을 정신과로 바꿀 일도 없었을 터였다.

가나미의 단발성 발작은 인공 임신 중절 전 처치 단계에서 일어났다. 중요한 단서였다. 나카이 원장은 발작을 일으켰을 때 가나미의 모습에 대해 꼼꼼한 글씨체로 자세히 기술해 놨다. '비명 소리를 지르더니 의식을 잃음.' 강직 간대 발작과 유사한 경련의 경과가 그림과 함께 적혀 있었다. 하지만 진료 기록에는 '강직 간대 발작일 수도 있다.'고 단정하지 않았다. 그 이유를 따지고 든 이소가이는 가나미의 발작에 기묘한 증상이 동반됐음을 알게 됐다.

이소가이는 옆에 앉은 슈헤이에게 물었다.

"산부인과 의원에서 아내 분께서 발작을 일으켰을 때 옆에 계셨습니까?"

"아뇨. 가나미는 분만실에 있었고 저는 병실에 있었습니다."

"아내 분의 비명 소리가 들렸습니까?"

"네."

슈헤이는 얼굴을 찌푸렸다.

"듣기에 괴로울 정도였어요."

"어떤 느낌이었습니까? 뭔가에 놀란 듯한 목소리는 아니었습니까?"

"아뇨. 그런 평범한 소리가 아니었어요. 그야말로 몸을 도륙당해 내지르는 것 같은 소리였습니다."

"몇 분 정도 이어졌습니까?"

슈헤이는 잠시 생각했다.

"1분 정도 되려나요. 다만 저도 상당히 놀랐기 때문에 실제로는 더 짧았을지도 모릅니다."

"1~2초 정도가 아니었단 말씀이죠?"

"아뇨. 적어도 10초 이상은 계속되었던 것 같습니다."

나카이 원장이 진단을 단정하지 못했던 이유를 납득했다. 기질성 정신 장애로 강직 간대 발작을 일으켰더라면 초기의 비명 소리는 길어야 수 초 내로 끝난다. 슈헤이의 말대로 10초 이상 연속해 소리를 지르는 일은 있을 수가 없었다. 그렇다면 신경증, 그것도 해리성 경련인 걸까?

이소가이는 다시 슈헤이를 봤다.

"어젯밤 발작에 대해 설명해 주시겠습니까?"

"그게 말이죠……."

슈헤이는 잠시 동안 말꼬리를 흐렸다.

"방 안의 전기가 갑자기 나가 버렸습니다."

설명이 이상한 부분에서 시작되자 이소가이는 당황했다.

"그래서요?"

"두꺼비집이 나갔다고 생각했어요. 저는 가나미를 안심시키려고 거실로 갔죠. 그러고 곧 발작이 시작됐습니다. 가나미가 '방 안에 누군가가 있어.'라고 말하자마자 쓰러졌고 머리가 거꾸로 서기 시작했습니다."

"머리요? 머리카락 말씀인가요?"

"네. 누군가가 잡아끌고 있는 것처럼 머리카락이 위를 향해 일어섰습니다."

이소가이는 찬찬히 슈헤이의 얼굴을 뜯어봤다. 공포에 질린 표정을 보면 거짓말을 하는 것 같지는 않았다. 하지만 머리카락이 거꾸로 일어섰다는 부분은 의학의 범주를 넘어선 초자연적 현상이었다. 바람이 일렁였거나 정전기든 무언가 때문에 머리카락이 움직인 걸 슈헤이가 잘못 본 것은 아닐까?

"계속 말씀하십시오."

이소가이는 재촉하면서 이후의 경과에 귀를 기울였다. 슈헤이의 얘기엔 중요한 단서가 있었다. 바닥에 쓰러진 가나미가 헐떡이면서 몸을 활처럼 구부렸다는 증상. 해장성 경련의 특징인 후궁반장 현상이었다.

슈헤이는 계속해서 가나미의 인격이 바뀌어 마치 다른 사람처럼 행동하기 시작했고 구급차가 도착하자마자 원래의 모습으로 돌아온 점, 그리고 마지막으로 3주 전에 인터폰 너머로 말을 걸어온 정체불명의 여자에 대해 말했다.

"그날 밤 새카만 여자 그림자가 방 안으로 들어오는 꿈을 꿨는데 어젯밤 가나미가 딱 그 모습이었습니다."

이소가이는 이 젊은 남편이 초자연적인 요인까지 염두에 두고 있다는 사실을 눈치 챘다. 영 터무니없는 소리는 아니었다. 신경 병리학이 발달하기 전 대부분의 정신병은 사령이 빙의한 것이라고 여겨져 왔고, 재난을 쫓으려 기도를 올려야 하는 일로 인식되었기 때문이다.

"그 3주 전에 있던 일말입니다만, 인터폰에서 목소리가 들린 후 곧 아내 분께서 돌아오셨다고요?"

"네, 맞아요."

가나미의 증상은 이미 그 단계에서부터 시작됐던 걸까?

"그날이나 그 전 며칠 동안 아내 분께서 마음고생 할 만한 일은 없었습니까?"

그러자 슈헤이의 얼굴에 그림자가 드리웠다.

"있었어요. 저희 둘이서 아기를 지우자고 결정했습니다."

결정적인 증언이었다. 이소가이는 마음속으로 가나미의 병명을 특정 지었다. 남은 건 환자 본인을 직접 만나 이야기를 듣는 것뿐이었다.

『쾌적하게 사는 법』저자의 집은 확실히 쾌적해 보였다. 깔끔한 외벽의 고층 맨션. 엘리베이터로 16층까지 올라가 슈헤이의 안내로 현관에 들어서자 내장재 나무 냄새가 은은하게 감돌았다.

아파트 안은 주방, 부엌, 거실, 방 세 개 구조로 이소가이가 지금 살고 있는 집과 크기가 엇비슷했다.

"나 왔어."

슈헤이는 안쪽에 위치한 거실로 들어갔다.

뒤를 따라간 이소가이는 거실에서 처음 환자를 만났다. 어깨 아래로 늘어뜨려진 긴 머리카락과 희고 고운 살결. 나쓰키 가나미는 굉장히 아름답다는 인상을 풍겼다. 부엌 카운터 테이블 너머에서 가나미가 부지런히 부엌 용품을 정리하는 모습을 보며 이소가이는 꽤나 의외라는 느낌을 받았다. 활달한 표정은 건강함 그 자체로 도저히 병이 있다고는 믿을 수가 없었다.

"가나미."

아내가 돌아보자 슈헤이는 말을 삼켰다.

가나미가 이소가이를 보고 물었다.

"그분은 누구야?"

"저는……."

이소가이의 말허리를 자르고 가나미가 말했다.

"분쿄의과대학 의사 선생님이시죠? 정신과."

"맞습니다."

슈헤이는 아연실색한 얼굴로 이소가이를 봤다. 이소가이는 미심쩍은 표정으로 둘의 얼굴을 번갈아 봤다.

"잠깐 장 보고 올게."

가나미가 말했다.

"아까 이 주변을 산책하면서 가게 위치를 봐 뒀거든."

가나미는 앞치마를 푸르더니 옷을 갈아입을 모양인지 복도와 맞닿아 있는 방으로 향했다. 멈춰 세울까 어쩔까 이소가이가 머뭇거리자 슈헤이가 작은 목소리로 말했다.

"저건 제 아내가 아니에요."

이소가이는 깜짝 놀라 슈헤이를 돌아봤다. 젊은 남편의 얼굴도 공포 탓인지 긴장해 있었다.

"인격이 바뀐 상태예요. 게다가 선생님에 대해서는 아무것도 몰랐을 겁니다."

"제가 의사라는 사실도 말입니까?"

"네. 아무것도 알려 주지 않았어요."

슈헤이는 기대려는 듯 이소가이를 봤다.

"이게 대체 어떻게 된 일이죠?"

그때 방에 들어서려던 가나미가 문턱에서 돌아섰다. 시선이 슈헤이가 아닌 이소가이에게 향해 있었다. 가나미는 이소가이를 똑바로 쳐다보며 물었다.

"그 여자 분은 나았나요?"

이소가이는 미소를 지으며 되물었다.

"누구 말씀이시죠?"

"이름을 밝혀도 되려나."

가나미는 이쪽의 마음속을 들여다보는 듯한 시선을 던졌다.

"훌쩍거리면서 울고 있던 가냘픈 여자 분 말예요. 머리가 흐트러지고 밋밋한 원피스만 줄곧 입던."

갑자기 도다 마이코의 모습이 떠오른 이소가이의 표정이 굳었다. 어째서 처음 만난 나쓰키 가나미가 그 일까지 알고 있는 것인가. 가나미의 비웃는 듯한 웃음이 자신의 마음에 난 상처에 소금을 뿌리는 듯했다. 이소가이는 속으로 되뇌었다. '가나미는 내 환자다. 증오하는 부정적인 감정을 가져서는 안 돼.'

"미안해요."

주눅 든 기색 없이 가나미가 말을 이었다.

"신경깨나 쓰시는 모양이네요."

"가나미 씨."

이소가이는 가나미를 막으려 했지만 그녀는 "난 가나미가 아녜요."라는 말을 던지고 방 안으로 들어갔다.

"어쩌면 좋죠?"

그렇게 묻는 슈헤이의 눈은 구원을 바라고 있었다.

선제공격을 당한 기분이었다. 우선 이소가이는 방금 있었던 일을 머리 한구석으로 몰아넣고 가나미의 다른 인격에 대해 생각했다. 곧장 머릿속에 떠오른 것은 전에 정신 병리 학회에서 본 다중 인격 증상을 가진 젊은 여성에 대한 영상이었다. 그 여성의 정신에는 여덟 종류의 인격이 동거하고 있어 번갈아 가면서 나타나는 증상을 보였지만 분명히 연기성이 포착됐었다. 함께 참석했던 의사들도 비슷한 의견을 갖고 있었다. 실제로 정신과 의사들 사이에서는 이 '해리성 동일성 장애'에 대해 질병 자체를 의문시하는 경향이 아직도 뿌리 깊게 남아 있었다. 환자가 무언가 트라우마를 경험한 뒤 일부러 병을 꾸며 낼 수도 있다는 가능성을 배제할 수 없었다.

하지만 지금 가나미에게는 그런 거짓스러움이 전혀 보이지 않았다. 부엌에서 보인 가나미의 행동은 완전히 일상생활에 자연스럽게 녹아들어 있었다. 이소가이 자신의 과거 임상 경험에 비춰 보더라도 이렇게 병적인 증상이 하나 없는 환자는 처음이었다.

"아내 분을 이쪽으로 모셔 와 주시겠습니까?"

슈헤이는 고개를 끄덕이고 침실인 듯한 방으로 들어갔다.

잠시 후 슈헤이에게 팔을 잡힌 가나미가 끌려 나왔다. 고개를 숙이고 맥없이 손목을 들어 올려 두 눈에서 흘러나온 눈물을 닦고 있었다. 방금 전과 전혀 분위기가 달랐던 탓에 이소가이는 또 놀랐다. 얼굴에서는 날카로움이 사라져 갑자기 어려진 것 같은 인상을 풍겼다. 정신과 의사로서의 호기심이 동해 인격이 바뀌는 순간을 관찰하지 못했다는 아쉬움이 남았다.

"아내 가나미입니다."

슈헤이가 머뭇거리며 소개했다. 그러고는 가나미에게 물었다.

"가나미, 이분이 누구신지 알겠어?"

가나미는 우는 얼굴을 들더니 고개를 저었다.

"분쿄의과대학 이소가이 선생님이야. 정신과 전문의셔."

"이소가이입니다. 남편 분의 친구죠."

이소가이가 자기 소개를 했다. 병원에서 진찰할 때와 똑같이 부드러운 표정을 짓는 데 집중했다.

"도움이 될 수 있지는 않을까 해서 왔습니다."

가나미는 뭐라고 대답하면 좋을지 망설이는 듯했다. 슈헤이가 아내를 식탁 의자에 앉히고 부드럽게 말했다.

"어제부터 있었던 일을 말씀드려 봐."

가나미는 가냘픈 목소리로 말했다.

"제 안에 누군가가 있어요."

"누군가라면 뱃속의 아이를 말씀하시는 건가요?"

가나미는 고개를 저었다.

"아뇨. 마음속에 누군가가 있어요."

"누구죠?"

"임신부예요."

슈헤이도 처음 듣는 얘기인지 눈을 휘둥그렇게 뜨고는 아내의 옆얼굴을 보고 있었다.

"가나미 씨가 아는 사람인가요?"

"잘 모르겠어요. 어디선가 만난 적이 있는 것 같긴 한데."

"그 사람을 실제로 본 적이 있나요?"

"네. 얼핏 본 적이 있어요. 계속 제 뒤를 쫓아왔어요."

"언제부터였죠?"

기억을 더듬으려던 가나미는 어째서인지 또 눈물을 흘렸다.

"기억이 잘 안 나는데 최근 일이에요. 2~3주 전쯤인 것 같아요."

슈헤이가 말했던 인터폰 너머로 말을 걸어온 여자가 나타났던 시기이겠거니 하고 이소가이는 생각했다.

"최근엔 좀 어떠신가요? 임신 3개월에 접어들면 정신적으로 불안정해지는 시기입니다만."

"네."

가나미가 자그맣게 고개를 끄덕였다.

"금세 짜증이 나거나 눈물이 많아진 것 같아요."

"입덧은 좀 어떤가요?"

"구역감이 굉장히 심해요."

"아까 말씀하신 임신부 말입니다만, 이런 증상과 관련이 있다고 생각하십니까?"

"아니요."

가나미는 사뭇 강경한 어조로 대답했다.

"전혀 별개라고 생각해요."

"그 사람이 어느 사이인지 가나미 씨의 마음속으로 들어왔단 말씀입니까?"

"네."

"지금도 있나요?"

"있어요."

이제야 슬슬 상황 파악이 됐는지 이소가이는 평정심을 되찾았다.

"그 임신부와 얘기 좀 나눌 수 없을까요?"

그 다른 인격을 불러내려고 드는 건가 싶었는지 슈헤이가 겁먹은 눈길로 이소가이를 바라봤다.

가나미는 고개를 저었다. "싫어요."라고 강한 어조로 말했다.

"왜 싫으시죠?"

"그 사람이 나오면 아무것도 기억이 나지 않아요."

"자세히 설명해 보시겠습니까?"

"정신이 들면 시간이 지나 있을 뿐이에요. 그 사람이 제 몸에 씌어 있을 땐 기억이 날아가 버려요."

"그렇다면 관두기로 하죠."

이소가이는 일단 상대방을 안심시킨 뒤 슈헤이에게 종이와 펜을 빌렸다. 최저한이긴 했지만 벌써 환자로부터 주요 증상을 들은 셈이었다. 한 시간여를 들여 현재 병력부터 가족력, 생활사 등을 귀 기울여 들었다.

나쓰키 가나미의 처녀적 성은 시라이시로 1977년 미야기 현 센다이 시에서 태어났다. 아버지는 회사원, 어머니는 전업주부로 두 사람이 40대가 되어서야 겨우 얻은 외동딸이었다. 그래서인지 굉장히 사랑을 받으며 자란 듯했다. 어머니가 가나미를 유산하지 않으려고 상당량의 약을 투약받았다는 얘기도 나왔다. 집은 중상층으로 생활에 곤란을 겪는 일은 없었다.

생활 환경이 크게 바뀐 일은 세 번 정도 있었다. 우선 가나미가 초등학교를 졸업하자마자 아버지의 일 때문에 야마가타 현 야마가타 시로 이사했다. 아버지의 고향으로 조부모와 함께 살게 됐다.

이후 그곳에서 중·고등학교를 나와 도쿄의 전문대로 진학했다. 대학교에 입학할 때 딸아이를 놓아주고 싶지 않았던 아버지와 다소 언쟁이 있었던 모양이지만 어머니의 중재로 해결됐다. 가나미는 여학생 기숙사에서 사는 조건으로 도쿄행을 허락받았다.

전문대를 졸업할 때까지 성적은 상위권을 유지했다. 하지만 경기가 어려워지면서 취직이 쉽지 않아졌고 결국 북크래프트라는 편집 프로덕션의 계약 사원이 됐다.

거기서 근무한 지 3년째 되는 해에 일 때문에 찾아온 나쓰키 슈헤이를 알게 돼 반년간의 교제 끝에 결혼했다. 하지만 당시 친정과 알력 싸움이 있었다. 부모님이 슈헤이의 직업이 불안정하다고 걱정하면서 결혼을 반대하고 나선 것이었다. 가나미는 태어나 처음으로 부모님에게 거세게 반항하고는 '자기 둘만으로도 헤쳐 나갈 수 있다'는 사실을 보여 주기 위해 예식 비용 등 경제적 지원을 거절했다. 결국 두 사람은 구청에 혼인 신고서만 제출하고 피로연 같은 식은 하지 않았다. 하지만 부모님과의 불화도 순조로운 결혼 생활과 슈헤이의 책이 베스트셀러가 되는 등 일련의 사건으로 올해 들어서는 빠르게 누그러지는 중이었다. 게다가 가나미 본인은 과거에 정신과 진료 기록도 없고, 친척 중에서도 정신병 환자가 없었다. 또 조부모를 포함해 혈육을 떠나보내는 등의 상실 경험도 없었다.

위의 얘기를 들으면서 이소가이는 해리성 장애의 심인(心因)이 생기기 쉬운 시기인 유년기의 가정 환경과 사춘기 이후 성적 발달에 대해 물었다. 가나미는 얘기를 할 때 남편이 옆에 있었으면 좋겠다고 밝혀 슈헤이가 동석한 자리에서 이야기가 이어졌다.

유년기 가정 환경에는 아무런 문제도 없었다고 가나미는 말했다. 소심한 점이 걱정이긴 했지만 그렇다고 따돌림을 당하지도 않았고, 진급이나 진학할 때 사이좋은 친구들을 만났다고 설명했다. 물론 부모의 학대나 성범죄의 피해를 당하는 일도 없었다. 시라이시 가문의 종교 배경에 대해서도 물어봤지만 특정 신앙을 갖고 있지 않았고 신비주의적 사고와의 연관성도 낮은 가정 환경이라고 미뤄 짐작할 수 있었다.

초경 나이를 묻자 가나미는 잠시 고개를 갸웃거리고는 대답했다.
"열두 살 때요."

하지만 당시 일부 여성들이 겪는다고 알려진 굴욕감이나 불안감 같은 건 없었다고 말했다. 이후 수 년 동안 생리 불순을 겪었지만 이소가이가 볼 때 10대 여자아이들에게 흔히 나타나는 정도로 특별히 문제될 것은 없었다. 또 기분이나 몸 상태의 변화도 생리 전 증후군으로 특정해 치료를 받을 정도도 아니었다.

이성 교제에 대해서도 설명을 들었다. 고등학교 시절 남녀가 둘씩 짝지어 만나는 그룹 데이트를 몇 번 한 적이 있었지만 이후 사귀는 사이로 발전한 적은 없었다. 도쿄로 나온 이후 전문대 친구들이 주최한 합동 데이트에 몇 번인가 참석해 그곳에서 만난 남성들과 회식을 하기도 했지만 깊이 사귀는 사이는 없었다. 너무 고집이 세거나 반대로 못 미덥다는 게 그 이유였다. 따라서 성적 경험을 포함해 연애라고 부를 만한 관계는 슈헤이가 처음이었다. 당시 만 스물세 살이라는 나이는 평균 첫 교제 연령에 비하면 다소 많은 편이었지만 문젯거리가 될 정도로 늦지도 않은 편이었다. 하지만 가나미의 내면에는 강한 방어 기제가 숨겨져 있다고 보였다.

결혼 후에도 부부사이는 매우 좋았고 말다툼도 한 번 없었다고 가나미는 말했다. 이 점에는 옆에 있던 슈헤이도 수긍했다. 부부간 관계에 대해 이것저것 물으면서 이소가이는 가나미가 내심 남편에게 의존하고 있다는 사실을 눈치 챘다. 이 점을 파고들자 태어난 이후 오늘에 이르기까지 어머니나 친구, 그리고 남편이라는 가장 가까운 사이에 있는 사람들이 항상 가나미 본인과 외부 환경 사이에서 방파제 역할을 하고 있었다는 사실을 알게 됐다.

이소가이는 성 문제로 돌아와 질문을 계속했지만 가나미의 성 의식은 건전했고, 지나치게 불쾌하게 생각하거나 성행위를 피하고자 하지는 않았던 듯했다.

마지막으로 이소가이가 물었다.

"최근 걱정되는 일은 없었습니까? 마음에 걸리는 일이든 뭐든 말씀해 주세요."

그러자 가나미는 고개를 숙인 채 대답했다.

"있었어요. 그렇지만 그건 슈헤이와 얘기해서 결정을 내린 일이에요."

"어떤 일이죠?"

"아기요. 중절 수술을 받지 않으면 이 맨션에서 나갈 수밖에 없거든요."

옆에 있던 슈헤이가 괴로운 표정으로 시선을 바닥에 떨구었다.

"가나미 씨도 그걸 이해하고 받아들이셨습니까?"

"네. 이미 마음을 정했어요."

가나미는 담담하게 대답했다.

이소가이는 고개를 끄덕였다. 초진 면담이 끝난 지금 단계에서 이소가이는 일단 진단을 내렸다. 나쓰키 가나미를 덮친 정신 이변은 심적 해리로 인해 생긴 빙의 현상은 아닐까?

"맨 처음 했던 얘기로 되돌아가겠습니다만, 가나미 씨는 안에 있는 다른 사람이 밖으로 나가 줬으면 하시는 거죠?"

가나미는 끄덕였다.

"저라도 괜찮으시다면 협력하겠습니다. 조만간 또 방문해도 괜찮 겠습니까?"

가나미는 남편의 표정을 살폈다. 슈헤이가 끄덕이자 가나미는 말했다.

"부탁드릴게요."

치료 계약이 성사됐다는 점에 이소가이는 만족했다.

이소가이와 슈헤이는 16층 집을 나서 엘리베이터를 타고 1층으로 내려갔다. 맨션과 주차장 사이에 위치한 울타리에 둘러싸인 자그마한 정원에 있는 의자에 앉아 얘기를 나눴다.

마주보고 앉아 본론에 들어가기 전 이소가이는 한 가지 질문을 던졌다.

"가나미 씨의 이야기를 확인해야겠는데, 친정에 연락해 볼 수 있을까요?"

"가나미의 부모님께요?"

슈헤이가 언짢다는 표정을 지으며 고민하기 시작했다.

이소가이는 슈헤이의 속내를 살폈다. 원래 결혼에 반대하셨던 데다가 아내의 상태가 이상하다는 사실, 그 원인이 중절이라는 얘기까지 나오게 될 것을 두려워하고 있을 터였다.

"아니, 억지로 그러실 필요는 없습니다. 아까 가나미 씨의 얘기 중에 슈헤이 씨가 이상하다고 생각하신 부분은 없었나요?"

"네. 제가 몰랐던 얘기도 꽤 있었습니다만 가정 환경 같은 건 문제가 없었다고 생각합니다."

"그렇다면 됐습니다."

슈헤이가 걱정스러운 표정으로 물었다.

"그래서, 선생님께서 보시기에 가나미의 상태는 어떤가요?"

"증상은 파악한 것 같습니다. 빙의 현상이라는 보기 드문 병례 같군요."

"빙의 현상요?"

슈헤이가 눈을 크게 떴다.

"들어 본 적 있는 것 같아요. 악마에 씐다거나 그런 류의 현상 아닌가요?"

"그렇습니다. 악마나 사령이 빙의하는 겁니다. 하지만 실제로 그런 게 씌는 건 아닙니다. 환자 본인이 그렇게 주장할 뿐이죠."

"하지만 그런 경우에는 무당이나 영능력자를 불러야 하지 않나요?"

이소가이는 미소 지었다.

"텔레비전에 보면 자주 나오죠. 그렇지만 빙의 현상이라는 건 정신 병리학의 하위 분류에 있는 겁니다. 오늘날 엑소시스트는 정신과 의사인 셈이죠."

허어 하며 슈헤이는 반신반의하는 표정을 지었다.

"순서대로 설명해 드리죠."

이소가이는 정신 질환의 개론부터 시작했다.

"꽤나 간추려 설명드리겠습니다만, 정신 장애는 크게 세 가지로 나눌 수 있습니다. 기질성, 기능성으로 나눌 수 있는 두 종류의 정신병과 신경증입니다. 다만 이런 분류법은 학자마다 의견의 차이가 있습니다. 뭐, 대체로 그렇게 구분한다고 보시면 됩니다. 약물 중독 같은 건 제외하고 말씀드리죠."

슈헤이는 고개를 끄덕였다.

"우선 가나미 씨는 기질성 정신병이 아닐까 싶었습니다. 뇌라는 장기 자체에 이상이 있는 경우죠. 뉴런 간 전기 신호가 제대로 전달되지 않아 경련 같은 발작을 일으키게 됩니다. 하지만 가나미 씨의 경우 발작 증상이나 뇌파 등 검사 결과를 보면 가능성이 낮다고 볼 수 있습니다."

슈헤이는 열심히 이소가이의 설명에 귀를 기울였다. 이소가이는 말을 이었다.

"다음으로 기능성 정신병이 있습니다. 조증, 울증, 조현병 등이 이 분류에 속합니다. 현대 의학에서는 원인 불명으로 구분하고 있지만 뇌내 신경과 신경을 잇는 화학 물질의 양에 문제가 있다는 데 일반적인 이해를 같이합니다. 지금 말씀드린 기질성, 기능성 정신병은 현재 강력한 약이 개발돼 있어 적절한 치료를 병행하면 증상을 억제할 수 있습니다."

도다 마이코는 어땠는지 생각하면서 이소가이는 잠시 동안 입을 다물었다.

"마지막으로 신경증이 있습니다. 이건 현대 의학으로 뇌 자체에 문제를 발견하지 못하는 경우입니다. 순전히 심적인 문제라고 볼 수 있습니다. 사람이 감당할 수 없을 정도로 마음에 상처를 입으면 신경증에 걸리게 되죠. 그중에서도 해결이 어려운 갈등에 직면한 사람이 기억을 잃거나 경련 발작을 일으키는 경우가 있습니다. 신경증의 한 종류인 해리성 장애라고 불리는 병입니다. 예전에는 히스테리라고 불렸죠."

"히스테리요?"

슈헤이가 놀란 듯 되물었다.

"학문상 분류 명칭일 뿐입니다. 이 용어가 다른 데서도 남용되면서 터무니없는 오해를 불러 일으켜서 명칭이 바뀌었습니다. 일반적으로 말하는 히스테리와는 다릅니다."

"아아, 다행이군요."

슈헤이가 작게 웃었다. 사랑하는 아내가 소위 말하는 히스테리가 아니어서 다행이라고 생각한 듯했다.

이소가이도 표정을 누그러뜨렸다.

"그래서 아내 분의 빙의 현상 말입니다만, 지금 볼 때는 해리성 장애일 가능성이 높습니다. 하지만 간질이나 조현병 등에서도 빙의 망상 사례가 보고되기 때문에 추후 경과를 지켜보면서 판단하려고 합니다."

슈헤이가 진지한 표정으로 물었다.

"가나미가 해리성 장애라면, 견디기 힘든 마음의 상처는 역시 중절 문제일까요?"

이소가이는 잠시 주저했지만 이내 고개를 끄덕였다.

"그렇다고 생각합니다. 갈등 상황을 피할 수 없게 돼 무의식 중에 그러한 인격을 만들어 낸 게 아닐까 추측됩니다."

"최근 자주 언급되는 다중인격과는 다른 건가요?"

"정신 병리학상으로는 둘을 구분하고 있습니다. 다중인격의 정식

명칭은 해리성 동일성 장애입니다. 유아기 학대 등으로 인해 서서히 다른 인격이 형성되는 거죠. 가나미 씨의 경우에는 자라면서 학대 등을 받지 않았고 무엇보다 본인이 빙의당했다는 의식이 분명히 있습니다. 다중인격 환자는 통상 빙의당했다는 감각이 없습니다."

슈헤이는 납득한 듯했다. 이소가이는 눈앞의 가벼워 보이는 청년이 자신의 설명을 어려움 없이 쫓아왔다는 점이 인상 깊었다. 저술가로서의 취재 경험이 이해력을 키운 걸까? 베스트셀러 저자라는 이름이 무색하지 않다고 생각했다.

슈헤이가 무거운 어조로 말했다.

"그렇다면, 만약 중절 수술을 하지 않고 아이를 낳는다면 가나미의 병도 나을까요?"

어려운 질문을 받은 이소가이는 마음을 다잡았다.

"우선은 해리성 빙의 장애라는 진단을 확정해야 합니다. 그래야만 병을 일으킨 심인을 중절 수술이라고 볼 수 있습니다. 그렇다면 대답은 '예'입니다. 하지만 이 문제에 대해서만큼은 제가 가타부타 할 수가 없습니다. 임신 21주까지의 인공 임신 중절은 법적으로 인정되고 있으니까요."

"그렇다면 이대로 중절을 강행하게 되면 가나미는 어떻게 되는 거죠? 계속 누군가에게 씐 것 같은 상태가 이어지게 되나요?"

"정도의 문제라고 봅니다."

이소가이가 신중히 대답했다.

"치료로 빙의 장애를 해소한다 하더라도 어느 정도 마음의 상처는 남게 되겠죠. 이건 가나미 씨뿐만 아니라 중절 수술을 받은 다른 여성들도 마찬가지라고 생각합니다."

슈헤이는 정말로 면목 없다는 듯이 말했다.

"그것만큼은 남자들이 이해할 수 없는 고통이겠군요."

"그렇죠."

이소가이는 대답하면서 이것 역시 모성의 문제일지 생각했다.

"가나미 정도는 아니지만 저 역시 내적 갈등을 겪고 있어요."

슈헤이의 얼굴에 피곤한 기색이 역력했다.

"가능하다면 아이를 낳고 싶지만, 도저히 무리예요. 타이밍이 너무 나빴던 거죠."

"그렇습니까?"

이소가이는 뒷말을 재촉했다. 환자뿐만 아니라 가족의 정신적인 부담을 덜어 주는 것도 정신과 의사의 임무였다.

슈헤이는 굉장히 상세한 금액을 거론하면서 가계 상황을 설명했다. 중절이라는 결론에 이소가이가 동의해 주길 바라는 듯했다. 물론 이소가이는 수용적인 태도를 보이면서 "그런 상황이라면 역시 어렵죠."라고 말은 했지만 내심 복잡한 기분이었다. 나쓰키 부부는 자기네 아이의 생명보다 눈앞의 맨션을 택한 셈이었다. 보다 쾌적하게 살기 위해서. 보다 물질적으로 풍요로운 삶을 유지하기 위해서 말이다.

속내를 털어놓자 조금 기분이 안정됐는지 슈헤이가 물었다.

"앞으로는 어떤 치료를 하게 되나요?"

"신경증이라는 진단을 내리면 앞으로는 약물 요법과 정신 요법을 병행하게 됩니다. 항불안제 등을 투여해서 증상을 억제하면서 가나미 씨와 대화를 통해 내면의 갈등을 해소하는 방향으로 갈까 합니다. 상담이라고 생각하시면 되겠군요."

"얼마나 오래 치료를 받게 되죠? 가나미는 어느 정도 시간이 지나면 호전될까요?"

"지금 단계에서는 뭐라고 말씀드릴 수 없군요."

이소가이의 머릿속에 성가신 문제가 떠올랐다. 임신부에게 항불안제를 투여하면 확률이 낮기는 하지만 태아에게 부정적인 영향을 미칠 수 있다는 보고가 있었다. 하지만 그 보고를 부정하는 연구 결과도 있어 약물로 인한 부작용에 대해서는 전문가 사이에서도 의견이 분분했다. 통상 임신부를 치료할 때는 태아가 영향을 받기 쉬운 임신 초기에 약물 요법을 피하긴 하지만 나쓰키 부부는 인공 임신 중절 수술을 결정한 상태였다. 태아에 미칠 악영향을 고려하지 않아도 되는 걸까?

"왜 그러시죠?"

슈헤이가 불안한 기색으로 자신의 얼굴을 살피고 있었다.

"아닙니다."

이소가이는 말을 받으며 치료 방침을 정했다. 지금 가나미의 몸 안에 태아가 자라고 있는 이상 임신 초기에 약물을 사용하는 것은 의사의 윤리에 어긋난다고 판단했다.

"치료 기간은 다소 길어질 수도 있습니다."

그렇게 말하고 나서 이소가이는 약 부작용에 대해 설명하기 시작했다.

"아기에게 나쁜 영향을 줄 수 있다고요?"

슈헤이가 미간을 찌푸리고 생각에 잠겨 들었다.

"중절 결정에 대해선 아까 말씀하셨습니다만, 확정된 사실이 아니잖습니까? 아직 아기가 몸 안에 있는 이상 의사로서 위험을 피하고 싶군요."

"전문적인 부분에 대해서 저는 아는 게 없습니다. 선생님께 일임하도록 하지요."

완전히 납득한 것은 아닌 듯한 말투로 슈헤이가 말했다.

"그건 그렇고 '선생님'이라고 부르지 마시고 이름으로 불러 주셨으면 좋겠는데요."

슈헤이는 멀거니 이소가이를 봤다.

"친구가 되는 게 어떻겠습니까?"

이소가이가 말했다. 의사 가운을 입고 있지 않은 지금, 자신이 의사라는 갑옷을 입는다는 데 반감이 들어서였다.

"이소가이라고 불러 주세요."

"알겠습니다."

슈헤이가 미소 지었다.

"치료 기간 말인데, 약물 요법을 배제한다면 한 팔을 묶은 채 복싱을 하는 것과 다를 바 없습니다. 당분간은 초조해하지 말고 천천히 지켜봤으면 좋겠군요."

"그럼 진료비는 어느 정도로 생각하면 될까요? 국민건강보험에 가입되어 있으니 30퍼센트만 부담하면 되긴 한데."

이소가이는 또 다시 새로운 문제에 직면했다. 나쓰키 슈헤이는 휴직 중인 자신을 찾아왔다. 진료비를 청구하려면 병원을 통해야만 하는데, 그렇게 되면 이소가이는 주치의로서 병원에 복귀해야만 했다. 하지만 아직 그럴 기분이 아니었다. 결국 이소가이는 정신 요법만큼은 개인적으로 처리하기로 마음먹었다.

"약물 요법의 경우 월 5000엔에서 1만 엔 정도 들지만 정신 질환은 지자체에서 보조금이 나오니 걱정하지 않으셔도 됩니다. 게다가 당장은 정신 요법만 할 테니 의료비는 생각하지 않으셔도 됩니다."

슈헤이가 예의상 물었다.

"정말로 괜찮은가요?"

"예, 저는 지금 휴직 중이니까요."

이소가이는 웃어 보였다.

슈헤이는 고개를 숙였다.

"감사합니다. 그리고 한 가지만 더 여쭤 볼게요. 다른 인격이 나오면 제가 어떻게 대하는 게 좋을까요?"

어려운 문제가 잇따라 밀려드는 듯했다. 이소가이는 정직하게 대답했다.

"그 부분 역시 정신과 전문의 사이에서도 의견이 갈리고 있습니다. 다른 인격을 또 다른 인간으로 받아들여야 할지, 아니면 원래 인격으로 되돌아가라고 설득해야 할지 궁금하신 거죠?"

"네."

이소가이는 잠시 생각하더니 대답했다.

"빙의 인격에게는 아내 분이 아니라 그러한 인간이 있다고 생각하고 대하세요. 그 사람의 인품이나 이름 같은 걸 알게 되면 진단하는 데 참고할 수 있을지도 모릅니다. 가나미 씨가 어째서 그런 인물상을 빙의 인격으로 선택했는지 심적 요인을 찾을 수 있는 단서가 될 수도 있습니다."

"실은, 인터폰 너머로 목소리가 들려왔을 때 이름을 물어봤었거든요."

"그래요?"

이소가이는 처음 듣는 이야기에 귀를 기울였다.

"그래서요?"

"상대방은 '내가 누군지 알아?'라고 묻기만 했습니다. 어제 발작을 일으켰을 때도 가나미는 똑같이 말했어요."

가나미는 인격의 정체가 밝혀지는 게 두려운 걸까? 아니면 본인의 무의식이 가공의 인물을 아직 완성시키지 못해 대답을 할 수 없었던 걸까? 가나미 자신의 인격은 들러붙어 있는 게 '임신부'라고 말했으니 거기에 무언가 실마리가 숨겨져 있을지도 모른다.

슈헤이가 뭔가 생각해 낸 듯 고개를 들었다.

"그러고 보니, 아까 대화를 나누실 때 가나미의 말에 비웃는 뉘앙스가 배어 있었다는 점을 혹시 눈치 채셨나요?"

"네."

"가나미는 센다이 출신이긴 하지만 평소엔 완벽하게 표준어를 구사하는 편이에요. 그런 어조는 일부러 흉내 내려고 해도 못 할 것 같거든요."

"드문 일은 아닙니다. 이를테면 다중 인격 장애의 경우 환자는 너무나도 간단히 다른 사람의 어투를 흉내 내곤 합니다. 도쿄에서 자란 사람이 술술 간사이 지방 사투리로 말하기도 하죠."

이 말을 하면서 이소가이는 짐작되는 게 있었다. 그 빙의 인격은 실재하는 인간을 모델로 삼고 있는 건 아닐까?

"가나미 씨의 지인 중에 그런 어투를 사용하는 사람이 혹시 있나요? 단서는 임신부란 것밖에 없습니다만."

슈헤이는 고개를 갸웃하더니 말했다.

"잘 모르겠는데요."

"그럼 됐습니다. 나중에 알아보도록 하죠. 궁금하신 점이 더 있습니까?"

그러자 슈헤이는 머뭇머뭇하며 말문을 열었다.

"아까 이소가이 씨의 설명은 정말로 쉽게 이해가 됐습니다. 하지만 제 마음속에 어떻게 해도 사라지지 않는 의문이 있습니다. 어제 가나미가 발작을 일으켰을 때 왜 두꺼비집이 꺼졌던 걸까요? 게다가 오늘 처음 만난 이소가이 씨가 의사란 사실을 어떻게 간파했을까요? 제게는 정말로 사령이 빙의했다는 설명이 설득력이 있는 것 같아서요."

그 질문이 남아 있었지 하고 이소가이는 생각했었다.

"순서가 뒤바뀌었을지도 모르죠. 두꺼비집이 꺼진 부분은 갑자기 전기가 나갔다는 불안감에 발작이 일어난 게 아닐까요?"

아, 하고 슈헤이가 작게 탄식했다.

"저에 대해서는 어제 슈헤이 씨가 제게 전화를 걸었을 때 문밖에서 듣고 있었을지도 모르죠."

슈헤이는 크게 끄덕였다.

"그렇군요. 그럴 수도 있겠네요. 덕택에 제 불안감도 사라졌어요."

이소가이는 마음속에 남아 있는 수수께끼에 대해선 말을 꺼내지 않았다. 나쓰키 가나미는 어떻게 도다 마이코에 대해 알고 있는 걸까? 분쿄의대에서 진찰을 받았을 때 서로 만난 적이 있는 걸까? 하지만 그렇다 하더라도 산부인과와 정신과 대기실은 꽤나 떨어져 있었다. 도다 마이코가 이소가이에게 진찰을 받았다는 사실까지는 알 방법이 없을 터였다.

연기하거나 과장하는 것 같은 느낌이 전혀 없던 빙의 인격의 행동을 떠올리면서 이소가이는 미간을 찌푸렸다. 슈헤이가 말했던 검은 여자의 그림자가 문득 마음속에 떠올랐다.

2

슈헤이네 맨션에서 나온 이소가이는 의대로 돌아가 도서관에서 빙의 현상에 관련된 전문 서적과 논문을 산더미처럼 빌렸다. 나쓰키 가나미의 증세는 다루기 만만치 않을 것 같다는 느낌이 왔다. 정신 의학 전문 잡지도 검색해서 주목할 만한 증세에 대해 기술한 일례논문(一例論文)도 찾아봤지만 그 수가 많지는 않았다. 빙의 현상은 도시가 문명화될수록 사라져 가는 특징이 있어서였다.

도서관 창구에서 종이봉투를 빌려 산처럼 쌓인 책을 양손에 들고 집에 도착하자 저녁 무렵이었다.

"어서 와."

잠시 동안 같이 살기로 한 여동생 미호가 마중을 나왔다.

"나쓰키 씨 만났어? 실내 야구 연습장에 있다고 알려 줬는데."
"쓸데없는 짓을 하고그래."
이소가이는 툭 불평했다.
"그렇지만 굉장히 곤경에 처해 있는 것 같았는걸."
여동생 말대로라고 이소가이는 생각했다. 나쓰키 슈헤이는 진심으로 아내를 사랑하고 있을 터였다. 그렇게 생각하고 이소가이는 여덟 살 어린 여동생의 얼굴을 봤다.
"왜?"
미호가 물었다.
막 스물아홉 살이 된 여동생은 주부 생활을 3년이나 했는데도 전혀 그런 티가 나지 않았다. 간호사로 근무했던 국립 병원에서 내과 의사를 만나 결혼했지만 이혼 조정 절차를 밟고 있는 지금은 오빠의 맨션에 들어와 있었다. 이혼 사유는 남편이 다른 간호사에게 손을 댔기 때문이라는 듯했다. 의학계에서는 종종 있는 일이었다. 그 뒤로 "의사 따위 제대로 되먹지 못한 인종이라니까."라는 게 여동생의 입버릇이 됐다.
"너나 나나 결혼에는 연이 없나 보다."
이소가이가 한숨 섞인 목소리로 말했다.
"히로카와 선생님이랑 다시 사귀는 건 어때?"
여동생의 반격이 이어졌다.
이소가이는 쓴웃음을 지었다. 산부인과에서 지금도 근무 중인 히로카와 쇼코. 럭비부 매니저를 맡았던 대학 동기. 지금 이소가이가 사는 집은 설마 파혼을 하게 되리라고는 생각지 못하고 먼 미래를 내다보고 산 물건이었다.

이소가이는 지금도 가끔씩 자신이 잘못했던 건지 생각하곤 했다. 일하는 보람을 느끼는 연인에게 집에만 있으라고 말한 건 여성의 권리를 무시한 제멋대로의 발언이었을까?

문득 집중치료실에 누워 있는 도다 마이코의 모습이 떠올라 잠시 잊고 있었던 마음의 상처가 욱신거리기 시작했다. 불임 때문에 고민하는 며느리에게 아이를 낳을 것을 종용한 시어머니. 자신이 인습적인 생각에 물들어 있다면 그 냉혹한 할머니와 다를 게 없었다.

"미안, 그렇게 충격을 받을 줄은 몰랐네."

미호가 이소가이의 표정을 살폈다.

"오빠 뒷모습은 믿음직스러우니까 조만간 분명 좋은 사람을 만날 거야."

"나는 뒷모습으로만 여자를 사귈 수 있단 소리야?"

이소가이는 이렇게 말하고는 안쪽 거실에 틀어박혔다.

"공짜로 살게 해 주는 거니까 어서 밥이나 해."

"네네."

미호가 부엌을 향했다.

이소가이는 계속 켜져 있던 텔레비전을 끄고 책상 앞에 앉았다. 서재로 사용하던 방은 여동생이 차지해 버렸다. 바닥에 놓아둔 종이봉투를 뒤져 책상 위에 자료를 산더미처럼 쌓았다. 메모를 해야 할지도 몰라 리포트 용지를 펼치고 문헌 자료에 매진했다.

빙의 현상은 과학이 발달하기 전에는 꽤나 흔한 정신 질환이었다. 성서에도 악귀에 씐 사람들의 모습이 묘사돼 있다. 일본에서는 여우, 개귀신 등에 씐 사례가 쇼와 시대까지 빈번하게 보고됐지만 의학이 진보하고 근대 합리주의적인 사고가 대중화되면서 사람들을 끊임없이 덮쳐 온 초자연적 존재는 빠르게 그 모습을 감췄다. 지난 8년 동안 정신과 의사로서의 임상 경험에 비춰 보면 자신이 다뤘던 빙의 장애 환자는 겨우 두 명에 불과했다. 한 명은 신흥 종교의 권유 의식에 참석해 교주가 불러낸 사령에 빙의된 20세 여성이었고, 다른 한 명은 '엔젤 씨'라고 하여 분신사바와 유사한 교령술(交靈術)을 한 뒤 이상 행동을 보이기 시작한 여고생이었다. 두 건 모두 며칠간의 입원 치료와 항불안제 투여를 통해 간단히 완쾌됐다.

하지만 방심은 금물이라고 이소가이는 마음을 다잡았다. 나쓰키 가나미의 행동은 전의 두 케이스와는 분명 달랐다. 대체 그녀에겐 뭐가 씐 걸까? 비웃는 말투를 사용하는 임신부. 실재 인물을 흉내 내고 있는 것이라면 사령이 아니라 생령이 씌었다고 해야 하는 걸까?

자료 중에서 사람에게 들리는 것에 대한 연구 보고를 찾아낸 이소가이는 이 정신 질환 역시 문화적 배경의 영향을 받고 있다는 사실을 알게 됐다. 일본에서는 여우나 개귀신 같은 동물의 영, 그리고 선조의 영혼 같은 게 자주 씌지만 서양에서는 악마가 빙의되는 사례가 압도적으로 많았다.

그중에서도 주목할 만한 점은 망상의 색정적 경향의 차이였다. 악마에 씌었다는 서양 여성들이 망상에 빠진 상태에서 강간이나 수간 등을 당하는 반면 일본에서는 이러한 성적인 경향은 전무하다고 해도 무방할 정도로 드물었다. 사회 전체적으로 성에 대한 억압이 강한 문화권과 약한 지역 간의 차이인 듯했다. 예전부터 일본은 성 문제에 대해서 좋게 말하자면 대범하게, 나쁘게 말하자면 느슨하게 대처해 왔다. 아직도 밤에 남자가 몰래 애인의 침소에 숨어드는 풍습이 남아 있는 지방도 있는 것으로 알려진다. 이런 그늘 속에서 대체 몇 명의 원하지 않는 태아들이 중절이라는 쓰라린 선택을 당해 왔을지 이소가이는 생각했다. 하지만 사회 전체적으로 성에 대한 억압이 강해질수록 성욕을 가진 사람의 마음에는 갈등이 생기기 마련이고, 19세기 말 유럽에서처럼 신경증 환자를 양산하는 결과를 초래할 수도 있었다.

인간이라는 생물이 구제불능인 것처럼 느껴졌다. 분명 이소가이 자신도 포함해서 말이다.

"밥 다 됐어."

부엌에서 여동생의 목소리가 들려왔다.

"먼저 먹어."

내뱉듯 대답한 이소가이는 나쓰키 가나미의 증상에 대해 생각했다. 빙의 망상은 여러 가지 정신 장애로 일어날 수 있어 우선은 감별 진단을 제대로 해 둘 필요가 있었다. 우선 기질성 정신병은 아니라는 결론이 나왔지만 검사 결과가 음성이라고 해서 안심할 수는 없었다. 검사로 걸러 내지 못하는 경우도 있어서였다. 하지만 나카이 산부인과 의원 원장이 보고한 발작 상태를 생각하면 강직 간대 발작이라기보다는 해리성 경련에 더 가까웠다.

그렇다면 기능성 정신병 중 조현병일 가능성은 얼마나 될까? 이 가능성도 낮다고 볼 수 있지 않을까? 임신한 여성은 정신병이 발병할 위험이 극단적으로 낮아진다. 불안함이나 초조함을 호소하는 임신부도 있지만 여성 호르몬 분비량에 변화가 있기 때문이지 좁은 의미에서 보면 정신병이라고 할 수 없었다. 임신 전부터 조현병을 앓고 있던 여성들조차 착상 직후부터 출산할 때까지 증상이 경감하는 경우도 적지 않은 편이었다. 원인 불명이기는 하지만 정신병이라는 위협으로부터 가장 안전하게 보호받는 사람이 임신부라고 말할 수 있을 정도였다.

이소가이는 감별 기준을 참조하기 위해 책상 안쪽에 세워 둔 두 권의 책자를 꺼냈다. 미국정신의학협회가 저술한 『정신 질환 진단 및 통계 편람(DSM-IV)』과 세계보건기구가 발표하는 『국제 질병 및 사인 분류(ICD-10)』였다. 오늘날 일본 정신 의학계에서는 이 두 개에 더해 종래의 전통적 진단 기준까지 세 가지가 난립하고 있는 상황이었다. 그만큼 정신 장애의 질병 개념을 통일하는 게 어렵다는 말일 터였다. 하지만 어떤 진단 기준을 사용하든 치료법 자체에 큰 차이는 없었다.

이소가이는 가장 가능성이 높다고 여겨지는 해리성 장애의 진단 기준을 살펴봤다. DSM-IV의 '300.15: 달리 분류되지 않는 해리성 장애'에 포함된 '해리성 트랜스 장애', 혹은 ICD-10에서 'F44.3: 몽환 상태와 빙의증'으로 분류하는…….

주변에 대한 지각이 좁혀지는 경험이나 개인의 통제를 넘어서는 것으로 체험되는 상동증 행동이나 동작을 동반함. 개인의 원래적인 정체감이 영혼, 힘, 신적 존재, 또는 다른 사람의 영향에 기인하는 새로운 정체감으로 대체되는 현상으로 상동증적인 불수의적 운동이나 기억 상실이 동반됨.

역시 인공 임신 중절에 대한 갈등이 원인이 돼 나쓰키 가나미가 해리성 장애를 일으킨 건 아닐까?

이소가이는 산더미 같은 자료를 뒤져 유사 증상 보고를 차례차례 훑었다. 하지만 왠지 모를 실망감이 들었다. 모든 사례가 이소가이 자신이 전에 경험했던 두 건의 임상 경험에 준하는 수준으로 나쓰키 가나미가 보였던 정상인과 다를 것 없는 행동이나 초감각적 지각, 소위 말하는 초능력으로 오해할 법한 예리한 통찰력에 대한 보고는 없었다.

이소가이는 잠시동안 가만히 생각했다. 가나미는 어떻게 자신이 도다 마이코를 진료했다는 걸 알았을까? 그렇지만 대답을 찾을 수 없었다.

기분을 전환하고 앞으로의 치료 방침을 굳혔다. 우선은 제외 진단을 통해 해리성 장애라는 진단을 확정하기로 했다. 그다음에 정신 요법에 따라 갈등 요인을 제거하고 치유로 이끌어 내자. 그 과정에서 빙의 인격 그 자체를 알아봐야만 할 것이다. 나쓰키 가나미의 증상은 꽤나 초기 단계에서부터 구체적인 인물상을 그려 내고 있었다. 어째서 그 인격이 빙의했고 무얼 말하고 싶어 하는 걸까? 빙의 인격의 언행에는 가나미의 내면이 풍부하게 반영돼 있을 터였다.

"빙의 인격은 최면 상태에서 쉽게 나타난다."라고 기술된 전문서를 발견하자 최면 요법도 염두에 둬야겠다고 생각했다. 또한 최면 상태에서 카타르시스를 통해 빙의 장애를 해소했다는 사례도 보고

돼 있었다.

이소가이는 의자 등판에 기대어 지친 머리를 쉬었다. 갑자기 공복감이 들어 돌아보자 식탁 위에 차갑게 식은 저녁밥이 놓여 있었다. 여동생에게 빌려 준 방에서는 전화로 제법 오랫동안 이야기를 나누는 듯한 소리가 들려왔다.

빙의 현상에 정신을 뺏긴 나머지 시간관념을 잃어버린 듯했다. 시각은 벌써 밤 11시를 지나고 있었다.

3

슈헤이는 정신과 의사가 처음 가나미를 진료한 이후 방 안 분위기가 미묘하게 바뀌었다는 점을 눈치 챘다. 첫 단서는 작업실에 틀어박혀 노트북과 씨름을 할 때였다. 작업 중인 모니터를 등 너머로 누군가가 들여다보고 있었다. 깜짝 놀라 뒤돌아봤지만 방에는 아무도 없었다.

분명 인기척이 느껴졌었다.

착각인가 생각했지만 그 일이 있은 뒤로 실내를 돌아다니는 누군가의 숨소리가 들리기 시작했다.

슈헤이는 이소가이가 해 준 설명을 머릿속에 반복해 떠올리면서 억지로 자기 자신을 납득시켰다. 가나미는 정신 장애를 앓고 있다고. 진짜로 귀신이 씐 게 아니라고 말이다.

냉정하게 생각해 보면 이소가이가 초진을 한 이후 빙의 인격이 밖으로 나오지 않고 있었다. 가나미는 계속 일을 쉬고 있었지만 아침에 제 시간에 일어나 집안일도 똑 부러지게 했고 밤 12시면 잠자리에 들었다. 하지만 임신했다는 사실을 알게 된 이후로는 남편과 살을 섞으려 하지 않았다. 슈헤이는 육체적인 불만이 쌓여 갔다.

그다음 주 월요일에 하시모토의 연락이 있었다. 용건은 말하지 않은 채 서둘러 만나고 싶다는 것이었다. 아마도 북크래프트의 계약 기자가 되라는 마지막 권유이겠거니 싶었다. 슈헤이는 며칠째 계속되고 있는 비를 뚫고 역 근처의 카페를 향했다.

절친한 편집자는 약속 시간 5분 전임에도 벌써 도착해 있었다. 가볍게 인사를 나눌 때 어두운 하시모토의 표정을 본 슈헤이는 기분 나쁜 예감이 들었다. 마주보고 앉아 웨이트리스에게 커피를 주문한 뒤 슈헤이가 먼저 말을 꺼냈다.

"전에 말한 계약 때문이지?"

"어, 뭐 그 얘기도 있고."

"그 '얘기도'라니? 다른 건 뭔데?"

"그게."

하시모토는 혼잣말처럼 그렇게 내뱉더니 테이블 위에서 손깍지를 꼈다. 어려운 문제를 꺼낼 때 버릇이었다.

"이쪽 사정부터 설명하지. 계약 기자 건은 오늘 중으로만 회신해 주면 문제없어."

그거라면 벌써 마음을 정했다고 말하려는 슈헤이의 말문을 하시모토가 막았다.

"다른 하나는 가나미 얘기야."

"가나미가 뭐?"

슈헤이는 얼굴 근육이 긴장하는 걸 느꼈다.

"우리 회사랑 계약을 갱신할 때가 다가오는 거 알고 있어?"

'그런 문제가 있었지.' 하고 슈헤이가 씁쓸한 표정을 지었다.

"이대로 계속 병가를 내면 계약이 해지되어 버린다고."

슈헤이는 낮은 목소리로 대꾸했다.

"계약직이라는 입장인 건 알고 있지만, 어떻게 좀 안 될까?"

"사장은 한 달 정도는 관대하게 봐줄 생각이었나 봐. 근데 얘기가 이상한 쪽으로 튀어서 말이야."

"무슨 일이 있었어?"

"우리 사장이 너희 집에 전화했다는 거 알고 있어?"

슈헤이는 의아하다는 표정으로 고개를 저었다.

"가나미 친구인가 하는 사람이 받더니 '가나미는 일을 그만둘 생각이에요.'라고 말한 모양이야."

슈헤이는 무심결에 크게 외쳤다.

"뭐?"

"사장이 가나미의 의사를 확인하려고 전화를 바꿔 달랬는데 상대방이 일방적으로 전화를 끊었다나 봐. 그런 일이 두 번 정도 있었다던데."

슈헤이는 멍하니 지난 며칠 동안의 일을 생각했다. 자신이 작업실에 틀어박혀 있을 때 가나미가 전화를 받은 적도 있었다. 자기에게 바꿔 주지 않기에 그대로 방치했었는데…….

"그래서 사장이 어이없어했나 봐. 이대로 계속 쉴 거면 다른 사람을 고용하겠다고 말하고 다니고 있어."

하시모토는 흥분한 표정으로 슈헤이에게 말했다.

"무책임한 것도 정도가 있지, 가나미의 친구라는 사람은 대체 누구야?"

"모르겠는데."

슈헤이는 순간적으로 거짓말을 했다.

"내가 밖에 나가 있을 때 누가 왔었는지도 모르지."

하지만 그 '누군가'는 대체 누구란 말인가?

"가나미는 어떻게 생각하고 있대?"

슈헤이는 "복직하고 싶어 하는 것 같은데…….."라고 말하다가 입을 다물었다. 아내를 직장으로 되돌려 보내려는 건 슈헤이 자신이 아닐까? 지금 생활을 유지하기 위해. 아내의 벌이를 맨션 대출을 상환하는 데 쓰려고 말이다.

"병 차도는 좀 어때? 금방 나을 것 같아?"

"그게 좀 걸릴 것 같아."

하시모토는 난처하다는 듯 신음 소리를 냈다.

"대체 어떻게 된 일이야."

"어쩔 방법이 없어."

슈헤이는 더 이상 하시모토나 회사에 폐를 끼쳐서는 안 된다고 생각했다.

"가나미의 병은 경과를 지켜볼 수밖에 없겠어. 나머지는 회사 측에서 결정하는 게 어때?"

"알겠어."

하시모토가 고개를 끄덕였다.

"그래서 네 계약 건은 어때? 의욕이 좀 생겼어?"

"응, 부탁할게. 이대로 가다간 생활 자체가 불안해서."

"그렇겠지."

하시모토는 동정심이 묻어나는 목소리로 말을 이었다.

"가나미가 어서 나았으면 좋겠어."

슈헤이는 끄덕였다.

하시모토와 헤어져 집으로 돌아가는 슈헤이의 발걸음은 무거웠다. 계약 기자가 받는 급료만으로는 생활이 불가능하다는 게 불 보듯 뻔했다. 당분간은 적금을 깨서 생활할 수밖에 없었다. 그건 그렇고 가나미는 대체 언제쯤이면 나아진단 말인가?

슈헤이는 하시모토가 말했던 전화에 대해 생각했다. 사장이 직접 건 전화를 받은 건 그 빙의 인격이 분명했다. 자기네 생활을 무너뜨릴 심산인 거냐고 빙의 인격에게 화가 났지만 슈헤이는 곧 혼란에 빠졌다. 이소가이의 설명대로라면 가나미 자신의 갈등이 그 인격을 만들어 낸 것이었다. 그렇다면 빙의 인격의 의사는 누구의 의사란 말인가. 가나미 자신이 일을 그만두고 싶어 하는 걸까?

길가에 인테리어 잡화를 취급하는 가게가 보여 슈헤이는 우산을 접고 안으로 들어갔다. 작은 사진 액자를 찾았다. 저렴한 데다가 디자인도 괜찮은 물건이 있어 슈헤이는 그걸 집어 들었다. 부적 대용으로 쓸 생각이었다.

집에 돌아왔을 때 가나미는 빙의 상태가 아니었다. 슈헤이는 일단 안도했지만 하시모토가 말했던 계약 해지에 대해 말을 꺼내야 할지 망설였다. 결국 덮어 두자고 결단을 내렸다. 가나미를 더 이상 괴롭히고 싶지는 않았다. 결혼을 결심했을 때처럼 가나미를 지켜 주고 싶었다.

슈헤이는 창고로 쓰고 있는 2.5평 남짓의 서양식 방에 들어갔다. 채 정리하지 못한 이삿짐 박스를 열고 사진 꾸러미를 꺼냈다. 그중에서 약혼 당시 둘이서 놀이동산에 놀러갔을 때 사진을 골랐다. 동년배 커플이 말을 걸어와 서로 투샷을 찍어 줬던 기억이 선했다. 가나미도 슈헤이도 행복하게 웃고 있었다.

방금 사 온 액자는 크기가 안성맞춤이었다. 슈헤이는 거실로 돌아가 눈에 띄는 장소를 찾아서 텔레비전 위에 놓았다. 그때의 행복한 기분을 가나미가 떠올려 줬으면 했다.

"뭐 하고 있어?"

등 뒤에서 낮은 목소리가 울렸다. 슈헤이는 움직임을 멈췄다. 돌아보지 않고도 아내의 얼굴이 변해 있음을 알 수 있었다.

"과거의 추억에 기대기라도 하려고? 계집아이 같지 않아?"

슈헤이는 천천히 고개를 뒤로 돌렸다. 자신을 완전히 깔보고 있는 듯 차갑게 빛나는 두 눈이 보였다.

빗소리가 커지면서 슈헤이도 슬퍼졌다.

"이만 거 버리는 게 어때?"

여자가 말하고는 액자를 집어 들려고 했다. 슈헤이는 양손으로 액자를 꽉 잡았다. 이렇게 소중한 추억이 짓밟힌다니 참을 수가 없었다. 하지만 여자의 힘은 예상 외로 상당했다. 몸싸움을 하면서 슈헤이는 새로운 사실을 알게 됐다. 빙의 인격에게 몸을 빼앗긴 아내는 체취조차 바뀌어 있었다. 가나미의 것보다 강렬하고 남자를 꾀는 농후한 향이 슈헤이의 얼굴을 뒤덮었다.

　노골적인 암컷의 냄새를 들이쉰 순간 이 여자는 이미 아내가 아니라고 슈헤이는 확신했다. 아내의 병을 미워하는 마음이 눈앞의 여자를 유린하려는 충동으로 바뀌었다.

　슈헤이는 여자의 손에서 액자를 비틀어 빼앗은 뒤 발을 걸어 여자를 소파 위로 넘어뜨렸다. 여자는 흉포하게 으르렁대며 저항했다. 이 여자가 가나미가 아니라는 확신은 점점 강해졌다. 슈헤이는 여자의 머리칼을 양손으로 쥐고 고개를 움직이지 못하도록 하고는 자신의 입술을 가져갔다. 그때 여자가 침을 뱉었다. 갑자기 발끈한 슈헤이가 손을 들어 올린 순간 여자가 먼저 손바닥으로 슈헤이의 뺨을 때렸다. 고막이 파열할 정도로 강렬한 타격이었다. 강하게 이명이 울리는 와중에 자신이 대체 무슨 짓을 하고 있는 건지 반성심이 문득 고개를 들었다. 그러기 무섭게 하복부를 걷어차인 슈헤이는 바닥에 쓰러졌다.

　여자가 거친 숨을 쉬며 일어섰다. 고통에 신음하는 슈헤이의 눈앞에 두 발이 지나가더니 부엌에서 낮게 억눌린 목소리가 들려왔다.

　"다음에 이렇게 하면 어떻게 될 줄 알아?"

　슈헤이가 고개를 들었다. 여자가 식칼을 들고 자신을 내려다보고 있었다.

　슈헤이는 갈라진 목소리로 물었다.

　"날 죽이기라도 하려고?"

"아니."

입꼬리를 끌어올린 여자가 칼끝을 자신의 목에 대고 찔러 넣으려 들었다.

무심결에 비명을 지를 뻔했다. 하지만 그 전에 여자의 표정이 갑자기 바뀌었다. 가나미는 자기가 들고 있는 식칼을 보고 놀라 비명을 지르며 내던졌다.

"슈헤이?"

울 것 같은 목소리로 묻고 있는 아내를 보면서 슈헤이는 이제 제발 그만 좀 하라고 속으로 생각했다. 적당히 좀 하라고. 하지만 원래대로 돌아온 아내를 보자 더 이상 힘든 상황에 처하게 해서는 안 된다는 책임감이 돌아왔다.

"무슨 일이 있었던 거야? 나 무슨 짓을 한 거야?"

가냘픈 몸이 공포에 떨고 있었다.

"아무것도 아니야. 걱정하지 않아도 돼."

슈헤이는 간신히 힘을 내 말했다.

슈헤이는 식칼을 제자리에 돌려놓고 소파 밑에 내팽개쳐진 액자를 주워 들었다. 다행히도 액자 유리는 깨지지 않았다. 슈헤이는 아내 앞으로 가 액자를 내밀었다.

"이거 어때? 아까 발견했어. 디자인이 괜찮지 않아?"

가나미는 맥 빠진 눈으로 둘이 연인이었을 때 찍은 사진을 바라봤다. 행복감에 충만해 있는 자기네의 웃는 얼굴이 눈에 들어왔다. 가나미의 눈에 물기가 돌기 시작하더니 이윽고 액자를 품에 안고 흐느끼기 시작했다.

슈헤이는 아내의 자그마한 어깨를 끌어안았다. 그 여자의 냄새는 이미 사라지고 없었다. 그리고 슈헤이의 내면에 깃들었던 이성을 잃을 정도로 강한 성적 충동도 사라졌다.

남자라는 인종은 모두 정신병을 앓고 있는지도 모르겠다고 슈헤이는 생각했다.

4

금요일로 예정된 두 번째 진찰에 앞서 이소가이는 의국에 있는 동료에게 연락을 취했다. 최면 기법을 배우기 위해서였다.

정신과 전문의는 교육 과정상 최면술을 배울 일이 없다. 하지만 개중에는 최면 요법에 관심을 가진 사람도 있어 개인적으로 스승을 찾아내 능력껏 최면술을 체득하는 경우가 있었다. 과거 이소가이는 회의감 반으로 최면 기술을 수박 겉핥기식으로 배운 적이 있어 단기간의 훈련만으로도 어떻게든 실제로 써먹을 수 있을 정도가 됐다.

방문 진료일 당일이 됐다.

차를 끌고 고마고메에 위치한 맨션에 도착하자 건물 밖에서 슈헤이가 기다리고 있었다. 꽤나 지쳐 보이는 모습이었다.

"가나미를 진찰하시기 전에 근황을 알려 드리려고요."

환자의 귀에 들리지 않는 곳에서 뭔가 얘기하고 싶은 게 있는 모양이었다. 이소가이는 슈헤이의 말에 귀를 기울였다.

"빙의 상태의 가나미는 완전히 다른 사람이에요."

단호하게 말하는 슈헤이의 어조에서는 공포가 묻어났다. 가나미의 체취가 변했다는 부분에서 이소가이는 솔직히 말해 적잖이 당황했다. 그런 증상은 의학서 어디에도 기재돼 있지 않았다. 슈헤이의 말이 진짜라면 가나미의 내분비 상태에 변화가 일어난 걸까?

슈헤이는 계속해 빙의 인격이 나타나는 빈도는 낮지만 부부의 생활을 위협할 만한 행동을 벌인다고 설명했다.

"피해가 크다면 입원 치료를 생각해 볼까요?"

슈헤이는 깜짝 놀란 듯 고개를 가로저었다.

"아뇨, 그건 괜찮습니다."

"어째서 그렇죠?"

이소가이가 부드럽게 물었다.

"가나미는 제가 간호할 거예요."

슈헤이가 분명하게 말해 이소가이는 안심했다.

둘은 엘리베이터를 타고 16층으로 향했다.

가나미는 안쪽 거실에서 기다리고 있었다. 이소가이는 인사를 하고 빙의 인격이 나타나지 않았음을 확인했다. 가나미는 지난번에 봤을 때보다 훨씬 해쓱해져 있었고 목소리도 작았다. 이소가이는 지난 한 주간의 경과를 듣고 병세가 패나 악화됐음을 느꼈다.

"기억이 없어졌을 때 제가 무슨 짓을 했는지 짐작도 안 돼요. 제가 제 자신이 아니게 돼 버려요."

가나미가 호소했다.

목소리가 어린아이 같았다. 어느 정도 퇴행 기미가 보였다.

"지금은 기분이 어때요? 마음속에 그 임신부가 있나요?"

"네."

가나미가 끄덕였다.

빙의 현상의 전형적인 증상이었다. 자신의 의식 안에 빙의 인격이 있다는 걸 느끼는 동시성 이중인격과 빙의 인격이 겉으로 드러나 본인의 기억이 사라지는 교체성 이중인격이었다.

"힘드시겠군요. 그렇지만 분명 좋아질 겁니다."

이소가이는 가나미를 격려하고 미소 지으며 말을 이었다.

"오늘은 조금 재미있는 걸 해 볼까 하는데 어떠십니까?"

"뭐죠?"

"손을 내밀어 보세요."

이소가이는 내뻗은 가나미의 양손을 자신의 손바닥으로 위에서 내리눌렀다.

"제가 손을 들어 올리면 가나미 씨의 손도 따라올 겁니다."

가나미는 눈을 동그랗게 뜨고 듣고 있었다.

"정말입니다. 한번 해 보죠."

이소가이는 하나, 둘, 셋을 세더니 자신의 손을 위로 들어 올렸다. 가나미의 손도 따라 올라왔다.

"어라?"

가나미가 신기한 듯 자신의 손의 움직임을 눈으로 좇았다.

피암시성(최면적 암시에 의해서 어느 정도 심리적 상태의 변화가 일어날 수 있느냐를 가리키는 것 ―옮긴이)은 강한 듯했다. 벼락치기 최면술사인 이소가이는 꽤나 안심하고는 이제부터 최면을 걸겠다고 가나미에게 말했다.

"최면요?"

불안한 가나미의 시선이 남편을 향했다.

"슈헤이 씨가 옆에 계실 겁니다."

"그렇다면야……."

가나미가 끄덕였다.

슈헤이에게 부탁해 창문 커튼을 치고 실내를 어둡게 했다. 가나미를 일인용 소파로 옮겨 앉힌 뒤 가지고 온 촛대와 초를 테이블 위에 놓았다. 최면 유도에는 응시법을 사용할 생각이었다. 라이터 불을 초에 옮겨 붙이자 어둑한 방 안에 옅은 불빛이 켜졌다.

"우선 온몸에서 힘을 빼고 릴랙스합시다."

이소가이는 차분한 목소리로 말했다.

"촛불을 봐 주세요. 보고 있는 동안 점점 잠이 쏟아집니다. 눈꺼풀이 무거워지고 눈을 뜨고 있기가 힘들어집니다."

잠에 빠져들기라도 하듯 가나미의 몸이 소파에 늘어졌다. 그 뒤 단시간의 유도를 통해 가나미의 최면 단계가 깊어졌다.

이소가이가 물었다.

"지금 기분이 어떠십니까?"

"폭신한 느낌."

어린아이 같은 목소리가 대답했다.

"기분이 좋은가 보군요."

"응."

"뭔가 마음속에 떠오르는 게 없습니까? 말이나 풍경이나."

"밧줄이 보여요."

어린아이 같은 표정으로 가나미가 말했다.

"무슨 밧줄이죠?"

"굵은 나무에 묶인 흰 줄요."

금줄인가 하고 생각하면서 이소가이는 신중하게 질문을 이어 나갔다.

"그 주변에 뭔가 보이나요?"

"돌계단요."

"돌계단을 올라가면 어디에 가게 되죠?"

"신사요."

"어디 신사인가요?"

그러자 가나미는 약간 인상을 찌푸렸다.

"모르겠어요."

이소가이는 슈헤이의 표정을 살폈지만 짐작 가는 게 없는지 고개를 갸웃해 보였다. 가나미에게 시선을 돌린 이소가이가 물었다.

"지금이 언젠지 알겠나요?"

"으음, 으음."

혀 짧은 소리를 내며 가나미가 생각에 빠져들었다.

"가나미, 지금 몇 살이지?"

"열한 살."

"신사에서 뭐 하고 있어?"

"말할 수 없어요."

"왜지?"

"임신한 아주머니가 방해해서."

슈헤이가 움직임을 멈춘 게 느껴졌다. 숨을 죽이고 진행 상황을 살피고 있는 것이다.

"그 임신한 아주머니는 가나미가 아는 사람이니?"

대답이 없었다.

"왜 가나미를 방해하지?"

"비밀로 하라고 얘기하는걸."

"아주머니는 지금 어디 있니?"

"내 마음속."

"그 아주머니와 얘기 좀 할 수 있을까?"

가나미의 어깨가 움찔 떨렸다. 동시에 촛불이 바람도 없는데 흔들리기 시작했다. 슈헤이가 깜짝 놀란 듯 이소가이를 봤지만 냉정을 유지하고 있었다. 촛불이 흔들리는 건 가나미의 호흡이 미약하게나마 빨라진 탓이 아닐까?

"아주머니랑 얘기 좀 할 수 있을까?"

한 번 더 물어봤다.

"안 돼."

"왜지?"

"도저히 안 돼."

"나쓰키 가나미의 마음속에 있는 여성께 말을 걸겠습니다."

이소가이는 고의로 위압적인 태도를 취했다.

"겉으로 나와서 내 앞에 모습을 드러내십시오."

"아……."

가슴을 들썩인 가나미가 미간을 찌푸리고 고민하는 표정을 지었다. 목울대를 울리는 듯한 호흡 소리가 서서히 가빠지고 신음 소리가 새어 나오기 시작했다. 추태라고도 할 수 있는 반응에 슈헤이가 동요를 감추지 못하고 바라보고 있었다.

이윽고 가나미는 사지를 내뻗고는 황홀한 표정을 지었다. 마치 오르가즘을 느끼는 여성의 모습이면서 동시에 종교적 엑스터시 같은 행동이기도 했다. 어느 쪽이든 이소가이가 처음으로 목격하는 인격 변환의 순간이었다. 주의를 기울여 관찰했지만 슈헤이가 말했던 머리카락이 거꾸로 서는 이상 현상은 없었다.

잠시 그러고 있자 목소리가 잦아드는 동시에 뚜렷하게 가나미의 표정이 바뀌었다. 뒤집히다시피 한 양눈과 이를 악물고 있는 듯 옆으로 찢어진 입술. 미묘하게 처진 뺨의 그림자가 사악한 인상을 풍기고 있었다. 새로 나타난 인격은 불만을 품고 있는 듯한 어두운 눈동자로 이소가이와 슈헤이를 번갈아 노려봤다.

이소가이가 물었다.

"당신은 누구죠?"

"누군지 알겠어?"

여자가 반문했다.

이소가이는 온화하게 대답했다.

"모르니까 묻고 있는 거죠. 이름이 없습니까?"

"있어도 말하지 않을 거야."

해석에 대한 저항인가 하고 이소가이는 생각했다. 이 인격의 정체를 드러내는 걸 가나미의 무의식이 저항하고 있는 걸까?

"임신부라는 건 맞습니까?"

"글쎄. 배 속에 소를 채워 넣었는지도 모르지."

그러더니 여자는 음울한 목소리로 웃기 시작했다.

"가나미 씨는 당신을 알고 있습니까?"

"만나더라도 모를걸?"

"무슨 말이지요? 옛 친구이기라도 합니까?"

"시라이시 가나미는 내 얼굴을 몰라."

여자는 가나미의 처녀적 성을 언급했다. 큰 실마리였다.

"그럼 당신은 가나미 씨의 얼굴을 알고 있는 겁니까?"

그 질문이 상대방의 아픈 곳을 찔렀는지 표정이 급격하게 불쾌해졌다.

"글쎄."

"아는 사이죠?"

"끈질기네."

질문을 계속하면서 이소가이는 가나미의 체취 변화에 깜짝 놀랐다. 슈헤이의 말은 진짜였다. 가나미의 몸에서 농밀한 여자 냄새가 풍겨 나오기 시작했다. 예리하게 코를 찌르는 휘발성 분비물 냄새였다. 이소가이는 산부인과에 깃든 독특한 향을 떠올렸다.

"그렇다면 단도직입적으로 묻죠. 대답하기 싫으면 안 해도 됩니다. 대신 거짓말은 하지 마세요."

여자가 코웃음을 쳤다.

"왜 가나미 씨한테 썬 거죠? 목적이 뭡니까?"

여자는 깔끔하게 대답했다.

"아기를 지키기 위해서."

슈헤이의 몸이 굳는 게 느껴졌다. 이소가이는 침착하게 대처했다.

"아기라면 누구의 아기죠? 임신부인 당신 자신의 아기입니까?"

"아니, 가나미의 아기. 경박한 남편이 아기를 죽이려 들어서 이렇게 된 거야."

여자의 차가운 시선이 아연실색해 서 있는 슈헤이를 향했다.

"아기보다 맨션이 중요한 거지? 그렇지? 대답해 봐."

얼굴이 파랗게 질린 슈헤이의 꼭 쥔 양손이 부들부들 떨리고 있었다. 이소가이는 황급히 그들 사이에 끼어들었다.

"가나미 씨의 몸에서 나올 생각은 없습니까?"

"없어."

"할 수 있는 한 최대한 협력하겠습니다."

"그럴 거면 좀 더 제대로 된 의사를 불러오지그래."

여자가 비웃듯 말했다.

"무슨 말입니까?"

"너 같은 돌팔이 의사가 뭘 하겠어? 환자 병세를 악화시키기밖에 더 하겠어? 사람 죽이는 게 당신 일이잖아?"

도다 마이코의 모습이 머릿속에 떠올랐다. 이소가이는 지상을 향해 떨어져 간 마이코의 모습을 머릿속에서 내몰고는 어떻게는 평정을 되찾았다.

"누군가 구체적인 사람을 지칭하고 있는 겁니까?"

"지금 당신 마음속에 떠오른 그 사람이지."

"이름을 말해 보십시오."

"이름을 말하면 못 견딜 텐데?"

여자의 보이지 않는 손이 자신의 몸 안으로 들어와 마음속을 후벼 파는 듯했다. 할 말을 잃은 짧은 순간 여자의 얼굴이 변하기 시작했다. 표정이 가나미의 것으로 점점 돌아오고 있었다.

"기다려!"

이소가이가 외쳤지만 그 순간 슈헤이가 앗 하고 놀라서 소리를 질렀다. 무슨 일이 일어난 건가 싶어 이소가이가 돌아봤다. 그러자 이번에는 테이블 위에 놓여 있던 촛불이 꺼졌다. 어두워진 실내에서 슈헤이가 가나미를 가리키며 외쳤다.

"방금 보셨어요?"

"뭘 말입니까?"

이소가이가 황급히 가나미에게 시선을 돌렸다. 어둠 속에 시선을 고정하자 나쓰키 가나미는 원래의 최면 상태로 되돌아가 이소가이의 지시를 기다리고 있었다.

"그림자가 보였다고요!"

슈헤이는 가나미 등 뒤 벽을 가리키고 있었다.

"새카만 임신부 그림자가…… 그림자만 일어서더니 침실 쪽으로 걸어 들어갔어요!"

"진정하세요."

이소가이가 다시 가나미를 바라보고 짧은 암시를 걸었다.

"지금부터 제가 셋을 세면 가나미 씨는 눈을 뜹니다. 일어난 뒤에는 상쾌해져 매우 좋은 기분이 듭니다. 아시겠죠. 하나, 둘, 셋."

가볍게 손뼉을 치자 가나미가 눈을 떴다. 힘없이 꿈인지 생시인지 분간하지 못하는 시선이었다.

"기분이 어떠십니까?"

"아까랑 같아요."

"여전히 누군가가 씐 듯한 감각이 있습니까?"

"네."

"괴로울지도 모르겠지만 한 가지만 확인해 주셔야겠습니다."

이소가이가 신중히 말을 꺼냈다.

"배 속의 아기는 앞으로 어떻게 하실 거죠?"

"중절할 수밖에 없어요."

가나미의 표정은 굳어 있었다.

"그만둘 생각은 없습니까?"

"이미 결정한 일이에요."

이소가이는 확신했다. 가나미의 병은 해리성 빙의 장애였다. 중절을 하지 않으면 안 되는 현실과 아기를 낳고 싶다는 염원 사이에서 나쓰키 가나미의 마음이 갈기갈기 찢어져 버린 것이다.

슈헤이가 벽 쪽으로 다가가 불을 켰다.

밝아진 방 안에서 이소가이는 눈앞의 내성적인 여성을 바라봤다. '어쩌다 이런 일이.' 마음속으로 그렇게 중얼거렸다. 배 속의 아기를 지키려는 것은 가나미가 아니라 빙의 인격이었다. 치료가 성공적으로 이뤄져 빙의 인격을 내쫓으면, 나쓰키 가나미는 더 이상 망설이지 않고 인공 임신 중절 수술을 받게 될 터였다.

슈헤이는 어안이 벙벙했다. 눈앞에서 일어난 이변, 그리고 아내의 육체를 가진 여자가 자신에게 내던진 말에 넋이 나가 있었다. 가나미가 이같은 증오와 모멸을 뚜렷하게 드러낸 적은 지금까지 없었다. 얼음처럼 차가운 가나미의 시선이 뇌리에서 사라지지 않았다. 이소가이와 마주보고 주차장 옆 정원 의자에 앉았을 때 몸 안의 힘이 빠져나가는 게 느껴졌다.

이소가이가 말문을 열었다.

"아까 말인데, 그림자가 움직였다고 하셨죠?"

"네."

슈헤이는 고개를 들어 허물없는 관계를 맺고 있는 10년 정도 연상의 정신과 의사를 바라봤다. 지금에 와서는 이 우락부락하게 생긴 의사밖에 기댈 사람이 없었다.

"분명히 봤어요. 배가 불룩 나온 여자의 그림자만이 재빨리 움직였어요."

하지만 이소가이는 슈헤이의 동요를 신경 쓰지도 않는 듯 분명하게 말했다.

"아마도 환각을 본 걸 테지요."

슈헤이는 납득할 수 없어 되물었다.

"환각이라고요?"

"아까는 가나미 씨에게 최면을 걸기 위해 일부러 암시에 걸리기 쉬운 상황을 만들어 뒀습니다. 어둑한 방에 촛불…… 슈헤이 씨도 그 방에 있었죠."

"그러니까 저 자신도 최면에 걸렸다 그 말인가요?"

"그렇습니다. 자주 들리는 얘기 아닙니까? 신흥 종교의 집회 자리에서 기적을 본 사람들 말입니다. 그건 기도성 정신병으로 단발적인 환각이 나타나곤 하는 겁니다. 크게 걱정하실 건 없습니다."

"그럼 역시 가나미는 영혼의 빙의된 게 아니라 정신병에 걸린 게 되나요?"

"물론이죠."

슈헤이는 절망적인 기분을 느끼며 말했다.

"그렇다면 가나미가 최면 상태에서 말한 건 본심인가요? 마음속으로 생각하던 걸 저한테 직접 말한 건가요?"

"100퍼센트 진실은 아닙니다. 갈등의 한 면일 뿐입니다. 그 반대편에는 지금까지와 같은 상냥한 아내 분이 계시죠."

하지만 이소가이의 말은 위로가 되지 못했다. 예전의 가나미는 더는 돌아올 수 없을 것만 같았다.

"상냥한 아내라는 측면도 100퍼센트는 아니죠?"

"그게 일반적이긴 합니다. 부부든 친구든 인간관계에 있어서는 호오가 섞인 양가적인 감정을 갖게 되는 법입니다. 중요한 것은 어느 쪽이 더 강렬한가죠. 아내 분께서 슈헤이 씨와 헤어지고 싶어 했더라면 빙의 현상이 나타나는 등 강렬한 갈등을 직면하지는 않았을 겁니다."

슈헤이는 내면의 동요에 어떻게 대처해야 할지 알 수가 없었다. 결혼 생활이라는 게 상대방에게 품었던 환상이 깨져 가는 과정처럼 느껴졌다. 모든 남자와 여자가 서로의 정체를 숨기고 오해하면서 언약을 주고받는 걸까?

이소가이가 천천히 말을 꺼냈다.

"아내 분의 병세에 대해서 솔직히 말씀드리겠습니다만, 가나미 씨는 말로 할 수 없는 불평을 하려고 그 인격을 만들어 낸 것 같습니다. 말하기 힘든 일들을 자기 대신 말해 줬으면 하고 말이죠. 가나미 씨는 중절 수술을 받고 싶지 않은 겁니다. 하지만 그걸 직접 말할 수는 없었고요. 그래서 마음이 갈라져 빙의 현상에 이르게 된 겁니다."

"전에 했던 얘기랑 같은 맥락이군요."

슈헤이가 한숨을 쉬며 말을 이었다.

"중절 수술을 그만두면 가나미의 병이 낫는다는 거죠."

"그렇죠."

이소가이가 슈헤이의 표정을 살피며 물었다.

"슈헤이 씨는 중절을 포기해도 괜찮다고 생각하십니까?"

"그럴 수만도 없어요. 상황이 점점 나빠지고 있어서요."

슈헤이는 가나미가 조만간 직장을 잃게 될지도 모른다는 사실, 자신이 편집 프로덕션과 박봉에 계약을 맺을 수밖에 없다는 일 등을 털어놨다.

"이소가이 씨였으면 어떻게 하실 건가요? 전 재산을 내던지거나 아니면 중절 수술이라는 선택지 둘 중에 하나만을 택해야 한다면?"

"일반 사람들의 관점에서 보면 중절을 선택하겠지요."

이소가이의 얼굴에도 피로감이 역력했다.

"슈헤이 씨처럼 절박한 상황에 처하지 않더라도 중절을 선택하는 사람은 상당히 많으니까요. 일본에서는 1년에 150만 명의 여성이 임신을 하고 그중 34만 명이 중절 수술을 받는다고 합니다."

"34만 명요?"

슈헤이는 고개를 들었다.

"네. 임신부 네다섯 명 중에 한 명 꼴로 중절을 택하는 셈이죠. 배 속의 아기를 인간으로 인정한다면, 일본인의 사망 원인 1위는 암이 아니라 인공 임신 중절이 되겠죠."

슈헤이는 입을 꾹 다문 채 살처분을 당하는 반려동물을 생각했다. 주인이 내버려 안락사를 당하는 개와 고양이 수는 각 약 30만 마리였다. 이 나라에는 처분되는 개나 고양이보다 중절당하는 태아 수가 훨씬 많은 걸까?

더 이상 불행한 동물 수를 늘리지 않기 위해 중성화 수술을 철저히……

중성화 수술이 필요한 건 반려동물이 아니라 오히려 주인 쪽인 걸까?

슈헤이는 자신의 오만함을 깨달았다. 취재할 당시에는 자신의 필력으로 한 마리라도 더 구할 수는 없을지 고민했었다. 사회를 내려다보면서 자신이 쓰는 문장으로 잘못을 바로잡으려고 생각했었다. 그렇지만 그랬던 자신 역시 바꿔야 할 점들을 잔뜩 가지고 있는 사회의 일원에 불과했다.

"그렇다고 해서 중절을 찬성하는 입장은 아닙니다. 피할 수 있다면 피하는 쪽이……."

"어째서죠?"

속에서 끓어오르는 분노에 스스로 당혹감을 느끼면서 슈헤이가 물었다.

"부모가 바라지 않은 아이는 안 태어나는 편이 낫지 않을까요?"

"왜 그렇게 생각하시죠?"

그렇게 되묻는 이소가이의 말투가 날카로워졌다.

"원하지도 않은 아이를 만든 부모는 그 아이를 불행하게 만들어도 당연하다는 거만한 생각을 갖고 있는 건 아닙니까? 애초에 불행한 인간은 태어나지도 않는 게 더 좋았을까요? 이 세상에 태어나서는 안 될 인간이 있을까요? 누군가를 붙잡고 '너는 태어나지 않는 게 더 나았어.'라고 말할 권리가 있을까요?"

반박할 수 없었다. 슈헤이는 가만히 이소가이의 말에 귀를 기울였다.

"물론 중절 수술이 전부 나쁘다고 보지는 않습니다. 법대로 임신부의 건강이 심각하게 위협받거나 강간 등 성범죄로 인해 임신한 경우에는 적극적으로 중절 수술을 해야 한다고 생각합니다. 그렇지만 저 자신도 남자이기 때문에 잘 알고 있습니다. 지금 시행되고 있는 중절 수술 대부분이 그렇지 않다는 걸 말이죠. 남자는 성적 쾌락을 얻기 위해서라면 무슨 짓이든 하죠. 여자를 돈으로 사거나 사랑하지도 않으면서 사탕발림을 하거나 말입니다. 결국 피임을 하지 않는 남자의 심리는 성범죄자와 다를 게 없습니다. 여성에게 엄청난 피해를 안길 수 있음을 알면서도 눈앞의 욕망만을 채우려 드는 거죠."

반박할 말이 없었다. 그날 밤 자기 자신은 짐승으로 변해 있었던 것이다. 사랑이니 로맨스니 귀에 듣기 좋은 말로 자기를 정당화하던 짐승. 아니, 짐승보다 못났었다.

"우리들은 승리자인 셈이죠. 벌써 이 세상에 태어나 있으니 말입니다. 하지만 이 세상에 태어날 수 있을지 어떨지 운명에 갈림길에 세워진 아이가 무수히 많습니다. 우리들의 생활이나 권리도 중요하지만 그렇게 되면 태아들의 비명 소리에 귀 기울여 줄 사람은 하나도 없게 될 겁니다."

하지만 슈헤이는 자신의 고집을 억누르지 못했다.

"그 점은 알겠습니다. 알겠습니다만 더는 돌아갈 수 없는 지경에 와 버렸어요. 뭐라고 말씀하시든 중절을 할 수 밖에……."

"아뇨, 제가 실례를 했군요. 주제 넘는 말을 했나 봅니다."

이소가이는 꽤나 당황한 듯 말했다.

상대방의 태도 변화에 당황한 슈헤이는 이소가이가 웬일로 이성을 잃었던 게 아닐까 싶었다. 하지만 무엇이 이소가이를 흥분하게 만들었는지 알 수가 없었다. 설마 이소가이도 중절과 관련해 힘든 기억이 있기라도 한 걸까?

"정신과 의사는 병 이외의 사생활에 대해서는 참견하지 않는 게 원칙입니다. 두 분 부부께서 결정한 일에 대해 감 놔라 배 놔라 할 처지가 아니죠. 11주 전까지 중절을 희망하신다면 빨리 절차를 밟는 게 좋을 겁니다."

11주라는 단어에 슈헤이는 시간이 없다는 사실을 깨달았다.

"11주를 넘기면 모체에 부담이 커진다는 것 같더군요."

"그렇죠. 11주를 넘기면 소파 수술(자궁의 속막을 긁어내는 수술—옮긴이)을 하기에는 태아가 지나치게 커져 있어서 약물을 사용해 인공적으로 분만을 시키게 됩니다. 임신부는 적어도 며칠 동안 입원을 하고 출산과 똑같은 경험을 하게 됩니다. 심리적으로도 그게 훨씬 타격이 크죠."

　가나미는 지금 임신 10주째였다. 시간이 없다는 초조함과 동시에 슈헤이의 마음속에 딜레마가 생겼다.

　"중절 수술을 한 뒤 가나미의 빙의 현상이 낫지 않을 가능성은 얼마나 되나요?"

　"중절 수술이 무사히 이뤄지기만 한다면 아기에 미칠 악영향을 고려하지 않아도 되기 때문에 약물 요법을 병행할 수 있게 됩니다. 그리고 한 가지 더 색다른 치료 수단을 고안해 냈습니다."

　"그게 뭔가요?"

　"최면 상태 하에서 나타난 빙의 인격입니다. 그 인물상은 가나미 씨의 옛 친구가 아닐까 하는 인상을 받았습니다."

　그 말을 듣고 슈헤이는 불현듯 생각해 냈다.

　"그러고 보면 인터폰에서 그 인격이 말을 걸어온 밤 가나미가 '옛 친구를 만났다'고 말했어요."

　"그래요?"

　이소가이가 몸을 앞으로 기울였다.

　"'다음에 집에 데려와도 될까?'라고 묻기도 했어요."

　이소가이는 오랫동안 품어 왔던 의문이 풀렸다는 듯 크게 고개를 끄덕였다.

　"이제야 알겠군요. 아무래도 가나미 씨는 실제로 옛 친구를 만난 것 같습니다. 오랜만에 만난 친구의 배가 불룩 나와 있던 거죠. 가나미 씨는 그 사람이 부러워서 자신도 그렇게 됐으면 하고 간절히 바란 끝에 상대와 동일시를 한 것 같습니다. 임신부인 친구가 빙의 인격이 된 건 그 탓일 겁니다."

이소가이의 통찰은 충분히 설득력이 있었다.

"그러니까 가나미는 그 친구를 흉내 내고 있단 말인가요?"

"그렇습니다. 그래서 아까 말씀드린 기묘한 수단 말입니다만, 가나미 씨가 실재하고 있는 인물을 흉내 내고 있다면 얘기가 간단해집니다. 상대방을 데려오기만 하면, 즉 실재 인물을 눈앞에 보여 주기만 하면 가나미 씨의 무의식이 연기를 계속할 수 없게 될 겁니다. 완강하게 이름을 밝히지 않으려고 하는 건 상대방을 특정하는 걸 피하기 위해서가 아닐까 합니다."

"그렇군요."

슈헤이가 끄덕였지만 그 모습을 본 이소가이가 당황한 듯 덧붙였다.

"다만 이건 빙의라는 증상을 제거하기 위한 방법으로 꽤나 강력한 수단입니다. 기본은 어디까지나 정신 요법으로 갈등을 해소하는 데 있습니다. 어쨌든 그 경우에도 옛 친구에 대해 보다 자세한 정보가 있으면 도움이 될 것 같습니다."

"문제는 옛 친구가 어디 사는 누구인지 모른다는 점이군요."

"그 점도 조만간 알게 될 것 같습니다. 앞으로 가나미 씨와의 상담을 통해 더 많은 단서를 얻어 낼 수 있을 겁니다."

슈헤이는 그 전망에 실낱같은 희망을 걸었다. 그리고 어려운 결정을 내렸다.

"저희는 중절 수술을 한 번 더 시도해 볼게요."

"증상이 완화되지 않는다면 저도 수술에 입회하도록 하죠."

"부탁드리겠습니다."

슈헤이가 크게 고개를 숙였다.

5

그다음 한 주 동안 슈헤이는 잡무에 시달렸다.

나카이 산부인과 의원에 두 번째 접수할 때는 일사천리로 수속이 끝났다. 이소가이가 먼저 사정을 설명해 준 듯했다. 이소가이와 나카이 원장은 오랫동안 알고 지낸 사이 같았다.

그다음에 슈헤이는 우울한 일 두 개를 해치웠다. 편집 프로덕션과의 계약 업무였다.

가나미에게 위임장을 만들게 해 그걸 가지고 북크래프트를 향했다. 사장과 하시모토를 만나 아내의 장기 결근을 사죄한 뒤 계약을 해지했다. 그리고 이어 기자 계약서에 자신의 인감을 찍었다. 파견처는 20대 여성을 타깃으로 한 패션 잡지사였다. 슈헤이는 사회 문제를 다루는 저널리스트 같은 일이 아니라 오히려 잘됐다고 여겼다. 자신에겐 미디어에 등장해 이 세상을 논할 수 있는 자격 따위가 없었다. 업무 시작 시기는 약간의 여유를 확보할 수 있었다. 두 번째 중절 수술을 받는 아내 옆에 함께 있기 위해서였다.

그 밖에도 대출 상환 등을 처리하는 와중 나카이 산부인과 의원 입원일이 하루 전으로 다가왔다.

내일만 무사히 넘긴다면 하는 긍정적인 기분이 오랜만에 들었지만 외출지에서 집으로 돌아오자마자 갑작스런 불안감이 엄습했다.

실내에 숨어 있는 누군가의 인기척.

평소보다 배는 강하게 느껴졌다.

걱정이 된 슈헤이는 아내의 모습을 확인하려고 침실을 들여다봤다. 그런데 가나미의 모습은 없었다.

핏기가 가신 얼굴로 방을 뛰쳐나온 순간 가나미가 돌아왔다. 울고 있었다. 양손에는 어째서인지 백화점 종이봉투를 들고 있었다.

"어떻게 된 거야?"

슈헤이는 재빨리 말하고는 가나미를 끌어안고 울음이 그치길 기다렸다.

"아무것도 기억이 안 나."

한참 있다가 훌쩍이면서 가나미가 말했다.

"정신을 차리고 보니까 쇼핑백을 들고 맨션 앞에 서 있었어."

가나미가 가지고 있는 종이봉투의 내용물을 꺼내 보자 임부복과 아기 배내옷 등 전부 옷가지였다. 핑크색 유아용 망토까지 들어 있었다. 가격표에 9800엔이라고 찍혀 있었다. 슈헤이는 산처럼 쌓인 옷을 앞에 두고 대체 얼마를 쓴 건지 앞이 캄캄해졌다.

"환불하고 와야겠다. 이런 거 필요 없는데."

가나미가 말했다.

슈헤이는 아내를 질책하려던 자신을 책망하면서 말했다.

"내가 하고 올 테니까 쉬고 있어."

"이대로라면 나 미쳐 버릴지도 몰라. 빨리 아기를 지워야겠어."

가나미의 목소리에는 소름 끼치는 처참함이 묻어났다.

"이제 곧 끝날 거야."

위로가 되는 말일지 알 수 없었다.

"오늘 밤에는 아무것도 걱정하지 말고 푹 자자, 알겠지?"

가나미는 고개를 끄덕였지만 한동안 슈헤이의 품에 얼굴을 묻고 계속 울었다.

저녁 식사 후 가나미를 침대에 뉘인 다음에 슈헤이는 잠에 빠져든 숨소리가 들릴 때까지 침실에 머물렀다. 머릿속으로는 가계 상황을 생각하고 있었다. 백화점에서 반품을 받아 주지 않으면 20만 엔 정도 적자를 면치 못할 상황이었다.

이윽고 가나미의 숨소리가 고르게 변해 슈헤이는 침실을 나서려 했다. 그때 누군가가 문밖을 지나갔다. 복도에서 양탄자 위에 일렁이는 빛을 가로질러 가는 그림자가 있었다. 그걸 본 순간 슈헤이는 공포가 아니라 경계심을 품었다. 너무나도 현실감 있는 인기척에 도둑이라도 든 건가 싶었다. 하지만 복도로 뛰어나가 보니 도둑의 그림자는 코빼기도 보이지 않았다. 몇 없는 가구가 들어선 적막한 거실만이 눈에 들어왔다.

'내가 대체 뭘 본 거지?' 기억을 더듬고 있는데 이번에는 시야 끄트머리에서 무언가가 움직였다. 사람 그림자임을 깨닫고 시선을 돌렸지만 간접 조명에 비친 흰 벽밖에 없었다. 하지만 방 안에 가득 찬 누군가의 인기척은 분명히 느껴졌다.

슈헤이는 인기척이 집중적으로 느껴지는 부엌으로 고개를 돌렸다. 은빛으로 빛나는 개수대, 유리문이 달린 식기 수납장, 늘어서 있는 조미료 병. 쥐 죽은 듯 고요한 부엌에 사람의 모습은 보이지 않았다.

지쳐 있는 거라고 되뇌었다. 모든 게 다 착각이라고. 그렇게 생각하지 않으면 금방이라도 패닉에 빠질 것 같았다. 눈에 보이지 않는 누군가가 이 방 안에 기거하고 있다면 도망칠 곳은 없는 셈이었다.

슈헤이는 평소와 다름없이 지내자고 마음을 먹었다. 지금 이러고 있는 동안에도 누군가가 등 뒤에서 쳐다보고 있는 것 같은 기분이 가시지 않았다. 음울하게 빛나는 두 눈이 사선 방향의 벽과 천장의 경계에서 떠돌면서 자신을 보고 있었다. 하지만 그 시선으로부터 벗어나려고 달리기 시작하면 자신의 정신이 기댈 곳을 잃고 사리 분별을 하지 못하게 될 것만 같았다. 지금은 침착하게 행동해야 할 때였다.

냉장고에 시선이 미치자 맥주라도 마실까 했지만 카운터 테이블의 그늘에서 여자의 팔이 뻗쳐 나올 것만 같아서 그만뒀다. 욕조에 몸을 담가 피로를 푼 다음에 빨리 자 버리는 게 상책일 것 같았다. 신경을 곤두운 채 복도를 천천히 걸어 욕실에 들어가 불을 켰다. 거울에 비친 자기 등 뒤로 누군가가 비춰지지는 않을까 겁이 난 슈헤이는 시선을 계속 아래로 떨구고 있었다. 옷을 벗고 욕조에 물을 받자 겨우 긴장이 풀어지는 듯했다. 김이 서린 좁은 욕실에서는 인기척이 나지 않았다. 역시 피곤한 탓이리라. 언제든 도망칠 수 있게 어정쩡한 자세를 취하고 있는 자기 꼴이 우스웠다.

슈헤이는 욕실 의자에 앉아 샴푸를 덜어 머리를 감기 시작했다. 눈을 감고 머리카락을 북북 감는데 손이 하나 더 느껴졌다. 손가락 열다섯 개가 머리를 문지르고 있었다. 그 순간 숙이고 있던 후두부에 인기척이 덮쳐 오는 걸 분명히 느꼈다.

누군가가 등 뒤에 있었다.

체온이 뚝 떨어졌다. 아내에게 들러붙은 누군가가 마침내 모습을 나타낸 것이다.

슈헤이는 벌떡 일어서고 싶은 충동을 억누르고 머리를 감던 손을 멈췄다. 또 다른 손도 움직임을 멈췄지만 두피에 박힌 다섯 손가락의 촉감은 뚜렷했다. 슈헤이는 눈꺼풀 위로 흘러내린 거품을 훔치고 숨을 고른 다음 마음을 단단히 먹고 뒤를 돌아봤다.

가나미가 서 있었다. 아내의 모습을 보자마자 슈헤이는 비명을 내지를 뻔했다. 대체 어느새 욕실에 들어온 건지 전혀 눈치 채지 못했다. 가나미는 눈을 실처럼 가느다랗게 뜨고는 재미있다는 듯 웃으며 재차 슈헤이의 머리를 문지르기 시작했다. '후후후' 하는 웃음소리만 욕실에 울려 퍼졌다.

슈헤이는 아무 말도 하지 않았다. 가나미는 분명히 이성을 잃은 상태였다. 지금 여기서 빙의 인격에게 저항했다가는 무슨 일이 일어날지 짐작도 되지 않았다.

가나미는 한동안 같은 동작을 계속했지만 이윽고 얼굴에서 웃음이 사라졌다. 갑자기 흥미를 잃은 듯했다. 가나미는 발길을 돌려 젖은 맨발로 욕실을 걸어 나갔다.

슈헤이는 서둘러 샴푸를 뜨거운 물로 헹구고 몸을 닦은 뒤 침실로 향했다.

가나미는 침대에 누워 색색거리며 잠들어 있었다. 아무 일도 없었다는 듯 평온한 표정이었다. 하지만 슈헤이는 더 이상 같은 침대에 들고 싶은 기분이 들지 않았다. 슈헤이는 처음으로 가나미라는 여자 그 자체에 공포를 느끼기 시작했다.

거실로 가 불을 죄다 켜고는 소파에 몸을 누인 뒤 눈도 깜빡 않고 그대로 아침을 맞았다.

마침내 입원하는 날이 왔다.

나쓰키 가나미의 진료를 시작한 이래 이소가이는 아침에 일어나는 게 더 이상 고통스럽지 않았다. 중절 전 처치를 할 오늘은 아침 7시에 일어나 여동생이 밥을 해 주길 기다렸다.

자신이 왜 나쓰키 가나미의 진료를 자처했는지 지금은 분명히 알 수 있었다. 불임에 고민하다가 투신자살을 시도한 마이코. 임신 중절에 대한 갈등으로 해리성 장애를 겪고 있는 가나미. 두 여성은 어머니가 되고자 하는 강한 의지라는 공통점을 갖고 있었다. 가나미를 치료하는 데 자신의 미래가 걸려 있다고 생각했다. 완쾌시키지 못하면 정신과 의사로서의 마지막 자신감마저도 잃게 되리라.

아침 식사를 마칠 즈음 슈헤이의 전화가 걸려 왔다. 어젯밤 잠자고 있던 가나미에게 벌어진 이상 행동을 보고해 왔다. 얘기를 들은 이소가이는 몽유병의 한 종류인 렘수면 행동 장애라고 생각했다. 인간은 꿈을 꾸는 렘수면기에 온몸의 근육이 이완되는 게 일반적이지만 드물게 긴장 상태가 유지된 채 꿈꾸고 있는 내용을 행동으로 옮기는 일이 벌어지곤 했다.

전화 너머로 들리는 슈헤이의 목소리에는 동요가 그대로 묻어났다. 그럴 법도 했다. 정신 의학 영역에서 일어나는 여러 가지 현상은 익숙하지 않은 사람이 보기엔 초자연적 현상이나 다름없기 때문이었다.

렘수면 행동 장애가 원인 불명인 데다가 치료법도 없다는 사실은 굳이 언급하지 않은 채 이소가이는 걱정하지 말라고만 말했다. 본인이 의식을 잃고 있는 와중 사고라도 일으키지 않으면 몽유병은 그렇게 겁먹을 만한 증상은 아니었다. 하지만 한편으로는 빙의 장애를 앓고 있는 환자에게 몽유병이 나타났다는 사실에 이소가이는 정신과 전문의로서의 호기심이 동했다.

전화를 끊고 이소가이는 차를 운전해 분쿄의대로 향했다. 목적지는 7층에 위치한 집중치료실이었다.

무거워지는 발걸음을 억지로 옮겨 병실 앞까지 간 이소가이는 복도 통유리 너머로 천장을 보고 누워 있는 환자들을 봤다.

도다 마이코는 아직도 식물인간 상태였다. 담당 의사에게 자세한 내용을 들을 마음의 준비가 아직 안 돼 있었다. 시간이 필요했다. 어쨌든 죽지만은 말아 달라고 기도하는 수밖에 없었다.

복도를 되돌아가려고 할 때 엘리베이터에서 히로카와 쇼코가 내리는 게 보였다. 이소가이는 예전 약혼자에게 인사를 건넸다.

"어때요, 그 뒤로? 복직할 수 있을 것 같아요?"

"아니. 완쾌되려면 아직 멀었어."

"그래도 점점 나아지고 있는 거 아녜요? 도다 씨 병문안을 올 정도가 됐잖아요."

이소가이는 스스로도 의외라고 생각했다. 히로카와가 말하는 대로였다. 그녀는 다른 사람의 내면을 추측할 때 여성들만이 보이는 특유의 눈매를 하고 있었다. 자신의 마음을 전부 읽어 낼 것만 같은 눈길이었다. 이소가이는 그냥 당하고 있을 수밖에 없었다.

"당신도 도다 씨 병문안을 온 거야?"

"네."

히로카와는 집중치료실로 시선을 돌렸다.

"선생님은 최선을 다했잖아요. 걱정하지 않아도 될 거예요."

이소가이는 문득 히로카와에게 아이를 갖고 싶다고 생각한 적은 없었는지 묻고 싶어졌다. 여성 특유의 관찰력은 말문이 트이지 않은 아기들의 요구를 파악하기 위해 있는 게 아닐까 싶었다.

히로카와는 사적인 말투로 바꿀 때마다 항상 그렇듯 주위를 빙 둘러보고는 말을 꺼냈다.

"나쓰키 가나미 씨 진료를 맡았다는데, 정말이야?"

"음, 꽤나 애 먹고 있지."

"그쪽은 남편이 못돼 먹은 것 같아. 왠지 모르게 경박한 느낌인거 있지."

"그래? 그 사람도 꽤나 힘들어하고 있는 모양이던데."

이소가이는 슈헤이를 두둔했다.

"그럴까?"

이소가이는 가나미 편을 들어 주는 히로카와에게 흥미를 느꼈다.

"가나미 씨가 아이를 낳도록 돕고 싶어?"

"본인은 그걸 원하고 있잖아."

"어떻게 알았지?"

"생각할 것도 없이 뻔하잖아."

히로카와는 그렇게 말하고는 시선을 피했다.

"조만간 같이 밥이라도 먹을래? 말상대가 돼 줄게."

"그러지."

고개를 끄덕인 이소가이는 '그렇다면 식사만으로는 끝나지 않겠지.'라고 생각했다.

"연락하지."

"기다릴게."

히로카와 쇼코는 도다 마이코가 있는 집중치료실로 들어갔다. 이소가이는 히로카와가 마이코의 상태에 대해 언급하지 않은 것은 낙관할 수 없기 때문이겠거니 생각했다.

병원을 나선 이소가이는 나쓰키 가나미의 두 번째 중절 처치에 입회하기 위해 오후 일찍 나카이 산부인과 의원을 향했다. 레지던트 시절 산부인과 의사로 총 5년 동안 비상근 의사로 근무했던 제휴 병원이었다. 3층 높이 건물을 보자 향수가 확 밀려들었다.

"오랜만이군."

점심 휴식을 취하고 있던 나카이 원장이 맞았다.

"휴직 중이라고 들었는데 괜찮은 건가?"

"네, 뭐 그럭저럭요."

이소가이는 미소를 지었다.

"분쿄의대 정신과는 눈코 뜰 새 없이 바쁘겠구먼. 상근 의사는 몇 명이나 되나?"

"다섯 명입니다."

이소가이는 대답하면서 장기 휴가를 신청했다는 사실에 새삼 죄책감을 느꼈다.

"병상은?"

"60개입니다."

"일이 너무 많군그래. 좋은 휴식이 되겠어."

나카이는 안경 너머로 웃어 보였다.

오후 3시 진료 시간이 되자 나쓰키 부부가 병원에 도착했다. 이소가이는 현관까지 나가 둘을 맞이하면서 가나미의 상태를 살폈다. 생기 없는 표정은 그대로였지만 대답은 똑부러지게 했다. 이소가이는 병실까지 따라온 뒤 가나미의 불안감을 누그러뜨리기 위해 노력했다. 간호사가 갈아입을 수술복을 가져왔을 때 병실을 나섰다.

이소가이는 가지고 온 가운을 입고 라미나리아(해초 뿌리를 건조시켜 만든 막대기로, 자궁을 확장하는 데 이용한다 — 옮긴이)를 삽입할 분만실에 들어섰다. 분만대, 흡입 분만기, 유아 가온 장치 등 실내 장비는 예전 그대로였다. 이소가이는 나카이 원장과 상의한 끝에 주사기와 항불안제 앰플을 따로 준비했다. 만반의 준비를 한 뒤 분만실 구석에 서서 가나미를 기다리는 동안 지난 8년 동안의 세월이 빠르게 스쳐 지나갔다.

이소가이가 산부인과에서 정신과로 전문 분야를 바꾸게 된 사건은 바로 이 분만실에서 일어났다.

학회에 출석한 나카이 원장을 대신해 며칠 동안 이곳 진료실에서 근무할 때의 일이었다. 인공 임신 중절 수술을 한 건 도맡게 됐다. 당시 이소가이는 우성보호법(오늘날의 모자보건법 — 옮긴이) 자격증을 막 딴 상태였다. 원래대로라면 나카이가 해야 할 수술이었지만 갑자기 결정된 수술이라 이소가이가 담당하게 됐다.

진료실에 들어온 임산부를 보자 나카이가 서둘렀던 이유를 알 수 있었다. 중절 수술을 받을 사람은 벌써 배가 불룩 나온 17세 여고생이었다. 나중에 전해 들은 바로는 여고에 다니던 여자아이가 다른 학교 남학생과 사귀던 중 임신 사실을 알게 돼 가출했다가, 중절이 가능한 21주째에 아슬아슬하게 집으로 붙잡혀 돌아오게 되었다는 듯했다. 여자아이의 아버지는 구의회 의원으로 나카이 원장과는 오래전부터 알고 지낸 사이었다.

이소가이는 초음파 진단 후 22주를 넘긴 건 아닌지 의문이 들었다. 나카이 원장이 직접 작성한 진료 기록에는 임신 문진만을 통해 임신 주수를 산출한 상태였다. 착상 후 10주만 지나면 태아의 성장이 불규칙하게 이뤄지기 때문에, 마지막으로 생리한 날을 늦춰서 보고하기만 하면 임신 주수를 속일 수 있었다. 하지만 확증이 없었다. 어쨌든 이소가이는 17세 소녀에게 라미나리아 봉을 삽입하고 자궁 경관을 확대시켜 하루 밤이 지난 후 자궁 수축제를 투여했다.

첫 처치 후 아홉 시간 뒤 분만대 위에서 소녀는 처음 겪는 진통에 몸을 배배 꼬았다. 이윽고 신장 30센티미터 정도의 남자아이를 낳았다. 그 아이는 살아 있었다. 심장이 뛰고 있었다. 남자아이는 탯줄로 엄마와 이어진 채 짧은 손발을 떨면서 숨을 들이쉬려고 반사 운동을 계속했다.

왜 나를 이렇게 빨리 밖으로 내보냈나요?

비통한 마음으로 지켜보던 이소가이의 눈에는 아기가 그렇게 말하며 항의하는 듯 보였다. 아기의 폐는 지나치게 미숙한 탓에 아무리 팔다리를 허우적거려도 숨을 들이쉴 수가 없었다.

법률상으로 임신 21주 이내의 태아는 사람이 아니었다. 따라서 중절 역시 살인이 아니었다. 하지만 이소가이는 그런 법률상의 구분은 의미가 없다고 생각했다. 이 아기는 살고 싶어 하지 않는가. 어머니의 품에 안겨 무럭무럭 자라고 싶어 하지 않는가.

아기의 심장은 탯줄을 제거하자 곧 멈췄다. 아기가 흘린 눈물은 아무도 닦아 주지 않았고, 생명 역시 그 누구도 받아 주지 않았다.

"선생님."

부르는 소리에 고개를 들자 분만대 위에 누워있는 여고생이 천장을 바라보며 울고 있었다.

"아기는요?"

"무사히 끝났단다."

이소가이는 그렇게 말할 수밖에 없었다.

아기의 유해를 다른 방으로 옮긴 뒤 신장과 체중을 측정하고 거즈로 감싸 작은 함에 봉했다. 그러고는 산과의 제안에 따라 꽃병에 꽂아 뒀던 꽃을 함께 수납했다. 주름투성이의 작은 얼굴이 형형색색의 꽃에 둘러싸였다. 상자 뚜껑을 닫으면서 정말 신이 존재하는 걸까 생각했다. 겨우 몇 분만에 힘이 풀려 버린 이 아이의 영혼을 작은 천사들이 맞으러 나와 줄까?

병원 측에서 여고생의 아버지로부터 이미 화장 비용을 받아 둔 상태여서 이윽고 도착한 장의사에게 아기의 유해를 건넸다. 엄마가 자기 아기의 얼굴을 보는 일은 없었다.

퇴원 후 1주일 뒤 그 여고생은 분쿄의대 정신과에 입원했다. 갓난아이의 울음소리가 계속 들린다는 듯했다. 병동에 찾아가 병문안을 하면서 이소가이는 산부인과보다 정신과가 일하는 보람이 있지 않을까 생각했다. 정식으로 정신과로 옮긴 것은 그로부터 두 달 뒤의 일이었다.

이소가이는 당시를 떠올리면서 올곧아 보이는 나카이 원장의 옆얼굴을 살폈다.

그때 그 중절 수술은 합법이었던 걸까?

지금 와서는 모든 게 다 오리무중이었다. 인공 임신 중절의 진상도, 그리고 자신이 전문 분야를 바꿨던 이유도 말이다. 그때 자신의 적성을 꿰뚫어 본 뒤 내린 결단이라고 생각했지만 숨도 못 쉬는 태아를 엄마의 몸에서 빼내는 일에 죄책감을 느꼈던 건 아닐까?

17세에 자신의 아기와 사별하게 된 소녀는 퇴원한 뒤 어떻게 지내고 있을까? 8년이 지난 지금은 25세가 돼 있을 텐데…….

머릿속으로 생각하던 여성이 눈앞에 나타나자 이소가이는 깜짝 놀라 고개를 들었다. 가나미였다. 비슷한 연령대여서 잘못 본 것이었다. 가나미는 수술복으로 갈아입고 간호사를 따라 막 분만실에 들어선 참이었다.

이소가이는 무엇인지 모를 운명적인 느낌을 받았다. 두 번 다시 없을 줄 알았던 인공 임신 중절 수술. 그렇지만 지금 자신이 여기에 있는 이유는 가나미의 빙의 인격을 억누르고 중절 처치를 성공시키기 위해서였다.

"이소가이 선생."

나카이 원장이 재촉했다.

"가나미 씨를 좀 봐 주겠나?"

나카이의 지시를 받은 이소가이는 왠지 모를 분노를 느꼈다. 그러고는 자신의 역할을 깨닫고는 가나미에게 물었다

"기분은 어떤가요?"

친절한 태도를 취하려고 했지만 가나미는 의사 가운을 입은 이소가이를 처음 본 탓인지 겁먹은 눈으로 대답했다.

"그다지 좋지 않아요."

"기분 문제인가요, 아니면 실제로 구역감이 느껴지는 건가요?"

"잘 모르겠어요."

"어쨌든 분만대 위에 올라 주시겠습니까?."

나카이 원장이 말했다.

가나미는 작게 끄덕인 뒤 분만대를 향해 걸어갔다. 그때 또 다른 간호사가 들어왔다. 간호사는 손에 든 임신 수첩을 내밀며 가나미에게 말을 걸었다.

"잠시 확인할 게 있는데요."

"뭐죠?"

가나미가 발걸음을 멈췄다.

"저희 측에 맡기신 모자 건강 수첩에 이름이 잘못 기재돼 있는 것 같아서요."

가나미가 의아하다는 듯 수첩을 보더니 입을 다물었다.

이소가이는 왜 하필 지금인지 짜증이 났지만 신경이 쓰여 간호사의 손에서 모자 건강 수첩을 낚아챘다. 표지에 적힌 어머니의 성명란에 '나카무라 구미'라고 서명돼 있었다. 모르는 이름이었다. 어딘가에서 수첩을 잘못 가져온 게 아닌가 싶었지만 주소지에는 고마고

메 맨션과 호수 옆에 '나쓰키 집'이라고 적혀 있었다.

나쓰키 부부 자택에 동거하는 '나카무라 구미'라는 여성…….

"가나미 씨?"

고개를 든 순간 놀라운 광경이 눈에 들어왔다. 이소가이조차도 무심코 뒤로 몸을 내뺐다. 두 눈을 뒤집은 채 적의와 증오로 가득 찬 얼굴을 일그러뜨린 가나미가 재빠르게 손을 내뻗어 이소가이에게서 모자 건강 수첩을 빼앗았다. 짧게 비명을 지른 간호사가 냅다 밀쳐져 혈압계와 같이 바닥에 쓰러졌다.

"가나미 씨!"

나카이 원장이 분만실에서 뛰쳐나가려는 가나미를 뒤에서 제압했다. 이소가이는 순식간에 인격 전환이 일어났다는 사실에 놀랐다.

"좀 도와주게!"

내던져질 것 같다고 느낀 나카이가 외쳤다.

주사기를 집어 들려던 이소가이는 우선 나카이 원장을 돕기로 했다. 그러나 간호사 두 명까지 가세해 네 명이서 들러붙어 제압하려 했지만 발버둥치는 가나미를 어떻게 할 수가 없었다.

"한 명 더 불러오게!"

나카이 원장의 외침에 간호사 한 명이 달려 나갔다. 분만실 문이 열리자 복도에 멀거니 서 있는 슈헤이가 눈에 들어왔다. 아내의 절규를 듣고는 달려온 듯했다.

"슈헤이 씨! 좀 도와주세요!"

이소가이가 외쳤다.

대답할 여유도 없었는지 슈헤이는 허둥지둥 달려와서는 광란하는 아내의 양 발목을 얼싸안았다.

빙의 인격이 슈헤이의 양팔을 풀어 헤치려는 듯 버둥거리면서 원망이 가득한 말을 내뱉었다.

"그렇게까지 해서 자기 아기를 죽이고 싶어?"

슈헤이의 팔에서 힘이 빠진 순간 가나미의 오른발이 남편의 뺨을 후려쳤다.

"귀 기울이지 말고 제대로 좀 눌러 주세요!"

이소가이는 슈헤이에게 지시한 뒤 잠시 빠져나와 항불안제 앰플과 주사기를 집어 들었다. 디아제팜 10밀리그램. 불안감을 제거하기 위해 사용하는 일반적인 약물이지만 태아에 미칠 수 있는 부작용에 대해서는 전문가 사이에서도 의견이 갈리는 편이었다. 하지만 투여가 금기시된 것은 아니었다. 딱 한 번만이라면 괜찮겠지 싶어 준비한 약이었다.

이소가이는 주사기로 용액을 빨아들인 뒤 소독용 탈지면을 꺼내 바닥에 쓰러져 있는 가나미에게 가져다 댔다.

"팔! 팔만이라도 제압하세요!"

나카이와 슈헤이 두 사람이 가나미의 오른팔을 들어 올렸다. 이소가이는 재빨리 소독을 마치고 되도록 천천히 정맥 주사를 놓아 가나미의 체내로 약물을 주입시켰다.

주사기를 뗀 뒤에도 가나미의 착란 상태는 계속됐다. 앰플을 한 개 더 꺼내야 하나 생각했지만 1층에 있던 간호사가 달려왔을 즈음에는 겨우 진정되기 시작했다. 이소가이를 포함해 그 자리에 있던 모두는 가나미의 얼굴 모양이 다른 사람의 것에서 원래대로 돌아오는 현상을 목격했다. 팽팽히 당겨졌던 표정에서 서서히 힘이 빠지면서 꿰뚫어 보는 듯한 시선이 초점을 잃고 있었다. 동시에 관자놀이에 툭 튀어나왔던 혈관이 가라앉고 뒤집혔던 눈과 입매도 광포한 기색이 사라지고 온화한 인상으로 빠르게 바뀌었다.

보고 있던 나카이 원장도 놀라움을 감추지 못하는 기색이었다.

사람들의 시선을 느꼈는지 가나미가 멍한 어조로 물었다.

"왜 그러세요?"

"이름이 뭔지 말해 보시겠습니까?"

나카이가 물었다.

"나쓰키 가나미예요."

"지금 계신 곳이 어디죠?"

"산부인과 병원이에요."

둘의 대화를 들으며 이소가이는 항불안제가 예상 이상의 효과를 냈다는 사실이 오히려 당혹스러웠다. 만약 약물 요법을 계속 병행할 수 있다면 빙의 인격을 내쫓는 게 수월할 것 같았다.

"저는 괜찮아요. 어서 중절 처치를 해 주세요."

가나미가 나카이 원장에게 호소했다.

나카이는 곤란하다는 듯 입을 꾹 다문 채 슈헤이에게 시선을 돌렸다. 슈헤이는 바닥에 무릎을 꿇은 채 망연자실한 듯 고개를 떨어뜨리고 있었다. 뺨에는 아내가 걷어찼을 때 생긴 멍이 들어 있었다.

"부부께선 잠시 병실로 돌아가 주실까요."

나카이는 한 간호사에게 동반할 것을 지시했다.

부부가 분만실을 나서는 모습을 배웅하면서 나카이가 입을 뗐다.

"어떻게 받아들여야 할지…… 라미나리아 삽입은 지금이라도 마음만 먹으면 할 수 있는데. 해 버려야 하나?"

이소가이는 안에서 끓어오르는 분노를 억눌렀다. 8년 전 중절 수술이 머릿속을 헤집어 놓은 걸지도 몰랐다.

"주저하시는 이유가 뭐죠?"

"본인의 의지가 문제지. 분명히 동의서는 받아 놨지만 지난번과 이번에 이렇게 격렬하게 저항하는 걸 보면 정말로 중절 수술을 받을 의지가 있는지 의문스럽네. 자네는 어떻게 생각하는가?"

이소가이는 대답할 말을 찾지 못했다. 가나미의 빙의 장애가 갈등으로 인한 것이라면 양쪽 모두 본인의 의지라고 할 수 있지 않은가.

나카이가 바닥에 쓰러진 혈압계를 일으키며 말했다.

"디아제팜은 효과가 있는 모양이군. 내일까지 약발이 버텨 준다면 마취를 하고 자궁 내용물을 긁어내기만 하면 되는데 말이지."

"잠시만요. 남편 분과 상의해 보겠습니다."

이소가이가 반사적으로 말했다.

"그래, 그게 좋겠군."

완전히 진퇴양난에 빠졌다고 슈헤이는 생각했다. 전부터 느껴 오던 불안감이 점점 현실화되고 있었다.

가나미에게 중절 수술을 받게 하는 건 무리였다.

침대 옆 의자에 푹 꺼지다시피 앉은 슈헤이는 맨션 대출금 상환에 대해 다시 한 번 생각해 보려 했지만 머리가 벌써 굳어 있었다. 먹구름 같은 불안감이 머릿속을 온통 뒤덮고 있었다.

노크 소리가 들렸다. 같이 왔던 간호사가 문을 열었다. 입구에서 이소가이가 들여다보면서 말했다.

"슈헤이 씨, 잠시 얘기 좀 할 수 있을까요?"

슈헤이는 끄덕이고는 일어섰다. 약이 효과를 본 건지 가나미가 묘하게 온화한 시선으로 슈헤이의 뒷모습을 바라봤다.

복도로 나오자 이소가이가 슈헤이의 뺨을 가리키며 물었다.

"괜찮으신가요?"

"네."

슈헤이는 아내에게 차인 상처를 문질렀다. 욱신욱신 쑤셨다.

"가나미 씨 문제로 드릴 말씀이 있습니다."

"밖에 나가서 얘기해도 될까요?"

슈헤이가 말했다. 산부인과에 감도는 특유의 향기가 못 견딜 정도였다.

"바깥공기를 좀 쐬고 싶어서요."

"그럽시다."

슈헤이는 이소가이와 함께 1층으로 내려가 슬리퍼를 구두로 갈아 신고 밖으로 나섰다.

벌써 날이 저물어 있었다. 가로등이 켜지기 시작한 주택가를 걸으면서 이소가이가 나카이 원장의 의향을 전했다.

"문제는 가나미 씨의 의사가 어떤지 여부입니다만……."

입을 꾹 다문 채 귀를 기울였지만 이소가이가 하는 말이 머릿속에 들어오지 않았다. 쉴 곳을 찾아 슈헤이는 주변을 둘러봤다. 한동안 걸은 끝에 주택 사이에 설치된 좁은 놀이터를 발견했다. 들어가

벤치에 앉자 깊은 한숨이 절로 나왔다.

"그래서 말인데 슈헤이 씨의 의견을 듣고 싶어서요. 이대로 가나미 씨의 처치를 계속해도 괜찮겠습니까?"

"전부 이소가이 씨에게 맡기도록 할게요."

슈헤이가 대답했다. 스스로도 될 대로 되라는 식으로 행동하고 있다는 게 느껴졌다.

"아뇨, 그렇게는 안 됩니다. 이건 부부께서 결정할 문제입니다."

슈헤이는 고개를 젓고 어려운 문제에 대해 생각할 힘을 쥐어짜려고 했지만 잘 안 됐다.

이소가이는 잠시 동안 아무 말 없는 슈헤이를 바라보다가 이윽고 주머니에서 작은 수첩을 꺼냈다. 표지에 '모자 건강 수첩'이라고 적혀 있었다.

"이걸 보십시오. 적혀 있는 주소가 정확합니까?"

"네."

이소가이가 수첩을 덮고 표지를 보였다. 어머니 성명란에 '나카무라 구미'라고 적혀 있었다. 슈헤이는 의아한 표정으로 이소가이를 봤다.

"가나미 씨가 가지고 있었습니다. 가나미 씨 본인이 한 게 아니라 빙의 인격이 작성한 듯합니다."

"이런 거 가짜 이름으로도 만들 수 있나요?"

"네. 구청에 가서 자진 신고만 하면 되니까요."

이소가이는 슈헤이의 반응을 기다렸다가 말을 이었다.

"아마도 이게 빙의 인격의 이름인 것 같습니다. 드디어 단서를 손에 넣은 셈이죠."

슈헤이는 담담하게 고개를 끄덕였다.

"이 여자를 찾기만 하면 가나미의 빙의 현상이 나을지도 모르겠군요."

"그렇습니다. 가나미 씨는 이 인물을 흉내 내고 있으니까요. 나카무라 구미라는 이름을 듣고 짐작 가는 점은 없습니까? 가나미 씨의 옛 친구라든가."

"그런 걸 제가 어떻게 알아요?"

화난 듯 내뱉은 슈헤이는 곧 후회했다. 이소가이의 표정을 살폈지만 기분 상한 기색 없이 다음 말을 기다리고 있었다. 슈헤이는 절망감에 짓눌린 목소리로 말했다.

"죄송해요. 그렇지만 정말로 모르겠습니다. 저는 가나미의 남편이지만 사귀기 시작하고 겨우 2년이 지났을 뿐이에요. 이전 가나미의 23년 인생에 대해서는 아는 게 거의 없어요. 친구 관계도 학교 성적도, 가나미가 울고 웃었던 일에 대해서도 저는 아무것도 아는 게 없어요."

이소가이가 격려하듯 말했다.

"오랫동안 부부로 있다 보면 차차 알게 되겠죠."

하지만 슈헤이는 고개를 저었다.

"이소가이 씨, 저 솔직하게 말씀드리죠. 아까 병원에서 발버둥 치던 가나미를 제압하면서 무슨 생각을 했을 것 같습니까? 이혼 생각을 했어요. 이런 여자랑은 이제 헤어져 버리자는 생각 말입니다."

"일시적인 변덕이라고 생각됩니다만."

이소가이는 침착한 어조로 말했다.

"그런 발작을 처음 본 사람은 한 명의 예외도 없이 동요하기 마련입니다. 특히 자기와 더 가까운 사람일수록 그렇죠."

"처음 본 게 아니잖아요. 이제 그만두라고 말하고 싶을 정도로 봐 왔어요. 더는 못 참겠어서 하는 말이라고요!"

큰 소리를 질러도 전혀 기분이 나아지지 않은 탓에 슈헤이는 더 침울해졌다.

"가나미를 내버려 두고 혼자 도망치는 게 얼마나 비겁한 짓인지는 잘 알아요. 하지만 이젠 한계예요. 결국 가나미와 저는 서로 어울리지 않는 한 쌍인 거죠."

"진심입니까?"

"네."

슈헤이는 이소가이의 시선을 피해 아무도 없는 밤의 공터로 시선을 돌렸다. 근처 주택에서 부엌일 하는 소리가 희미하게 들려왔다. 슈헤이는 슬며시 저녁 식탁을 둘러싸고 앉은 가족의 모습을 떠올렸다.

이소가이가 물었다.

"2년 전 처음 만났던 가나미 씨는 어떤 모습이었죠?"

"이런 병에 걸릴 사람 같지는 않아 보였죠."

"아뇨, 그게 아니라 한 여성으로서 말입니다."

슈헤이는 질문의 의도를 파악하지 못하고 이소가이를 쳐다봤다.

"당시 가나미 씨는 스물세 살의 여성이었잖습니까?"

"그렇죠."

슈헤이는 앞머리를 냈었을 때의 가나미를 떠올렸다.

"저희들은 아직 어린아이들이었죠. 생활고도 뭣도 모르는."

"어린아이인 게 뭐 어때서요. 이상한 어른이 되는 것보다야 어린아이인 쪽이 순수하게 즐길 수 있지 않나요."

슈헤이는 쓸쓸한 미소를 지었다. 결혼 전 가나미와 보냈던 나날들이 떠올랐다. 항상 만나던 장소. 도민회관 로비. 벤치에 걸터앉아, 슈헤이보다 항상 먼저 나와서 기다리던 가나미.

"처음 사귀기 시작했을 땐 가나미 씨를 그 무엇보다도 아끼셨을 테죠."

"네."

"이 사람을 위해서라면 노력할 수 있다고, 그렇게 생각했었죠?"

맞장구를 치려다가 슈헤이는 움직임을 멈췄다. 마음속에서부터 복받쳐 올라오는 게 있었다.

이소가이가 진지한 표정으로 말했다.

"게다가 가나미 씨를 지켜 주고 싶다고 생각하지 않으셨나요? 가나미 씨가 겪을지도 모르는 직무상 어려움이나 사고나 병이나, 모든 고통으로부터 지켜 주고 싶다고 생각하지 않았습니까?"

"그랬었죠."

"지금이 바로 그때입니다, 슈헤이 씨."

슈헤이는 고개를 들어 이소가이를 봤다.

눈앞에 보이는 다부진 얼굴이 작게 고개를 끄덕이고 있었다.

슈헤이는 고개를 떨어뜨리고 울음을 터뜨렸다.

중절 전 처치는 하지도 못한 채 그날 밤 중 나쓰키 부부는 고마고메의 맨션으로 돌아갔다. 여기에 이소가이도 동행하면서 항불안제를 투여한 가나미의 경과를 주의 깊게 지켜봤다. 가나미는 아무것도 하지 않고 집에 그냥 돌아간다는 사실에 당황한 듯했지만 딱히 저항하지도 않고 슈헤이의 재촉을 받아 침실로 들어갔다.

아내가 잠든 걸 확인한 슈헤이는 거실로 돌아와 자기에게 주어진 일을 해치웠다. 식탁 곁에 앉은 이소가이가 지켜보는 중에 전화기를 집어 들고 가나미의 본가에 전화를 걸자 장모가 받았다.

"여보세요, 슈헤인데요."

일부러 밝은 목소리를 내 인사했다. 가나미는 외출 중이라고 말한 뒤 옛 친구인 '나카무라 구미'와 급하게 연락해야 할 일이 있는데 혹시 짐작 가는 사람이 없는지 물었다.

"나카무라 구미?"

장모는 되묻더니 오랜 기억을 더듬는 듯 한동안 말이 없었다.

"아아, 구미 말이구나. 우리가 센다이에 살던 시절에 나카무라 구미라는 친구가 있었는데."

"가나미가 초등학생일 때 말인가요?"

"그렇지."

가나미가 도쿄에서 재회했다는 친구는 그 아이일까?

"초등학교를 졸업하고도 계속 연락을 했었나요?"

"그렇진 않을 거야. 가나미가 중학교에 들어갈 무렵에 이사를 해서 그대로 끝이었으니까."

"그럼 현재 나카무라 구미 씨의 연락처 같은 건 모르시겠군요."

"그렇지."

"그분 말고 나카무라 구미라는 이름을 가진 다른 사람은……."

"없지."

"알겠습니다. 밤늦게 죄송합니다."

전화를 끊은 슈헤이는 장모가 한 말을 이소가이에게 전했다.

이소가이는 말문을 열었다.

"가나미 씨가 만났다는 옛 친구가 나카무라 구미 씨라면 그 사람은 지금 도쿄에 있다는 말이 되겠군요."

"맞아요. 도쿄에서 일하고 있을지도 모르죠."

"재회했을 때 가나미 씨는 연락처를 묻지 않았을까요?"

슈헤이는 벽장으로 눈길을 돌렸다. 가나미의 가방이 몇 개인가 놓여 있었다.

"이소가이 씨가 증인이 돼 주셨으면 합니다."

"무슨 증인요?"

슈헤이는 벽장에 얼굴을 들이밀고는 가나미가 사용하는 빨간 시스템 수첩을 꺼내 들었다.

"꼭 필요한 페이지만 볼 겁니다."

이소가이가 웃었다.

"좋은 마음가짐이군요."

슈헤이는 주소란과 일정표를 봤지만 나카무라 구미라는 사람과 관련된 기록은 없었다. 나아가 명함철도 살펴봤지만 마찬가지였다. 창고로 쓰고 있는 방에 들어가 상자에 포장된 짐을 찾아봤지만 가나미가 다녔던 초등학교 졸업 앨범은 보이지 않았다.

곤란하다는 표정을 짓고 있는 이소가이에게 슈헤이가 말했다.

"괜찮아요. 취재는 제 본업이니까 분명 찾아낼 수 있을 겁니다."

"든든하군요."

"그 사람한테 연락이 닿으면 가나미와 만나 달라고 부탁하면 되는 거죠?"

"네. 그걸로 빙의 인격은 사라지게 될 겁니다."

"만약 그렇게 된다면……."

슈헤이는 잠시 생각했다가 말을 이었다.

"아내가 원래 가나미로 돌아온다면 그 이후에 중절 문제를 다시 상의해 보도록 하죠. 경제적인 문제도 한 번 더 생각해 볼게요. 21주라는 시한까지는 아직 시간이 있으니까요."

"네. 딱 10주 있군요."

슈헤이는 테이블 위에 놓인 나카무라 구미 명의의 모자 보건 수첩을 바라봤다. 흔해 빠진 이름이라는 생각이 들었다. 마치 여성 전체를 대변하고 있기라도 하듯…….

이 사람을 찾아내기만 하면 가나미는 분명 좋아질 터였다.

슈헤이는 흥분됐다. 빙의 인격의 정체가 서서히 드러나면서 슈헤이는 용기가 생기기 시작했다. 상대는 실재하는 인간이었다. 결코 영혼 따위가 아니었다. 나카무라 구미라는 여성의 소식을 파악하기만 하면 이 방에 감도는 괴이한 기척도 사라지지는 않을까?

가나미를 위해 드디어 자신이 활약할 때가 왔다고 슈헤이는 생각했다.

3장
비극 悲劇

1

이튿날 슈헤이는 아내의 상태가 안정된 걸 확인하고 신바시에 있는 명단 전문 도서관을 향했다. 그 도서관에는 학교나 기업 명단뿐만 아니라 각종 단체나 특정 업종의 고객 명단 등이 갖춰져 있었다. 이런 특수 도서관이 도내에 몇 곳인가 있어 DM업체뿐만 아니라 저널리스트들이 취재 대상의 소식을 찾아내기 위해 자주 방문하곤 했다. 프라이버시 논쟁이 벌어지지 않는 것은 매스컴 역시 어쨌든 쓸 기회가 잦은 탓이었다.

도서관에 들어선 슈헤이는 '기요가와 초등학교'의 졸업생 명단을 찾았다. 모교 이름은 한참 전에 가나미에게 들은 적이 있었다. 서가를 찾다가 8년 전에 인쇄된 명단을 하나 발견했다. 가나미의 지금 나이에서 거꾸로 계산해 '헤이세이 원년(1989년) 졸업 제52회 졸업생' 페이지를 펼치자마자 '나카무라 구미'라는 이름이 눈에 띄었다. 같은 1반 명단에 '시라이시 가나미'의 이름도 있었다. 만일을 위해 같은 이름을 가진 학생이 없는지 다른 반도 찾아봤지만 나카무라 구미라는 이름은 하나뿐이었다. 이 아이가 분명했다. 주소는 '센다이 시 아오바 구 기요가 읍 3-35번지'였다.

슈헤이는 1반 전체의 명단을 복사한 뒤 도서관을 나서 카페에서 휴대전화를 사용해 나카무라 구미의 번호로 전화를 걸었다. 하지만 전화를 받은 젊은 여성의 성은 '우에노'였다. 슈헤이가 번호가 틀리지 않았는지 확인한 뒤 언제부터 그 번호를 사용했는지 묻자 '3년 전'이라는 대답이 돌아왔다. 아무래도 나카무라 구미 가족은 그즈음 이사를 한 듯했다.

슈헤이는 계속해 명단에 있는 다른 학생들의 번호로 일일이 전화를 걸었다. 여학생 절반 정도의 소식이 파악됐다. 거짓말을 피하기 위해 "저는 잡지 기사를 쓰는 프리랜서 기자입니다."라고 자기 소개를 한 뒤 나카무라 구미의 소식을 물었지만 하나같이 "모르겠는데요."라는 대답만이 돌아올 뿐이었다. 자신을 경계하는 건지 아니면 정말로 모르는 건지 판단이 서지 않았다.

이렇게 된 이상 현장 취재에 나설 수밖에 없었다. 나카무라 구미라는 여성은 현재 도쿄에 있을 가능성이 높은 만큼 단서를 찾아 센다이까지 가는 것은 비효율적이었지만 달리 방법이 없었다. 오랫동안 집을 비우게 되는 까닭에 이소가이에게 전화를 걸어 상담했다.

이소가이가 물었다.

"센다이엔 얼마나 가 있을 겁니까?"

"1박 정도를 예상하고 있지만 자칫 더 길어질 수도 있어요. 가나미를 혼자 내버려 둬도 괜찮을까요?"

그렇게 물은 슈헤이는 이소가이가 자신이 없는 집에 머무르는 것도 문제가 되지 않을지 생각했다.

이소가이는 웃으며 대답했다.

"걱정 마세요. 한가한 간호사가 한 명 있으니 그 사람을 보내도록 하죠."

"한가한 간호사요?"

그게 누군지는 금방 알게 됐다. 신칸센을 예약한 뒤 갈아입을 옷을 가지러 잠시 맨션으로 돌아가자 여동생을 데리고 온 이소가이가 막 도착한 참이었다.

"여동생인 미호입니다. 한가한 간호사는 이 녀석을 말한 겁니다."

슈헤이는 30대가 될락말락 해 보이는 미호와 인사를 나눴다. 휴직 중인 이소가이를 찾아갔을 때 실내 야구 연습장에 있다고 가르쳐 준 여성이었다. 새삼 상대방의 귀여운 웃는 얼굴을 보고는 오빠를 닮지 않아 다행이라고 생각했다.

"아내 분은 저한테 맡겨 주세요."

슈헤이는 안도감과 황망함을 동시에 느꼈다.

"죄송합니다, 모두 다요."

"어차피 한가한걸요."

미호는 오빠처럼 상대방을 안심시키려는 듯한 미소를 지었다.

세 사람은 엘리베이터를 타고 16층까지 올라가 가나미에게 미호를 소개시켰다. 가나미가 낯가림하는 기색이 없어 슈헤이는 안심했다. 문제는 빙의 인격이 나타났을 경우인데 간호사인 만큼 능숙하게 대처하리라고 생각했다.

아파트 스페어 키를 미호에게 건넨 뒤 취재 여행 준비를 빠르게 해치우고 이소가이 오누이에게 예를 표하고는 방을 나섰다. 가나미에겐 외출 목적을 얘기하지 않았다.

도쿄 역에서 13시 8분에 출발하는 도호쿠 신칸센을 잡아탔다. 아슬아슬하게 차량에 올라타 착석한 뒤 역에서 산 센다이 시내 지도를 펼쳤다. 기차를 타고 두 시간여를 움직이는 동안에 센다이 역에서 내려 갈 곳을 조사하고 취재 작전을 짰다.

오후 3시에 채 못 미쳐 신칸센이 센다이 역 홈에 들어섰다. 슈헤이는 일반 열차로 갈아타 내륙부를 향했다. 시 중심부에서 전차로 30분 정도 떨어진 곳이 취재 대상인 나카무라 구미와 가나미가 나고 자란 지역이었다. 센다이 시 아오바 구 서부 외곽이었다.

내려선 기요가와 역은 히로세가와 강 유역이었다. 산간에 가늘고 길게 뻗은 한산한 주거 지역이었다. 도쿄를 벗어날 때마다 습관적으로 가슴 한가득 깨끗한 공기를 들이쉰 뒤 슈헤이는 지역 철도 개찰구를 나섰다.

지도를 보면 초등학교 졸업생 명단에 기재된 나카무라 구미의 주소지는 역에서 2킬로미터 정도 북쪽으로 올라간 곳이었다. 버스를 기다리는 시간마저 아까웠던 슈헤이는 택시를 잡았다. 운전수는 슈헤이가 내민 지도를 흘끗 보더니 곧 운전을 시작했다.

택시는 히로세가와를 넘어 구불구불한 좁은 길을 나아갔다. 5분 정도 달린 뒤 운전수가 물었다.

"저기 커브를 돌아선 데 말씀하시는 거죠?"

슈헤이는 몸을 내밀었다. 하지만 도착한 주소지에는 주택이 서 있지 않았다. 이미 허문 지 오래된 듯 잡초가 마구 자라난 공터가 돼 있었다.

"어떻게 하실 거죠?"

"내릴게요."

슈헤이는 차에서 내렸다. 어느 정도는 예상했던 사태였다. 나카무라 구미의 본래 집이 있던 땅은 차도에 인접한 20평 정도의 부지였다. 중류층의 가옥이 있었음을 짐작할 수 있었다.

손목시계를 보자 오후 4시 30분이 가까워져 있었다. 장마가 갠 날로 해는 아직도 중천에 떠 있었다. 슈헤이는 길을 따라 걷다가 근처에 들어선 건물로 가서 미닫이 문 옆에 달린 인터폰을 눌렀다.

"네."

목소리가 들리더니 마흔을 넘긴 주부가 얼굴을 내밀었다.

"잠시 여쭤 볼 게 있는데요, 이웃집에 나카무라 씨란 분이 살지는 않았나요?"

주부는 미간을 찌푸리고 수상하다는 표정으로 말했다.

"나카무라 댁이라면 3년 전에 이사했는데요."

"어디로 갔는지 혹시 아시나요?"

"아뇨, 거기까지는."

"그러시군요."

슈헤이는 예를 갖춰 인사하고는 공터 맞은편에 위치한 또 다른 집을 방문했다. 하지만 거기서도 같은 대답을 들어야 했다.

역으로 돌아오는 길을 따라 걸으며 읍사무소에 가 봐야겠다고 생각했지만 지도에서 파출소 표시를 찾아내고는 계획을 변경했다. 파출소는 약 1킬로미터 정도 떨어져 있었다. 15분 정도 걸으면 닿을 거리였다.

슈헤이는 시간이 허락한다면 가나미가 어린 시절을 보냈던 부근도 보고 싶었다. 아내가 유년기를 보냈던 곳에 온 이후 묘하게 가슴이 따뜻해지는 기분을 받고 있었다. 그게 마음속에 남아 있는 아내에 대한 애정의 증거처럼 생각돼 어떻게 해서든 나카무라 구미의 행방을 밝혀내고야 말겠다고 의지를 다졌다. 들새와 매미 소리를 들으며 산기슭의 완만한 평지를 돌아 들어가 열 채 정도 주택이 들어선 모서리로 나오자 파출소가 보였다. 제복을 입은 경관이 밖에 서 있는 게 보여 슈헤이는 말을 걸었다.

"실례합니다만."

"네?"

50대를 넘긴 순경이 고개를 들었다.

"저쪽 길을 따라가면 나카무라 씨 댁이 있었죠?"

"그렇소, 있었지요."

슈헤이는 괜한 의심을 피하기 위해 살짝 거짓말을 했다.

"아내 부탁을 받고 일 겸사 왔는데요, 나카무라 구미라는 아내의 소꿉친구를 찾고 있습니다."

"구미?"

순경이 반문했다.

"네. 집이 있던 곳은 공터가 돼 버린 듯한데 어디로 이사했는지 혹시 알고 계신가요?"

"당신, 구미를 찾는 건 무리일 거요."

"어째서죠?"

"나카무라 구미는 3년 전에 죽었거든."

"죽었다고요?"

앵무새처럼 되물은 순간 매미 울음소리가 뚝 그쳤다. 슈헤이는 잠시 동안 할 말을 잃었지만 이윽고 한기를 느끼고 되물었다.

"3년 전에요?"

"그렇소. 스물두 살인가밖에 안 됐었는데. 불쌍하기도 하지."

아연실색한 슈헤이는 생각했다. 가나미가 오랜만에 만났다는 옛 친구는 대체 누구였을까? 이미 죽은 나카무라 구미를 도쿄에서 만나기라도 했다는 걸까?

떨리는 목소리를 가다듬으면서 슈헤이는 물었다.

"구미 씨는 어쩌다가 돌아가셨죠?"

순경은 처음으로 경계하는 눈초리로 슈헤이를 봤다.

"아내 분이 소꿉친구였다는 게 진짜요?"

"네, 기요가와 초등학교 친구예요."

이 대답에 안심했는지 순경이 입을 열었다.

"구미는 병에 걸려 죽었다오."

"혹시 어떤 병에 걸려 돌아가셨는지 아세요?"

"부검을 했던 의사 말로는 배 속 태반이 벗겨지는 병인가 뭐라나 했었는데."

"태반요? 태반이라면 구미 씨가 임신 중이었다는 건가요?"

"그렇소. 임신 중이었지."

잇따른 우연의 일치에 슈헤이가 받은 충격은 전율로 변해 갔다. 가나미는 임신부가 씌었다고 말했었다. 무심결에 메모지를 꺼내 들 뻔했지만 가까스로 자제했다. 순경에게 의심을 사서는 안 됐다.

"병원에서 숨을 거뒀나요?"

"그게 그렇지 않단 말이지. 저기 산 뒤쪽에 있는 신사서 죽었소."

순간적으로 슈헤이는 최면에 걸린 가나미가 "신사가 보여요."라고 대답했던 걸 생각해 냈다. 눈앞에 있는 순경은 자신이 더없이 무서운 괴담을 얘기하고 있다는 사실을 전혀 모를 것이다.

"하지만 어쩌다 신사에서?"

"참배를 하러 갔다가 아까 말했던 병이 도진 게지. 내가 시체를 발견했다는 보고를 받자마자 갔을 때 구미는 창고로 쓰는 오두막에 쓰러져 있었소. 숨을 쉬지 않더라고. 11월 추웠던 저녁나절이었다오. 얼굴이 참 고왔지."

"물론 아기도 죽었겠죠?"

"그렇지, 안타깝게도."

순경은 딱한 표정으로 말했다.

좀 더 자세한 정보를 얻어 낼 작정으로 슈헤이는 나카무라 구미 가족에 대해 물었다.

"구미 씨의 남편은 지금 어디에 있죠? 나카무라 구미 씨를 임신시킨 사람 말입니다."

그러자 순경은 얼굴을 찌푸리고 말했다.

"구미는 결혼을 안 했소. 아버지가 누군지 끝내 알아내지 못했다오. 유족들의 말을 종합해 보면 이렇게 된 거라더군. 후쿠시마 대학에 다니던 구미가 어느 남자와의 사이에서 아이를 뱄다는 거요. 남자가 애를 지우라 그래서 헤어졌다더군. 그런데 구미는 애를 지울 생각이 없었고 애를 낳으려고 본가에 돌아왔다고 했소."

"부모님께서는 출산에 찬성하셨다던가요?"

"아니."

순경은 처량하게 고개를 저었다.

"당신도 알겠지만, 세상 사람들의 눈도 있고 말이오. 구미한테 애를 지우라고 꽤나 압력을 넣었던 모양이오. 그래서 딸이 죽었을 때 슬픔도 유난했지. 그런 스트레스도 병의 원인이 되는가 보더라고."

가족이 따뜻하게 딸을 맞아들였더라면 그녀가 죽지 않았어도 됐다는 말일 터였다.

"나카무라 댁은 그 일이 있고 얼마 지나지 않아 이사해 나갔소. 나한테 묻더라도 어디로 갔는지는 모르오. 이 정도면 되겠소?"

슈헤이는 끄덕였다.

"네. 마지막으로 하나만 더 여쭤겠습니다. 구미 씨가 돌아가셨다는 신사 위치를 알 수 있을까요?"

순경은 슈헤이가 가지고 있는 지도를 들여다보더니 산중에 그려진 신사 입구 모양을 가리켰다.

"여기요."

"알겠습니다. 정말 감사합니다."

발걸음을 옮기려는 슈헤이에게 순경은 인사 대신 이렇게 말했다.

"이 얘길 들으면 아내 분이 꽤나 슬퍼하겠구먼."

나카무라 구미는 죽은 사람이었다.

믿을 수 없다는 생각을 품으며 슈헤이는 왔던 길을 되짚어 돌아갔다. 구미의 시체가 발견된 신사는 공터가 된 주택 터를 끼고 반대편에 위치해 있었다.

가나미가 만난 옛 친구란 나카무라 구미가 아니었던 걸까? 하지만 그날부터 이변이 일어나기 시작한 건 틀림없었다. 중절에 대해 얘기를 나눈 뒤 가나미가 홀로 어딘가로 외출했던 그날 밤.

가나미는 어디에 갔던 걸까? 그리고 누구를 만났던 걸까? 슈헤이는 자기가 꿨던 악몽을 떠올렸다. 현관문을 열고 들어온 새카만 여자의 그림자. 그리고 지금도 계속해 방 안을 맴돌고 있는 누군가의 인기척. 등 뒤에서 자신을 바라보고 있는 건 나카무라 구미의 망령일까? 그렇다면 가나미를 덮친 건 정신 장애가 아닐 터였다. 사령이 빙의한 것이다.

슈헤이는 이소가이를 흉내 내 냉정을 찾으려 했다. 땅바닥에서 시선을 들어 주위를 둘러싼 야트막한 산세를 바라보며 머리를 식혔다. 이소가이의 말마따나 모든 게 가나미의 무의식이 만들어 낸 망상이라면 대체 어떻게 된 일일까?

장모님 말로는 가나미의 초등학교 졸업을 마지막으로 나카무라 구미와 연락이 끊겼다고 했다. 그렇다면 그로부터 10년 뒤에 구미가 죽었다는 사실도, 그 당시 임신을 하고 있었다는 사실도, 하물며 시체가 발견된 곳이 신사라는 사실도 가나미가 알 리 없었다.

그렇다면 가나미가 이런 사실을 알 기회가 전혀 없었을까?

구미는 3년 전에 죽었다. 슈헤이가 가나미와 사귀기 시작한 시점

보다도 1년이나 더 된 얘기다. 가나미가 부모님 슬하를 떠나온 게 7년 전 일이니 적어도 4년 동안은 부모님이나 슈헤이도 모르게 구미와 연락을 취했을 수도 있다는 생각이 들었다.

그렇게 생각해 봐도 석연치 않았다. 후쿠시마 소재 대학에서 센다이로 돌아온 구미와 도쿄에서 생활하던 가나미 사이에는 아무런 접점이 없는 듯했다.

경적을 울리면서 경차가 스쳐 지나갔다. 정신이 번쩍 든 슈헤이는 뒷주머니에 넣어 둔 지도를 꺼내 지금 위치를 확인했다. 순경이 말했던 나카무라 구미의 사망 현장이 코앞이었다.

완만한 커브길을 돌자 숲 속으로 난 비포장도로가 있었다. 가파르지 않은 언덕길 너머 50미터 정도 떨어진 곳에 신사 입구와 돌계단이 보였다. 일몰 때까진 아직 시간이 있을 터였지만 산세 동쪽인 탓에 나무 사이로 새어 들어오는 빛은 많지 않았다.

어슴푸레한 샛길을 앞에 두고 주저했지만 이딴 걸로 겁먹어서 어디에 써먹겠냐며 자신을 질타했다. 현장 확인은 취재의 철칙이었다. 슈헤이는 어둑어둑한 참배 길에 발을 내디뎠다.

걸어 들어가자마자 공기의 질이 다르다는 걸 느꼈다. 평온한 분위기가 주위를 덮고 있었다. 신사 입구를 지나 폭이 좁은 계단을 오르기 시작할 때 어디선가 이 풍경을 본 적이 있는 듯한 기분이 들었다.

기억을 더듬던 슈헤이는 그게 자기가 겪었던 일이 아님을 깨달았다. 최면 요법을 시행할 때 가나미가 했던 말이었다. 열한 살의 가나미가 돌계단에 있었다. 큰 나무에 휘감긴 금줄을 보고 있었다. 대답을 들으면서 이 신사의 광경을 머릿속에 그렸던 것이다. 가나미의 상념이 자신의 의식 안으로 흘러 들어왔던 걸까? 화목한 부부간의 이심전심이면 좋으련만.

돌계단을 다 올라가자 신사 본당이 보였다. 폭이 약 6미터 정도 돼 보이는 평균보다 자그마한 신사였다. 새전함에 잔돈을 넣고 종을 울린 뒤 박수를 쳤다. 아내의 회복을 기도했지만 고개를 든 슈헤이는 머리 위의 현판을 보고 멈칫했다. '고야스(子安) 신사'라고 쓰여 있었다. 이 신사는 순산의 신을 모시고 있는 것이었다.

나카무라 구미가 이곳에 온 이유를 알 것 같았다. 죽기 직전 구미는 이 신사 앞에서 한마음으로 기도했던 게 분명했다. 자신의 아이를 무사히 낳게 해 달라고.

그런 생각이 들자 오로지 공포의 대상으로만 여겨졌던 나카무라 구미에 대한 인식이 미묘하게 바뀌었다. 아기의 아버지와 헤어지고 주위의 차가운 시선을 감내하면서 한결같이 자기 아기가 무사하기를 기도했던 스물두 살의 여성. 중절을 택했더라면 그런 고난을 짊어지지 않아도 됐을 텐데 어째서…….

고인에 대한 연민의 정이 점점 깊어지는 걸 느끼면서 슈헤이는 당혹스러웠다. 남자는 성녀 속에서 거짓을, 악녀 속에서 깨끗함을 훔쳐보고야 마는 걸까?

슈헤이는 본당 앞에서 발걸음을 돌려 순경이 말했던 창고로 쓰는 오두막을 찾았다. 주위를 둘러봐도 보이지 않았기에 신사 뒤쪽으로 돌아 들어갔다.

거기에 오두막이 있었다. 이런 곳에서라고 무심결에 인상을 찌푸릴 정도로 조잡하게 지어져 있었다. 얇은 덮개와 옹이구멍이 숭숭 뚫린 널조각에 둘러싸인 3평 크기의 오두막.

슈헤이는 문을 밀어 내부를 들여다봤다. 겨울에 제설 도구로 쓰는 듯한 짧고 긴 삽 따위가 벽에 기대여 놓여 있었다. 그 밖에 눈에 띄는 게 없는 횅한 3평 정도의 공간이 있을 뿐이었다.

죽음의 순간 어째서 나카무라 구미는 이 오두막에 왔던 걸까? 태반이 벗겨지는 병세. 참배하러 왔다가 갑자기 통증을 느낀 걸까? 그래서 몸을 누일 곳을 찾아 이곳에 당도한 걸까?

슈헤이는 오두막 안에 들어가 구미가 쓰러져 있었을 법한 바닥을 구둣발로 쓸었다. 모래 먼지가 이는 게 퍽 처량했다. 이곳은 순산을 기원하던 신사일 터였다. 신은 없었던 걸까?

"앗!" 하고 외치는 목소리가 들려 심장이 멈출 뻔했다. 슈헤이는 흠칫 놀라 뒤를 돌아봤다. 열려 있던 문이 바람 탓에 닫히기 직전이라 허둥지둥 밖으로 나가려 했다. 그때 "누가 있다!"라고 외치는 아이들의 목소리가 들려왔다. 문을 연 순간 경악에 찬 비명을 지르는 남자아이 두 명이 보였다.

슈헤이도 꽤나 놀랐던 탓에 양쪽 모두 한동안 눈을 크게 뜨고 서로의 얼굴을 뚫어져라 봤다. 이윽고 안도한 슈헤이는 웃음을 터뜨렸다. 초등학생 같아 보이는 남자아이 둘도 "어휴, 깜짝 놀랐네."라고 가슴을 쓸어내리면서 웃는 얼굴로 슈헤이를 봤다.

"놀라게 해서 미안해."

슈헤이가 허물없는 말투로 말했다.

"이 근처에 사니?"

"네."

키가 큰 아이가 대답했다.

"어두워질 테니 어서 집에 돌아가렴."

"아저씨는 누구세요?"

몸집이 작은 아이가 물었다.

"잡지 기자란다. 도쿄에서 왔어."

"우와."

순수하게 감동한 남자아이는 키가 큰 친구를 봤다.

키가 큰 아이가 물었다.

"뭔가 알아보고 있는 거예요?"

"응, 조금."

"유령이죠?"

"유령?"

반문하던 슈헤이는 남자아이 둘이 손전등을 꼭 붙잡고 있다는 사실을 눈치 챘다.

"유령이라니 무슨 얘기니?"

"몰라요? 이 오두막요, 밤이 되면 여자 유령이 나타난다고요."

"뭐?"

슈헤이는 몸이 얼어붙었다. 아이들의 말을 웃어넘길 여유 따위 없었다.

"전에 여기서 죽었다는 여자인가 봐요. 오두막 안에서 원망에 찬 표정으로 이쪽을 본대요."

오두막 문은 벌써 닫혀 있었다. 슈헤이는 다시 아이들 쪽을 바라보고 물었다.

"자세히 좀 얘기해 줄래?"

"좋아요."

키가 큰 아이가 대답했다.

"밤중에 이 아랫길을 지나가던 아저씨가 아기 울음소리를 들었대요. 그래서 이상하다고 생각해서 여기에 와 보니까 젊은 여자 유령이 있었대요."

"그 얘기, 직접 들은 거니?"

키가 큰 아이가 고개를 저었다.

"친구한테요."

유령 얘기에 빼놓지 않고 등장하는 제삼자 정보였다. 겪은 사람은 친구의 친구일 터였다. 그렇지만 웃어넘길 수 없었다.

"그 여자가 누군지 아니?"

"네. 아기를 낳으려다가 여기서 죽은 사람요."

나카무라 구미가 분명했다. 슈헤이는 이 지역 사람들을 향해 희미하게나마 분노를 느꼈다. 괴담의 주인공이 되다니, 고인이 너무나도 불쌍하다는 생각이 들었다. 하지만 어둠 속에 선 오두막을 돌아본 슈헤이는 이 괴담을 흘려들어선 안 되겠다고 생각했다. 정말로 나카무라 구미의 망령은 존재하는 걸까? 그녀의 영은 성불하지 못하고 이 세상을 떠돌고 있는 걸까? 가나미를 덮친 이변의 정체를 파악하기 위해 어떻게 해서든 자신의 눈으로 확인해 둬야겠다고 생각했다.

바로 오늘 밤에.

2

센다이로 간 슈헤이는 나카무라 구미의 소식을 파악했을까?

나쓰키 부부네 집 거실에 앉아 이소가이는 생각했다.

가나미는 입덧이 심한 모양인지 침실에서 쉬고 있었다. 여동생 미호는 부엌을 빌려 저녁을 만들고 있었다.

이소가이는 나카무라 구미의 인격이 나타나길 기다렸다. 여동생한테 이곳을 맡기고 혼자 집에 돌아가 있는 동안 빙의 인격이 나타나면 미호에게 필요 이상의 경계심을 품을 위험이 있었다.

"오빠."

부엌에서 미호가 불렀다.

"저녁 다 됐는데."

이소가이는 수프와 과일을 주재료로 만든 저녁상을 보고 만족했다. 이것이라면 가나미도 삼킬 수 있을 터였다.

"가나미 씨 불러와."

"응."

미호가 복도로 나가 침실 문을 노크했다.

"가나미 씨? 저녁 식사 준비가 다 됐어요."

그렇지만 대답이 없었다. 미호는 오빠를 흘끗 돌아보고는 다시 한 번 노크했다.

"가나미 씨, 들어갈게요."

이소가이는 그 모습을 지켜봤다. 미호가 들어서자마자 그 여자의 목소리가 들려왔다.

"여기서 뭘 하는 거지?"

이소가이는 몸을 일으켰다. 여동생이 갑작스레 빙의 인격과 마주하게 된 듯했다.

"이소가이 유지 선생의 여동생이에요. 간호사 자격증도 가지고 있어요."

"실례합니다."

이소가이는 그렇게 말하고 침실에 들어섰다.

나카무라 구미의 인격이 침대에서 이쪽을 바라보고 있었다.

"가나미 씨의 남편 분이 일 때문에 출장 중이셔서 제 여동생이 머무르게 됐습니다."

"흐음."

빙의 인격의 눈이 갑자기 초점을 잃었다.

처음 보는 현상인 만큼 이소가이는 흥미를 갖고 진행 상황을 살폈다.

잠시 후 눈동자에 빛이 돌아온 구미의 인격이 말했다.

"가나미의 남편은 내가 누군지 알아보러 간 모양이네."

"어떻게 알았죠?"

여자가 희미하게 웃음 지었다.

"전부 빤히 보여."

모자 건강 수첩이 자기네 손에 들어왔기 때문이리라고 이소가이는 추측했다. 나카무라 구미라는 이름을 알게 된 직후 슈헤이가 집을 비웠다는 사실을 통해 구미의 인격을 조사하고 있다고 꿰뚫어 본 게 아닐까?

"일부러 출장을 갈 정도였더라면 직접 알려 줄걸 그랬네."

"흠?"

이소가이는 설레는 기분을 억누르고 말했다.

"신상 얘기라도 해 주려는 겁니까?"

"나, 죽었어."

구미의 인격이 당돌하게 말했다.

미호가 흠칫 놀라 오빠의 얼굴을 봤다. 이소가이는 방 안이 갑자기 어두워졌다고 느꼈지만, 침대 맡에 놓인 등에 변화는 없었다. 환자에게 시선을 돌리고 냉정하게 대처했다.

"죽었다니, 무슨 말씀이죠?"

"임신 중에 병에 걸려 죽었어. 신사 오두막에서."

"언제 적 얘기죠?"

"글쎄."

빙의 인격이 눈을 데굴데굴 굴렸다.

"벌써 3년이나 됐겠네."

"어째서 죽은 거죠? 병원엔 안 갔습니까?"

"그럴 틈이 없었어. 갑자기 통증이 몰려왔거든. 서 있지 못할 정도로 격렬한 통증이었지. 그대로 기어서 근처 오두막에 들어가 누웠어."

이소가이는 꾸며 낸 얘긴지 확인하기 위해 의학적 근거를 찾아내려 했다.

"임신 몇 주째 일이죠?"

"29주째. 임신 8개월째였어."

"그때까지 정기 검진을 안 받았습니까?"

"받았어."

"임신 중독증을 의심할 만한 소견은 없었습니까?"

"발목에 가벼운 부종이 있다는 얘기는 들었는데."

"그뿐이었나요?"

"그것뿐이었어. 갑자기 복부 통증이 덮쳐 왔지."

"통증 말고 다른 이상은 없었습니까?"

"출혈이 있었어."

빙의 인격은 얼굴을 찌푸리고 대답했다.

"얼마나?"

"아주 조금. 검붉고 끈적끈적한 피였어. 그대로 점점 의식이 멀어지더니 죽어 버렸지."

빙의 인격이 말한 증상은 '상위태반조기박리'라는 증상과 맞아떨어졌다. 자궁 속에서 모체와 태아를 잇고 있는 태반이 출산 전에 떨어져 버리는 병이었다. 방치하면 태아에게는 산소 공급이 끊기고 모체는 떨어져 나간 부분에서 큰 출혈이 일어나, 결국 모자 모두가 사망에 이르고 만다.

"죽은 뒤 어떻게 됐죠?"

"어두운 세계에 있었어. 어둡고 아무것도 없는 세계. 거기서 계속 그 남자를 원망했지."

빙의 인격의 표정에 뚜렷한 증오의 빛이 서렸다.

"그 남자?"

이소가이가 틈을 주지 않고 되물었다.

"누구를 말하는 거죠? 나쓰키 슈헤이 씨입니까?"

"아니. 그때엔 가나미의 남편 따위 전혀 몰랐으니까."

"흐음."

이소가이는 잠시 생각에 빠져들었다. 그 남자란 대체 누굴까? 빙의의 배경에 아직 자신들이 모르는 심인이 숨어 있는 걸까? 지금 이 자리에서 그 부분을 추궁하면 증상이 악화될 위험이 있어 질문을 바꿨다.

"가나미 씨한테는 어떻게 들러붙게 된 거죠?"

"가나미의 울음소리가 들렸어. 슬프게 흐느끼는 울음소리가. 가나미는 예전 모습 그대로더라. 남자아이에게 괴롭힘을 당해 눈에 눈물이 그득했었지. 그래서 도와주려고 가나미의 안에 들어오게 된 거야."

아주 잠깐이긴 했지만 빙의 인격의 표정에서 사악함이 사라지고 섬세한 상냥함이 언뜻 비쳤다. 그 변화가 한 인간으로서의 일관성을 띠고 있어 이소가이는 깜짝 놀랐다. 가나미에게 들러붙어 있는 것은 위협만을 가하려는 단편적인 인격이 아니었다. 이 정도로 사실감 있는 빙의 인격을 만들어 낸 사례는 극히 드물지 않은가.

"들러붙은 이유가 가나미 씨에게 위해를 가하려던 게 아니라는 말입니까?"

"아니야."

"언제까지 붙어 있을 심산이죠?"

"글쎄."

"아기가 태어날 때까지입니까?"

"그 전에 정리해 둘 게 있어."

"무슨 문제죠?"

"그 남자."

"그 남자가 대체 누구죠?"

그렇지만 대답이 없었다. 빙의 인격의 시선이 아득해지더니 천천히 나쓰키 가나미의 표정으로 변했다.

숨죽이고 대화를 듣고 있던 미호가 이소가이의 얼굴을 봤다. 여동생이 느낀 이변을 이소가이도 느끼고 있었다. 빙의 인격이 사라진 동시에 방 안을 가득 채우고 있던 누군가의 인기척이 사라진 것이다.

현혹돼서는 안 된다고 이소가이는 속으로 되뇌었다. 중요한 것은 빙의 인격이 언급한 나카무라 구미라는 여성의 마지막과 '그 남자'였다.

센다이에 간 슈헤이가 이에 관한 사실을 밝혀내 줄지도 모른다.

슈헤이는 일단 센다이 시 중심부로 돌아왔다. 밤이 더 깊어지기 전에 묵을 곳을 확보하기 위해서였다. 비즈니스 호텔 방을 잡은 뒤 숄더백 안에서 취재 도구를 죄다 꺼냈다. 콤팩트카메라와 카세트테이프리코더, 그리고 A5판 노트 메모장. 휴대전화는 벨트 파우치에 꽂아 넣었다. 카메라와 녹음기 끈을 왼쪽 어깨에 걸치고 메모장과 볼펜을 셔츠 가슴팍 주머니에 꽂았다.

호텔을 나선 슈헤이는 센다이 역으로 돌아가는 길에 폐점 준비를 하는 공구점을 발견해 손전등이 놓인 선반으로 갔다. 잠시 고민한 뒤 공사판 인부가 쓸 것 같은 벨트로 머리에 고정하는 라이트를 골랐다. 앞으로 할 일을 생각하면 양손이 자유로운 편이 덜 불안할 것 같았다.

다시 지역 노선을 타고 기요가와 역으로 되돌아갔다. 시간표를 보고 막차 시간을 확인한 뒤 역 앞에 딱 한 대 서 있는 택시에 몸을 실었다. 손목시계를 보자 오후 8시 30분이었다. 산간의 작은 마을은 벌써 쥐 죽은 듯 고요했다.

"고야스 신사로 가 주세요."

운전수에게 말하자 놀란 듯 돌아봤다.

"손님, 무슨 일로 가는 거요?"

슈헤이는 "취재요."라고 대답하다가 상대방이 놀란 이유를 깨달았다.

"아저씨도 그 유령 얘기를 알고 계신가요?"

"물론이지."

운전수가 대답했다. 엑셀을 밟을 생각은 전혀 없는 듯했다.

"그만두시는 게 좋을걸."

"이것 때문에 도쿄에서 왔다고요. 가 주세요."

운전수는 앞을 향해 꾸물꾸물 기어를 넣고 발진했다.

"취재라면 잡지 같은 거요?"

"그렇죠."

"혼자 오다니, 대단하시구먼."

운전수가 기가 막힌다는 듯 말했다.

역을 떠나 산길로 접어들면서 밤의 어둠이 한층 짙어졌다. 도시와는 달리 가로등도 수백 미터에 하나 꼴로 있는 탓에 불빛과 불빛 사이는 완전한 어둠이었다. 슈헤이는 운전수에게 고야스 신사에 얽힌 괴담을 캐내려고 했지만 아이들이 했던 얘기와 별반 다르지 않아 새로운 정보가 없었다.

역에서 3킬로미터 정도 떨어진 곳까지 5분 만에 도착했다. 택시가 신사로 뻗은 샛길 앞에 멈췄다. 다행히도 그곳에 몇 없는 가로등이 하나 서 있었다.

차에서 내린 슈헤이는 문이 닫히기 전에 물었다.

"이 회사 택시 말인데요, 전화하면 와 주시나요?"

"예에."

운전수는 명함을 내밀었다.

"영업소로 걸면 돼요. 하지만 고야스 신사라고 말하지 않는 게 좋을 거요."

"왜죠?"

"아무도 안 오려고 하니까."

운전수는 겁먹은 시선을 신사로 향하더니 뒷좌석 문을 닫고 차를 샛길로 밀어 넣더니 유턴했다. 속도를 내 달려가는 택시의 엔진 소리가 밤의 정적에 삼켜져 사라졌다.

슈헤이는 가로등 아래를 걸어가며 겁을 집어먹은 마음에 채찍질을 하고 장비를 준비했다. 우선 카세트테이프리코더 끈을 가로 메고 콤팩트카메라를 목에 걸었다. 방금 산 벨트가 달린 라이트는 머리에 딱 맞게 장착했다. 모든 기계의 전원을 켜고 테이프리코더의 녹음 스위치를 누르자 옷 스치는 소리를 감지했는지 음량을 나타내는 인디케이터가 희미하게 점멸하기 시작했다.

모든 준비가 끝났다. 슈헤이는 길을 건너 신사로 향하는 샛길에 발을 디뎠다.

걷기 시작하고 얼마 지나지 않아 헤드램프의 광량이 부족하다는 사실을 깨달았다. 달빛조차 닿지 않는 숲길은 말 그대로 암흑 그 자체였다. 건전지 두 개로 밝힌 램프 빛은 5미터 정도 앞까지밖에 닿지 않았다.

슈헤이는 걸음을 멈추고 역시 무모한 짓은 아닐지 생각했다. 하지만 대체 뭘 두려워하고 있는 걸까? 길 한가운데에 정신 이상자가 기다리고 있거나 숲 속에 독사가 숨어 있는 그런 문제가 아니었다. 신사에 있는 창고 오두막에서 한 여자가 불의의 죽음을 맞았다는 사실뿐이었다.

슈헤이는 스스로를 격려한 뒤 돌계단을 향해 나아갔다. 열 걸음도 채 안 됐는데 등 뒤에서 비추던 가로등 불빛이 닿지 않아 주변이 어둠에 둘러싸였다. 머리를 앞쪽의 한 부분에 고정시키기 어려웠다. 헤드램프로 여기저기를 비추어 뭔가 이상한 게 없는지 확인하면서 앞으로 나아갔다. 돌계단 시작 지점에 도착했을 때엔 덥지도 않은데 끈적끈적한 땀이 온몸에서 흘러내리고 있었다.

돌계단을 오르기 전에 슈헤이는 자신이 걸어온 길을 되돌아봤다. 어둠에 삼켜져 아무것도 보이지 않았다. 퇴로가 가로막힌 것만 같았다. 몸을 앞으로 되돌리고 한 발 한 발 계단을 오르기 시작하자 마치 엄폐물이 없는 무방비한 공간에 내던져졌다는 느낌이 들었다. 요괴가 있다면 아무런 걸림돌 없이 자신을 덮쳐 올 터였다. 등 뒤가 신경 쓰이기 시작했다. 슈헤이는 고개를 돌려 몇 번이고 돌아봤지만 그러고 있는 중에도 등 뒤는 항상 존재했다. 뒤를 보면 앞이, 앞을 보면 뒤가 요괴 소굴로 변해 슈헤이의 등 뒤로 달라붙었다.

마침내 돌계단을 다 올랐을 무렵에는 지나친 긴장 탓에 요의가 느껴졌다. 헤드램프가 고야스 신사의 본당을 희미하게 비추고 있었다. 슈헤이는 그 자리에 서서 사진을 찍어 두려고 생각했다. 하지만 파인더를 들여다보고는 흠칫해 카메라를 내렸다. 시야가 좁아진다는 사실이 공포 그 자체였다. 황급히 주위를 둘러보고는 엉뚱한 사람 그림자가 있지는 않은지 확인하고 카메라를 신사로 향했다. 구도 따윈 아무래도 좋았다. 어림짐작으로 렌즈 방향을 조정해 노파인더 샷을 날렸다.

스트로보 빛이 어둠을 가른 순간 무언가가 보인 듯한 기분이 들었다. 사람의 형상을 띤 흰 무언가가. 슈헤이는 필사적으로 눈을 깜빡여 망막에 남은 잔상을 떨쳐 내고 고개를 본당 오른쪽으로 향했다. 하지만 그곳에는 아무것도 없었다. 스트로보가 충전되길 기다리는 중 모골이 송연해지는 소리가 들려왔다.

아기의 울음소리였다.

슈헤이는 반사적으로 고개를 들었다.

본당 뒤 그 창고용 오두막이 있는 부근에서 어린아이의 울음소리가 들려왔다. 겨드랑이 부분에 걸어 둔 녹음기를 보자 기계가 그 음성을 포착하고 있었다. 울음소리를 따라 테이프리코더 인디케이터의 눈금이 위아래로 움직였다.

등 뒤에 인기척이 느껴졌다. 깜짝 놀라 뒤돌아봤지만 아무도 없었다. 서둘러 소리가 들리는 쪽으로 고개를 돌렸을 때 구역질이 났다. 아까부터 느껴지던 요의는 방광을 찢을 것 같은 기세로 부풀고 있었다. 공포에 지배당한 정신이 몸에 변화를 일으켜 이곳에서 도망치라고 주장하고 있었다.

이마에서 떨어지는 땀을 훔치며 '어서 가.'라고 슈헤이는 속으로 되뇌었다. 울음소리가 나는 곳으로 가. 자기 눈으로 나카무라 구미의 망령을 확인해야지.

슈헤이는 빙글빙글 몸을 360도로 돌리면서 주위를 살피며 천천히 걸음을 옮겼다. 본당 옆까지 오자 장애물이 없어진 탓인지 아기 울음소리가 더욱 크게 들렸다. 뒤로 돌아 들어가자 앞에 놓인 창고용 오두막이 희미하게 떠올랐다. 울어 젖히는 소리는 약간 열린 문틈새로 울려 퍼지고 있었다. 오두막 안에는 뭐가 있는 걸까? 이미 죽은 여자가 똑바로 서서 이쪽을 보고 있을까?

슈헤이는 입을 크게 벌리고 숨을 들이쉰 뒤 구역감을 억누르면서 오두막으로 다가갔다. 문 앞에 다가섰을 때엔 이미 울음소리에 귀가 먹먹해질 정도였다. 녹음기 인디케이터가 한계를 넘어 요동치고 있었다. 오두막 안에 이 세상의 것이 아닌 무언가가 있을 터였다.

갑자기 숨쉬기가 힘들어졌다. 격렬한 고동이 관자놀이를 쥐고 흔드는 듯했다. 그래도 슈헤이는 헤드램프의 빛을 오두막에 향하고 팔을 뻗어 천천히 입구 문을 밀어젖혔다. 그리고 눈앞의 암흑 속으로 머리를 들이밀었다.

하얗게 떠오르는 여자의 그림자. 증언과는 달리 망령의 모습은 보이지 않았다. 널빤지가 깔린 오두막 안에는 저녁나절에 봤을 때와 마찬가지로 휑했다. 그렇지만 공포가 누그러지지는 않았다. 아기 울음소리가 끊이지 않고 들려왔다.

슈헤이는 각오를 다지고 오두막 안으로 발을 들였다. 새된 울음소리는 어디서 들려오는 걸까? 소리가 나는 쪽을 찾아 걸어 들어가던 중 슈헤이는 흠칫 놀라 멈춰 섰다. 울음소리가 자신의 발밑 널빤지 아래서 들려오고 있던 것이다. 슈헤이는 그 자리에 웅크리고 앉아 널빤지 틈새에 손을 밀어 넣고 더듬었다. 그 순간 울음소리가 그치고 믿을 수 없을 정도의 정적이 밀려들었다. 자신의 숨소리만을 들으면서 슈헤이는 널빤지 끝을 잡고 위로 들어올렸다.

뭔가 움직이는 걸 보고는 공포에 온몸의 털이 곤두섰다. 하지만 그 정체가 밝혀지자 몸 안의 힘이 빠져 주저앉고 말았다.

고양이였다. 발정이 나면 이 생물이 아기 울음 같은 소리를 낸다는 사실을 잊고 있었다.

램프 빛을 비춰 자세히 보니 고양이는 수컷을 꾀는 게 아니라 아기를 낳고 있는 듯했다. 자그마한 새끼 고양이가 한 마리 벌써 암고양이의 가슴팍에 들러붙어 있었다.

슈헤이는 한동안 사랑스러운 고양이 모자의 모습을 바라봤지만 출산을 방해해서는 안 되겠다고 생각해 오두막 구석으로 자리를 옮겨 등을 벽에 가져다 댔다. 이걸로 계속 슈헤이를 위협해 오던 등 뒤가 사라지게 됐다.

마음의 여유를 약간 되찾은 슈헤이는 이곳저곳 불을 비추며 오두막 내부에 이상한 게 없다는 걸 확인했다. 그러고는 이변이 일어나길 기다렸다.

5분, 10분이 지나 마침내 30분이 지나도록 아무 일도 일어나지 않았다. 아기 울음소리도 두 번 다시 들리지 않았고 나카무라 구미의 망령이 나타나지도 않았다.

이 지역에 전해 내려오는 괴담은 고양이의 울음소리를 잘못 들은 탓이 아닐까? 더 이상 이곳에 머물더라도 심령 현상이 일어날 가능성이 낮다고 판단한 슈헤이는 천천히 일어섰다. 바닥 밑을 들여다보자 어미 고양이의 유두에 들러붙어 있는 고양이가 세 마리로 늘어나 있었다.

문제는 돌아갈 길이었다. 카메라와 카세트테이프리코더를 겨드랑이에 끼고 흔들리지 않게 팔로 고정한 슈헤이는 창고용 오두막을 뛰쳐나왔다. 그러고는 뒤도 돌아보지 않고 전속력으로 신사 경내를 빠져나왔다. 돌계단을 뛰어내려 어둠 속에 묻힌 샛길을 달려 무사히 큰 길로 나오는 데 성공했다.

가로등 불빛이 이렇게나 크게 의지가 될 줄은 몰랐다. 휴대전화를 꺼내 택시를 부를 때 이곳으로 데려다 준 운전수의 충고대로 대략적인 위치만 알려 주고 고야스 신사라는 말은 꺼내지 않았다.

10분 뒤 헤드라이트를 켠 택시가 다가왔다.

모험을 끝낸 슈헤이는 크게 한숨을 토했다.

3

이튿날 정오가 지나 이소가이의 집에 슈헤이의 전화가 걸려 왔다. 센다이에서 조사가 끝나 오후 5시 즈음엔 집에 돌아갈 것 같다는 얘기였다.

이소가이는 그 시간에 맞춰 나쓰키 부부네 집으로 향했다. 고층 맨션 앞 길 위에 차를 세우고 16층으로 올라가자 거실에 미호가 혼자 앉아 있었다.

"가나미 씨는?"

"침실에서 쉬고 계셔. 입덧이 심한가 봐."

"아침이랑 점심은 제대로 드셨어?"

"몇 번에 나눠 드시긴 했는데 식사량은 줄지 않은 것 같아."

그렇다면 다행이라고 이소가이는 생각했다. 임신 주수로 따져봤을 때 다음 주 즈음이면 입덧도 진정될 터였다.

"그것보다도, 가나미 씨 정말 병이 있는 거야?"

미호가 속삭였다.

이소가이는 동생의 얼굴을 봤다.

"무슨 말이야?"

그러자 미호는 추위를 떨칠 때처럼 어깨를 움츠리고 말했다.

"이 방에 다른 사람이 있는 것 같아. 어젯밤에는 밤새도록 인기척이 들락날락하는 게 느껴졌단 말이야."

"기분 탓이겠지."

이소가이가 웃으며 대꾸했다.

"그렇다면 다행이지만."

미호는 얼굴을 찡그렸다.

마침 현관문이 열려 이소가이와 미호는 깜짝 놀라 돌아봤다. 슈헤이가 돌아왔다. 오누이는 안도의 웃음을 지었지만 슈헤이의 표정을 본 이소가이는 갑자기 걱정이 들었다. 그야말로 나쁜 게 썬 듯 혼이 빠진 듯한 얼굴이었다.

"꽤나 피곤하신가 보군요?"

인사를 겸해 이소가이가 물었다.

"괜찮아요."

슈헤이는 이소가이 오누이에게 아내를 맡아 준 데 대해 감사의 예를 표하고 식탁 의자에 앉았다.

"그것보다 여러 가지 수확이 있었어요."

이소가이와 미호는 슈헤이의 보고에 귀를 기울였다. 나카무라 구미가 죽은 사람이라는 사실에 먼저 놀랐다. 미호가 의미심장한 시선을 이소가이에게 던졌다.

"그리고 이걸 보세요."

슈헤이가 신문 기사를 복사한 종이를 내밀었다.

"오늘 그 지역 도서관에서 발견했어요."

그 지방 신문의 전면 기사였다.

임신부 시체 발견

9일 저녁 아오바 구 기요가와 읍 고야스 신사 경내에 사람이 쓰러져 있다는 신고를 받고 파출소 순경이 출동, 창고용 오두막 안에서 임신부의 시체를 발견했다. 아오바 서구 경찰 조사에 따르면 여성은 기요가와에 사는 나카무라 구미(22세) 씨로 부검 결과 사인은 병사로 판명됐다. 시체는 유족에게 인도됐다.

다 읽은 이소가이는 등골이 서늘해지는 걸 느꼈다. 기사 내용은 어젯밤 빙의 인격이 했던 말과 일치했다.

"그 기사에는 병명이 쓰여 있지 않습니다만, 시체를 발견한 순경 말로는 태반이 벗겨지는 병이였다더군요."

이소가이는 상위태반조기박리 증세를 떠올렸다. 빙의 인격은 임신 8개월째에 발병했다고 말했었는데……

"임신 몇 주째에 사망했는지 혹시 아십니까?"

"아뇨, 그것까진 못 들었습니다."

"다른 정보가 더 있나요?"

그 질문에 슈헤이는 나카무라 구미가 사망에 이르기까지의 경위를 설명했다.

이소가이는 빙의 인격이 말꼬리를 흐린 부분에 대해 질문했다.

"구미 씨를 임신시킨 상대에 대한 정보는 좀 알아내셨습니까?"

"어디 사는 누군지 본인이 말하지 않은 모양이더라고요. 아이를 지우라는 강요를 받아서 헤어졌다는 것밖에 모르겠어요."

빙의 인격이 증오를 담아 말했던 '그 남자'. '정리해야 할 일'이라고도 말했었다. 가나미 자신은 구미와 상대 남자 사이의 일을 어디까지 알고 있는 걸까? 슈헤이는 그 뒤 심야 중에 창고용 오두막에서 목격된 흰 사람 그림자라는 신사 괴담으로 화제를 옮겼다. 듣고 있던 미호가 불쑥 끼어들었다.

"설마 슈헤이 씨, 실제로 보러 가셨던 건 아니죠?"

"갔어요. 밤에 혼자."

슈헤이는 피곤한 미소를 지으며 어젯밤 일을 얘기하기 시작했다.

미호는 모험담에 완전히 빠져든 듯했지만 아기 울음소리의 정체가 고양이였다는 사실이 밝혀지자 안심했다는 듯 한숨을 내쉬었다.

"유령의 정체가 알고 보니 비닐봉투였다든가 그런 거군요."

"말 그대로 그랬죠."

하지만 이소가이는 의아한 생각이 들었다. 고양이가 아기 울음소리를 낼 때는 발정기뿐이었다. 출산할 때 고양이가 그런 울음소리를 낼 리 없었다. 그렇다면 심야에 인기척도 없는 신사의 창고용 오두막에서 슈헤이는 대체 무슨 소리를 들었던 걸까?

"그래서 말인데요, 이소가이 씨, 문제가 하나 생겼어요. 이 기사는 그 지방 지역 신문이죠. 전국에 배포되는 일간지 축소판도 찾아봤는데 나카무라 구미의 사망 소식을 전하는 신문은 단 하나도 없더군요."

진지한 표정을 지은 슈헤이가 테이블 위에 놓아둔 신문 기사를 집어 들었다.

"그래서요?"

"가나미는 어떻게 나카무라 구미의 죽음을 세세하게 알고 있는 걸까요? 소꿉친구라고는 하지만 초등학교 6학년 이후로는 두 사람 사이에 접점이 없었을 텐데 말이죠."

당연한 의문이었다. 지난밤 빙의 인격이 했던 얘기뿐만이 아니었다. 마치 영감이라도 있는 듯 숨겨진 진실을 맞춰 내는 가나미의 통찰력. 여러 건의 심령 현상을 관찰해 온 분석 심리학자 융은 자신의 저서에서 교령회를 통해 빙의 현상에 빠진 환자는 다른 사람의 마음을 읽어 낼 수 있는 특수한 능력이 있다고 밝히고 있다. 하지만 그건 소위 말하는 텔레파시가 아니라 히스테리 상태에 빠진 여성의 감수성이 보통 사람의 50배까지 증폭한 데 따른 결과였다. 프랑스의 심리학자 알프레드 비네가 실험을 통해 얻어 낸 결론을 인용한 것이었다. 즉 무의식의 능력 증진에 따라 믿을 수 없을 정도의 통찰력을 발휘해 다른 사람의 내면을 꿰뚫어 본다는 것이다.

일반적으로도 남성은 여성의 예리한 직감에 깜짝 놀라는 경우가 많다. 이런 감각이 50배나 증강된다면 대체 어떻게 될까?

하지만 이소가이는 냉정하게 생각했다. 나카무라 구미가 병사했다는 사실 하나를 놓고 보자면 가나미가 살아 있는 인간의 마음이 아니라 과거의 사실을 훤히 들여다보고 있다는 게 된다. 이 점은 융의 가설을 갖다 붙인다고 해도 설명이 안 되는 부분이었다.

이소가이가 말했다.

"두 사람이 연락을 주고받고 있었다고밖에 설명할 방법이 없군요."

"하지만 가나미는 동창회 명단도 갖고 있지 않았고, 나카무라 구미의 연락처는 수첩에도 적혀 있지 않았다고요."

이소가이는 다시 복사한 신문 기사에 시선을 떨구었다.

"전국 배포 일간지에는 없었다고 하셨지만 잡지도 그랬을까요?"

"잡지요?"

슈헤이가 고개를 들었다.

"이런 얘기는 주간지가 좋아할 만한 소재거리가 아니던가요?"

"잠시만요."

슈헤이는 미간을 찌푸리고 생각에 빠져들었다.

"하나 짐작 가는 게 있어요. 스크랩요."

"스크랩요?"

이소가이는 슈헤이와 함께 맨션을 나서 길가에 주차해 둔 자신의 차에 올라탔다. 행선지는 가나미가 근무했던 북크래프트였다.

JR 스이도바시 역 근처에 잡거 빌딩이 연이어 들어선 비좁은 길모퉁이에 북크래프트가 입주한 건물이 있었다.

슈헤이가 설명을 시작했다.

"가나미는 경리 일 외에 잡무도 했거든요. 기획 리서치 때문에 잡지나 신문 기사를 스크랩하기도 했어요."

좁은 계단을 따라 3층까지 올라가자 '북크래프트'라는 사명 로고가 양각으로 새겨진 문이 보였다. 간유리 너머로 불빛이 보였다.

"저는 어떻게 할까요? 여기서 기다릴까요?"

"아뇨, 아무도 신경 쓰지 않을 거예요."

슈헤이가 웃으면서 문을 열었다.

사무실 안에는 책상이 열 개 정도 놓여 있었지만 그곳에는 젊은 여자 사원 한 명밖에 없었다. 그녀는 벽을 마주한 책상에 앉아 컴퓨터를 보면서 작업을 하고 있었다. 어떤 기사의 레이아웃을 정리하고 있는 듯했다. 일에 몰두해 있는지 이쪽을 돌아보지도 않았다.

"자료 좀 볼게."

슈헤이가 말을 걸어도 레이아웃부 여직원은 "그러세요."라고 건성으로 대답할 뿐이었다.

이소가이는 슈헤이의 뒤를 따라 사무실 안으로 들어갔다. 거기에 있는 서가에 스크랩북이 들어차 있었다.

"3년 전이라면 2000년인가."

슈헤이가 중얼거리며 파일을 한 권 꺼냈다.

"날짜는 11월 9일."

페이지를 넘겨 봤지만 11월분 신문에는 관련 기사가 없었다. 이듬달 중순까지 넘어가서야 슈헤이의 손이 멈췄다.

'K · N의 비극.'

슈헤이는 제목을 뚫어져라 봤다. 기사를 살펴본 슈헤이는 흥분한 어조로 말했다.

"이거예요. 틀림없어요."

장장 두 페이지에 걸친 특집 기사였다. 본문은 프라이버시를 생각해서인지 나카무라 구미의 실명 대신 이니셜 'K · N'을 사용하고 있었다. 그 익명의 여대생이 4학년 재학 중에 임신을 해 미혼모가 되기로 결심했지만 휴학하고 돌아간 고향에서 주위의 반대에 부딪혀 임신 8개월째에 병사했다는 내용이 실려 있었다. "남자에게 버림받고도 여전히 출산을", "모자가 모두 사망한 비극" 등 선정적인 표제가 쓰여 있었다. 기자는 꽤나 심층 취재를 한 모양으로, 사망 추정 시각이 오전 12시 전후라는 사실과 '상위태반조기박리증'이라는 부검 결과도 기재해 뒀다.

"이걸로 수수께끼가 풀렸군요. 가나미 씨는 이 기사를 읽은 게 분명합니다."

이소가이가 말했다.

슈헤이가 조심스럽게 입을 열었다.

"하지만 이 기사에는 실명이 쓰여 있지 않아요. 가나미는 어떻게 이게 나카무라 구미의 사건인 걸 알았을까요?"

"지명을 보고 알았겠죠. '센다이 시 아오바 구 서부 지대'라고 쓰여 있잖습니까? 여기에 사는 K·N 씨라는 점을 미뤄 봐 소꿉친구인 나카무라 구미 씨라고 추측해 낸 건 아닐까요?"

"그렇군요."

"그리고 한 가지 더 깨달은 게 있는데 결혼 후 가나미 씨와 나카무라 구미 씨의 이니셜이 같군요?"

"그래서요?"

"이런 우연의 일치가 보다 강한 암시를 걸었는지도 모릅니다. 자신과 나카무라 구미 씨를 동일시하도록 말입니다."

"그런 일도 있을 수가 있군요."

슈헤이가 감탄한 듯이 말했다.

"이 기사를 본 이후 가나미 씨의 머릿속에 소꿉친구가 자꾸 걸렸을 겁니다. 그래서 이번 빙의 장애에서 나카무라 구미 씨의 인격을 고른 것일 테죠."

이소가이는 한 번 더 기사를 훑었다. 기사에는 나카무라 구미를 임신시킨 연인에 대해서 '대학 동기'라고만 적고 있었다. 빙의 망상을 품고 있는 가나미가 이런 단편적인 지식만으로 '그 남자'라고 엉겁결에 말할 게 아닐까?

"조금 안심이 되는군요."

슈헤이가 웃으며 말했다.

"나카무라 구미의 사망 소식을 알았을 때엔 정말로 빙의한 게 아닐까 싶었거든요."

이소가이도 웃었다. 문득 고개를 돌려 컴퓨터와 씨름 중인 여자 사원에게 시선을 돌렸다. 지금 대화를 들은 건 아닐지 걱정이 됐다. 이소가이는 환자의 프라이버시에 특히 주의하는 습관이 몸에 배어 있었다.

"밖으로 나가서 얘기할까요."

"그러죠."

슈헤이는 문제의 기사를 복사한 뒤 이소가이를 따라 북크래프트를 나섰다.

노상 주차해 둔 차로 돌아가면서 이소가이가 말했다.

"빙의 인격의 정체에 대해서 한 건 해냈지만 당초 생각했었던 다소 거친 치료법은 써먹을 수 없게 됐군요."

"나카무라 구미 본인을 데려오려던 것 말이군요."

슈헤이의 얼굴이 어두워졌다. 자동차 조수석에 올라타 암울한 어조로 물었다.

"가나미의 상태가 오랫동안 이어지게 될까요?"

"정신 요법만 사용한다면 그렇겠죠."

"그렇다면 중절 수술은 무리겠군요."

출발하려던 이소가이는 액셀 페달에서 발을 뗐다. 어쩌면 슈헤이가 출산을 생각하기 시작했는지도 몰랐다. 이소가이에게는 실낱같은 희망이었다.

"어떻게 생각하세요?"

슈헤이가 대답을 재촉했다.

이소가이는 에둘러 말했다.

"지난번, 그리고 지지난번 같은 발작을 일으킨다면 힘들겠지요."

미묘한 뉘앙스를 슈헤이가 캐치한 듯했다.

"다른 방법은 없을까요?"

'나는 의사다.' 이소가이는 속으로 되뇌었다. 개인적인 생각을 환자나 그 가족에게 밀어붙여서는 안 되었다. 출산할 경우 경제적으로 피폐해지는 쪽은 나쓰키 부부였다.

"결론부터 말씀드리자면 아마도 중절 수술은 가능할 겁니다."

"정말요?"

슈헤이가 놀란 듯 되물었다.

"지난번 발작을 일으켰을 때 벤조디아제핀이라는 종류의 항불안제를 가나미 씨에게 주사했었죠. 일회적으로 사용한다면 태아에게 미칠 영향도 제로에 가깝다고 판단해서요. 그 결과 극적인 효과가 나타났죠. 빙의 인격이 완전히 모습을 감췄으니 말입니다."

"완쾌됐다는 말인가요?"

"아뇨, 해리성 장애는 약물만으로 완치가 불가능합니다. 항불안제가 중절에 대한 불안을 제거한 덕택에 불안감 때문에 생겨나는 빙의 인격이 사라진 것뿐입니다. 약발이 들고 있을 때뿐이긴 하지만 말이죠."

"그 약을 계속 사용하면 안 되나요?"

"예. 일반 임상에서는 임신 초기에 되도록 사용을 자제하고 있습니다. 하지만 태아의 주요 장기가 형성되는 임신 중기 이후라면 환자와 상담 후 사용하는 경우도 있습니다."

"임신 중기라면 언제쯤인가요?"

"16주 이후라고 보시면 됩니다. 가나미 씨의 경우 앞으로 5주 후가 되겠군요."

슈헤이는 잠시 생각하더니 말했다.

"중절 수술은 21주까지가 합법이었죠?"

"그렇죠."

이소가이는 되도록 사무적인 어투로 대답하기 위해 애썼다.

"따라서 16주에 접어드는 시기부터 약물 치료를 병행하면 아마도 중절 수술을 받을 즈음에는 증상이 안정되리라 봅니다."

슈헤이는 침묵했다.

이소가이는 시동을 걸고 발진했다. 앞서 두 번이나 중절 수술을 받을 위기를 넘긴 가나미의 아기는 대체 어떻게 되는 걸까? 8년 전 이소가이 자신이 처치했던 아기처럼 호흡 반사 운동을 되풀이하면서 죽어 가게 될까?

슈헤이가 말문을 열었다.

"나카무라 구미라는 여성은 왜 아이를 낳으려 했을까요? 현실적으로 생각하면 중절 수술을 받는 게 훨씬 간단한 선택이었을 텐데."

"저도 모르죠."

"중절 수술 따위 드문 일도 아닌데."

슈헤이는 스스로를 납득시키려는 듯 말을 아었다.

"연간 34만 명이나 수술을 받는다 하셨잖아요?"

"그저 나카무라 구미 씨 같은 여성도 간혹 있는 거겠죠."

슈헤이의 입에서 흘러나온 신음 소리에 고민이 녹아 있었다.

이소가이는 잠시 동안 자신의 아기를 지키려다 숨진 나카무라 구미라는 여성에 대해 생각했다. 그녀가 죽은 게 너무나도 안타까웠다. 그런 생명을 구하기 위해 의사가 있는 것일 터였다. 구미 씨를 검진했던 담당 의사는 비극을 미연에 막을 수 없었을까?

무심코 속력을 높일 뻔한 이소가이는 황급히 액셀러레이터에서 발을 뗐다. 죄책감이 되살아났다. 도다 마이코의 자살 기도를 막지 못했던 그 순간의 죄의식이.

슈헤이를 집까지 바래다 준 이소가이는 여동생을 태우고 자기네 집으로 돌아갔다. 길가에서 둘을 배웅한 슈헤이는 아파트로 돌아갔다. 이소가이가 언급했던 약물 치료를 생각하자 조금 기분이 가벼워졌다. 중절 수술을 받을지 여부는 보류 중이지만 적어도 가나미의 증상을 억제할 수 있다는 안도감이 들었다.

현관문을 열었을 때 복도 불은 꺼져 있었다. 침실 방문 아래 틈새로 불빛이 새어 나오고 있었다. 욕조에 들어가 피로를 풀기 전에 아내 모습을 봐 두자고 슈헤이는 생각했다.

슈헤이는 "가나미?"라고 말하며 침실로 들어갔다.

침대 위에서 등을 돌리고 자고 있던 가나미가 돌아봤다.

"미안, 내가 깨웠어?"

"아니, 일어나 있었어."

슈헤이는 몸을 일으킨 가나미 옆에 앉았다. 어깨를 끌어안자 아내의 온기가 전해졌다.

"몸 상태는 좀 어때?"

"그게, 갑자기 좋아진 것 같아."

"뭐?"

슈헤이가 가나미의 눈동자를 들여다봤다. 쌍꺼풀이 진 부드러운 시선이 슈헤이를 바라보고 있었다.

"기분이 가벼워졌어. 누가 있는 것 같은 느낌도 안 들고."

"정말이야?"

자신이 센다이에 갔던 게 모종의 영향을 미친 걸까?

"아마도 완전히 괜찮아진 것 같아."

"가나미!"

슈헤이는 무심결에 소리치며 아내를 끌어안았다. 그때 귓가에서 소름 끼치는 새된 웃음소리가 들렸다. 그 여자라고 눈치 챈 순간 슈헤이는 아내를 내팽개치듯 몸을 뒤로 뺐다.

"잠깐 아내 흉내를 좀 내 봤어."

차가운 웃음을 띤 빙의 인격이 말했다.

"어때? 조금은 행복한 기분이 들어?"

말이 나오지 않았다. 내면에서 부풀어 오르는 분노를 필사적으로 억눌렀다. '침착해. 아내는 병에 걸린 상태야. 무슨 짓을 하든 화를 내서는 안 돼.'

"언제쯤이면 나아질 거야? 너는 나카무라 구미가 아니라 나쓰키 가나미라고."

하지만 상대방은 가학적인 웃음을 짓고 있었다.

"무슨 말을 하는 거야? 난 나카무라 구미야. 게다가 가나미는 조만간 사라지게 될 거야."

슈헤이는 불길한 예감에 사로잡혔다.

"무슨 소리야?"

"내가 이 몸을 완전히 지배해 가고 있단 얘기야."

병세가 날을 거듭할수록 악화되고 있다고 슈헤이는 인정할 수밖에 없었다. 빙의 인격의 행동은 악화일로를 걷고 있었다.

"그래서 말인데, 오늘 밤부터는 이 방에 들어오지 마. 따로따로 잤으면 좋겠어."

"좋아."

슈헤이는 대답했다. 딱 5주만 참으면 된다. 5주만 지나면 이소가이가 말했던 약물 요법을 쓸 수 있게 될 터였다.

그 속내를 읽기라도 했는지 여자가 말했다.

"나를 정신병인지 뭔지 취급하고 있는 거지?"

"글쎄."

슈헤이가 얼버무렸다.

"그나저나 센다이까지 갔다 온 거야?"

슈헤이는 동작을 멈췄다. 자신이 센다이에 간 사실을 가나미가 알 리가 없었다. 내막을 캐물을까 했지만 이소가이가 없는 지금으로서는 이대로 대화를 이어 나가는 게 위험하다고 판단했다. 빙의 인격의 교활함은 이미 상대하기 버거울 정도였다.

"얼른 자."

이렇게 말하고 슈헤이는 방문으로 향했다.

"신사는 보고 왔어?"

슈헤이는 멈춰 섰다.

"고양이가 새끼를 낳고 있지 않았어?"

등 한쪽을 차가운 손이 쓰다듬는 게 느껴졌다. 슈헤이는 깜짝 놀라 돌아봤다.

"어떻게 알았지?"

"보고 있었어, 계속."

나카무라 구미의 인격이 낮게 속삭였다.

"몰랐어? 나 네 등에 업혀서 계속 같이 있었는데."

"거짓말!"

공포를 떨쳐 내려고 슈헤이는 소리쳤다.

"그런 일은 있을 수 없어. 너는 유령 따위가 아냐."

"아직도 모르겠어?"

여자의 눈동자가 빛을 잃더니 마치 해골같이 깊은 구덩이로 변했다.

"나는 3년 전에 죽었다고."

"그만둬!"

"그만두지 않을 거야. 어떻게 하면 믿어 줄래? 믿어 줄 때까지 계속 등 뒤에 붙어 있어 줄까?"

신사의 암흑이 뇌리에 떠올랐다. 그때 자신은 분명 등 뒤에 인기척을 느끼고 있었다. 양다리가 떨리는 걸 억누르면서 슈헤이가 "그렇다면" 하고 입을 열었다. 자신이 정말로 죽은 사람과 대화하는 것처럼 느껴졌다.

"증거를 보여 줘."

"증거? 어떤 증거?"

"가나미의 몸에서 떨어져서 나한테 씌어 봐. 할 수 있나? 정말로 네가 사령이라면 나한테 들러붙는 것도 가능할 거 아냐!"

여자의 두 눈에 이상한 빛이 감돌았다. 설마 하는 불안감이 슈헤이의 마음에 밀려들었다. 곧바로 상대를 받아들이려는 듯 내뻗었던 슈헤이의 양팔에 충격이 느껴졌다. 시계가 크게 흔들려 서둘러 초점을 맞추자 침대 위에 앉은 여자가 자신을 응시하고 있었다.

"증거라면 지금 보여 줬어."

여자가 말했다.

방금 온몸을 덮쳤던 이상한 감각은 뭐였을까? 몸을 살펴봤지만 상처는 없는 듯했다. 슈헤이가 대꾸했다.

"말뿐이군. 아무 일도 일어나지 않았잖아."

"그럴까? 금방 알게 될 거야."

"금방?"

되묻던 슈헤이는 상대방의 표정 변화를 눈치 챘다. 두 눈이 충혈돼 눈물이 고여 있었다. 무언가 기괴한 힘을 쓰면서 마음이 뒤엉키기라도 한 걸까?

"금방이라면 대체 언제지?"

여자의 시선이 슈헤이를 지나 방문에 꽂혔다.

슈헤이는 인상을 찌푸리고 등 뒤 문을 돌아봤다. 심장이 얼어붙는 듯했다. 방에 들어올 때 분명 닫았던 문이 완전히 열어젖혀져 있었다. 그뿐만이 아니었다. 어둠 속에 사람의 형상을 한 흰 물건이 떠 있었다. 문에 걸려 있는 가나미의 파티 드레스였다. 그 드레스는 가슴부터 하복부까지 일직선으로 찢겨 있었다.

아연실색한 슈헤이는 환각이 아닌지 확인했다. 조심스레 손을 뻗자 손끝에 부드러운 옷결이 느껴졌다. 진짜였다. 방금 전까지만 해도 없던 게 순식간에 나타난 것이다. 무참히 찢긴 진주색 드레스는 마치 가나미의 운명을 암시하는 것 같았다.

"이제 믿겠어?"

어느샌가 여자가 등 뒤에 바짝 다가와 있었다. 슈헤이는 소리를 지르며 물러섰다. 발걸음이 꼬여 뒤로 넘어진 슈헤이 위로 문에 걸려 있던 드레스가 하늘하늘 떨어졌다.

"왜 그래? 내가 그렇게 무서워?"

여자는 머리를 뒤로 젖히고 입안이 다 보이도록 노골적으로 웃어댔다.

사령에 씐 슈헤이의 아내는 완전히 본래 모습을 잃어버렸다.

4장
감응感應

1

나쓰키 가나미는 임신 4개월째의 중간인 14주차에 접어들고 있었다. 보통 임신부라면 치과 치료를 받거나 어머니 학교에 다니기 시작하는 시기였다. 배 속 태아의 신장은 십수 센티미터로 자라있을 터였다.

이소가이는 이날 오전 6시에 일어났다. 정신과 의국에서 증상 검토 회의가 시작되기 전 의국장과 얘기를 나누기 위해서였다. 휴직은 벌써 두 달을 넘긴 상태였다. 침대에서 일어나면서 태만한 생활이 몸에 밴 건 아닐지 걱정이 됐다. 슬슬 복직할 때가 됐는지도 몰랐다. 하지만 치료에 실패한 환자가 지금도 집중치료실에서 계속 잠들어 있다는 사실에 우울한 기분이 되살아나곤 했다.

도다 마이코는 계속 식물인간 상태에 빠져 있었다. 결국은 죽을 운명일지도 몰랐다. 그렇다면 자신은 어떻게 속죄를 해야 한단 말인가.

세수를 하러 방을 나섰을 때 여동생 미호는 아직 잠들어 있는 듯했다. 어제 먹다 남긴 음식을 먹고 옷매무새를 정돈한 뒤 방을 나섰다.

7시가 되기 전 직장에 도착했다. 신관 5층에 있는 정신과 의국에는 벌써 의국장이 기다리고 있었다. 마흔을 넘긴 진중해 보이는 풍모 속에 냉정한 판단력을 숨긴 명의였다.

"그래, 요샌 좀 어떤가? 잘 지냈나?"

인사 겸 의국장이 물었다.

"아직 완쾌됐다고 말하긴 좀 그렇지만요."

"복귀는 언제쯤 할 생각이지?"

"어떻게 할까요?"

이소가이는 신중해졌다. 역시 지금은 나쓰키 가나미를 최우선적으로 여겨야 한다고 생각했다.

"오히려 제가 여쭙고 싶군요. 언제까지 휴직할 수 있을까요?"

의국장은 낮게 신음했다. 생각에 빠져든 의국장의 모습을 보면서 이소가이는 그의 배려를 느꼈다. 우울함에 빠진 후배를 정신적인 궁지에 몰아넣지 않기 위해 배려해 주는 듯했다.

"사실대로 그냥 말씀하셔도 되는데요."

"의국 재량껏 휴가를 인정한다면 3개월까지일세. 그 뒤로는 대학 쪽과 상의를 해야 하네."

나쓰키 가나미의 약물 요법을 시작할 때까지 충분한 시간이었다.

"알겠습니다. 제멋대로 굴어서 죄송합니다."

"나는 지금까지 환자 여섯 명의 죽음을 봤네."

창밖을 보며 의국장이 말했다.

"하지만 직접 눈앞에서 죽은 사람은 없었어. 자네가 받은 충격은 상당했겠지."

이소가이는 작게 끄덕였다.

"가끔은 잡담이라도 하러 오게. 말동무가 돼 줄 테니."

의국장이 말을 맺었다.

이소가이는 감사를 표하고 서둘러 의국을 나섰다. 동료들이 출근할 시간이었다. 발걸음이 자연스레 위층을 향했다. 7층에 위치한 집중치료실. 계속 잠들어 있는 환자 문병을 위해 복도에서 통유리 너머로 실내를 살펴본 순간 이소가이의 온몸이 긴장했다.

도다 마이코의 침대만 커튼으로 가려져 있었다. 이 상황이 의미하는 바를 파악함과 동시에 이소가이는 아직 마음의 준비가 안 됐음을 깨달았다. 죽지 말아 줘! 기도인지 강한 바람인지 알 수 없었지만 마음속에서 강렬한 외침이 끓어올랐다. 조금만 더 살아 줘!

커튼이 열렸다. 이소가이는 곧바로 펄스옥시미터(산소포화도 측정기 — 옮긴이)에 시선을 향해 도다 마이코의 활력 증후를 살폈다. 심박 모니터 수치는 60, 동맥혈 산소포화도에도 이상이 없었다. 도다 마이코는 살아 있었다.

한숨 돌린 이소가이는 커튼을 뒤편에서 히로카와 쇼코가 나오는 걸 보고 의아하게 생각했다. 왜 산부인과 의사가 두부 외상 환자를 진찰하고 있는 걸까? 혼수상태에 빠진 도다 마이코에게 무슨 일이라도 생긴 걸까?

히로카와가 통유리 너머로 이소가이를 발견하고는 놀란 듯 발걸음을 멈췄다. 그러고는 의연하게 턱을 들어 올렸다. 곤란한 상황에 직면할 때의 버릇이었다. 이소가이는 복도로 나온 히로카와에게 눈짓으로 물었다.

"깜짝 놀랄 사실을 발견했어."

옛 약혼자가 말했다.

"우리 치료 방식이 성공했어."

이소가이는 미간을 찌푸렸다. 무슨 말을 하는 건지 이해할 수가 없었다.

"성공했다니?"

"불임 치료 말이야. 도다 마이코 씨, 임신 중이야."

이소가이의 입에서 탄성이 흘러나왔다. 깜짝 놀란 이소가이는 도다 마이코에게 시선을 돌렸다.

"자살 미수 직전에 애가 들어선 것 같아. 현재 임신 2개월째야."

마이코와 아기는 앞으로 어떻게 되는 걸까? 이소가이의 머릿속에 식물인간의 출산 사례가 떠올랐다. 어머니가 혼수상태에 빠지더라도 태아를 길러 제왕절개로 출산시킬 수 있다. 하지만 그 전에 어머니의 몸에 만일의 사태가 벌어지면 모자가 모두 죽게 된다. 나카무라 구미처럼.

"둘 다 무사하길 기원하자."

히로카와가 절실한 어투로 말했다.

슈헤이는 고마고메 역 근처 카페에서 편집자 친구를 기다리고 있었다. 요 몇 주 동안 자신이 별 탈 없이 생활해 왔다는 사실이 신기하기만 했다.

아내에게 빙의한 것은 본인 말대로 서서히 가나미의 인격을 몰아내고 있는 듯했다. 좀먹고 있다고도 할 수 있을 것이다. 가나미는 벌써 하루의 절반 이상을 빙의 상태로 보내고 있었다. 하지만 슈헤이가 상대방을 자극하지 않는 이상 빙의 인격은 폭력적인 행동을 하지는 않았다. 초자연적인 이변을 일으키지도 않았다. 가나미의 육체를 차츰 점거해 가는 사령은 전혀 다른 사람처럼 그 맨션에서 더불어 살고 있었다.

"어이."

그 소리에 슈헤이가 고개를 들어 보니 하시모토가 막 도착한 참이었다.

"급한 일이라는 게 뭐야?"

"그게 말이지."

슈헤이는 하시모토가 의자에 앉아 커피를 주문할 때까지 기다렸다가 말을 이어 나갔다.

"전에 말했던 계약 기자 일 말인데, 파기할 수밖에 없을 것 같아."

"뭐?"

하시모토의 목소리가 거칠어졌다.

"정말 미안해. 여러 가지로 신경 써 준 건 고마워. 화내는 것도 당연하지. 그렇지만 좀 큰일이 생겼어."

하시모토는 슈헤이의 표정을 살폈다. 그제야 친구가 지나치게 초췌해져 있다는 사실을 눈치 챈 듯했다.

"가나미 때문이야?"

"응."

"많이 안 좋아?"

하시모토에게만큼은 있는 그대로의 사실을 말하자고 마음먹고 있었다. 하지만 어디서부터 얘기를 꺼내야 한단 말인가.

"혹시 정신적인 문제야?"

하시모토가 먼저 말을 꺼냈다.

슈헤이는 깜짝 놀라 물었다.

"어떻게 알았어?"

"요전에 의사인지 누군지를 데리고 회사에 오지 않았어?"

레이아웃부 여직원을 떠올린 슈헤이는 납득했다. 「K·N의 비극」 스크랩 기사를 발견했을 때 이소가이와 나눴던 대화를 들은 모양이었다.

"안심해. 그 애는 입이 무거우니까. 나도 다른 사람한테 말하지 않을 거고."

"미안."

슈헤이는 눈을 내리깔고 말했다.

"사실 실제로는 상태가 더 심각해."

하시모토는 의아하다는 표정을 지었다.

"더 심각하다고?"

"더 깊게 얘기하기 전에 물어볼 게 하나 있어. 2년 전 즈음에 심령 현상 특집 기사를 담당했었다고 했었지?"

"아, 여름 단골 특집인 「심령 스팟 순례」 말이군."

"그런 얘기를 진짜로 믿어?"

하시모토는 이런 화제를 많이 접한 사람 특유의 당혹스러운 웃음을 지었다.

"그것만큼은 잘 모르겠어. 다만 현장 취재 때 불렀던 영능력자는 분명 이상한 힘을 갖고 있는 것 같아 보였어."

"자세히 말해 봐."

"내가 아무런 말도 꺼내지 않았는데 과거에 있었던 살인 사건을 꿰뚫어 봤어. 게다가 제령 의식인지 뭔지를 한 이후로 현지에서 유령을 봤다는 목격담이 뚝 끊겼어."

"제령 의식이라."

중얼거리면서 슈헤이는 잠시 생각에 빠져들었다.

"그런데 그런 건 왜 물어봐?"

슈헤이는 몸을 앞으로 기울이고 속삭이듯 말했다.

"그 영능력자 말인데, 연락처 좀 알 수 있을까?"

2

약물 요법을 시작할 날이 당장 다음 주로 다가왔다.

요 몇 주 동안 가나미의 병세를 되짚어 본 이소가이는 항불안제만 투여해도 될지 고민하고 있었다.

가나미의 빙의 망상은 점점 심해지고 있었다. 정신 요법을 위해 나쓰키 부부의 집을 방문할 때마다 나카무라 구미의 인격이 대화를 거부해 가나미의 인격이 나올 때까지 기다려야만 하는 상황이 이어지고 있었다. 이미 신경증의 영역을 넘어서 가벼운 정신병 상태로 증상이 악화돼 있었다. 게다가 남편인 슈헤이의 태도도 묘하게 소극적으로 변했다는 사실도 신경 쓰였다. 아내의 병은 결코 나을 수 없다고 단념한 듯한 태도였다.

금요일 오후 대학 도서관에서 빙의 장애 치료법을 재차 조사한 이소가이는 역시 항불안제만으로 버텨 낼 수밖에 없다고 결론지었다. 원래대로라면 항정신병약물을 병용해 망상을 억제해야 하지만 이런 약물들은 분명히 태아에게 부작용을 일으킨다. 단기 투여시 기형이 될 확률이 높아지고 장기적으로는 염색체에 이상을 유발한다. 나쓰키 가나미의 태내에 아직 생명이 깃들어 있는 이상 이 강력한 무기는 사용할 수 없었다.

만일을 위해 전문가 사이에서도 의견이 분분한 항불안제의 기형 유발 정도에 대해서도 다시 검토해 봤지만 임신 중기라면 아마도 큰 문제가 없을 것으로 예상됐다. 부작용이 생기더라도 발생 빈도는 약물을 사용하지 않았을 때에 비해 몇 퍼센트밖에 올라가지 않는다. 태반이 완성되고 태아의 주요 장기가 형성된 16주 이후라면 그다지 걱정할 필요는 없을 것이다. 나머지는 가나미가 약물 의존증에 빠지지 않는지만을 주의하면 됐다.

하지만 도서관을 나서 대학 구내에 세워 둔 자동차로 걸어가는 이소가이의 마음은 무겁기만 했다. 항불안제를 사용한 약물 요법에 성공하면 빙의 인격을 쫓아낼 수 있었다. 나쓰키 가나미는 불안감으로부터 해방돼 인공 임신 중절 수술을 받을 터였다. 하지만 그 결로 된 걸까? 중절 수술을 망설이는 것 역시 가나미의 정신이었다.

그렇다면 약물을 이용한 세뇌와 다를 게 뭐란 말인가.

약물로 인해 상태가 바뀌어 버리는 인간의 마음이란 대체 무언지 생각할 수밖에 없었다. 신경 세포라는 단백질과 그 사이를 흐르는 전기 신호와 화학 물질 간의 관계밖에 안 되는 걸까? 현대 정신 의학이 내린 대답은 '예'였다. 뇌라는 물질이 사라지면 인간의 정신도 소멸한다. 사후에 잔존한다는 영혼 따위가 존재할 여지는 없다. 정신 활동은 전부 물질의 상호 작용에 지나지 않는 것이다.

이소가이는 자조적인 웃음을 지었다. 자신이 도다 마이코 때문에 번민하고 있는 것도, 나쓰키 가나미를 구하려 하는 것도, 아기를 낳으려다가 죽어 버린 나카무라 구미에게 동정을 느끼는 것도 전부 물리·화학 반응이 만들어 낸 환영에 지나지 않았다. 결코 바깥 세계에서는 존재할 수 없는, 자신의 마음속에서만 일렁이는 물결이었다.

휴대전화가 울렸다. 발신자를 보니 슈헤이었다. 전화기 너머로 착 가라앉은 목소리가 들려왔다.

"거두절미하고 드릴 말씀이 있는데요."

무엇일지 이소가이는 고개를 갸웃했다.

맨션 바깥에 위치한 정원에서 슈헤이를 만났다. 둥근 테이블을 사이에 두고 마주앉자 슈헤이가 썩 내키지 않는다는 말투로 얘기했다.

"가나미의 치료를 그만둘까 해요."

"왜죠?"

이소가이는 당돌한 발언에 당황했다. 치료를 질질 끌게 되는 경우 환자 측에서 먼저 가망이 없다고 판단해 단념하는 경우가 잦은 탓에 이런 일에는 익숙해져 있었다. 하지만 나쓰키 가나미는 며칠 만 지나면 약물 요법을 시작할 수 있는 시점까지 헤쳐 왔지 않은가.

슈헤이는 이소가이와 여동생 미호에 대한 감사의 말을 장황하게 늘어놓은 뒤 의학의 힘으로 아내가 나을 것 같지는 않다고 말했다.

"괜찮으시다면 그 이유를 좀 들을 수 있을까요?"

이소가이는 추궁하는 어투가 되지 않도록 주의해 말했다.

슈헤이는 "어쩌면 믿지 않으실지도 모르시겠지만." 하고 전제를 달고 센다이에서 돌아온 밤에 벌어진 초자연적인 현상에 대해 설명하기 시작했다. 슈헤이가 취재처인 신사에서 출산 중이던 고양이를 발견한 일을 어째서인지 빙의 인격이 알고 있더라는 것이었다.

"그때 계속 저는 등 뒤에 인기척을 느꼈어요. 아마도 나카무라 구미의 영혼이 감시하고 있었겠죠."

"그럴 리가 없잖습니까?"

이소가이는 머리를 굴려 금세 속임수를 눈치 챘다.

"간단한 일입니다. 그날 밤 슈헤이 씨는 저희 오누이에게 센다이에서 있었던 일을 설명하셨죠? 침실에 있던 가나미 씨가 그걸 들었을 겁니다."

"하지만 그 방엔 방음 장치가 되어 있는걸요."

"문을 조금 열어 뒀는지도 모르죠. 그때 침실 문까지는 확인하지 않았잖습니까?"

하지만 슈헤이는 납득하지 못한 듯했다.

"그뿐만이 아니에요. 나카무라 구미의 인격은 손 하나 까딱 않고 물건들을 움직였어요."

이소가이는 귀를 의심했다.

"네?"

"가나미의 드레스 말입니다."

슈헤이는 분명 닫아 뒀을 문이 열어 젖혀 있었고 거기에 소중하게 보관해 둔 드레스가 찢어발겨진 채 걸려 있던 현상에 대해 설명했다.

그런 일은 있을 수 없다고 이소가이는 한순간 생각했지만 슈헤이를 납득시키기 위해 합리적인 대답을 궁리했다. 염동력이라는 단어가 떠올랐다. 만지지 않고도 물건을 움직일 수 있는 능력. 이소가이는 일본의 한 저명한 심리학자가 이 힘의 존재 가능성을 보고한 내용을 읽은 기억이 있었다. 그러나 그때 이루어진 실험은 피험자에게 주사위를 굴리도록 하여 특정한 눈이 통계적으로 유의미한 횟수만큼 나오게 한다는 꽤나 단순한 내용이었다. 옷장에 있던 드레스를 찢어발긴 뒤 문에 걸었다는 부분은 도저히 이해가 되지 않았다.

"드레스가 분명 있었습니까?"

"제 손으로 만져서 확인해 봤어요. 환각이 아녔다고요."

"방에 들어갈 때부터 걸려 있던 건 아닐까요? 못 보고 지나쳤을 수도 있잖습니까."

"말도 안 돼요. 드레스가 문을 뒤덮고 있었다고요. 눈앞에 있었더라면 분명 눈치 챘을 겁니다."

"뭔가를 생각하다가 무시해 버렸을 수도 있죠."

슈헤이는 지친다는 듯 고개를 저으며 말했다.

"이소가이 씨. 제가 하는 말은 실제로 벌어졌던 일이라고요. 가나미는 병에 걸린 게 아녜요. 정말로 사령이 빙의했단 말예요."

이소가이는 그 완강한 태도가 걱정됐다.

"제가 치료에서 손을 떼면 어쩌실 거죠?"

"아는 사람을 통해서 영능력자를 찾아 둔 상태예요. 제령 의식을 받을 겁니다."

"그러시면 안 됩니다."

이소가이는 부드럽게 말했다.

"왜요?"

"다른 의견이 있으실지 모르지만 잠시 들어 주십시오. 가나미 씨는 정신 장애를 겪고 있습니다. 나카무라 구미 씨가 들러붙어 있다는 암시를 가지고 있는 상태죠. 영혼의 존재를 전제로 한 의식을 시행했다가 오히려 암시가 강해질 수도 있습니다. 증상이 더 나빠질 뿐이죠."

"그렇지만……."

이소가이는 슈헤이의 말허리를 끊었다.

"둘째로, 이런 빙의 현상이 무서운 건 다른 사건에도 휘말려 들어갈 수 있다는 겁니다. 종교 단체 중에는 내면의 정신 장애로 고통받는 사람들을 끌어들이는 곳도 있어요. 최악의 경우 살인 사건으로 발전할 수도 있습니다."

"살인 사건요?"

"네. 사령을 쫓아내려다가 환자가 죽게 되는 거죠. 악마를 내쫓는다는 둥 말하면서 폭행한 끝에 사람을 죽였다는 얘기는 들어 보신 적이 있죠?"

슈헤이는 수긍했다.

"더 나아가 불법적으로 기도비를 갈취하거나 부적이나 단지 등을 강매하는 등 영능력 관련 피해를 당하는 경우도 염두에 둬야 하죠. 이 부분에 대해서는 냉정하게 대처하는 게 좋지 않을까요?"

"그렇지만 드레스는 어떻게 설명하실 거죠?"

"제가 현장에 없었으니 뭐라 말할 수는 없지만 가나미 씨가 정신 장애를 앓고 있다는 증거는 있습니다."

"어떤 거죠?"

"두 번째 중절 처치를 받으려 했을 때 말입니다. 가나미 씨에게 투여했던 항불안제가 빙의 인격을 내몰았죠. 만약 영혼이 씐 경우라면 어떻게 신경 계통에 작용하는 약물이 효과를 낼 수 있었을까요? 역시 그 인격은 가나미 씨의 정신이 만들어 냈다고 보는 게 자연스럽지 않을까요?"

슈헤이는 입을 다물었다. 이소가이는 낮은 목소리로 천천히 말을 이었다.

"지금이 바로 고비입니다. 약물 요법의 결과를 살펴보면서 다시 선후지책을 생각하는 게 좋을 것 같군요."

한동안 침묵을 지키던 슈헤이가 드디어 말문을 열었다.

"알겠습니다. 그렇게 하도록 하죠."

이소가이는 안도했다.

"앞으로도 드레스 사건처럼 기묘한 일이 벌어진다면 바로 연락을 주십시오. 저도 같이 고민해 보죠."

이소가이가 돌아간 뒤에도 슈헤이의 마음에는 석연치 않은 게 남아 있었다. 자석 두 개의 딱 중간에 끼인 금속처럼 양쪽에서 끌어당기는 힘 사이에서 버티면서 가위에 눌리는 것만 같았다. 이성과 비이성의 간극. 가나미는 정신 장애인 걸까 아니면 사령이 빙의한 걸까?

16층에서 엘리베이터를 내리자 햇빛이 닿지 않는 북쪽 복도에는 이 세상의 것이 아닌 듯한 괴이한 공기가 감돌고 있는 듯했다. 그 기운은 자신의 집으로 다가갈수록 점점 강해졌다. 슈헤이는 주머니에서 열쇠를 꺼내 문을 열면서 안에서 기다리고 있는 사람이 아내일지 아니면 빙의 인격일지 생각했다.

자신을 반겨 주는 아내의 목소리가 들리지 않았다. 가나미는 빙의 상태에 빠져 있는 듯했다. 안쪽 거실로 향하려던 슈헤이는 침실 문이 빼꼼 열려 있는 것을 발견하고 안을 들여다봤다.

속옷 차림의 아내가 보였다. 등을 돌린 채 침대 옆에 서 있었다. 슈헤이는 곧 이상한 생각에 사로잡혔다. 지금까지와는 달리 눈앞의 여자가 자신의 아내인지 아니면 빙의 인격인지 구분이 되지 않았다. 복도에 선 채로 바라보던 중 그 이유를 깨달았다. 방 안에 서 있는 여자가 너무나도 행복한 표정을 짓고 있어서였다. 지난 수개월 동안 단 한 번도 본 적이 없던 마음 따뜻해지는 표정이었다.

여자는 침대에 웅크리고 앉아 속옷 같아 보이는 옷을 집어 들었다. 매직테이프가 붙은 배에 두르는 천처럼 생긴 속옷이었다. 대체 무얼 하고 있는 걸까? 슈헤이는 잠자코 여자의 행동을 지켜봤다.

자신을 눈치 채지 못한 건지 여자는 부드러운 표정으로 그 긴 속옷으로 하복부를 감싸기 시작했다. 슈헤이는 이제야 처음으로 아내의 아랫배가 눈에 띄게 부풀었다는 사실을 깨달았다. 빙의 인격이 자진해서 나체를 보인 적이 없던 탓에 몸의 변화를 눈치 채지 못했던 것이다.

방 안의 임신부는 자신의 몸에 속옷을 다 감더니 아랫배에 양손을 대고 부드러운 시선을 보냈다.

"가나미?"

슈헤이가 말을 걸어 봤다.

상대방이 이쪽을 봤다. 웃음기를 띤 온화한 표정이었다.

"가나미야?"

한 번 더 물어봤지만 대답이 없었다. 아내도 나카무라 구미도 아닌 표정에 설마 제3의 인격이 나타난 건 아니겠지 싶을 정도였다.

"순산을 기원하는 거야. 임신 5개월째 술일에 복대를 감는 거지."

슈헤이는 고개를 끄덕여 보였다. 아이를 낳고자 하는 걸 보니 나카무라 구미라는 생각이 들었다. 무언가를 꾸미고 있는지도 몰랐다. 아니면 이렇게 상냥하게 자신을 대할 리가 없었다.

"잠깐 와 봐."

여자가 침대 위 빈 공간을 두드리며 말했다.

슈헤이는 경계하면서도 상대방과 어깨를 나란히 하고 앉았다.

여자가 슈헤이의 손을 잡더니 자신의 아랫배에 올렸다.

"여기에 우리 아기가 있어."

"우리?"

되묻던 슈헤이는 마음속에 차오르는 행복감에 당황했다. 아마도 중절을 택하지 않았더라면 부부가 당연하게 받아들였을 법한 행복감이었다. 슈헤이는 여자의 얼굴을 들여다보며 말했다.

"가나미야?"

여자는 대답 대신 눈으로 웃어 보였다. 슈헤이는 여자의 뺨을 쓰다듬어 봤다. 저항하지 않았다. 그러고는 천천히 얼굴을 가져다 대고 입맞춤했다. 혓바닥에 와 닿는 감촉은 예전의 아내와 같았다. 등 뒤로 팔을 뻗어 브래지어를 끄르는데도 여자는 얌전하게 슈헤이가 하는 대로 있었다. 슈헤이는 커다래진 아내의 유륜과 그 아래 복대를 봤다.

"부드럽게 해 줘. 배 속에 아기가 있으니까."

슈헤이는 고개를 끄덕이고 애무하기 시작했다. 가슴에서 하반신으로 손을 옮기면서 자기도 천천히 옷을 벗기 시작했다. 복대를 제외하고 옷을 다 벗겨 보니 여자의 하복부에 물기가 차 올라 있었다. 그 곳으로 들어갈 때 금기를 범하는 듯한 이루 말로 할 수 없는 쾌감이 전해져 왔다. 슈헤이의 품 안에서 조심스럽게 소리를 내고 있는 것은 분명 자신이 사랑한 여자, 가나미 같았다.

절정에 오른 뒤에도 슈헤이는 계속 가나미를 안고 있었다. 가나미의 몸을 놔 주고 싶지 않았다. 예전에는 너무도 당연하게 누렸던 온기가 품 안에 있었다.

눈을 감고 있는 아내의 얼굴을 바라보면서 슈헤이는 망설이기 시작했다.

3

이소가이는 오전 중에 대학병원 원내 약국에서 가나미에게 투여할 약을 받아들었다. 디아제팜 5밀리그램정. 1주일 치인 21정이 종이봉투 안에 들어 있었다.

약 처방 수속을 밟은 뒤 같은 의국 후배에게 부탁해 처방전을 받았다. 나쓰키 가나미의 진료 기록을 살펴본 후배는 "빙의라니 놀랍네요."라며 드문 병세에 눈을 크게 떴다.

그러고는 일단 집으로 돌아가 동생이 만들어 준 점심을 먹고 운전해 나쓰키 부부네 집으로 갔다. 현관에서 슈헤이가 기다리고 있었다.

"상태는 좀 어떻습니까?"

질문에 짧은 대답이 돌아왔다.

"빙의 상태예요."

가나미는 침실에 있는 듯해 이소가이는 평소처럼 안쪽 거실에서 인격 전환이 일어나길 기다리기로 했다.

"이번 주말에 있었던 일인데요."

커피를 내린 슈헤이가 가라앉은 목소리로 말했다. 가나미의 예민한 통찰력을 피하기 위해 둘은 언제부턴가 자분자분 말하고 있었다.

"가나미라고도 나카무라 구미라고도 할 수 없는 상태가 있었어요. 이상할 정도로 온화한 모습이었죠."

"그래요?"

이소가이는 흥미가 동했다. 전에 빙의 인격이 딱 한 번 보였던 부드러운 모습이 머릿속을 헤집었다. 자세한 상황을 물어보니 가나미는 복대를 감고 있던 듯했다. 순산을 기원하는 거라고 남편에게 알려 줬다고 했다.

"상냥한 인격은 딱 한 번 나타났나요?"

"네."

"그 인격이 가나미 씨라고 단정할 수는 없었다는 거죠?"

"네, 이제와 생각해 보면 가나미가 아니었던 것 같아요…… 그렇다고 해서 빙의 인격이 그런 태도를 보인다고 생각하기도 힘들어요. 어쨌든 그날 저녁 무렵이 되자 원래대로 돌아오더군요. 가나미인지 나카무라 구미인지 쉽게 구분이 되는 상태로요."

슈헤이의 얼굴에는 너무나도 사랑하는 연인과 헤어진 뒤의 쓸쓸함 같은 표정이 서려 있었다.

"아마도 가나미의 배 속에 있는 아기는 여자아이일 거예요."

"왜 그렇게 생각하시죠?"

"보통 그렇게들 말하잖아요. 남자아이면 인상이 험해지고 여자아이면 부드러워진다고."

산부인과 의사 시절 수많은 임신부를 만났을 때 이소가이도 그런 인상을 받았었다.

"그건 그렇고 약을 가져왔는데 말이죠."

이소가이는 봉투를 꺼내들었다.

"앞으로 문제는 가나미 씨가 제대로 약을 드실지 그 점 하나뿐입니다. 빙의 상태라면 당연히 나카무라 구미의 인격이 약을 거부할 테니."

"하루에 몇 번 먹으면 되죠?"

"한 번에 한 알씩 세 번입니다."

슈헤이의 어두운 표정에는 힘들 것 같다고 쓰여 있었다.

"효능을 숨기고 먹이면 안 될까요? 유산을 방지하기 위한 약이라고 말한다든가."

"아뇨, 그렇겐 안 됩니다. 이 약은 부작용 위험도 어느 정도 있습니다. 가나미 씨 본인한테는 약의 효과를 설명하고 먹여야 합니다."

슈헤이가 봉투 안의 약을 들여다보며 말했다.

"이 약으로 가나미의 증상을 억제할 수 있단 말이죠?"

"적어도 중절 수술을 받을 때 발광하지는 않을 겁니다."

슈헤이는 말없이 약을 봤다.

그때 "슈헤이?"라는 목소리가 들리더니 가나미가 나타났다. 이소가이와 슈헤이는 깜짝 놀라 복도를 돌아봤다. 침실 문이 열리는 걸 전혀 눈치 채지 못했다. 지금 대화를 들었을지 이소가이는 공연한 의심이 들기 시작했다.

"가나미."

슈헤이는 일어서더니 아내의 어깨를 안고 식탁으로 데려갔다.

"이소가이 선생님께서 하실 말씀이 있다셔."

"뭐죠?"

가나미가 불안한 시선을 향했다.

부부가 의자에 앉기를 기다린 뒤 이소가이는 약물 요법에 대해 설명하기 시작했다. 가나미는 멍한 시선을 계속 이소가이에게 고정시키고 있었다. 태아에 미칠 수 있는 부작용에 대해 설명해도 나카무라 구미의 인격이 나타나지는 않았다. 이소가이는 깍듯하고 자상하게 설명을 마무리 지을 수 있었다.

"이걸 먹으면 제 상태가 나아진다는 거죠?"

가나미가 확인차 물었다.

"그렇죠. 누군가가 들러붙어 있는 것 같은 감각은 사라지게 될 겁니다."

이소가이는 대답하면서 이걸로 아기를 지켜 줄 인격이 사라지게 됐다고 생각했다.

"알겠어요."

가나미는 대답하더니 부엌으로 가 컵에 물을 받아 왔다.

"지금 먹어도 되나요?"

"네."

옆에 있던 슈헤이가 뭔가 말하고 싶은 듯 아내를 봤다. 하지만 아무런 말도 하지 않았다. 가나미가 가느다란 손끝으로 봉투를 뜯어 알약을 꺼냈다. 이소가이는 잠자코 볼 수밖에 없었다.

가나미가 알약을 손바닥에 올리고 다른 손으로 컵을 쥐었다. 그러고는 눈을 치뜨고 이소가이를 봤다.

"선생님?"

"네?"

"선생님께선 전에 산부인과에 계셨죠?"

예전 경력을 가나미에게 말한 적이 있었는지 의아하게 생각하면서 이소가이는 고개를 끄덕였다.

가나미는 테이블 위에 약을 놓더니 아랫배에 손을 가져다댔다.

"배가 좀 이상한데요."

"이상하다고요?"

이소가이의 뇌리에 나카무라 구미의 사인이 떠올랐다. 상위태반 조기박리증. 전조 증상은 아랫배의 격렬한 통증과 출혈이었다. 그렇지만 가나미의 몸에 증상이 나타나기에는 시기가 너무 일렀다.

"구체적으로 말하면 어떤 느낌이죠?"

가나미는 자신의 아랫배를 내려다보며 말했다.

"배 속에서 거품이 터지는 것 같은…… 공기가 부글부글 끓고 있는 것 같은 기분이에요."

이소가이는 할 말을 잃어버렸다. 가나미는 임신 16주째였다. 초산치고는 이르긴 하지만 충분히 일어날 가능성이 있었다.

"왜 그러세요?"

가나미가 물었다.

이소가이가 슈헤이를 봤다. 그도 걱정스러운 표정으로 이소가이의 대답을 기다리고 있었다. 잠시 주저했지만 이소가이는 말문을 열었다.

"태동이군요."

"태동요?"

"배 속에서 아기가 움직이고 있는 겁니다."

"어머."

말문이 막힌 듯 내뱉은 가나미가 양손으로 배를 감쌌다.

슈헤이가 괴로운 표정을 지으며 바닥으로 시선을 떨구었다. 그런 남편의 모습을 가나미는 의지하려는 눈빛으로 바라봤다.

이소가이는 자리를 피해 줘야 하는 걸지 생각했다. 부부 사이에 뭔가 얘기할 게 있지는 않을까?

슈헤이의 손이 식탁으로 뻗어 가더니 약 봉투를 종이 봉지 안에 도로 담았다. 그러고는 얼버무리듯이 가나미에게 말했다.

"약 먹는 건 잠깐만 기다려 봐. 이소가이 선생님한테 확인할 게 있어."

가나미는 작게 고개를 끄덕였다.

슈헤이는 이소가이를 불러내 현관 옆 작은 방으로 들어갔다. 책장이나 노트북이 놓여 있는 걸 보아하니 슈헤이의 작업실 같았다.

"이소가이 씨, 마지막으로 확인할게요."

슈헤이가 깊이 생각해 결심한 듯한 어조로 말했다.

"가나미는 사령이 씐 게 아니라 정신 장애인 게 확실하죠?"

"네."

"원인은 중절 수술로 인한 갈등이고요."

"그렇죠. 중절만 피하면 가나미 씨는 완쾌할 겁니다."

"그 약을 먹지 않더라도 말인가요?"

이소가이는 고개를 끄덕였다.

"아무래도 제가 잘못 생각했던 것 같아요."

슈헤이는 울 것 같은 표정을 짓더니 엷은 미소를 띠고 말했다.

"아이를 지우라고 말하지 말걸 그랬어요."

이소가이는 고개를 들고 슈헤이의 다음 말을 기다렸다.

"가나미에게 아이를 낳게 할 겁니다. 드디어 결심이 섰어요."

이소가이는 온몸을 찍어 누르던 중압감이 말끔히 사라지는 게 느

꺼졌다. 이내 나쓰키 부부의 경제 상태가 걱정이 됐지만 지금은 말할 때가 아니라고 판단했다.

"저는 두 분의 결단을 존중하겠습니다."

이소가이는 목소리가 밝아지는 걸 주체할 수 없었다. 거실 쪽으로 시선을 향하고 말했다.

"가나미 씨에게 말씀드리지 않을 겁니까?"

슈헤이는 미소를 지었지만 곧 표정이 굳었다. 벽 너머로 유리가 부딪혀 깨지는 소리가 들렸다. 이소가이와 슈헤이는 얼굴을 마주보더니 방을 뛰쳐나갔다.

거실 바닥에 컵이 산산조각 나 있었다. 여기저기로 튄 물이 식탁 다리에 맺혀 있었다. 이소가이는 창을 등지고 말없이 서 있는 가나미의 모습을 보고 말문이 막혔다. 혈기 없는 창백한 뺨, 보라색으로 변한 입술. 긴 머리 사이로 눈을 흡뜨고 이쪽을 노려보는 그 모습은 흡사 죽은 사람 같았다.

이소가이는 환자에게 처음으로 공포를 느끼는 동시에 절망적인 기분이 들었다. 빙의 상태에 빠진 가나미는 알약이 든 봉투를 움켜쥐고 있었다.

"이딴 약으로 날 내쫓겠다고?"

가냘픈 목소리로 여자가 말했다. 손끝으로 발기발기 봉투를 찢자 흰 알약이 제멋대로 바닥에 떨어졌다.

"아니야. 그럴 필요가 없어졌어."

이소가이가 냉정하게 말했다.

슈헤이가 말을 이어받았다.

"더 이상 중절 수술은 안 할 거야. 아기를 낳아 줘."

"거짓말해도 소용없어."

다 꺼져 가는 여자의 목소리는 비탄에 빠져 있는 듯했다.

"내가 방해되는 거지? 내가 있으면 아기를 못 죽이니까 쫓아내려는 거지?"

"아니야!"

슈헤이가 외쳤다.

"거짓말이 아니야. 부탁이야. 가나미와 얘기를 할 수 있게 해 줘. 가나미한테 직접 말할 거야."

"이미 늦었어."

빙의 인격의 눈이 차갑게 빛났다.

"가나미한테 이 약을 먹이진 못할 거야. 난 이제 이 몸을 완전히 집어 삼켰으니까."

"뭐라고?"

반문하는 슈헤이를 제지하고 이소가이가 말했다.

"슈헤이 씨가 한 말은 진짜야. 더는 아무 걱정 하지 않아도 돼. 믿을 수 없다면 증거를 보여 주지."

여자는 입을 꾹 다물고 이소가이를 바라봤다.

"가나미 씨에 대한 치료는 그만두지. 내가 정신과 의사로서 이곳을 찾아올 일은 없을 거야."

그리고 이소가이는 머릿속으로 재빨리 시기를 계산했다.

"6주 후, 중절 가능한 시기인 21주가 지나면 산부인과 의사로서 진찰하러 오지. 어때?"

여자는 이쪽의 마음을 꿰뚫어보는 듯한 시선을 던졌다. 그러고는 바닥에 주저앉아 깨진 컵 조각을 집어 들었다.

이소가이는 목덜미 부근의 털이 곤두서는 것을 느꼈다. 여자가 희미한 웃음을 지으며 유리 파편으로 손목을 단숨에 가르는 흉내를 냈다. 선혈을 뿜으며 절망적인 눈으로 자신을 바라보던 도다 마이코의 모습이 눈에 선했다.

"만약에 나를 내쫓으려 들었다가는 큰일 날 줄 알아. 알겠지?"

여자가 의미심장하게 말했지만 이미 이소가이는 대답할 기력조차 없었다.

4

빙의 인격과 이소가이의 말은 거짓이 아닌 듯했다. 슈헤이가 중절 의사를 거뒀지만 아내는 빙의 상태인 채였고 이소가이가 고마고메에 위치한 맨션에 찾아오는 일도 없었다.

"어떻게 된 일이죠?"

슈헤이는 매일같이 이소가이에게 전화를 해 댔다. 등 바로 뒤까지 적이 다가와 있다는 초조함이 느껴졌다.

"가나미의 인격이 완전히 사라져 버린 것 같아요."

"더 이상 중절 수술을 받지 않을 거라는 사실을 철저히 각인시켜 주세요. 특히 22주에 접어들면 안심해도 된다고 말입니다."

이소가이가 조언했다.

"네."

"그리고 한 가지 더. 출산 후 준비를 하는 것도 도움이 될지 모릅니다. 아기를 맞이할 준비 말입니다. 나카무라 구미의 인격과 함께 준비해 보세요."

하지만 그 조언을 실행하기엔 어려움이 있었다. 부부가 함께 모아 둔 돈이 앞으로 겨우 몇 만 엔 정도밖에 남지 않은 것이다. 슈헤이는 의지도 자존심도 다 내던지고 시즈오카 본가에 울며 호소해 50만 엔 정도 지원금을 받았지만 맨션 대출금과 생활비를 생각하면 두 달 만에 전부 사라질 돈이었다.

슈헤이는 매일같이 지금껏 출근했던 직장에 얼굴을 내밀고 영업 활동을 벌여 지루하기 짝이 없는 일이라도 닥치는 대로 받기로 했다. 그와 함께 지금 살고 있는 아파트를 임대 매물로 내놓을 수는 없을지 생각했다. 부동산 업자에게 물어보자 월 15만 엔 정도의 가치는 있다는 대답이 돌아왔다. 그렇다면 적어도 대출금 상환 정도는 어떻게든 할 수 있었다. 하지만 여기에도 문제가 있었다. 제삼자가 이사해 들어오게 되면 어쨌든 집주인이 돼 버리기 때문에 작가라는 본업을 유지하면서 수선 등 클레임에 대처할 수 있을지 의문이 들었다. 게다가 불경기인데도 도내에서는 맨션 건설 열풍이 계속되고 있어 공급 과잉 상태인 지금 세입자를 구할 수 있겠냐는 근본적인 문제도 있었다.

계속해서 경제적인 문제에 골몰하던 중 이소가이의 조언이 효과가 있었음을 깨달았다. 빙의 인격은 예전처럼 무분별하게 출산용품을 사들이는 짓을 하지 않았다. 아기를 낳고 기르려면 최저 한도의 경제적 여유를 확보해야만 한다는 사실을 깨달은 듯했다. 게다가 빙의 인격의 공격적인 언행도 자취를 감췄다. 태아에게 나쁜 영향을 미칠까 봐 걱정한 건지 아니면 슈헤이를 믿기 시작한 건지는 알 수가 없었다. 어느 쪽이든 슈헤이는 큰 걱정 없이 일하러 집을 비울 수 있게 됐다.

벌이가 시원찮은 일이라고는 해도 데이터 원고 취재와 집필에 쫓기고 있는 동안에는 시간 개념을 잊을 수 있었다. 이 정도로 진지하게 일에 임한 건 처음이었다. 가나미의 출산을 결심한 이후 천천히 한 사람의 부모가 된다는 실감이 싹트기 시작했다. 길거리를 걸을 때면 시선이 자연히 아이들로 옮겨 갔다. 가나미와 자기 사이에서 생긴 아기가 곧 이 세상에 태어나리라. 그 아이의 웃는 얼굴과 우는 얼굴을 보면서 일희일비할 날이 조만간 올 터였다. 슈헤이는 지금껏 만나 보지 못한 아이의 모습을 상상하면서 자기 자신에게 채찍질했다. 아내와 아이를 불행하게 만들 수는 없었다. 할 수 있는 모든 일을 해야만 했다.

이소가이가 말한 22주라는 시한은 생각보다 빨리 찾아왔다. 가나미가 치유됐을 때를 상상하자 마음이 설렜다. 그러고 보니 문득 예전에도 이 같은 기쁨을 맛본 적이 있다는 사실을 깨닫고는 기묘한 생각에 사로잡혔다. 예전에 자신이 완쾌한 아내의 모습을 보고 흥분해 이성을 잃고 기뻐한 적이 있었다.

기시감인 걸까?

전차를 타고 취재처로 향하면서 슈헤이는 깊이 생각에 빠져들었다. 언제적 일이었을까? 기억을 더듬은 슈헤이는 센다이에서 돌아왔던 날 밤을 떠올렸다. 빙의 인격이 감쪽같이 가나미 흉내를 내며 병이 다 나았다고 거짓말했던 그날 밤.

갑자기 슈헤이는 자신이 조종당한 건가 싶어 오싹했다. 빙의 인격은 자신에게 말의 코앞에 당근을 들이미는 것 같은 행동을 한 건 아닐까?

한 가지 더 짐작이 가는 게 있었다. 살을 맞대고 사랑을 나누는 행복이었다. 복대를 하고 있던 그날 오후 슈헤이를 맞이한 온화한 인격은 자신의 결심을 바꾸려고 성적인 유혹을 걸어온 게 아녔을까? 자신의 기억을 되짚어 보자 그 두 사건이 중절 수술을 그만두게 만드는 데 영향을 미쳤다는 사실은 부정할 수 없었다.

슈헤이는 무서웠다. 하지만 이 무서움은 이중으로 된 덫처럼 슈헤이를 위협했다. 이소가이의 말이 진실이라면 슈헤이를 조종한 빙의 인격은 가나미의 정신이 만들어 낸 것이다. 아내의 마음 깊은 곳에 극도로 교활한 또 다른 여자가 숨어 있는 셈이었다.

슈헤이는 여자라는 성에 뒤흔들렸다. 남자의 내면을 손쉽게 꿰뚫어 보고 약점을 파악해 계속 피해자로 남는 동시에 가해자로 변모하는 여자라는 존재에.

자신의 아내인 가나미라는 여자는 타고난 날카로운 칼을 지금에 와서는 숨기지 않고 그대로 드러내고 있는 것이다. 무력으로는 남자를 이길 수 없는 이들에게 주어진 성(性) 전략이었다.

반격해야겠다고 슈헤이는 생각했다. 방법은 단 하나뿐이었다. 아이를 지키기 위해서라면 물불을 가리지 않는 아내를 사랑해야만 했다.

전화벨이 울렸다.

이소가이의 예상에 딱 맞는 타이밍이었다. 나쓰키 가나미가 임신 22주째에 접어든 이날. 시간은 아침 8시를 지나고 있었다.

아침 식사를 위해 식탁에 앉아 있던 이소가이는 동생 미호를 저지하고 전화기를 집어 들었다.

"슈헤이입니다. 아침 일찍부터 죄송합니다."

"아뇨."

슈헤이의 초조해하는 목소리에 불안한 예감이 들었다.

"가나미 씨의 상태는 어떻습니까?"

"큰 변화는 없어요. 어젯밤 자정이 지났을 때나 오늘 아침이나 별반 다르지 않아요."

"빙의 인격인 채로 있단 말인가요?"

"네. 다른 사람인 채예요."

이소가이는 이상한 일이라고 생각했다. 나쓰키 가나미에게 중절 위협은 사라졌을 터였다. 곧바로 완쾌되리라고 생각하지는 않았지만 가나미의 인격이 서서히 돌아올 법도 했다. 어째서 빙의가 풀리지 않고 있는 걸까?

"오늘은 댁에 계실 예정입니까?"

"오전 중이라면요."

"지금 그쪽으로 가죠."

"이소가이 씨가 오셔도 괜찮을까요? 빙의 인격을 자극하는 건 아닐지······."

슈헤이가 걱정스럽다는 듯 말했다.

"산부인과 의사로서 방문하지요."

"알겠습니다. 부탁드리겠습니다."

이소가이는 서둘러 식사를 마치고 집을 나섰다. 그러다가 갑자기 되돌아와서는 자기 방 벽장을 뒤졌다.

"뭐 찾고 있어?"

문턱에서 동생이 물었다.

"혈압계. 오늘부터는 산부인과 진료도 할 거니까."

그렇지만 혈압계는 보이지 않았다. 병원에 가지러 가야겠다고 생각하던 중 미호가 혈압계를 들고 왔다.

"자, 여기."

그것을 받아들던 이소가이가 대뜸 물었다.

"왜 이런 걸 갖고 있어?"

"이혼 때문에 안절부절못하는 내가 걱정돼서?"

"괜찮아, 넌 건강하니까."

이소가이는 동생의 머리를 쓰다듬고는 뛰쳐 나갔다.

고마고메에 위치한 맨션으로 향하면서 자신의 진료가 틀렸던 건 아닐까 하는 의심이 머릿속을 뒤덮었다. 나쓰키 가나미는 해리성 장애가 아니라 망상 장애였던 걸까? 하지만 그렇더라면 항불안제의 극적인 효과를 설명할 방도가 없어진다. 예상되는 건 단 하나, 나쓰키 가나미의 정신에 자신이 눈치 채지 못한 갈등 요소가 남아 있다는 점이었다.

나쓰키 부부 집에 도착해 슈헤이가 안내한 거실에는 빙의 상태에 빠진 가나미가 기다리고 있었다. 의기양양한 표정을 봤을 때 이소가이는 가나미의 원래 얼굴이 기억나지 않는다는 사실을 깨달았다.

"산부인과 의사로서 온 거야?"

나카무라 구미의 인격이 말했다.

"그래. 약속한 대로."

평정심을 가장한 채 이소가이가 혈압계를 꺼내 들었다. 임신 검사를 하면서 대화를 이어 나갈 수밖에 없었다.

가나미의 혈압은 정상이었다.

"체중도 좀 잴까 하는데."

여자는 나카무라 구미 명의의 모자 보건 수첩을 꺼냈다. 기재란에는 지난 3개월간의 체중 변화가 적혀 있었다.

이소가이는 감명을 받았다.

"제대로 관리하고 있는 듯하군."

"혈압도 좀 적어 줄래?"

빙의 인격이 지시했다.

수첩에 수치를 적어 넣으며 이소가이는 말했다.

"다음은 소변 검사. 매달 한 번씩 병원에 와 줄 수 있나?"

"싫어."

여자는 짧게 대답했다.

"왜지?"

"병원엔 나쁜 기억이 있으니까."

"어떤?"

"정기 검진을 받았는데도 내 병을 막지는 못했잖아."

나카무라 구미의 기억을 말하고 있는 듯했다. 상위태반조기박리증에 걸렸던 일을 또 걸고넘어지고 있었다.

"언제까지 들러붙어 있을 심산이지? 빨리 가나미 씨의 몸에서 나오는 게 어때?"

"누구한테 이래라 저래라 하는 거야?"

"문외한이 멋대로 진료를 거부해서 쓰나. 소변 안에 단백질이나 당 수치에 신경을 쓰지 않으면 임신 중독에 걸려도 모르는 일이야. 중절할 생각 따위 없다고."

"거짓말. 내가 병원에 가면 중절 수술을 할 사람들이 기다리고 있겠지."

"무슨 말을 하는 거야? 이제 와서 중절하면 낙태라는 범죄 행위라고. 더 이상 중절 걱정은 그만둬."

"그러니까 그게 거짓말이라는 거잖아."

여자는 눈을 치뜨고 의미심장하게 이소가이의 눈을 들여다봤다.

"중절은 22주 이후에도 할 수 있잖아?"

순간 이소가이는 냉정함을 잃을 뻔했다. 자신이 집도했던 여고생 중절 수술을 꿰뚫어 본 건 아닌가 싶었다. 꼬리를 무는 의심을 해서는 안 된다고 이소가이는 되뇐 후, 상대방이 방금 한 말의 본래 의도에 빙의가 풀리지 않는 이유가 숨겨져 있는 건 아닐까 짐작했다.

"낙태가 두려운 건가?"

여자는 비웃듯 말했다.

"의사 중에는 그걸로 돈을 버는 사람도 있지 않아?"

"안심해. 우리 병원은 그런 짓은 안 하니까."

"글쎄. 두 번 속지는 않아."

"두 번이라니 무슨 말이지? 전에도 속아 넘어간 적이 있었단 말인가?"

이소가이가 캐물었다.

여자는 희미한 웃음을 지을 뿐 아무 말도 하지 않았다.

하지만 이소가이는 직감했다. '그 남자'를 얘기하고 있는 건 아닐까? 가나미의 내면에 미처 알지 못하는 갈등이 숨겨져 있다면 분명 '그 남자'가 연루된 일일 터였다.

이소가이는 주차장 앞 정원에 자리를 잡고 앉았다. 슈헤이는 아내의 병세에 차도가 없어 낙담한 듯했다.

"아까 대화를 나누면서 눈치 챈 건데요, 나카무라 구미의 인격은 골탕 먹는 걸 경계하는 게 아닐까요. 적당히 이유를 둘러대 중절 수술을 강행하려는 건 아닐까 의심하는 것 같아요."

"그렇습니다. 시의심에 가득 차 있다고도 할 수 있겠군요. 쉽게 넘겨선 안 될 문제입니다."

"그렇다면요?"

"병원행을 거부하고 있으니 말이죠. 만약 가나미 씨가 신체적인 병에 걸린대도 빙의 인격이 치료를 거부할 가능성이 있습니다."

슈헤이가 눈을 감고 깊은 한숨을 내쉬었다. 산 넘어 산처럼 등장하는 어려운 문제에 꽤나 질린 듯했다.

"완치가 멀지 않았어요. 앞으로는 임신 중독증을 경계해야 합니다. 그것만이라도 막을 수 있으면 출산 때까지 위험은 크게 낮아질 겁니다."

"임신 중독은 대체 어떤 병이죠?"

"여러 증상을 통틀어 임신 중독이라고 부릅니다. 태반이나 태아라는 모체 입장에서의 이물질이 어떤 중독 물질을 내뿜고 있는 게 아닐지 생각됩니다만 원인은 밝혀지지 않은 상태입니다. 하지만 초기에 발견하면 걱정할 필요는 없습니다."

하지만 슈헤이는 어두운 표정으로 말을 받았다.

"조금 안 좋은 예감이 들어요."

"뭐죠?"

"나카무라 구미의 사인이 상위태반조기박리증이란 병이라고 하셨었어요?"

"그렇죠. 저희는 조기박리증이라고 부릅니다만."

"가나미가 똑같은 병에 걸릴 수도 있을까요?"

이소가이는 무심결에 슈헤이를 응시했다.

"나카무라 구미의 인격이 들러붙은 탓에 말입니까?"

슈헤이는 고개를 끄덕였다.

"그럴 일은 없습니다. 조기박리증이 절대로 일어나지 않는다고 단언할 수는 없겠지만 만약 그렇다 하더라도 우연의 일치일 뿐입니다."

"하지만 전에 나카무라 구미의 인격이 조기박리증 증상에 대해 자세히 설명하지 않았었나요?"

"그렇죠."

"가나미가 정신 장애를 앓고 있다면 병에 대해 어떻게 그렇게 자세하게 알았을까요? 마치 실제로 자신이 그 병에 걸리기라도 한 듯 말입니다."

"책이든 뭐든 보고 알아낸 게 아닐까요. 전에 「K·N의 비극」이라는 기사에도 나카무라 구미의 사인은 분명히 쓰여 있었죠. 가나미 씨가 그걸 보고 나카무라 구미의 마지막 순간을 추측했겠지요."

슈헤이는 수긍했지만 여전히 반신반의하는 표정이었다.

"원래 하던 얘기로 돌아가서, 빙의 인격이 의료에 대해 불신을 품게 된 데에는 특별한 이유가 있을 것 같더군요. 구체적으로 말하자면 전에 빙의 인격이 말했던 나카무라 구미의 상대 남자로 짐작됩니다."

"'그 남자' 말인가요?"

"그렇죠. 앞으로 빙의 인격이 상대방에 대해 말할지 어떨지 주의를 기울여 주세요. 거기에 빙의를 풀 만한 단서가 있을지도 모릅니다."

"알겠습니다."

슈헤이가 초췌한 얼굴로 대답했다.

5

이소가이가 돌아간 뒤 슈헤이는 집으로 돌아왔다. 빙의 상태인 아내는 침실에 틀어박혀 있는 듯했다. 아무도 없는 거실에 홀로 앉으며 슈헤이는 이소가이가 했던 말을 되짚어 봤다.

정말일까 하는 의심이 떨쳐지지 않았다. 정말로 가나미는 정신 장애를 앓고 있는 걸까? 한때 믿을 뻔했던 그 결론도 빙의가 풀리지 않자 다시 흔들리고 있었다.

뭔가 눈에 보이는 증거는 없을지 생각하며 슈헤이는 문득 고개를 들었다. 계획이 하나 떠올랐다. 침실을 살폈지만 아무런 소리도 들리지 않았다. 그 여자는 잠들어 있을지도 몰랐다. 지금이라면 상대방이 눈치 채지 못하게 장치를 설치할 수 있었다.

실내를 돌아본 슈헤이는 카메라를 감춰 둘 만한 곳을 찾았다. 텔레비전, 소파, 다이닝 세트, 부엌 칸막이로 쓰고 있는 카운터 테이블. 새삼 칙칙한 살림살이라고 느꼈다. 이사하자마자 가나미에게 문제가 생겨 가구를 사 넣을 틈조차 없었다.

슈헤이는 카운터 테이블 뒤로 돌아갔다. 머리 위 식기 선반에 유리문이 붙어 있었다. 밖에서 보면 유리 표면이 반사돼 선반 안이 제대로 보이지 않았다.

만족한 슈헤이는 발소리를 죽이고 작업실을 향했다. 평소에 잘 사용하지 않는 취재 도구 중 핸디사이즈 비디오카메라가 있었다. 예비 테이프를 넣고 리모컨 스위치가 제대로 작동하는지를 확인했다. 그러고는 거실로 돌아갔다.

조용히 식기 선반에 설치를 끝냈다. 만일을 위해 시험 촬영 후 앵글을 확인하니 줌 렌즈 광각 측에 찍힌 비디오 영상은 거실 거의 전부를 담고 있었다.

슈헤이는 소파로 돌아가 텔레비전을 켰다. 비디오카메라 리모컨 스위치는 언제라도 조작할 수 있게 오른손에 쥐었다. 제대로만 된다면 아내의 병이 정신 장애가 아닌 초자연적 현상이라는 증거를 포착할 수 있을지도 몰랐다. 찢어발겨진 드레스가 아무것도 없는 공간에 나타나는 기현상이 녹화되면 이소가이도 사령이 빙의했다고 인정하지 않을까?

슈헤이는 텔레비전에 시선을 고정하고 아내가 침실에서 나오길 기다렸다.

이소가이는 슈헤이의 상태가 신경 쓰였다. 그는 아내의 병이 영혼에 의한 빙의 현상이라고 믿기 시작했다. 현실 판단 능력 저하는 정신 장애의 징후였다. 슈헤이도 정신적인 피로가 쌓여 꽤나 곤경에 처해 있는 듯했다.

자기 방으로 돌아온 이소가이는 지금까지의 경과를 떠올리며 슈헤이의 사고가 오컬트 쪽으로 기우는 것도 무리는 아니라고 생각했다. 나쓰키 가나미의 진찰을 의뢰받았던 날 이소가이는 심인성 빙의 장애라면 오히려 다루기 쉬울 것이라고 생각했었다. 일반적으로 정신병적 망상 장애보다 치료가 간단하기 때문이었다. 하지만 이제 와서 보니 가나미의 증세를 너무 가볍게 보고 있었다고 반성할 수밖에 없었다. 그 맨션에서 자신을 기다리고 있던 것은 전례 없이 극도로 비정상적인 빙의 현상이었던 것이다.

창가에 둔 책상 앞에 앉아 여동생이 방을 청소하는 것도 개의치 않고 이소가이는 도서관에서 새로 빌려 온 관련 자료를 훑기 시작했다. 서구 신비주의에 관한 서적. 이 책은 제대로 된 학술서로 빙의 현상에 대한 그리스도 교회의 공식 견해가 기재돼 있었다. 서적에 따르면 마귀 퇴치 의식을 집행하기 전 정신과 의사의 소견을 받도록 지시돼 있어 종교 단체라고는 하지만 이성적으로 대처하고 있음을 알 수 있었다. 계속 읽어 나가자 진짜로 악마가 빙의했는지를 구분하는 징후로 빙의 상태에 빠진 사람이 '비밀스럽고 감춰져 있던 정보를 밝혀내는 것'이라고 적힌 문장이 보였다.

나쓰키 가나미가 보이는 기묘한 통찰력…….

이소가이의 마음에 걸리던 단 하나의 기묘한 현상이었다. 마치 투시 능력이나 정신 감응 능력이 있는 듯 도저히 알 수 없는 사건을 맞춰 내는 나쓰기 가나미의 언행.

악마나 사령의 빙의에 대한 구체적인 사례를 읽기 시작한 이소가이는 빙의당했다는 사람들이 그러한 초능력을 발휘하는 사례가 많다는 점을 깨달았다. 개중에는 물건이 절로 움직인다는 폴터가이스트 현상, 아마도 빙의당한 사람의 염동력으로 여겨지는 사례가 기재돼 있었다.

슈헤이가 말했던 초자연적 현상이 머릿속에 떠올랐다. 아무것도 걸려 있지 않던 문 입구에 돌연히 나타난 찢어발겨진 드레스.

실재할 수 있는 현상인가. 비합리적인 세계에 자신의 이성이 말려들지 않게 주의하면서 이소가이는 신중하게 고찰했다. 돌아보면 자신이 근무하고 있는 종합병원이라는 직장은 괴담의 보고이기도 하다. 지하 영안실까지 홀로 움직이는 엘리베이터, 심야에 들리는 발소리, 아무도 없는 병실에서 걸려 오는 너스콜. 의사들은 처지상 그런 괴담을 공공연히 얘기하지는 않았지만 간호사들의 입에는 꽤나 자주 심령 현상이 오르내렸다. 이소가이가 직접 경험한 사례로는 내과 병동의 액막이 행사가 한 건 있었다. 개인실에 입원한 환자들이 중년 남성 유령이 출현한다고 호소해 잇따라 다인실로 옮기는 괴현상이 있었다. 문제 해결에 나선 사무장과 간호부장은 고민 끝에 잔돈을 털어 기도사를 고용했다. 의식을 집행한 후에는 유령을 봤다고 호소하는 환자가 사라졌다는 후문이었다.

일면식도 없을 입원 환자들이 말을 맞춘 듯이 중년 남성 유령을 목격했다고 얘기하는 것도 이상하다면 이상한 일이었지만, 이변이 일어나기 직전에 그 병실에서 분명 중년 남성이 병사한 것으로 확인됐다.

이소가이는 문득 결심한 듯 방으로 가 책장에서 임사 체험 연구서를 꺼내들었다. 흘끗 보고는 방치해 뒀던 책이었다. 임사 체험이란 심정지 및 깊은 수면 등 생명이 위기 상황에 빠진 사람이 체험하는 의식의 변화 상태를 일컬었다. 빛으로 찬 터널이나 삼도천이 눈앞에 나타나거나 죽은 사람과 재회하는 일 등이 벌어지는 현상이었다. 이것은 뇌라는 장기가 만들어 낸 환각일까 아니면 영혼의 존재를 설명하는 증언일까? 임사 체험이란 소위 현대 과학과 초자연 현상의 힘겨루기 최전선에 해당하는 연구 영역이었다.

연구서를 통독한 이소가이는 과학자들의 노력에도 불구하고 이 현상에 여전히 불명확한 점이 많다는 인상을 받았다. 반대로 말하자면 영혼의 존재를 완전히 부정할 수 없다는 것이기도 했다. 이소가이가 특히 관심을 보인 부분은 순수하게 과학적인 객관성을 유지하면서 이뤄진 몇 건의 심령 실험 결과였다. 거기에는 빼놓지 않고 양쪽의 의견을 병기해 놨다고 할 수 있을 기괴한 증거가 나왔다. 관측자 해석에 따라 긍정이라고도 부정이라고도 받아들일 수 있는 애매한 실험 결과가 도출되고 있는 것이었다. 이 문제를 지적한 심리학자의 이름을 따 '윌리엄 제임스의 법칙'이라고도 부르는 모양이지만, 그렇게 되면 이소가이 자신이 안고 있는 문제에 대해서는 아무런 대처법도 나와 있지 않은 게 되었다.

나쓰키 가나미를 덮친 이변에 대해 사령의 빙의라는 객관적인 증거를 구하려고 해도 불가능했다.

침실 문이 열렸다. 빙의 상태의 가나미가 나온 듯했다.

슈헤이는 리모컨 스위치의 녹화 버튼을 눌러 식기 선반에 설치한 비디오카메라를 원격 조작했다. 오랫동안 기다린 탓에 해가 저물어 있었다. 슈헤이는 실내 조도가 걱정돼 리모컨을 뒷주머니에 숨기고 벽면 스위치를 켜러 갔다.

거실에 들어온 아내는 혈색을 잃은 나카무라 구미의 모습이었다. 부푼 복부를 넉넉한 원피스로 덮고 있었다. 빙의 인격은 평소처럼 슈헤이에겐 눈길도 주지 않고 부엌으로 향했다. 슈헤이는 비디오카메라를 눈치 채지는 않을지 불안해졌지만 여자의 시선은 식기 선반으로 향하지 않았다.

"저녁 식사 재료 안 사 뒀어."

슈헤이는 일부러 험악한 어조로 말했다.

"식사하고 싶으면 알아서 사러 가."

냉장고 앞에 선 여자가 돌아봤다. 냉담한 미소를 짓고 있었다. 슈헤이의 태도가 재미있는 듯했다.

"오늘 밤은 유난히 강하게 나오네."

"이젠 지긋지긋해. 연극은 슬슬 그만둬."

"연극이라니?"

"너는 나쓰키 가나미야. 나카무라 구미 따위가 아니란 말이야."

"증거라면 전에 보여 준 것 같은데."

바로 슈헤이가 원하던 반응이었다.

"어린애나 속아 넘을 그딴 속임수를 내가 믿기라도 할 거 같아? 정말로 사령이 씐 거라면 좀 더 제대로 된 증거를 보이지그래."

"어떤 거?"

여자가 슈헤이를 응시한 채 실눈을 떴다.

자신의 내면을 뒤지는 듯한 시선에 슈헤이는 움츠러들었다.

여자는 바보 취급을 하듯 웃더니 밖으로 나가려 했다.

"기다려."

슈헤이가 마음을 다잡고 여자의 등 뒤로 가 어깨를 잡고 뒤돌아세웠다. 여자의 얼굴은 점점 창백해지고 있었다.

"뭘 두려워하는 거지?"

여자가 조롱하듯이 말했다.

"그렇게 내가 무서워?"

"무서운 게 아냐. 넌 유령도 뭣도 아니야. 내 아내라고. 아니면……."

슈헤이는 용기를 내 상대방을 도발했다.

"나카무라 구미인가 하는 가련한 여자라고 주장하려고? 신사에서 그 누구의 보살핌도 받지 못한 채 죽은 불행한 임신부라고 계속 우길 거야? 눈물 한 방울조차 아까운 시시한 연기 따위 집어치워!"

여자의 얼굴에서 감정이 사라졌다. 어둑하게 그늘진 상대의 눈을 보며 마치 죽은 자의 얼굴 같다고 슈헤이는 생각했다. 그때 여자의 두 손이 고요히 뻗어 나오더니 슈헤이의 뺨을 덮었다.

"뭣하면 들러붙어 줄까?"

여자가 속삭였다.

"해 볼 테면 해 봐."

슈헤이가 작은 목소리로 응수했다.

곧바로 눈에 보이지 않는 충격을 받은 슈헤이의 시야가 일렁였다. 그때와 똑같았다. 몸 전체가 그때까지 취하고 있던 자세를 바꿔 상체가 반으로 접혔다. 등 뒤에 아무런 압박감도 느껴지지 않는데도 엄청난 기세로 앞으로 떠밀려진 슈헤이는 발을 디디지 않으면 넘어지기 직전이었다. 고개를 들자 눈앞에 있던 여자의 모습이 사라져 있었다. 여자는 2미터 정도 뒤쪽에 위치한 문 앞까지 순식간에 이동해 있었다.

분명히 벌어진 기괴한 현상에 슈헤이는 눈을 크게 떴다. 곧 여자 얼굴의 변화를 눈치 챘다. 머리가 흐트러지고 뺨에는 검붉은 멍이 올라와 있었다. 입가에는 실처럼 피가 흐르고 있었다. 그야말로 원령의 모습이었다. 피 말고도 여자의 얼굴을 적시고 있는 게 있었다. 눈물이었다. 방금 전까지 울기라도 한듯 여자의 눈시울은 붉었다.

초자연적인 힘을 발휘하면서 자신도 육체적인 데미지를 입은 걸까? 아니면…….

'두 번 속지는 않아.'

여자의 말이 뇌리를 스쳤다. 이소가이가 찾으려 했던 '그 남자'.

나카무라 구미가 생전 아이를 지우라는 둥 상대 남자로부터 폭력적으로 학대를 받았던 건 아닐까 하는 의심이 들었다. 여자 얼굴의 상처가 꽤나 심한 듯해 걱정이 됐다. 인격은 어쨌든 아기를 품고 있는 육체는 아내인 가나미였다.

"괜찮아?"

여자 쪽으로 발을 내디딘 순간 발바닥에 격렬한 통증이 느껴졌다. 신음 소리를 내며 뒤로 몸을 빼자 바닥 위에 유리 파편이 흩어져 있었다. 무슨 일이 있던 걸까? 어깨 너머로 시선을 떨군 슈헤이는 앗 하고 숨을 삼켰다. 텔레비전 위에 놓아뒀던 액자가 원래 모양을 찾기 힘들 정도로 부서져 있었다. 그뿐만이 아니었다. 바닥재에 꽂혀 있던 식칼이 슈헤이와 가나미의 사진을 관통해 있었다. 슈헤이는 피가 얼어붙는 걸 느끼며 가나미의 얼굴 부분에 꽂힌 칼을 바라봤다.

"이걸로 만족해?"

여자의 목소리가 울렸다. 슈헤이는 고개를 들었다. 나카무라 구미의 인격이 등을 돌리고 거실을 나갔다.

한동안 가만히 있었다. 그러고는 천천히 부엌으로 돌아갔다. 식기 선반에 설치해 둔 비디오카메라가 지금 벌어진 초자연적인 현상을 처음부터 끝까지 녹화했을 게 틀림없었다.

잠시 흥분을 가라앉히고 슈헤이는 카운터 테이블 뒤로 갔다. 비디오카메라는 여전히 녹화 중이었다. 슈헤이는 그 자리에서 테이프를 되감아 녹화 시작 부분부터 재생했다. 여자의 불가사의한 힘이 영상에도 영향을 미치지는 않았을지 걱정됐지만 모니터에 비친 영상에는 이상이 없었다. 어두운 거실에서 시작한 영상은 화면 속 슈헤이가 조명 스위치를 켜자마자 선명해졌다.

빙의 상태의 가나미가 거실로 들어왔다. 슈헤이는 마른침을 삼키며 모니터를 바라봤다. 이윽고 믿기 어려운 광경이 눈앞에 펼쳐졌다. 끝까지 다 본 슈헤이의 몸이 부들부들 떨리고 있었다.

원격 조작한 비디오카메라가 예상조차 하지 못했던 이상 현상을 촬영했던 것이다.

전화벨이 울렸다. 미호가 수화기를 집어 들었다. "오빠 바꿔 드릴게요."라는 대답을 듣고 이소가이는 식탁에서 일어섰다.

"슈헤이 씨야."

이소가이는 여동생이 내민 수화기를 받았다.

"네, 여보세요."

"슈헤이입니다. 부탁드릴 게 있어요."

어째서인지 상대의 말에는 억양이 느껴지지 않았다.

"뭐죠?"

"오늘 밤 선생님 댁에서 머물면 안 될까요?"

"왜 그러시죠?"

무심결에 되물어 버렸다. 병에 걸린 가나미를 혼자 내버려 두기라도 하려는 걸까?

슈헤이는 평탄한 어조로 말하다가 갑자기 소리를 쳤다.

"무서워서 어떻게 할 수가 없어요! 가나미한테 사령이 씐 게 분명하다고요!"

"진정하세요. 무슨 일입니까?"

혼란스러워하는 슈헤이는 지금 맨션을 나와 길에서 휴대전화로 전화로 걸고 있음을 전하고 나서는 겨우 비디오 촬영 전말에 대해 말하기 시작했다.

"그 비디오에 뭔가 찍혔습니까?"

"말로 설명하는 것보다 직접 보시는 게 빠를 거예요."

"알겠습니다. 어쨌든 이쪽으로 오십시오."

전화를 끊은 이소가이는 여동생에게 슈헤이가 온다는 사실을 전하고 서둘러 저녁상을 치웠다. 지하철 역 몇 개 정도 거리로 30분도 채 걸리지 않을 터였다.

그건 그렇고 비디오에 뭐가 찍혀 있던 걸까? 망령의 모습이라도 찍혀 있다는 걸까?

슈헤이는 택시를 탔는지 15분도 채 지나지 않아 도착했다. 낯빛이 창백하고 예전부터 파리했던 표정은 처참하게 변해 있었다. 옆에서 보면 무언가에 씌었다고 생각될 정도였다.

"저녁 식사는 하셨나요?"

미호가 배려하듯 물었지만 슈헤이는 구역질을 참는 표정으로 고개를 저었다.

"지금은 뭘 먹을 상태가 아녜요."

"그 비디오 좀 볼까요?"

슈헤이는 끄덕이고 이소가이의 집을 둘러봤다.

"안쪽 텔레비전을 쓰죠."

이소가이는 슈헤이가 비디오카메라를 연결하는 걸 도왔다.

준비가 끝나자 슈헤이는 죄송스럽다는 듯 말했다.

"괜찮다면 이소가이 씨만 보셨으면 하는데요."

"아, 네."

미호가 괘념치 않는다는 듯 대답하고 거실에서 나갔다.

"그럼 재생하죠."

슈헤이가 카메라의 스위치를 켰다.

이소가이는 몸을 앞으로 내빼고 화면을 주시했다.

나쓰키 부부의 거실이었다.

슈헤이가 불을 켜자 가나미가 들어왔다. 행동하는 맵시를 보아하니 빙의 인격인 듯했다. 이윽고 슈헤이가 일부러 빙의 인격을 도발하면서 "시시한 연기 따위 집어치워!"라고 소리쳤다. 그 말을 들은 여자의 표정이 변하더니 "뭣하면 들러붙어 줄까?"라고 속삭였다. "해 볼 테면 해 봐." 슈헤이가 응수했다.

"여기부터예요."

옆에서 텔레비전 화면을 보던 슈헤이가 작게 말했다.

겉보기엔 아무 일도 일어나지 않는 듯했다. 그렇지만 가나미 앞에 서 있던 슈헤이가 움직이기 시작하자 이소가이는 변화를 눈치챘다. 발길을 돌린 슈헤이의 얼굴에서 감정이 사라져 있었다. 완전히 근육이 이완돼 가면 같은 표정이었다. 슈헤이는 천천히 카메라가 설치된 부엌 쪽으로 다가왔다. 그 뒤로 망연자실한 가나미가 멀거니 서 있었다. 겁을 집어먹은 그 모습은 분명히 나쓰키 가나미로, 나카무라 구미가 아니었다.

부엌에 들어온 슈헤이가 순간 화면 밖으로 사라졌다. 다시 나타났을 때엔 오른손에 식칼을 들고 있었다.

"슈헤이?"

가냘픈 목소리로 가나미가 물었다.

"뭘 할 생각이야?"

슈헤이는 대답 대신 텔레비전 위에 놓여 있던 액자를 집어 들었다. 가나미가 달려들었다. 슈헤이가 돌아서는 동시에 가나미를 구타했다. 입가를 얻어맞은 가나미가 그 자리에 웅크려 앉았지만 슈헤이의 폭력은 멈추지 않았다. 기분 나쁠 정도로 표정 없이 가나미의 머리를 쥐어 잡고 고개를 억지로 들게 하더니 왼뺨을 때리기 시작했다.

"그만해!"

비통하게 소리친 가나미가 양손으로 아랫배를 감싸며 바닥에 쓰러졌다.

"아기가 있단 말이야!"

슈헤이는 발로 가나미의 몸을 밟더니 액자를 바닥에 던졌다. 프레임이 산산조각 났다. 그 잔해에서 사진을 꺼낸 슈헤이가 가나미의 얼굴을 표적으로 식칼을 꽂았다.

남편의 폭력을 못 견디겠는지 가나미가 울음을 터뜨렸다. 양손으로 아랫배를 감싸고 어린아이처럼 엉엉 울면서 방을 나서려 했다. 슈헤이가 몸을 일으키더니 그 뒤를 쫓으려 하다가 방 가운데서 갑자기 멈춰 섰다. 그다음 순간 돌아선 가나미의 얼굴에 나카무라 구미의 표정이 돌아왔다. 그러자 슈헤이는 달려가려던 자세에서 갑자기 상체를 세우고 멈춰 서더니 무슨 일이 있었는지 모르겠다는 표정으로 눈앞의 아내를 바라보고 있었다.

비디오 영상이 끊겼다. 재생을 멈춘 슈헤이가 양손에 얼굴을 파묻은 채 말했다.

"이런 일이 있었어요. 사령에 씐 동안 기억을 잃었죠. 그래서 주위 상황이 순식간에 변한 것처럼 느껴졌죠."

이소가이는 고개를 끄덕이고 한동안 아무것도 비춰지지 않는 비디오 화면을 바라봤다.

"이걸로 아시겠죠? 가나미의 몸에 들러붙어 있는 건 사령이라고요. 나카무라 구미의 영혼이 가나미한테서 떨어져 저한테 씌었던 거예요."

"그러게 생각하지는 않습니다."

이소가이의 말에 슈헤이는 의외라는 표정을 지었다.

"이건 빙의형 감응 정신병입니다."

"뭐라고요?"

"감응 정신병이라고요."

이소가이가 되풀이했다.

"정신 장애를 앓는 사람과 함께 사는 가족 등이 환자의 망상을 공유하는 겁니다."

슈헤이는 기가 찼다.

"터무니없는 말이라고 생각하시겠죠. 하지만 감응 정신병은 정신 의학에서 널리 인정하는 증상입니다."

"잠시만요. 가나미의 정신 장애가 저한테 전염됐다고 말씀하시는 건가요?"

"이렇게 볼 때 그렇게 생각합니다. 무슨 일이 일어난 건지 자세히 말하자면 슈헤이 씨 자신이 암시를 건 겁니다. 가나미 씨에서 들러붙어 있는 사령이 나에게도 들러붙은 게 아닌가 하고 말이죠."

"그렇지만 빙의된 사이에 기억은 전혀 없는걸요."

"건망증이라는 일종의 기억 상실이 발생한 거겠죠."

"그렇다면 어째서 제가 빙의된 사이에 가나미는 원래대로 돌아간 거죠? 요 몇 주 동안 가나미가 원래 인격으로 돌아온 적은 없었다고요."

하지만 이소가이는 동요하지 않았다.

"슈헤이 씨의 변화가 이번에는 가나미 씨에게 암시가 된 것 같습니다. 자신의 몸에서 나카무라 구미의 인격이 빠져나갔다고 말이죠."

"믿을 수가 없군."

슈헤이가 중얼거렸다.

"제가 그런 병에 걸렸다면 뇌 속에서 대체 무슨 일이 벌어지고 있는 거죠?"

"심인성 정신병이니 눈에 보이는 변화는 없었겠지요."

"그렇다면 그건 단순한 해석일 뿐이지 증거가 없는 게 아닌가요? 사령에 빙의됐다는 얘기와 똑같은 차원의 얘기이지 않습니까?"

"뭐, 그렇군요."

이소가이는 당장의 긴장을 누그러뜨리기 위해 부드럽게 말했다.

"정신 의학은 과학성을 유지하려는 탓에 이해할 수 없는 현상에 억지로 설명을 붙이려는 경향이 있기는 합니다. 현대 정신과 의사를 타임머신에 태워 예수 그리스도를 만나게 하면 눈앞의 청년이 망상 장애라고 진단하겠지요. 예수의 기적을 목도했다고 증언하는 사도들은 망상을 공유한 감응 정신병자가 되겠고요."

"그럼 그 의사가 직접 기적을 목격하면 어떻게 하실 건데요?"

"그때엔 자기 자신이 감응 정신병에 걸렸다고 주장하겠지요."

슈헤이는 말문이 막힌 듯 고개를 저었다.

"귀신 얘기보다 그쪽이 더 못 미더운 것 같군요."

"슈헤이 씨의 비판도 이해합니다. 프로이트 이후 신경증 이론에는 분명 증거가 없죠. 그렇지만 그게 많은 신경증 환자를 치료해 온 건 사실입니다. 백 번 양보해서 영혼의 존재를 전제로 한 다른 이론을 인정한다 하더라도 의사는 그 방법을 쓰지 않겠지요. 치료 확률이 다르니까요."

슈헤이는 적의가 느껴지는 억눌린 목소리로 말했다.

"어째서 가나미는 낫지 않는 거죠? 아무리 이소가이 씨가 진찰을 해도 증상은 나빠지고만 있잖습니까?"

이소가이는 반박하려고 드는 내면의 분노를 억눌렀다. 합리적인 해석을 거부하는 슈헤이의 마음 상태를 알 것 같았다. 잠시 동안 생각하더니 이소가이는 그걸 지적해 줬어야 했다는 생각이 들었다. 내버려 두면 슈헤이는 가나미를 기도사한테 데려갈 것만 같았다.

"슈헤이 씨는 강한 사람일 거라 믿고 확실히 말씀드리죠. 사령이 빙의한 것처럼 행동한 건 전부 슈헤이 씨의 마음 상태에 따른 겁니다. 드레스를 찢어발긴 것도 가나미 씨의 사진에 식칼을 박아 넣은 것도 말입니다."

슈헤이가 발끈했다. 해석 저항에 기인한 부정적인 감정의 표출이라고 이소가이는 생각했다.

"폭력을 휘두른 것도 제 의지라고 말씀하시려는 건가요?"

"무의식의 의지죠. 아시겠습니까? 사람은 다른 사람에게 애정을 느끼면 동시에 정반대의 감정도 품게 됩니다. 좋아하지도 않는 사람한테 질투를 느끼지는 않겠죠. 슈헤이 씨는 가나미 씨가 낫도록 최대한 노력을 기울여 왔습니다. 하지만 상대방은 공격적인 태도를 멈추려 하지 않았죠. 그런 불만이 슈헤이 씨의 내면에 축적돼 온 겁니다."

망연자실한 슈헤이는 아무 말도 하지 않았다.

"특히 슈헤이 씨 부부는 말싸움조차 하지 않았던 사이가 좋은 부부였죠. 서로에게 발산할 방법이 없는 채 요번 같은 사태가 발생한 겁니다. 게다가 한 가지 더, 상황이 지나치게 특수한 탓에 암시에 걸리기 쉬운 환경이 만들어진 거죠."

"나카무라 구미가 사망했다는 사실 같은 거 말인가요?"

"그렇습니다."

슈헤이의 상황 판단력이 돌아오자 이소가이는 용기를 얻어 말했다.

"슈헤이 씨의 감응 정신병은 센다이에 갔을 때부터 이미 시작된 게 아닐까요?"

"네?"

의외라는 듯 슈헤이가 고개를 들었다.

"밤에 신사에서 들으셨다던 고양이 울음소리 말입니다. 고양이는 새끼를 낳을 때 발정기처럼 울지 않습니다."

슈헤이가 흠칫 놀라 이소가이를 쳐다봤다.

"그렇다면 제가 들었던 아기 울음소리는 뭐죠?"

"암시로 인한 환청은 아녔을까요?"

"말도 안 돼…… 분명 들었단 말입니다."

슈헤이의 짜증은 공포로 변한 듯했다. 그는 시선을 이리저리 옮기면서 생각하더니 입을 뗐다.

"증거가 있을지도 몰라요."

"무슨 증거죠?"

"신사에 갔을 때 테이프리코더로 녹음하고 있었어요. 기계는 분명 아기 울음소리에 반응했었어요."

"도쿄로 돌아와 다시 들어 보신 적 있습니까?"

"아뇨. 완전히 고양이 울음소리라고 생각했거든요."

"그 테이프엔 아마도 아무 소리도 녹음돼 있지 않을 겁니다."

"확인해 볼게요."

슈헤이는 강경한 어조로 말했다. 초자연 현상을 맹신하는 게 아니라 불가사의한 현상을 간파하고 싶다는 이성적인 태도로 보였다. 이걸로 그의 의심이 불식되리라 생각하고 이소가이는 고개를 끄덕였다.

슈헤이는 비디오카메라를 정리하더니 적당히 인사하고 이소가이의 집을 나섰다.

현관에서 배웅한 뒤 이소가이는 실망감을 감출 수가 없었다. 정신과 의사로서도 방금 본 비디오 영상은 충분히 충격적이었다. 자아를 잃은 표정으로 임신한 아내를 때려눕히는 남편. 사진 속에서 미소 짓는 가나미의 얼굴에 식칼을 꽂아 내린 슈헤이.

진주색 파티 드레스는 아내의 보물이라고 했었다. 그걸 찢어 버렸을 때 역시 슈헤이는 무표정이었을 게 분명했다.

지금 나쓰키 슈헤이는 아내를 향한 양가적인 감정 사이에서 동요하고 있었다. 애정과 증오, 자비와 무자비의 틈바귀에서.

모든 게 끝났을 무렵에는 나쓰키 부부가 헤어질지도 모르겠다는 생각이 들었다.

슈헤이는 집으로 돌아왔다. 빙의 인격은 벌써 잠든 듯 실내 조명이 전부 꺼져 있었다. 슈헤이는 작업실로 뛰어 들어가 취재 테이프가 보관돼 있는 선반에서 '센다이 고야스 신사'라는 타이틀이 붙은 카세트를 꺼냈다. 그 순간 천장 형광등이 켜져 있는데도 불구하고 갑자기 어둠에 휩싸인 것 같은 감각이 엄습했다. 슈헤이는 불안해져 스탠드도 켰다.

기계에 카세트를 넣고 녹음이 끝난 채로 있던 테이프를 되감았다. 달칵 하는 작은 소리가 들리고 녹음을 시작한 부분에서 테이프가 멈췄다.

슈헤이는 재생 버튼을 눌렀다. 아기 울음소리라도 녹음돼 있으면 이소가이도 믿어 줄 터였다. 하지만 귀를 기울인 순간 상상도 못했던 소리가 들려왔다. 원래 녹음돼 있어야 할 자신의 발걸음 소리와 옷깃 스치는 소리, 그리고 분명히 들려왔던 어린아이의 울음소리는 들리지 않았다. 배경음도 없는 불길한 정적 속에 고통스럽게 신음하는 여자의 목소리만이 녹음돼 있었다.

사고가 마비됐다. 테이프를 멈추지도 못하고 실내에 울려 퍼지는 고통에 찬 소리를 듣고 있던 중 슈헤이는 목소리의 정체를 파악했다. 이것은 나카무라 구미의 단말마였다. 태반이 벗겨질 때의 비명 소리였다. 밤의 신사에 충만해 있던 이 세상의 것이 아닌 목소리를 기계가 잡아내고 있던 것이다.

슈헤이는 테이프를 멈췄다. 이소가이에게 들려줘야겠다고 생각했다. 그런데 그때 여자의 신음 소리가 다시 들려와 깜짝 놀란 슈헤이는 테이프리코더를 봤다.

기계는 멈춰 있었다. 그런데도 여자의 목소리가 좁은 실내에 울려 퍼지고 있었다. 소리가 나는 곳을 찾던 슈헤이는 곧 방 밖으로 뛰쳐나가 복도를 달려 옆 침실로 달려 들어갔다. 벽을 더듬어 불을 켜자 침대 위에서 아내가 아랫배를 누르며 헐떡이고 있었다.

그 목소리는 테이프에 녹음된 소리와 똑같았다.

슈헤이는 그 자리에 얼어붙은 채 단말마의 비명을 지르는 아내의 모습을 지켜봤다.

5장
유지遺志

 이 한 달 동안 슈헤이는 이소가이와 몇 번이나 말다툼을 했는지 몰랐다.
 그날 밤 가나미의 몸에 변화가 있음을 감지한 이소가이는 곧장 여동생 미호를 데리고 나쓰키 부부네 집으로 달려왔다. 하지만 진찰 결과 아내의 몸은 임신 중독증을 의심할 만한 소견이 발견되지 않았다. 조기박리증 증상인 하복부 출혈도 없었다. 이소가이는 보다 자세한 검사를 위해 의료 보호 입원 수속을 밟겠다고 말했다. 수속을 밟으면 환자의 동의 없이도 의사와 가족의 판단에 따라 입원이 가능하다는 듯했다.
 "상위태반조기박리증은 임신 중독과 합병증을 일으키지 않는 경우도 있습니다. 방심할 수 없어요."
 이소가이가 긴장한 목소리로 말했다.
 귀기가 감도는 이소가이의 표정에 슈헤이는 그 역시 본심이라고 새삼 느꼈다. 진심으로 가나미의 치료에 임하고 있는 것이다. 하지만 슈헤이는 입원을 반대했다. 빙의 인격이 병원행을 거부하고 있어서다. 중절 수술을 하기 위해 입원을 시킨다고 오해라도 하면 더욱 위험한 상황을 초래할게 불 보듯 뻔했다.

결국 슈헤이는 상태를 지켜보겠다는 의견을 강경하게 고집했다. 출혈이 보이면 곧장 입원시키겠다는 조건만은 수락했다. 만약 출혈이 일어나면 모자의 생명이 위험에 처할 게 확실해서였다.

결과적으로 가나미의 몸에는 아무 일도 벌어지지 않았다. 이튿날도 그 이튿날도 마찬가지였다. 하지만 간호 중인 미호는 빙의 상태인 가나미가 하복부 통증을 견뎌 내고 있는 건 아닐지 얘기했다. 주위 사람들이 눈치 채지 못하게 입을 꾹 다물고 있는 게 아니냐고 말이다.

이소가이는 재차 입원을 권고하기 시작했고 슈헤이는 끈질기게 반대했다. 가나미를 어떻게 대해야 할지 이성과 비이성 사이에서 헤매고 있었다. 센다이의 신사에서 녹음한 불길한 목소리. 하지만 이소가이는 빙의 인격의 속임수라고 단정했다. 슈헤이의 작업실에 있던 테이프를 꺼내 그 위에 자신의 목소리를 덮어씌운 것이라고 추정했다. 신사 안에서 문제의 목소리를 녹음했더라면 배경에 아무 소리도 나지 않을 리가 있냐는 게 그 근거였다.

이 말에는 슈헤이도 반박할 수 없었다. 모든 게 증거가 부족한 탓에 아내의 빙의 현상의 정체는 또 다시 공중에 붕 뜬 셈이었다. 심령 현상이라면 기도사를 부를 수 있었다. 하지만 정신 장애라면 제령 의식이 병을 악화시킬 터였다. 슈헤이는 완전히 진퇴양난에 빠졌다고 느꼈다. 어느 쪽이든 빙의 상태를 풀지 않는 이상 원인 불명의 복통을 검사해 치료하는 일은 꿈도 꿀 수 없었다.

슈헤이는 전보다 배로 일에 집중하게 됐다. 도피 행각임을 자신도 잘 알고 있었다. 데이터 원고 취재에 나설 때, 일에 지쳐 집에 돌아올 때, 노트북을 가지고 원고를 작성할 때마다 슈헤이는 계속 죄책감에 시달렸다. 달리 해야 하는 일이 있는 건 아닐까? 가나미와 배 속의 아기를 구하기 위해 나는 온 힘을 다하고 있는 걸까?

그 의문의 끝에는 이소가이가 지적했듯 양가적인 감정이 기다리고 있는 듯했다. 자신은 가나미를 사랑하고 있었다. 확신을 갖고 말할 수 있었다. 그렇다면 지금은 어떤가. 자신은 지금도 가나미를 사랑하고 있는 걸까? 사랑하고는 있다고 생각했다. 하지만 그 대답이 내면에서 손쉽게 뒤집혀 버리는 탓에 오히려 의문이 생겼다. 경박한 사랑일지도 모른다고 생각했다. 남자가 여자를 설득할 때 입에 올리는, 단물만 빼 먹는 사랑은 아닌가.

가나미의 정신이 이 빙의 인격을 만들어 냈다면 가나미의 마음에도 남편을 거스르는 양가적인 감정이 싹트고 있을 것이라는 사실이 슈헤이의 마음을 더욱 어둡게 만들었다. 나카무라 구미의 입을 빌려 슈헤이에게 쏘아붙였던 일련의 증오, 그리고 경멸. 남자로서 그리고 여자로서 두 사람이 쌓아 올렸던 안식은 지금 완전히 와해된 듯했다.

생전 나카무라 구미 역시 마찬가지였으리라 생각했다. 연인과 둘이서 꿈꿔 온 행복은 아이를 잉태함과 동시에 허망하게 붕괴했을 터였다. 두 사람이 너무도 젊고 혼인 신고서를 제출하지 않았다는 오직 그 이유 때문에 말이다.

슈헤이는 자신들에겐 아직 시간이 있다고 생각했다. 가나미는 아직 뱃속의 아기와 함께 살아 있었다. 이대로 아무것도 하지 않고 파멸을 기다리는 건 패배자나 하는 짓이 아닐까?

이소가이가 신경 쓰던 '그 남자'. 나카무라 구미에게 중절을 강요하고는 떠나 버린 연인. 빙의 현상이 풀리지 않는 이면에는 그 남자의 존재가 연루된 게 틀림없다고 이소가이는 말했었다. 어쩌면 그 남자는 나카무라 구미에 대해 자신들이 모르는 사실을 쥐고 있을지도 몰랐다.

슈헤이는 작업실에 틀어박혀 전에 입수한 스크랩북 기사와 자신의 취재 메모를 다시 살펴봤다. 어느 쪽에도 그 남자로 이어지는 단서가 없었다. 하지만 나카무라 구미의 소식을 좇았을 때와 같은 방법으로 이 남자의 소재를 파악할 수 있지는 않을까?

나카무라 구미와 남자가 만난 대학 이름을 확인하기 위해 스크랩 기사를 뒤지던 슈헤이는 불온한 날짜를 발견했다.

11월 9일.

나카무라 구미의 기일이 3주 뒤로 다가와 있었다.

이소가이는 아침 일찍 정신과 의국에서 의국장이 나타나길 기다렸다. 휴가 연장을 신청할 생각이었다. 아마도 최종 결정권을 쥐고 있는 정신과 교수라면 반년 정도까지는 휴가를 인가해 줄 것이라는 계산이 깔려 있었다. 앞으로 3개월. 그때 즈음이면 가나미의 산달 근처였다. 무사히 출산할 때까지는 가나미를 치료하는 데 온 정신을 쏟고 싶었다.

가나미의 정확한 임신 주수를 확인하려고 수첩을 펼친 이소가이는 달력을 보면서 기묘한 점을 눈치 챘다. 현재 나쓰키 가나미는 임신 26주 차였다. 한편 나카무라 구미는 임신 29주 차에 사망했다. 사망일은 분명 11월 9일이었을 터였다. 지금으로부터 3주 후였다.

이상한 우연의 일치였다. 나쓰키 가나미 역시 임신 29주가 되는 날이 11월 9일이라니. 다시 말해 나쓰키 가나미와 나카무라 구미 두 사람이 몇 년 간격을 두고 거의 비슷한 날에 수태했다는 것이다.

있을 수 있는 일일까? 융이 지적한 공시성. 무언가 계획된 듯한 우연의 일치.

이소가이는 갑자기 불안해졌다. 아내에게도 조기박리증 증세가 나타나는 건 아닐지 불안해하던 슈헤이의 모습이 떠올랐다. 현재 진행형인 가나미의 원인 불명의 복통이 조기박리증을 예견하는 에피소드는 아닐까?

인기척에 고개를 들자 의국장이 막 들어온 참이었다. 이소가이는 일어서서 인사를 했다.

"그래서, 좀 어떤가?"

자리를 잡고 앉은 의국장이 물었다.

이소가이는 휴직 연장의 뜻을 밝혔다. 의도하지 않았는데도 진중한 어투가 나왔다. 잠잠히 듣고 있던 의국장은 이소가이의 예상과 똑같은 답을 내놨다.

"교수와도 얘기했네만 최장 반년까지니까 그 기간을 넘게 되면 퇴직 얘기도 나올 수 있네."

"알겠습니다."

의국을 나선 이소가이는 집중치료실로 향했다. 복직을 가로막고 있는 또 다른 임신부의 병문안을 위해서였다. 이소가이는 복도에서 통유리 너머로 도다 마이코를 바라봤다. 태내에 생명을 품은 채 식물인간 상태로 잠에 빠져들어 있었다.

그 모습을 지켜보던 중 주체할 수 없는 무력감이 마음속으로 밀려들었다. 병원에서 죽으려고 했던 마이코의 마음이 지금은 손에 만져질 것처럼 뚜렷이 느껴졌다. 그때 마이코는 마지막 희망을 걸고 이소가이에게 진찰을 받았던 것이다. 곧장 시어머니와의 말다툼을 중재하거나 입원 처치를 했더라면 마이코는 지옥 같은 나날로부터 벗어날 수 있었을 터였다. 하지만 이소가이는 아무 행동도 취하지 않았다. 그리고 마이코는 죽음을 택했다.

나쓰키 가나미의 진료를 맡아서는 안 됐던 걸까 하는 의문이 갑자기 고개를 들었다. 자신은 부적격자였다. 정신과 의사로서의 자신감이 결여된 상태로 그 빙의 현상에 덤벼드는 게 아니었다. 게다가 가나미의 치료에 진척이 없는 게 이소가이 자신의 정신적 메커니즘이 영향을 미친 게 아닐지 생각됐다. 나카이 산부인과 의원에서 여고생에게 실시했던 분만 유도법. 호흡 반사 운동을 반복하면서 죽어 가던 아기. 가나미의 인공 임신 중절을 어떻게든 피하려고 든 탓에 오히려 빙의 장애에 적절하게 대처하지 못한 건 아닐까?

그 피해는 이제 남편에게까지 영향을 미치고 있었다. 슈헤이의 감응 정신병. 아무래도 치료 초기 단계에서 이소가이는 잘못된 조언을 해 버린 것 같았다. 슈헤이에게는 어디까지나 가나미를 아내로서 대하게 했어야 했다. 나카무라 구미의 인격으로 대하게 하면서 슈헤이의 마음에도 망상이 끼어들 여지가 만들어져 버렸다. 원래대로라면 망상의 원인을 제공한 가나미와 망상을 이어받은 슈헤이를 따로따로 생활하게 했더라면 간단히 치료할 수 있었다. 하지만 슈헤이가 그 제안을 승낙하리라고는 생각하지 않았다. 나쓰키 부부가 동거하고 있는 이상 남편의 빙의 역시 재발할 수 있었다.

하지만 이 대목에서 이소가이는 또 다시 갈등에 직면했다. 조기에 빙의 장애 치료에 성공했더라면 나쓰키 부부의 아기는 중절 수술을 받았을 게 뻔했다. 자신은 의사로서 어떤 선택을 했어야 하는 걸까?

시야에 움직이는 게 보인 이소가이는 무의식적으로 고개를 들었다. 통유리 너머로 힘없이 누워있는 도다 마이코의 모습이 보였다. 머리맡에 표시된 바이탈 사인을 봤지만 심전도 모니터에도 펄스옥시미터에도 이상은 없었다. 심박수를 나타내는 발신음도 안정적이었다.

이소가이는 스스로 지쳐 있다고 느꼈다. 발걸음을 돌리려 한 순간 시야 끝에서 또 다시 무언가가 움직였다. 이소가이는 돌아서서 멍하게 모포 아래서 움직이는 도다 마이코의 발끝을 바라봤다. 한참 후 그게 의미하는 바를 깨달았다. 온몸에 충격이 퍼져 무심결에 소리를 질렀다. 도다 마이코의 발이 움직임을 멈췄다. 이소가이는 숨을 죽이고 다음 행동을 기다렸다. 어깨가 움직였다. 그에 따라 도다 마이코의 목 근육이 잠꼬대를 하듯 복도 쪽을 향했다.

이소가이는 눈을 크게 뜨고 허둥지둥 병실로 뛰어 들어갔다.

"도다 씨! 도다 씨!"

이름을 부르며 너스콜 스위치를 눌렀다. 어깨를 흔들린 도다 마이코는 힘이 빠진 양 뺨을 떨고만 있었지만 이윽고 눈꺼풀이 불수의 경련을 시작했다. 그때 간호사가 뛰어 들어왔다. 환자의 변화를 눈치 챈 듯 핫 하고 숨을 삼키는 소리가 들렸다.

"도다 씨? 들립니까?"

이소가이의 부름에 마이코가 눈을 떴다. 틀림없이 각성한 것이다. 의식 레벨이 어느 정도인지 가늠할 수 없었지만 이소가이는 꼭 전해야 하는 말을 내뱉었다.

"정신 차리세요. 배 속에 아기가 있다고요!"

마이코의 입술이 무게를 못 견디겠는지 축 벌어졌다. 후유증이 걱정돼 가슴이 터질 듯했지만 이소가이는 마이코의 손을 잡았다.

"아시겠어요? 도다 씨, 임신하셨다고요. 아기가 생겼다고요!"

그 말이 전해졌는지도 몰랐다. 초점을 잃고 있던 마이코의 눈동자가 점점 촉촉해지더니 곧 눈물이 떨어졌다.

이소가이는 소리를 지르고 싶어졌다. 불임 치료를 하던 히로카와 쇼코에게도 전해야겠다고 생각했다.

"선생님을 불러 올게요."

이 말을 남기고 간호사가 달려 나갔다.

이소가이는 눈앞에서 벌어진 일이 환상은 아닐지 확인하려고 몇 번이나 눈을 깜빡였다. 식물인간 상태에 빠진 환자가 의식을 되찾다니, 평소엔 있을 수 없는 일이었다. 일시적인 흥분을 가라앉히고 의사로서 원인을 찾던 이소가이는 한 해외 사례를 떠올렸다. 식물인간 상태에 빠진 임신부에게 일어난 기적. 의식을 잃었던 그 여성은 제왕절개를 통해 출산한 직후 아기를 품에 안겨 주자마자 깊은 혼수상태에서 깨어났다.

이소가이는 마이코의 하복부로 시선을 향했다. 자궁 안에서 성장하고 있는 태아가 어머니를 깊은 잠에서 깨운 걸까? 아기의 자그마한 손이 어머니의 몸을 안쪽에서 노크한 걸까?

간호사와 함께 당직 의사가 들어왔다. 그는 환자를 보고 깜짝 놀라 물었다.

"여기가 어딘지 아시겠어요?"

마이코의 입술이 희미하게 움직였지만 소리는 나지 않았다. 이소가이는 주치의에게 자리를 양보하려 침대 곁을 떠나려 했지만 마이코가 잡은 손을 놓으려 들지 않았다.

주치의가 재차 물었다.

"이름을 말씀해 보시겠어요?"

목소리는 나오지 않았지만 마이코는 이소가이의 손을 더욱 세게 잡았다. 그녀가 질문에 반응을 보이고 있어 이소가이의 마음이 들떴다. 정신을 못 차리고 있지만 의식 장애 수준은 낮은 듯했다.

주치의는 이소가이를 가리키며 계속해 물었다.

"이 사람이 누군지 아시겠어요?"

마이코의 머리가 미약하게 끄덕였다. 수긍한 걸까? 마이코의 입술이 '선생님' 하고 움직인 듯이 보였다.

주치의가 고개를 들어 이소가이를 향해 희미한 미소를 지었다.

"선생님의 바람이 이뤄진 모양이군요."

다행이라는 말밖에 떠오르지 않았다. 이소가이는 얼굴 근육을 이완시켰지만 우는 얼굴처럼 보일지도 모르겠다고 생각했다.

"경과를 지켜봅시다. 이걸로 가망이 생겼군요."

주치의가 말했다.

그때 날카로운 발신음이 울렸다. 마이코의 바이탈 사인에 변화가 일어난 건지 이소가이는 흠칫했다. 하지만 펄스옥시미터가 아니라 자신의 호출기가 울리고 있었다.

"실례하겠습니다."

벨을 멈춘 이소가이는 다시 마이코의 손을 자신의 손으로 감싸 쥐었다.

"또 올게요."

마이코의 눈꺼풀이 깜빡였다.

이소가이는 집중치료실을 나서 포켓 벨을 확인했다. 슈헤이의 연락이었다.

공중전화를 향해 걸어가면서 이제 나쓰키 가나미 차례라고 생각했다. 이소가이는 마침내 가나미를 치유할 마지막 수단을 발견한 것이다.

2

나쓰키 부부네 집에 도착한 이소가이는 슈헤이와 얘기를 나누기 전에 가나미의 상태를 살폈다. 빙의 상태인 가나미는 침실에 누워 있었다. 왼뺨에는 남편에게 얻어맞았을 때 생긴 멍이 아직도 남아 있었다. 공격성이 겉으로 드러나지 않아 그 모습은 마치 다른 사람의 동정을 살 만한 불쌍한 임신부로 보였다.

"아랫배 통증은 좀 어떤가?"

이소가이가 묻자 상대는 고개를 저었다.

"태동은 매일 있나?"

빙의 인격은 고개를 끄덕였다.

혈압엔 이상이 없었고 발목 부종도 보이지 않았다. 검진을 끝낸 이소가이가 말했다.

"잘 들어 줘. 나는 당신과 당신의 아기를 무슨 수를 써서라도 돕고 싶어. 억지로 나를 믿으라고는 하지 않겠어. 앞으로 조금이라도 몸에 이상이 있으면 바로 구급차를 불러. 어디라도 좋으니 산부인과가 있는 의료 시설로 바로 달려가는 거야. 알겠지?"

하지만 상대방은 대답하지 않았다.

"출혈이 생기면 당신과 아기 모두 죽을지도 모른다고."

그때에만 빙의 인격은 슬픈 듯 입술을 깨물고 끄덕였다.

침실을 나선 이소가이는 슈헤이와 함께 맨션 바깥에 있는 정원으로 향했다. 여기서 만나는 것도 오늘로 벌써 몇 번째일까 생각하며 이소가이는 의자에 앉았다.

슈헤이가 단도직입적으로 말했다.

"부른 용건 말인데요. 나카무라 구미의 인격이 말하던 '그 남자'에 관한 겁니다."

"생전의 연인 말입니까?"

"네. 만약 그 남자를 발견한다면 가나미를 치료하는 데 도움이 되나요?"

"아마도요."

슈헤이의 제안은 지금 자신이 생각하고 있는 치료 방침과 맞아떨어졌다.

"둘 사이에 무슨 일이 있었는지, 우리들이 모르는 사실 때문에 빙의가 풀리지 않는 걸지도 모릅니다."

"알겠습니다. 한번 해 보죠."

슈헤이의 자발적 태도에 이소가이는 호감을 느꼈다.

"그날 이후 슈헤이 씨는 좀 어떠십니까?"

"빙의당하는 일은 없어졌어요."

꽤나 고통스러운 듯 웃으며 슈헤이가 대답했다.

"그날 이후로 나카무라 구미를 도발하는 행동은 안 하고 있으니까요."

"아직도 영혼이 빙의됐다는 의심은 걷히지 않은 겁니까?"

슈헤이는 대답을 주저하듯 이소가이를 흘끗 봤다.

이소가이는 몸을 앞으로 내밀고 낮은 목소리로 말했다.

"오늘은 저도 말씀드릴 게 있어 왔습니다. 가나미 씨를 치료할 마지막 치료법을 발견한 것 같습니다."

"네? 어떻게죠?"

슈헤이가 순간적으로 반문했다.

"무사히 출산을 하면 됩니다."

어안이 벙벙한 슈헤이에게 이소가이가 덧붙였다.

"유일한 치료법은 가나미 씨가 건강한 아기를 낳게 하는 겁니다. 아시겠습니까? 빙의 인격은 가나미 씨의 아기를 지키기 위해 들러 붙었다고 말했죠. 가나미 씨 역시 중절 수술에 거세게 저항했습니다. 아기를 낳기만 하면 양쪽의 문제가 풀리게 됩니다. 빙의가 계속될 이유가 없어지는 거죠."

슈헤이는 아연한 표정으로 설명을 듣고 있었다. 그러더니 곧 걱정스러운 표정을 짓고 16층 창문을 올려다봤다.

"남은 문제는 그 복통이군요."

"그렇죠. 사산하게 되면 희망도 사라지게 되죠. 게다가……."

이소가이의 말허리를 자르고 슈헤이가 툭 내뱉었다.

"나카무라 구미의 기일."

"알고 계셨습니까?"

"네. 왠지 걱정이 되는군요. 3주 후에 가나미에게도 같은 일이 벌어지지는 않을지."

"그 날짜가 가나미 씨의 마음에 어떤 식으로든 영향을 미칠 거라는 각오는 해 두시는 게 좋을 겁니다. 가능하다면 사전에 입원시킬 수 있으면 합니다."

"만일을 위해서 말인가요?"

"그렇죠. 임신부의 정신 상태가 몸 상태에 영향을 미치는 경우도 있으니 말이죠."

슈헤이는 험한 표정을 짓고 물었다.

"만약 가나미에게 조기박리증 증상이 나타나면 의사들은 어떻게 대처하죠?"

"내버려 두면 생명에 위협이 되니 곧장 제왕절개를 통해 아기를 꺼냅니다. 그 뒤에 모체의 후유증을 수습하죠."

"아기는 어떻게 되죠? 아기가 죽거나 하지는 않나요?"

절박한 슈헤이의 말투에 이소가이는 고개를 들었다. 무사히 출산하는 게 아내의 정신 장애를 치유한다면 아기의 생명을 신경 쓰는 건 당연한 처사였다. 하지만 그 전에 슈헤이의 태도엔 절박한 불안감이 느껴졌다. 혹여 슈헤이의 마음에 아버지라는 자각이 생겨난 게 아닐까?

"아기의 안위는 확률 문제입니다. 지금이 임신 7개월 후반이니 집중치료를 한다면 생존 가능성이 있지요. 신생아 의료 설비가 갖춰진 병원에서 태어난다면 목숨을 건질 가능성은 충분합니다."

"하지만 그렇지 못한 경우도 있겠죠?"

이소가이는 씁쓸하게 말했다.

"생명을 건질 확률이 100퍼센트라고 할 수는 없죠. 하지만 조기 박리증을 내버려 두면 엄마와 아기 모두 죽게 됩니다."

그런데도 슈헤이는 생각에 잠겼다. 가나미의 입원을 망설이는 이유를 이소가이는 알고 있었다. 아직도 슈헤이는 아내의 이변이 사령의 빙의라는 생각을 떨쳐내지 못하고 있는 것이다.

이소가이의 머릿속에도 새삼 의문이 떠올랐다. 빙의 인격은 왜 그렇게 완강하게 입원을 거부하는 걸까? 중절가능한 시기는 이미 한참 전에 지났는데 말이다.

"지금은 어쨌든 그「K · N의 비극」을 되풀이하지 않는 게 최우선이라고 생각합니다."

슈헤이는 어두운 표정으로 끄덕이고는 말했다.

"한 가지 제안이 있는데요."

"뭐죠?"

"나카무라 구미의 기일까지는 아직 3주 정도 남아 있잖아요. 그때까지 저는 어떻게든 상대 남자를 찾아내도록 하겠습니다. 그 결과로 가나미의 빙의가 풀리면 아무런 문제도 없어지는 거죠?"

"3주 동안 기다려 달라는 건가요?"

"네. 빙의 상태인 채로 의료 보건 입원을 강행하게 되면 무슨 일이 벌어질지 알 수 없죠. 그때까지 가나미의 몸 상태에는 충분히 주의를 기울일게요."

이소가이도 이 방법밖에 없다고 생각했다.

"좋습니다. 필요하다면 여동생을 보내도록 하죠. 주저 말고 말해주세요."

"감사합니다."

슈헤이가 또렷한 어투로 대답했다.

여기까지 온 이상 슈헤이는 후회만큼은 하고 싶지 않다고 생각했다. 반년 전 피임구를 하지 않은 채 가나미와 살을 섞었던 하룻밤이 머나먼 과거의 일처럼 느껴졌다. 그날 밤이 바로 진자의 중심이었다. 작은 파동이 끝으로 전해질수록 부들부들 떨릴 정도의 진폭을 발생시키는 긴 진자. 원인이 너무나도 경박해 이대로 비극적인 결말을 맞이하게 되면 두 번 다시 일어서지 못할 것만 같았다.

이제 슈헤이는 스스럼없이 이소가이의 여동생인 미호에게 간호사로서 자기네 집을 방문해 달라고 부탁했다. 그리고 곧장 편집자 하시모토에게 연락을 취했다. 전에 거절했던 계약 기자를 여전히 모집하고 있는지 확인하기 위해서였다.

역 앞 카페에서 만나자마자 하시모토는 말했다.

"모집 인원엔 아직 빈자리가 있어."

슈헤이는 아내의 출산 이후 시기를 물었다.

"3개월 뒤엔 어떨 것 같아?"

"확실히 약속은 못하겠지만 어떻게든 되지 않을까? 입장이 정해지는 대로 연락 줘."

"미안해."

슈헤이는 솔직하게 감사했다. 하시모토는 자기네와 상종을 않기는커녕 앞길을 걱정해 주고 있었다. 지금 살고 있는 집에 세 들어 살 사람만 찾으면 이걸로 경제적인 문제는 어떻게든 해결될 듯했다.

그리고 슈헤이는 업무량을 아슬아슬하게 생활이 가능해질 정도로까지 줄이고 비는 시간에 나카무라 구미의 상대 남자를 찾는 데 열중했다. 단서는 두 사람이 후쿠시마 소재 대학교에서 만났다는 사실뿐이었다. 대학 이름조차 모르는 탓에 슈헤이는 명단 도서관을 다니며 후쿠시마 현 소재 대학 졸업생 명단을 찾아봤지만 나카무라 구미의 이름은 보이지 않았다. 모든 명단이 도서관에 갖춰져 있지는 않은 까닭이었다. 이걸로 동급생에게 연락을 하려던 방법은 못 써먹게 됐다.

새로 작전을 세운 슈헤이는 「K·N의 비극」을 게재한 ≪주간 미디어≫라는 잡지 편집국에 역취재를 할 수 있지는 않을지 생각했다. 동료 작가들에게 물어봤지만 그 편집국에서 일한 적이 있는 사람은 없었다. 지금 이 시점에서 나카무라 구미의 기일까지는 약 2주 정도가 남아 있었다. 초조해진 슈헤이는 어쩔 수 없이 편집국에 직접 전화를 걸었다.

『쾌적하게 사는 법』의 작가라고 이름을 밝히자 전화를 받은 편집국장의 말투에서 갑자기 경계심이 확 풀렸다.

"어떻게 도와드릴까요?"

"3년 전 「K·N의 비극」이라는 기사와 관련해서 알고 싶은 게 있어서요."

"K·N?"

기억을 더듬던 국장이 갑자기 생각난 듯 말했다.

"아아, 임신부 사망 사건 말씀이시군요. 잠시만요. 데이터 취재를 한 사람이 지금 있어서요."

예상대로였다. 금요일에 전화를 건 데는 다음 주 발간호 회의 때문에 기자들이 모두 모여 있을 것이라는 짐작에서였다.

"여보세요."

전화를 바꾼 젊은 기자에게 슈헤이는 자기 소개를 한 뒤 나카무라 구미의 교제 상대를 알 수 있을지 물었다.

"저도 기자라서 폐를 끼치는 행동은 하지 않을 겁니다."

"아무렴요."

상대방이 싹싹하게 대답했다. 그러고는 노트북 키보드를 두드리는 소리가 들렸다. 당시 취재 원고를 불러오고 있는 모양이었다.

"있네요. 메모 괜찮으세요?"

"네."

받아 적을 준비를 한 슈헤이가 말했다.

"나카무라 구미 씨를 임신시킨 사람은 오카베 가즈야라는 사람이에요."

한자 표기를 설명하고는 말을 이었다.

"구미 씨와 헤어지고 대학을 졸업한 다음에 고향인 센다이로 돌아가서 취직했다는 듯하더라고요."

"근무처는 어디죠?"

"'센다이 물산'이라는 상사요. 아는 게 여기까지네요. 본인한테 직접 취재를 하지는 않아서 자택 연락처는 몰라요."

"감사합니다. 큰 도움이 됐어요."

슈헤이는 곧바로 노트북을 인터넷에 연결시키고 '센다이 물산'이라는 키워드를 검색했다. 그러자 회사 홈페이지가 나왔다. 본사 대표 번호도 게재돼 있어 슈헤이는 다시 전화기를 집어 들었다.

"센다이 물산입니다."

전화를 받은 여자 사원에게 슈헤이가 말했다.

"나쓰키라고 합니다. 오카베 가즈야 씨와 통화를 하고 싶은데요."

"오카베…… 부서명은 모르시나요?"

"저, 메모를 잃어버려서요."

"죄송합니다만 뭐 하시는 분이시죠?"

슈헤이는 비장의 카드를 꺼냈다.

"직업은 저널리스트인데요, 『쾌적하게 사는 법』이라는 책을 쓴 나쓰키 슈헤이라고 합니다."

"아, 저 그 책 읽어 봤어요."

슈헤이는 의외의 곳에서 독자를 만났다.

"잠시만 기다려 주세요."

대기음이 들리더니 "지금 연결해 드릴게요."라고 여자 사원이 말했다.

"네, 수산 2과입니다."

남자 목소리가 전화를 받았다. 굵은 중년 남자의 목소리였다.

슈헤이는 자기 소개를 한 뒤 물었다.

"오카베 씨 되십니까?"

"오카베 씨는 지금 출장 중인데요."

"출장요?"

슈헤이는 다소 당황했다. 하지만 이내 2주 동안 여유가 있다는 사실을 떠올리고 물었다.

"언제쯤 돌아오시나요?"

"다음 주말이긴 한데 돌아오는 게 금요일이라서 회사엔 그다음 주 월요일에 나올 겁니다."

슈헤이는 벽에 붙인 달력을 훑었다. 나카무라 구미의 기일 4일 전이다. 아슬아슬했다.

"출장처에 연락을 취할 수 있을까요?"

상대방의 목소리에 희미하게 경계심이 느껴졌다.

"무슨 일이시죠?"

"전국의 회사원을 대상으로 한 르포 취재 때문에 그러는데요."

슈헤이가 변명을 댔다.

"급하신 게 아니면 출장에서 돌아올 때까지 기다려 주시죠. 오카베 씨에겐 나쓰키 씨라는 분이 연락하셨다고 말해 두겠습니다."

지금은 일단 물러설 수밖에 없었다. 슈헤이는 자신의 연락처를 전달해 달라고 부탁했다.

"취재 요청이라면 홍보실을 통해서 해 주셨으면 합니다."

상대방이 이렇게 말하고 전화를 끊었다.

이걸로 준비는 끝났다. 이젠 기다리기만 하면 됐다. 오카베 가즈야가 출장처에서 자신에게 연락을 취해 오기를 바랐다.

그리고 그 전화는 다음 주 수요일에 걸려 왔다. 오카베는 홋카이도에 있었다. 슈헤이는 현지까지 날아갈 생각이었지만 상대방은 일이 있다며 거절했다. 하지만 그다음 주 월요일에 회사에서 만날 수는 있다고 했다.

슈헤이는 센다이 물산 접수처에서 오후 2시에 오카베와 만나기로 약속했다.

수화기 너머로 들려오는 오카베 가즈야의 목소리는 20대 중반답게 무사태평하고 젊었다.

나카무라 구미를 임신시키고 죽음으로 몰아간 과거를 이미 잊어버린 듯했다.

3

오카베를 만나기로 한 당일 슈헤이는 미호에게 아내 간호를 맡기고 도쿄 역에서 센다이로 향했다. 현지 취재를 통해 무언가 알아낸다면 곧장 이소가이에게 전화로 알릴 준비가 돼 있었다. 4일 후로 다가온 나카무라 구미의 기일까지 가나미의 마음을 치유할 수 있다면 당면한 위기는 사라질 터였다. 남은 건 산달을 기다리는 일뿐이었다.

도호쿠 신칸센을 탄 슈헤이는 '하지만.' 하고 생각하며 창밖을 바라봤다. 정말 사령이 빙의했다면 어떻게 되는 걸까? 오카베 가즈야라는 남성의 출현이 사태를 더욱 악화시키지는 않을까?

센다이 물산 주식회사는 시 중심부 미야기노 구 한쪽에 위치해 있었다. 7층짜리 본사 건물은 센다이 역에서 도보 수 분 내에 위치한 역세권이었다. 슈헤이는 약속 시간 5분 전에 본사에 도착했다.

1층 접수처에 방문 목적을 설명하자 여자 사원이 내선 전화를 걸더니, "오카베 씨가 금방 올 테니 기다려 주세요."라고 말하며 엘리베이터 앞 접객 코너를 가리켰다. 거기엔 의자와 테이블이 세 세트 놓여 있었다. 슈헤이는 제일 구석에 앉아 엘리베이터가 내려오길 기다렸다.

1시 59분, 엘리베이터가 5층에서 내려오기 시작했다. 슈헤이는 긴장됐다. 층 표시등이 카운트다운을 하듯 내려오더니 마침내 문이 열렸다. 안에서 내린 사람은 직장인인데도 머리를 옅게 염색한 가벼워 보이는 젊은이였다.

"기다리셨죠?"

상대는 슈헤이를 발견하더니 고개도 숙이지 않고 말했다.

예상대로의 모습이었다. 연인을 임신시키고는 책임도 지지 않고 떠나 버린 남자. 슈헤이는 당초 계획대로 소위 말하는 '직구 취재'를 감행하기로 했다.

"나카무라 구미 씨 일로 왔습니다."

"나카무라 구미?"

상대가 고개를 갸웃했다.

시치미를 떼려는 건지 화가 났지만 슈헤이는 말을 이었다.

"3년 전 일입니다."

"잠시만요."

어안이 벙벙하다는 듯 웃으며 상대방이 말했다.

"홋카이도 물산에서 오신 분 아닌가요?"

"네?"

슈헤이가 무심결에 반문했다.

그때 반대쪽에 앉아 있던 중년 남성이 일어섰다.

"제가 홋카이도 물산 사람인데요."

슈헤이는 자신의 실수를 깨달았다. 어떻게 수습해야 할지 당황해하는 중 남자가 "사람 잘못 봤네요."라고 조롱하듯 웃으며 안쪽 자리로 향했다.

부끄러움을 느끼며 자리로 되돌아가려는 순간 갑자기 뒤에서 목소리가 들렸다.

"나쓰키 씨 맞으십니까?"

슈헤이는 돌아봤다.

"수산 2과 오카베 가즈야입니다."

성명을 밝힌 사내를 슈헤이는 찬찬히 뜯어봤다. 마른 체격에 나이

치고는 늙어 보이는 둥근 안경을 낀 올곧아 보이는 사람이었다.
"처음 뵙겠습니다."
인사를 건넨 오카베는 명함을 내밀었다.
기세가 꺾인 슈헤이도 명함을 건넸다.
"나쓰키입니다."
오카베는 빙긋 웃음을 띠고 말했다.
"무언가 취재차 오셨댔죠?"
성실해 보이는 상대방을 재차 훑어본 슈헤이는 망설였다. 다른 사원이 있는 자리에서 얘기를 꺼내기엔 좀 곤란한 게 아닐까?
"근처 카페에서 얘기를 나눌 수 있을까요?"
"물론이죠."
오카베는 순순히 승낙했다.

"지방 회사원에 관한 취재라고 하셨던가요?"
커피 잔을 사이에 두고 마주 앉자 오카베 쪽이 먼저 물어왔다. 슈헤이는 어떻게 얘기를 꺼내야 할지 고심했다.
"그런데 왜 제가 선택된 거죠? 나쓰키 씨와 제가 같이 아는 사람이라도 있나요?"
슈헤이는 상대를 바라보면서 쓸데없는 수작은 부리지 않는 게 낫다고 판단했다.
"죄송합니다. 잡지 취재라는 건 거짓말입니다."
오카베가 당혹스러운 표정을 지었다.
"그렇게 얘기하지 않으면 만나 뵙지 못할 것 같아서요. 그렇지만……."

슈헤이는 가지고 온 자신의 책을 숄더백에서 꺼냈다.

"저는 아까 말씀드린 사람이 맞아요. 이상한 사람은 아닙니다."

오카베는 『쾌적하게 사는 법』을 받아들더니 표지를 펼쳤다. 책날개에 인쇄된 저자 사진을 확인한 듯했다.

"오늘 만나 뵙자고 한 건 나카무라 구미 씨 때문입니다."

오카베가 고개를 들었다.

"알고 계시죠?"

"네."

오카베는 당황한 표정으로 고개를 끄덕였다.

슈헤이는 신중히 단어를 고르며 계속했다.

"제 아내가 나카무라 구미 씨의 소꿉친구인데 약간 문제가 생겼습니다."

"잠시만요. 용건을 얘기하시기 전에, 구미는 지금 어떻게 지내나요?"

슈헤이는 질문의 의도를 파악하지 못하고 오카베를 바라봤다.

"잘 지내고 있나요?"

오카베의 얼굴에는 미소마저 감돌고 있었다.

슈헤이는 경악했다. 전혀 예상하지 못한 사태였다. 이 남자는 나카무라 구미가 죽었다는 사실조차 모르고 있었다. 하지만 잘 생각해 보면 그럴 만도 했다. 「K · N의 비극」을 전한 미디어는 전면 기사만을 실은 지방지와 익명 르포를 게재한 주간지뿐이었으니까.

"본가에 돌아갔다고 들었는데……."

말문이 막힌 슈헤이를 눈치 챘는지 오카베는 미간을 찌푸렸다.

"왜 그러시죠?"

"아뇨."

우물거리긴 했지만 그 비극을 덮어 두고 넘어가서는 안 된다는 사실을 충분히 알고 있었다. 슈헤이는 주저하면서 말했다.

"오카베 씨는 모르고 계셨나 보군요."

"무얼 말인가요?"

"나카무라 구미 씨는 돌아가셨습니다."

그 순간 오카베의 안색이 변했다.

"뭐라고요?"

"3년 전 일입니다. 아기를 낳으려다가……."

멍하게 입을 벌린 오카베의 얼굴은 그대로 가면이 돼 버린 건가 싶을 정도로 얼어붙어 있었다. 입술이 미미하게 움직였지만 무얼 말하려는지 알 수 없었다. 이윽고 꿀꺽 침을 삼키더니 속삭이듯 물었다.

"죽었다고요?"

"그렇습니다."

"아기는 어떻게 됐죠?"

"살리지 못했습니다."

"그럼 엄마랑 같이 죽었다는 얘긴가요?"

슈헤이는 고개를 끄덕였다.

격렬한 동요 때문인지 오카베의 호흡이 가빠졌다. 벽에 꽂힌 시선이 무얼 찾기라도 하듯 좌우로 움직였다. 슈헤이는 다시금 이 성실해 보이는 남자와 나카무라 구미 사이에 대체 무슨 일이 있던 걸지 생각하기 시작했다.

사실을 받아들이기까지 긴 시간이 지난 뒤에야 오카베가 말문을 열었다.

"그렇군요."

"그래서 제가 찾아온 건, 나카무라 구미 씨 일로 예상도 못한 사태가 벌어져서 여쭤고 싶은 게 있기 때문입니다."

"잠시만요. 그 얘긴 천천히 듣도록 하죠."

오카베는 슈헤이를 제지하고는 자리에서 일어섰다.

"출장 잔업 처리를 끝내면 오늘은 시간이 빕니다. 한 시간 후에 여기서 다시 만나도록 하죠. 괜찮으신가요?"

"괜찮습니다."

오카베의 손이 움직여 테이블 위의 전표를 집어 들었다. 의사와 상관없는 반사적인 행동 같았다. 오카베는 그대로 가게를 나서려다가 황급히 돌아와 두 명분의 커피 값을 지불하고 나갔다.

한 시간 후 다시 돌아온 오카베는 안정을 찾은 듯했다.

슈헤이는 아내의 일을 얘기하기 전에 나카무라 구미의 사망 경위를 설명해야 했다. 복사한 「K·N의 비극」 기사가 가방에 들어 있었지만 선정적인 내용을 오카베에게 보여 주고 싶지 않았다. 슈헤이는 사망 사실을 단신 처리한 지방지 전면 기사만을 보여 줬다.

대강 얘기가 끝나자 오카베는 고야스 신사에 가고 싶다고 말했다. 옛 연인이 죽은 장소를 자신의 눈으로 봐 두고 싶다는 것이었다.

"아내 분 얘기는 그곳으로 가면서 듣지요."

슈헤이는 그 신사에 다시 발을 들여야 한다는 게 영 내키지 않았지만 둘이서 가면 괜찮겠지 생각했다. 게다가 시간은 이제 겨우 3시를 지나고 있었다. 해 질 녘까진 돌아올 수 있을 터였다.

"좋습니다."

오카베는 슈헤이와 함께 회사 주차장으로 가 회사 세단에 올라탔다. 슈헤이는 조수석에 앉아 고야스 신사까지 20분 동안의 드라이브 중 아내의 몸에 벌어진 일을 얘기했다. 하지만 상대를 배려해 사령이 빙의했다는 언급은 피하고 정신 장애라고만 말했다.

"정말이지, 기묘한 이야기로군요."

설명을 다 들은 오카베가 말했다.

"그래서 오카베 씨에게 확인하고 싶은 게 하나 있습니다."

차가 기요가와 읍에 들어서자 슈헤이는 지도를 한 손에 쥐고 길 안내를 하면서 말했다.

"'시라이시 가나미'라는 이름을 구미 씨한테서 들은 적은 없으신가요?"

미간을 찌푸리고 생각한 끝에 오카베가 말했다.

"아뇨, 없습니다. 후쿠시마 소재 대학교에 진학한 이후로 고향 친구와 연락을 안 한 걸로 알고 있습니다."

"그렇다면 오카베 씨에 대해 시라이시 가나미에게 얘기했다고 보기 어렵다는 건가요?"

"그렇죠. 그리고 상대가 누구든 저희 둘 사이의 일을 다른 사람에게 자세히 얘기하진 않았을 겁니다. 구미는 그런 여자였으니까요."

오카베의 말이 끊겼다.

"그리고 한 가지 더. 이건 주치의도 의아하게 생각하는 부분인데 중절이 가능한 주수가 지났는데도 아내의 상태는 전혀 나아지지 않고 있습니다. 아직도 중절 수술을 당하는 게 아니냐는 꽤나 강한 시의심을 품고 있는 것 같아요. 그래서 이 부분에 대해 저희가 모르는 사정이 숨겨져 있는 건 아닐지 생각합니다만……."

슈헤이는 상대의 옆얼굴을 흘낏 보고 말했다.

"괜찮으시다면 구미 씨와 헤어지게 된 사정에 대해 설명해 주시겠습니까?"

오카베의 얼굴에 고통스런 표정이 떠올랐다. 자신의 부탁이 불쾌하다기보다는 기억 그 자체가 괴로운 게 아닐지 슈헤이는 생각했다.

"구미를 처음 만난 건 대학교 2학년 때였습니다."

오카베가 말문을 열었다.

"몇몇 동아리가 같이 스키를 타러 갔었죠. 구미는 그때 알게 됐습니다. 얘기를 나누면서 저는 형언하기 어려운 구미의 매력을 느꼈죠. 그 애는 양면성을 갖고 있었어요. 친구와 있을 때엔 소위 말하는 왕언니였지만 저와 둘이 있을 땐 섬세한 부드러움이 엿보였죠. 그런 구미에게 저는 점점 끌렸습니다. 그러고 보면 어릴 적에 친구를 괴롭힘으로부터 보호해 줬다는 얘기도 했었네요."

귀를 기울이던 슈헤이는 그 친구 중에 가나미가 있었던 게 아닐지 생각했다.

"그렇게 교제를 시작했고 4학년이 될 때까지는 평범하게 연애를 했어요."

오카베는 한 차례 말을 끊었다.

"문제가 생긴 건 4학년으로 올라가던 봄이었죠. 구미가 임신을 한 겁니다. 앞으로 취직 활동에 뛰어들어야 하는데 출산이나 육아 같은 건 무리였죠. 그런데 구미는 낳겠다고 고집을 부린 겁니다. 꽤나 오랫동안 말다툼도 했죠. 이러쿵저러쿵하다가 중절 수술이 인정되는 21주를 넘겨 버렸어요."

슈헤이는 고개를 들어 운전석에 앉은 오카베를 봤다.

"저는 곤경에 처해 의대에 다니던 친구에게 물었죠. 그러자 친구는 이렇게 대답하더군요. 임신 주수는 생리일 등 자가 보고로 결정되니 2주 정도는 의사의 눈을 속일 수 있을 거라고요."

"즉 법을 어기고 중절 수술이 가능하다고 말인가요?"

"네. 의사에 따라 다르다고도 말했죠. 그래서 저는 구미를 병원에 데려가려고 했어요."

이제야 납득이 됐다. 빙의 인격이 의료 기관을 겁내는 건 이런 사정이 있었기 때문임이 분명했다. 하지만 그게 정신 장애라면 가나미는 어떻게 이렇게 자세한 내막을 알아낸 걸까?

차가 히로세가와 강 위 다리를 건넜다. 슈헤이는 오카베의 얘기에 귀를 기울였다.

"구미는 병원에 가길 거부했죠. 그리고 곧 연락이 끊겼어요. 저 역시 더 이상 구미를 만나려 하지 않았죠. 만나도 괴롭기만 할 뿐이니 신경 쓰지 않는 게 구미를 위한 거라고 생각했어요. 지금 와 생각해 보면 지독한 기만이었군요."

하지만 그 기분을, 그 비겁함을 남자인 슈헤이는 잘 알고 있었다.

"딱 한 번 여름이 끝날 무렵에 구미에게서 편지가 왔어요. 주소는 적혀 있지 않았지만 소인을 보니 본가로 돌아간 모양이더군요."

마침 오카베가 운전하는 차가 나카무라 구미의 본래 집터를 지났다. 건물이 예전에 허물어진 공터. 길게 뻗은 잡초가 산들바람에 흔들리고 있었다. 슈헤이는 자신들이 눈에 보이지 않는 힘에 이끌리고 있는 듯한 이상한 감각에 사로잡혔다.

"편지에는 아기를 지웠다고 쓰여 있었어요. 그걸 읽고 저는 안심했지요. 이걸로 모든 게 끝났다고 생각했죠. 겨우 2년밖에 지속되지 않은 구미에 대한 애정이 전부 끝났다고 말예요."

목적지가 코앞이었다. 신사 앞 커브를 돌자 슈헤이는 속력을 낮추라고 말했다. 이윽고 두 사람이 탄 차가 신사로 이어지는 샛길 앞에 정차했다.

슈헤이는 상대를 배려해 짧게 물었다.

"어떡하시겠어요?"

"당연히 보러 갈 겁니다."

오카베는 단호하게 말했다.

슈헤이는 차에서 내려 오카베를 데리고 수풀 사이로 난 샛길을 걷기 시작했다.

"꽃다발을 사 올걸 그랬군요."

땅바닥에 시선을 떨군 채 오카베가 말했다.

"왜 아까 생각하지 못했지."

대개 남자는 꽃에 관심이 없어서라고 슈헤이는 생각했다.

신사 문을 지나 돌계단을 오르기 시작하자 아기 울음소리가 들려

왔던 그날 밤 일이 원치 않는데도 떠올랐다. 슈헤이는 의지와 상관없이 귀를 쫑긋 세웠지만 바람이 나뭇잎을 흔드는 소리나 새가 지저귀는 소리밖에 들리지 않았다. 하지만 마음속의 긴장감은 돌계단을 한 발 한 발 올라갈수록 점점 강해졌다. 마침내 계단을 다 오르자 고색창연한 신사가 눈에 들어왔다. 나카무라 구미의 사망 현장이 눈앞에 있었다.

오카베가 갑자기 발걸음을 멈춰 슈헤이는 돌아봤다. 오카베는 발을 내딛는 걸 주저하고 있는 듯했다. 연인의 죽음을 마주하는 걸 망설이고 있는 걸까 아니면 무언가 이변을 감지한 걸까?

슈헤이가 물었다.

"왜 그러시죠?"

"하나 생각난 게 있습니다. 구미의 얼굴을 봤던 마지막 밤의 일이에요."

거기서 말을 멈췄기에 슈헤이는 재촉했다.

"무슨 일이 있었나요?"

"밤길에 헤어지면서 구미가 돌아보더니 저에게 물었어요. '내가 누군지 알아?'라고."

슈헤이는 등골이 오싹했다. 등 뒤를 돌아보고 싶어졌지만 고개를 움직일 수가 없었다.

오카베는 말을 이었다.

"전 질문의 의미를 파악하지 못했어요. 그래서 '뭐?'라고 되물었죠. 그러자 구미는 묘하게 온화한 표정으로 다시 물었어요. '내가 누군지 알아?'라고."

슈헤이는 작은 목소리로 물었다.

"그래서 그 대답은 뭐였죠?"

"'나는 엄마야.'라고 구미가 말했어요. 굉장히 행복하다는 표정으로. '배 속에 있는 아기의 엄마야.'라고요."

슈헤이의 입에서 신음 소리가 새어 나왔다. 왜 그 대답을 생각하지 못했던 걸까 강하게 자책했다. 몸을 휘감고 있던 공포가 순식간에 경외로 바뀌었다. 생명을 품고 낳을 수 있는 성에 대한 두려움이었다. 지금 이 순간에 아기 울음소리가 들려 온다면 자신은 겁을 집어먹게 될까? 아니, 분명 평안해지리라고 생각했다.

"구미는 그때 자신의 생명을 바쳐서라도 아기를 지켜 내겠다고 결심했을 거예요. 그런 그녀를 저는 버렸죠. 제 눈에 들어오지 않는 곳으로 내친 겁니다."

오카베의 오른손이 움직였다. 시선을 던진 슈헤이는 주체할 수 없는 비탄을 느끼며 그 움직임을 바라봤다. 오카베는 오른손 손가락을 움직여 왼손 약지에서 결혼반지를 뺐다.

"가죠. 현장을 보러."

오카베가 말했다.

슈헤이는 묵묵히 걷기 시작했다. 본당 옆을 돌아 들어가자 그 창고용 오두막이 보였다. 벌써 소리를 죽이고 우는 소리가 들렸다. 슈헤이는 옆에 선 오카베에게 눈길을 주지 않고 오두막에 다가가 얇은 문을 밀어젖혔다. 모래 먼지에 뒤덮인 때 탄 바닥이 두 사람의 앞에 나타났다.

"이런 곳에서 구미는……."

오카베의 목소리가 비통함에 빠져들었다. 양손으로 닦을 틈도 없이 계속해서 눈물이 넘쳤다.

오카베에게 건넬 말을 찾지 못한 슈헤이는 고개를 숙이고 가만히 서 있었다.

오두막 안쪽으로 걸어 들어간 오카베는 비극의 무대 중앙에 서서 연인의 유해를 찾으려는 듯 바닥을 돌아봤다. 하지만 거기엔 아무것도 없었다. 그는 외톨이였다. 오카베는 바닥에 무릎을 꿇고 "어째서."라고 물으며 무너져 내리듯 울었다.

슈헤이는 나카무라 구미의 영혼이 이 남자의 탄식을 듣기를 기도했다.

슈헤이는 저녁놀이 물든 돌계단 맨 위에 앉아서 기다렸다.

일몰이 머지않았다. 아니 산 뒤쪽 태양은 벌써 지평선 너머로 모습을 감췄을지 모른다.

슈헤이의 의심은 확신으로 변해 있었다. 가나미는 정신 장애가 아니었다. 나카무라 구미의 영혼이 태아를 지키기 위해 들러붙은 것이다. 하지만 그 결론이 공포를 불러일으키지는 않았다. 생전 나카무라 구미의 사진이라도 있다면 꼭 보고 싶다고 생각했다. 구미는 오카베의 말처럼 강함과 부드러움이 공존하던 매력적인 얼굴이지 않았을까? 빙의 상태인 아내도 때때로 그런 표정을 짓곤 했다.

남은 문제는 앞으로의 일이었다. 오카베에게 들은 이야기를 그대로 이소가이에게 전한다 해도 초자연적 현상임을 인정하지 않으리라. 생전 나카무라 구미와 가나미가 주위 사람들 몰래 연락을 주고 받았다고 주장할 터였다. 따라서 기도사를 부르는 등 종교적인 의식에 반대할 게 뻔했다.

멀리서 발소리가 들려왔다. 오카베가 본당 뒤쪽에서 나타났다. 울고 있지는 않았다. 슈헤이의 모습을 본 오카베는 충혈된 두 눈을 감추려는 듯 벗고 있던 안경을 다시 꼈다.

"죄송합니다."

갈라진 목소리로 말한 오카베는 슈헤이 옆에 앉았다.

"험한 꼴을 보였군요."

"아뇨."

슈헤이는 고개를 저었다. 오카베의 왼손을 보니 결혼반지는 여전히 뺀 채였다. 여자를 마주할 때 항상 진실된 모습을 감추는 게 남자이리라. 비록 상대가 다른 세계로 떠난 여성이라고 하더라도. 슈헤이는 우울해졌다.

"구미가 임신 8개월째에 죽었다고 하셨죠. 그렇다면 3년 전 딱 이 맘때 즈음인가요."

"그렇죠. 나흘 뒤인 11월 9일 입니다."

"오늘 와 주셔서 정말로 감사합니다. 구미의 기일에 공양을 할 수 있겠군요."

"공양요?"

슈헤이는 오카베를 봤다.

"스님을 불러 경이라도 읊어 줄까 해서요."

'그거다.' 슈헤이는 생각했다. 가나미에게 종교적인 의식을 행할 필요가 없었다. 이곳으로 승려를 불러 나카무라 구미의 영을 애도

하는 것 정도라면 이소가이도 반대하지는 않을 터였다.
오카베는 신사를 돌아보며 말했다.
"불교 승려는 좀 그러려나요."
"아뇨, 괜찮지 않을까요."
이 신사에 신 따위는 없다는 생각이 들었다. 그렇지 않다면 어째서 순산을 기원하는 신사에서 나카무라 구미가 죽어야 했단 말인가.
"꼭 저도 참석하겠습니다."
"감사합니다."
오카베가 고개를 숙였다.
"준비는 어떻게 할까요? 제가 할까요?"
"아뇨, 제가 하겠습니다."
단호하게 말하는 오카베를 보고 슈헤이는 그에게 일임해도 되겠다고 생각했다.
"시간이 정해지면 연락드리겠습니다. 센다이 역에서 만나죠. 운전해서 여기로 오면 되니까요."
"부탁드리겠습니다."
입을 다문 오카베는 빛을 잃어 가는 돌계단에 시선을 떨구고 있다가 마침내 툭 하고 말했다.
"슈헤이 씨는 저를 경멸하시겠죠? 좋아하던 여성을 잔인한 처지로 내몰았으니."
"그렇지 않아요. 저도 마찬가지인걸요. 아기를 지우라고 말할 때는 이렇게 되리라고 생각도 못했어요."
슈헤이는 대답한 뒤 그 말도 옳지는 않다고 생각했다. 정확하게 말하면 피임구를 사용하지 않고 아내와 관계를 가졌을 때 아기가 생길 거라고 생각조차 못했다는 게 될 터였다. 피상적인 경박한 사랑은 강한 성욕 앞에서 간단히 날아가 버렸다.

"작년에 가정을 꾸렸어요. 구미 일을 생각하면 그것도 괴롭군요. 그 녀석, 저를 원망하고 있겠죠."

빙의 인격이 지껄이던 '그 남자'라는 단어를 슈헤이는 떠올렸다. 지금 슈헤이의 옆에 있는 사람이야말로 '그 남자'인 것이다. 빙의 인격의 어투엔 적의가 담겨 있었다. 슈헤이는 갑자기 불안해져 다 그치는 듯한 초조함을 느꼈다.

"슬슬 갈까요? 이 부근은 완전히 어두워져 버리니까요."

오카베는 고개를 끄덕이고 일어섰다.

그때 벨트 케이스에 넣어 둔 슈헤이의 휴대전화가 울리기 시작했다. 슈헤이는 전화기를 꺼내 발신자를 확인했다. 이소가이였다.

그걸 본 순간 온몸의 힘이 빠졌다. 슈헤이는 말문이 막혀 그저 멍하게 계속 울려 대는 전화기를 봤다. 받지 않고도 무슨 일인지 알 수 있었다. 나카무라 구미의 기일까지 앞으로 나흘. 마지막이자 최악의 사태가 벌어진 것이리라.

비애와 절망감이 슈헤이의 마음을 뒤덮었다. 부재 중 메시지 서비스로 넘어가기 직전 마지막 벨이 울릴 때 슈헤이는 전화를 받았다.

이소가이의 낮게 억눌린 듯한 목소리가 들려왔다.

"여보세요?"

"슈헤이입니다."

조용한 신사 안에서 슈헤이가 말했다. 재앙의 예감이 현실이 됐다.

4

나쓰키 부부 집에 있던 미호가 오빠에게 긴급 연락을 넣은 것은 저녁녘이었다. 침대에 누워 있던 가나미가 아랫배를 누르고 있는 걸 발견해 통증이 있는지 물었지만 대답이 없었다. 간호사로 근무해 온 미호는 주저하지 않고 가나미의 옷을 벗겼다. 속옷에 출혈 흔적이 있었다.

적은 양의 암적색 혈액이 무얼 의미하는지 미호는 알 수 있었다. 상위태반조기박리증을 의심한 미호는 즉각 오빠에게 전화를 걸었다.

이소가이는 구급차를 부르라고 지시했다. 나쓰키 가나미가 저항하지 않으면 분쿄의과대학 병원으로 송치하라고 전했다. 이소가이가 병원으로 향하는 와중 미호한테서 한 번 더 연락이 왔다. 지시대로 구급차를 타고 분쿄의대로 가고 있다는 것이었다.

이소가이는 응급센터에서 나쓰키 가나미를 맞았다. 가나미는 고통을 참는 게 한계였고, 말조차 할 수 없는 듯했다. 산부인과에서 외래 진료를 마무리하던 히로카와 쇼코도 불려와 초음파 진단을 한 뒤 가나미의 몸에 태아 심박 모니터와 진통 계측을 위한 압력 트랜스듀서를 장착했다.

혈액 검사도 병행해 한 시간 뒤 이소가이, 히로카와, 구급의 세 명은 회의실에 들어가 검사 결과를 검토했다. 세 사람은 어려운 진단을 내려야 했다.

구급의가 입을 뗐다.

"자궁 내 고긴장성 수축은 없고 혈액 검사도 음성입니다. 조기박리증에 해당하는 증상은 하복부 격통과 출혈뿐이군요. 통증은 현재 진통으로 변한 듯합니다."

"문제는 초음파네요."

히로카와가 얼굴을 찌푸렸다.

초음파 진단으로 가나미의 태반에 혈종이 발견되면 조기박리증 진단의 결정타가 될 터였다. 분만 전에 태반이 벗겨지기 시작하면 환부에 큰 출혈이 일기 때문이었다. 하지만 가나미의 초음파 진단 결과 발견된 혈종은 진단이 어려울 정도로 극도로 애매모호했다.

이소가이는 태아 심박수를 기록한 그래프를 훑었다. 거기에 이상 소견이 있다면 산부인과 의사가 곧바로 제왕절개를 통해 태아를 꺼내게 된다. 하지만 거기에서도 이상은 발견되지 않았다.

"조기박리증은 만성 질환이잖아."

히로카와가 말을 이었다.

"출혈이 있는 이상 증세가 진행 중이라고 보는 게 좋을 것 같아."

"지금이라도 아기를 꺼내야 한다 이 말이야?"

히로카와는 고개를 끄덕였다.

"단 몇 분만 늦더라도 목숨을 잃을 수 있어."

이소가이는 구급의에게 시선을 향했다.

"선생님은 어떻게 생각하시죠?"

"산부인과 선생이 그렇게 말씀하신다면야."

서른을 넘긴 젊은 의사는 히로카와의 체면을 세워 주었다.

"뭔가 반대할 이유라도 있어?"

히로카와가 이소가이에게 물었다.

이소가이는 그 물음에 답하지 않고 초음파 진단 화면으로 확인한 태아의 발육 상태를 떠올렸다. 나쓰키 슈헤이와 가나미의 아기는 임신 28주 차치고는 잘 자란 편이었다. 체중은 약 1500그램. 문제는 호흡기였다. 폐가 짓눌린 상태라면 호흡 반사 운동을 반복할 뿐 숨을 들이쉴 수 없었다. 신생아과에서 폐포를 부풀리는 물질을 주입하게 되겠지만 생존 확률이 100퍼센트인 것도 아니었다. 게다가 생명을 건지더라도 후유증을 앓을 소지가 있었다.

"환자 본인에게 설명을 하는 건 어떨까요?"

사정을 모르는 구급의가 끼어들었다.

"그게 그렇게 안 돼요."

히로카와가 곤혹스럽다는 듯 말하고 이소가이에게 물었다.

"남편은 뭐 하고 있대?"

"일 때문에 센다이에서 여기로 오고 있다더군."

슈헤이는 무언가를 포착했을까? 빙의를 풀 수 있는 새로운 단서를.

"전화로 수술 동의를 구하면?"

"아니, 지금은 경과를 지켜봐야 한다고 생각해."

의외라는 듯 히로카와가 물었다.

"왜?"

"환자의 과거 병력 때문이지. 만일 출산에 실패한다면 정신 장애가 악화되는 걸 피할 수 없어. 빙의 장애를 치유하기 위해서는 일반적인 분만 과정을 경험하게 하는 수밖에……."

"그렇지만 엄마랑 아기 모두 죽을지도 몰라."

이소가이는 고개를 들었다. 「K·N의 비극」이 실제로 가나미의 몸에 벌어지려 하고 있었다.

히로카와가 물었다.

"그래도 상관없다는 거야?"

"초음파에서 혈종이 더 분명히 보이거나 태아의 심박수에 이상이 생기면 곧장 제왕절개 수술에 돌입하도록 하지. 어때?"

이소가이가 제안했다. 아슬아슬한 선택이었다.

"다만 이상이 보이지 않으면 임신 상태를 계속 유지하자. 인공적으로 중절시킬 순 없어."

히로카와는 험상궂게 쳐다보더니 이내 시선을 거두고 한숨을 내쉬며 말했다.

"오늘 밤은 꼼짝없이 당직을 서겠네."

밤 9시 넘어 슈헤이가 분쿄의대 쪽문으로 달려 들어왔다. 이미 조명이 꺼진 로비로 돌아들어가자 이소가이가 기다리고 있었다.

"자세한 얘기를 하기 전에 가나미 씨가 있는 병실로 안내하죠."

그 마음 씀씀이가 고마웠다. 슈헤이는 이소가이를 따라 산부인과 병동을 향했다.

아내는 개인실에 입원해 있었다. 노크 없이 문을 열자 침대에 누워 벌써 잠든 가나미가 있었다. 살아 있는 아내의 모습을 보고 슈헤이는 가까스로 눈물을 삼켰다. 요 반년 동안 빙의 인격에게 육체를 지배당했어도 잠든 얼굴만큼은 가나미의 모습 그대로였다. 결혼 당시 슈헤이가 인생을 걸고 지켜 내겠다고 마음먹었던 여성은 지금은 편안하게 자고 있는 듯했다.

이소가이가 작은 목소리로 설명을 시작했다.

"가나미 씨의 상태는 꼼꼼히 체크하고 있습니다. 지금은 안심하셔도 됩니다."

슈헤이는 아내의 몸에 부착된 기계들에 시선을 던졌다. 무얼 위한 장치인지 알 수 없었지만 경고음이 울리지 않는 이상은 안심해도 되겠거니 생각했다.

이소가이가 간호사실 앞 로비로 슈헤이를 데리고 나와 조명이 꺼진 한구석에 자리를 잡았다. 슈헤이는 피로를 풀 요량으로 깊은 한숨을 내쉬었다.

"센다이에선 어떠셨죠?"

"'그 남자'를 만났습니다."

슈헤이는 오카베 가즈야를 만난 얘기를 소상히 설명했다. 나카무라 구미와의 만남부터 헤어짐까지. 생전 구미가 임신 22주 이후에 병원에 끌려갈 뻔했다는 대목에서는 이소가이조차도 놀란 모양이었다.

"그게 빙의가 풀리지 않는 원인이었군요."

슈헤이는 기회를 엿보다 말했다.

"솔직히 말씀드리겠습니다만, 오카베 가즈야의 얘기를 듣고 다시 느꼈습니다. 가나미는 정신 장애가 아니라 사령이 빙의했다고 말이죠. 가나미가 지껄였던 내용은 나카무라 구미 본인만이 알 수 있는 세세한 사실이었습니다."

이소가이가 말문을 열려고 했지만 슈헤이는 계속했다.

"그렇지만 저는 여기까지 온 이상 그런 사실에 연연할 생각은 없습니다. 사령이 빙의했든 정신 장애든 가나미가 원래대로 돌아와 주기만 한다면 그걸로 된 거예요."

이소가이는 작게 고개를 끄덕였다. 딱히 불만을 토로하지도 않았다.

"의학적인 케어에 대해서는 이소가이 씨에게 전부 맡기겠습니다. 지금 이 위기 상황만이라도 견뎌 내면 가나미는 아기를 낳을 수 있어요. 그걸로 빙의가 풀리는 거죠?"

"그렇죠."

이소가이는 긴장했던 표정을 이완하려는 듯 양 뺨을 문질렀다.

"이번엔 제가 설명할 차례군요. 가나미 씨의 증상에 대해서는 산부인과 의사와 의견이 갈리고 있습니다. 조기박리중일 가능성이 농후하지만 저는 다른 가능성도 있다고 보고 있습니다."

"무슨 가능성이죠?"

"암시의 힘입니다. 자신이 나카무라 구미라고 믿는 가나미 씨의 생각이 기일을 앞두고 몸에 조기박리증과 유사한 증상을 만들어 낸 게 아닐까 합니다."

이소가이는 슈헤이의 표정에 드리운 의심을 포착한 듯 침착한 어조로 계속했다.

"최면 상태의 피험자에게 화상을 입었다는 암시를 하면 실제로 화농이 생기곤 합니다. 혹은 그리스도교 신자에게 발생한다는 성흔 현상도 유사한 메커니즘이라고 봅니다. 기적을 지나치게 믿은 나머지 십자가 위에서 그리스도가 입었던 것과 똑같은 상처가 신자의 몸에 생기곤 하는 거죠. 현재 의학으로서는 인체라는 물질과 그 사람의 정신을 일원적으로 설명하고 있지는 않습니다만 그러한 이해할 수 없는 현상이 일어날 수는 있다고 인정하고 있습니다."

"잠시만요."

슈헤이의 마음속에 센다이에서부터 이어져 온 재앙의 예감이 강렬해졌다.

"가나미의 출혈이 암시의 힘이라면 그게 앞으로 정말로 조기박리 증상을 일으킬 수 있다는 게 아닌가요? 태반이 실제로 떨어져 나가는 사태가 생기는 게 아닌가요?"

이소가이는 씁쓸한 표정을 지었다.

"그 점에 대해서는 뭐라고 확실히 말씀드릴 수가 없습니다. 애초에 임신 중독증과 조기박리증 그 자체가 원인 불명입니다. 게다가 거기에 이해할 수 없는 암시의 힘이 작용한다고 치면 무슨 일이 벌어질지 의학의 힘으로 예측할 수 없어집니다. 하지만……."

이소가이는 어투를 고치고 말했다.

"원인을 모른다고는 하지만 임신 중독증이나 조기박리증에 대해서는 강력한 대처 방법이 있습니다. 가나미 씨의 육체 그 자체는 그렇게 걱정하시지 않아도 될 겁니다."

이소가이가 돌려 말한 것을 슈헤이는 이해했다.

"남은 건 가나미의 마음이라는 거군요."

"그렇습니다. 배 속의 아기에게 만일의 사태가 벌어지면 굉장히 어려운 상황이 될 겁니다."

슈헤이는 잠시 동안 입을 꾹 다물었다. 간호사실에 있던 간호사가 클립보드를 가지고 복도를 걸어가는 게 보였다. 가나미의 상태를 체크하러 가는 걸까?

"암시의 힘이라면 나흘 뒤 나카무라 구미의 기일만 넘기면 되는 거죠?"

"아마도요."

이소가이는 고개를 끄덕였다.

"이 나흘 동안에 승부가 갈릴 겁니다."

"이건 최후의 수단입니다만."

전제를 건 슈헤이가 말했다.

"가나미는 나을지도 모릅니다. 오카베 가즈야가 나카무라 구미의 사망 현장에서 공양을 할 모양이더군요."

이소가이는 관심을 표했다.

"그래요?"

"저도 거기에 참석할 겁니다. 혹시나 사령이 빙의한 거라면 뭔가 효과를 기대할 만할 겁니다."

"가나미 씨의 눈앞에서 하지만 않는다면 반대하지 않겠습니다."

이소가이가 희미하게 웃었다.

"언제죠?"

"나흘 뒤 기일에요."

"나카무라 구미 씨가 사망한 시각이 언제였죠?"

허를 찔린 슈헤이가 이소가이를 봤다.

"암시가 됐든 영혼의 수작이 됐든 가나미 씨의 몸에 조기박리증이 나타난다면 사망 시각이 가장 위험하지 않을까요?"

"그렇지요."

승려의 독경이 얼마나 강력하든 그 전에 가나미가 죽게 된다면 아무짝에도 쓸모가 없었다.

"사망 추정 시각은 분명 오전 11시 전후였습니다."

"공양을 한다면 그 전에 하는 게 좋겠군요."

이소가이는 야유하는 기색 없이 말했다.

슈헤이는 휴대전화를 꺼냈지만 여기가 병원이라는 사실을 생각해 내고는 간호사실 옆 공중전화를 향했다. 전화카드를 사용해 오카베 가즈야의 휴대전화로 전화를 걸자 세 번 신호음이 간 뒤 부재중 전화 서비스로 바뀌었다. 슈헤이는 나흘 뒤 법회를 최대한 이른 시간에 잡아 달라고 메시지를 남기고 수화기를 내려놨다.

아마도 오카베 가즈야는 자기 집에 있어서 전화를 못 받았으리라고 슈헤이는 추측했다.

이튿날 오전 중 오카베로부터 연락이 왔다. 승려와 상담한 결과 구미의 법회를 오전 10시로 결정했다는 내용이었다.

사망 추정 시각 한 시간 전. 아슬아슬하지만 괜찮으리라. 그 시각이라면 슈헤이가 센다이에 가는 것도 가능했다. 슈헤이는 승낙한 뒤 9시 30분에 센다이 역 개찰구에서 오카베를 만나기로 했다. 앞으로 사흘…….

슈헤이는 분쿄의대로 가 가나미의 주치의 히로카와를 만났다. 예전에 중절을 부탁했을 때 마음을 바꾸라고 자신을 설득했던 의사였다. 슈헤이는 체면이 말이 아니었지만 히로카와는 그 사건을 다시 문제 삼지는 않았다.

히로카와의 말에 따르면 어제부터 오늘까지 이어진 검사에서는 아직 이상이 나타나지 않는 듯했다. 다만 히로카와는 '지금은'이라는 단어를 빼먹지 않고 붙였다.

"태아의 심박수가 흐트러지거나 초음파 영상에서 혈종이 확인되는 대로 곧장 제왕절개로 아기를 꺼내게 될 거예요."

"지금은 아기가 무사한 건가요?"

"네."

이 순간만큼은 히로카와가 부드러운 표정을 지었다.

"어머니의 배 속에서 무럭무럭 자라고 있어요. 산달까지 버텨 내주면 좋을 텐데 말이죠."

슈헤이는 일단 안도했지만 개인실에 입원한 아내의 병문안과 동시에 낙관적인 기분이 사라져 버렸다. 가나미의 상태가 입원 전과 확연히 달랐던 탓이다. 침대에 누운 채 비아냥거리지도 않았고 이름을 불러도 대답하지 않았다. 얼이 빠진 것 같은 느낌이었다.

병실을 찾은 이소가이는 '해리성 혼미'라고 진단했지만 그러한 의학상 꼬리표는 더 이상 슈헤이에게 필요 없었다. 남은 사흘을 버텨 내는 수밖에 없었다.

나카무라 구미의 기일 이틀 전 슈헤이는 아내가 머무는 개인실에서 아침을 맞았다. 이소가이의 주선으로 병실에서 머무를 수 있었다.

오전 중에 회진차 들른 히로카와가 가나미의 발목에 부종이 생긴 것을 발견했다. 히로카와가 이소가이를 불러내 뭔가 이야기를 한 것 같았지만 가나미를 수술실로 옮겨 가는 일은 없었다.

하룻밤이 지나고 나카무라 구미의 법회가 이튿날로 다가왔다. 슈헤이는 하루 종일 가나미의 곁에 있었지만 아무런 변화도 일어나지 않았다. 조용한 하루였다. 저녁나절에 슈헤이는 센다이의 오카베 가즈야에게 연락을 취했다. 모든 게 예정대로라는 대답을 들었다. 병동 소등 후 개인실 소파에 누워 슈헤이는 기도했다. '아내와 아기를 지켜주세요.'라고. 기도의 대상이 신인지 나카무라 구미인지 알 수 없었지만 기도를 않고는 못 배길 것 같았다.

하지만 그 소원은 이뤄지지 않은 듯했다.

나카무라 구미의 기일 아침 일찍 슈헤이가 병실에서 눈을 떴을 때 가나미가 사라져 있었다.

5

이소가이는 전화벨 소리에 잠을 깼다. 긴장한 탓인지 옅은 잠에 들어 두 번째 벨소리가 울렸을 때 전화를 받았다.

"네, 이소가이입니다."

"슈헤이입니다."

긴박한 목소리가 들렸다.

"가나미가 사라졌어요."

"뭐라고요?"

이소가이는 침대에서 벌떡 일어섰다. 시계를 보니 오전 6시 25분이었다.

"병실에 없어요."

수화기 너머로 억누를 수 없는 동요가 전해져 왔다.

"갈아입을 옷이랑 지갑도 없어졌어요."

"모니터 같은 건 어떻게 됐죠?"

"자기가 뗀 모양이에요. 배에 감겨져 있던 두꺼운 벨트가 침대 위에 내던져져 있었어요. 지금 간호사가 가나미를 찾으러 갔어요."

이소가이는 그 간호사들은 대체 뭘 하고 있던 건지 생각하며 가나미가 비상구로 향했음을 직감했다. 간호사실 반대편 복도 안쪽에 비상계단으로 통하는 출구가 있었다. 정신과 병동이 아닌 만큼 안쪽에서 간단히 문을 열 수 있는 구조였다. 가나미는 그곳을 통해 빠져나간 게 분명했다. 이소가이는 순간적으로 자살 기도를 생각했지만 가나미는 죽을 생각이 없을 터였다.

"어디로 갔을지 짐작되는 곳이 있나요?"

"없어요. 집에 가 볼까요?"

그렇게 하라고 말하려다가 이소가이는 말을 삼켰다. 나카무라 구미의 인격이 목적도 없이 가나미의 몸을 위험에 처하게 할 리가 없었다. 그렇다면…….

"여보세요?"

'그 남자'와 슈헤이가 만나기로 한 날 가나미가 실종된 것은 아무런 관계가 없지 않을 터였다. '정리해야 할 문제'라고 빙의 인격은 말했었다. 나카무라 구미의 인격은 빙의 상태를 유지하기 위해 망자의 위령제를 방해하려는 건 아닐까?

"오늘 공양에 대해 가나미 씨가 알고 있었나요?"

"아뇨, 알 리가 없어요."

슈헤이는 즉시 대답했지만 곧 당황한 어투로 말했다.

"잠시만요."

수화기 너머로 종이를 넘기는 소리가 들렸다.

"왜 그러시죠?"

"제 가방 안에 시스템 수첩이 들어 있었는데, 그 일정표 페이지가 찢겨 있어요."

"거기에 오늘 일정이 적혀 있었습니까?"

"네, '10시에 법회'라고."

"가나미 씨는 센다이로 갔는지도 모릅니다."

슈헤이의 목소리에 황당함이 더해졌다.

"그 몸으로요?"

"고마고메 맨션엔 여동생을 보내겠습니다. 슈헤이 씨는 저랑 같이 센다이로 갑시다."

"네, 넵."

"자동차랑 전차, 어느 쪽이 더 빠르죠?"

"전차요. 신칸센이 제일 빨라요."

"그럼 도쿄 역에서 만나죠. 시간과 장소는 휴대전화로 얘기해요."

"네."

이소가이는 침실을 나서 여동생을 깨우러 갔다.

슈헤이가 도쿄 역에 도착한 것은 가나미의 실종 사실을 안 지 30분이 지난 오전 6시 50분이었다. 벌써 두 사람 몫의 차표를 산 이소가이가 신칸센 발착홈 개찰구에서 기다리고 있었다.

"20분 뒤에 전차가 출발합니다. 서두르죠."

에스컬레이터를 뛰어 올라가면서 이소가이가 짧게 보고했다.

"미호가 전에 받아 둔 스페어 키로 집에 들어갔습니다. 가나미 씨는 없다고 합니다."

'역시 센다이로 간 건가?' 슈헤이는 각오를 다졌다.

"동생한테는 잠시 댁에서 기다리라고 했습니다."

"죄송합니다."

두 사람을 출발 직전인 신칸센을 탔다. 다행히도 센다이행 가장 빠른 편을 탄 덕택에 현지에는 1시간 40분 후인 오전 8시 30분에 도착할 예정이었다.

지정 좌석에 앉자마자 이소가이의 휴대전화가 울렸다. 발신자를 확인한 이소가이는 "병원이군요."라고 말하고 전화를 받기 위해 차량 칸 사이로 나갔다. 슈헤이도 뒤따랐다.

차량 사이에 선 이소가이는 소음 때문에 한쪽 귀를 막고 험상궂은 표정으로 전화기에 대고 뭐라고 말하고 있었다. 상대방은 아무래도 산부인과 의사인 히로카와인 듯했다. 이윽고 전화를 끊은 이소가이가 말했다.

"모니터 그래프가 끊긴 기록을 통해 가나미 씨가 병원을 나선 시간이 파악됐습니다."

"언제죠?"

슈헤이가 주머니에서 메모지를 꺼내들었다. 전에 센다이에 갔을 적에 신칸센 시간표를 적어 뒀었다.

"5시 40분입니다."

"그러면."

슈헤이는 메모지를 손가락으로 훑었다.

"센다이로 향했다면 6시 3분이나 6분에 도쿄에서 떠나는 편을 탔겠군요. 늦어도 8시 23분에는 현지에 도착하게 되네요."

이소가이가 재빨리 계산한 뒤 말했다.

"우리보다 10분은 빨리 도착하겠군요."

"네. 그렇지만……."

슈헤이는 고야스 신사에 갔을 때 얼마나 걸렸는지 떠올렸다.

"나고 자란 동네인 만큼 지리 감각이 있을 겁니다. 아마도 전철을 타고 움직이겠죠. 우리가 센다이 역에서 택시를 탄다면 신사에 더 빨리 도착할 겁니다."

"가나미 씨는 신사에 언제쯤 도착하죠?"

"9시 전후가 아닐까 합니다."

슈헤이는 나카무라 구미의 사망 시각까지는 시간이 있다고 생각했지만 인상을 찌푸리고 생각에 빠진 이소가이의 표정이 신경 쓰였다.

"왜 그러죠?"

"병실에 남겨져 있던 태아 심박 그래프 말입니다. 히로카와 선생의 말로는 모니터 추적이 끊기기 5분 전부터 태아의 심박에 이상 소견이 나타났다고 하더군요."

그 말뜻을 이해한 순간 슈헤이는 얼굴에서 핏기가 가시는 걸 느꼈다.

"가나미가 그 병에?"

이소가이는 천천히 끄덕였다.

"가나미 씨의 태반이 벌써 떨어져 나가기 시작했는지도 몰라요."

'설마.' 슈헤이는 생각했다. 나카무라 구미의 기일에 그것도 같은 사망 시각에 가나미도 그 신사에서 목숨을 잃는 걸까? 엄마와 아기 모두…….

센다이에 도착할 때까지 자리에 앉아 있기만 했던 1시간 30분 동안 그야말로 지옥 불에 들볶이는 것만 같았다. 이소가이는 몇 번인가 자리를 떠 분쿄의대나 여동생과 연락을 주고받았지만 가나미는 발견되지 않았다. 아내가 센다이로 향했다는 추측은 신빙성을 얻고 있었다.

정시대로 8시 33분에 신칸센이 마침내 센다이 역 홈으로 미끄러져 들어갔다. 슈헤이는 이소가이와 함께 역 구내를 달려 택시를 타고 기요가와 읍으로 향했다.

앞으로 20분. 슈헤이는 몇 번이고 손목시계를 흘끗거렸다. 지도를 꺼내 고야스 신사에서 가장 가까운 소방서도 확인했다. 거리는 꽤나 떨어져 있었다. 신사에서 구급차를 불렀을 때 빠르게 근처 의료 기관까지 옮길 수 있을지 걱정됐다.

택시가 기요가와 읍으로 들어가 히로세가와 다리를 건넜다. 슈헤이는 운전수에게 길을 지시하면서 고야스 신사까지 유도해 갔다. 도중에 나카무라 구미의 생가를 돌아봤지만 공터에는 사람이 없었다.

택시가 신사에 도착했다. 이소가이가 운전수에게 기다리라고 말한 뒤 두 사람은 돌계단을 뛰어 올라갔다. 경내에서 좌우로 흩어져 본당 뒤 오두막으로 향했다. 오두막은 언제나처럼 나무숲 앞에 고요히 서 있었다.

반대쪽에서 돌아온 이소가이가 슈헤이에게 눈짓으로 신호했다. 슈헤이는 고개를 끄덕여 보였다. 두 사람은 발소리를 죽이고 천천히 오두막으로 다가갔다. 입구 문은 살짝 열린 채 바람이 부는 대로 앞뒤로 흔들리고 있었다. 좌우에서 문 입구로 다가온 슈헤이와 이소가이는 타이밍을 맞춰 문을 열어젖혔다.

널빤지가 깔린 오두막 안으로 빛이 비쳤다. 하지만 거기엔 아무도 없었다.

"아직 도착하지 않은 모양이네요."

슈헤이가 말했다. 시간이 괜히 신경 쓰였다.

"택시 안에서 기다릴까요?"

이소가이가 손목시계를 보며 물었다.

"법회 시작 시간이 10시였지요?"

"네. 지금부터 1시간 5분 뒤예요."

고개를 끄덕인 이소가이가 문득 고개를 들었다. 눈에 긴장이 감도는 걸 본 슈헤이는 불안해졌다.

"왜 그러시죠?"

"오카베 가즈야 씨와는 여기서 만나기로 하셨습니까?"

"아뇨, 9시 30분에 센다이 역에서요."

"그것도 수첩에 적혀 있었습니까?"

슈헤이와 이소가이는 얼굴을 마주보더니 이내 달려 나갔다.

오카베 가즈야는 멀리서 온 손님을 맞기 위해 일찍 센다이 역에 도착했다. 보통 통근할 때 타는 일반 열차 홈을 나서면서 시각을 확인하자 9시 10분이었다. 나쓰키 슈헤이가 탄 신칸센은 22분에 도착한다고 들었다. 시간을 보내기 위해 편의점에서 신문을 산 뒤 역 2층 에스컬레이터를 타고 3층에 있는 도호쿠 신칸센 개찰구로 향했다.

아침 러시아워에는 도쿄발 열차가 약 5분 간격으로 도착하기에 신칸센 광장은 승객의 왕래가 끊이지 않았다. 오카베는 2층을 내려다 볼 수 있는 바람이 통하는 난간 근처에 서서 신문을 읽으며 슈헤이를 기다리기로 했다.

하지만 기사 내용이 머리에 들어오지 않았다. 월요일에 슈헤이가 찾아온 이후로는 밤에도 제대로 잠을 이루지 못하는 나날이 이어졌다. 옛 연인에 대한 애석함과 격렬한 자책감.

아기와 함께 천국에 있을 구미는 자신을 용서해 줄까? 승려를 불러 공양을 하면 구미의 혼을 달래 줄 수 있을까?

"가즈야?"

귀에 익숙한 목소리가 갑자기 등 뒤에서 들렸다. 그게 누구의 목소리인지 떠올리는 동시에 심장 고동이 빨라졌다.

여자의 목소리가 다시 들려왔다.

"오랜만이네."

'이건 말도 안 돼.' 하고 오카베는 생각했다. 구미는 죽었다. 자기 뒤에 서 있을 리가 없었다. 환청이라도 들은 걸까 생각하는 와중 따뜻한 공기가 등골을 스쳤다. 인기척이었다. 누군가가 틀림없이 등 뒤에 서 있었다.

"왜 그래, 가즈야?"

두 번째로 이름이 불렸을 때 오카베는 가까스로 돌아섰다. 눈앞에 한눈에도 임신부인 게 티가 나는 여자가 서 있었다. 강함과 부드러움이 공존하는 눈동자, 때때로 신랄한 말을 내뱉는 입. 그 여자의 표정에서 풍기는 인상은 구미를 쏙 빼닮았다.

여자는 오카베를 바라보며 구미와 똑같은 목소리로 물었다.

"내가 누군지 알아?"

오카베는 얼어붙었다.

"너는……."

나쓰키 슈헤이의 아내는 정신 장애를 앓고 있다고 들었다. 오카베는 상대의 말을 가볍게 받아들였음을 깨달았다. 눈앞의 여자는 생전 구미와 완전히 똑같은 목소리, 완전히 똑같은 어조로 말하고 있었다.

"있지, 가즈야? 왜 아기를 지우라고 했던 거야? 우리 둘의 아기인데."

여자가 천천히 다가왔다. 오카베는 뒷걸음질 치면서도 어떻게 대응해야 할지 가늠이 되지 않았다. 여자는 자신의 배를 자랑스럽다는 듯 쓰다듬으며 말했다.

"봐, 여기에 우리 아기가 있어."

내려다본 오카베는 여자의 몸에 이변이 일어나고 있음을 깨달았다. 치마 아래 양다리 사이로 투명한 액체가 맺혀 떨어지고 있었다. 점점이 떨어지는 무색의 체액.

오카베는 큰일이라고 생각했다. 눈앞의 임신부는 양수가 터진 것이다. 역 구내 시계를 얼른 살폈지만 슈헤이가 도착할 때까지는 아직도 7분이나 남았다.

"왜 날 병원에 입원시켰어?"

"병원?"

오카베가 되물었다.

"발뺌하지 마. 오늘 아침 사람 눈을 피해서 온 거란 말이야. 우리들의 아기를 지키기 위해서."

오카베는 여자가 오해하고 있음을 눈치 챘다. 입원시킨 게 나쓰키 슈헤이가 아니라 오카베라고 믿고 있는 것이다. 하지만 3년 전에 자신이 싫다는 구미를 억지로 병원에 보내려던 것도 사실이었다.

여자가 짜증이 난 듯 외쳤다.

"있지, 뭐라고 말 좀 해 봐!"

"정말 미안해."

오카베는 목소리를 쥐어짰다.

"정말로 미안하게 생각하고 있어."

"미안하다면, 왜지?"

"그 당시 우리 둘한테 최선의 선택이라고 생각했었어."

"체면을 위해서 아기를 죽이는 게?"

오카베는 응수할 말이 없었다. 갑자기 왼손 약지가 무거워졌다. 오른손을 몰래 겹쳐 결혼반지를 숨기려 했지만 그보다 먼저 여자의 손이 오카베의 왼손목을 잡았다.

"비겁한 놈."

힐난하는 여자의 눈동자에 경멸과 살의가 감돌았다.

오카베는 몸을 돌려 그 자리를 피하려 했다. 하지만 어깨가 바로 뒤에 있던 벽에 막혔다. 어느새 광장 구석으로 내몰려 있었다.

"가즈야의 어린아이 같은 생각 때문에 아기를 희생할 수는 없어."
여자가 말을 마치고 계속 등 뒤로 돌리고 있던 왼손을 앞으로 내밀었다. 자그마한 칼을 쥐고 있었다. 칼날은 짧았지만 심장을 꿰뚫기엔 충분한 길이였다.
오카베는 양손으로 상대의 팔을 눌러 내렸다. 여자가 예상 외의 힘으로 자신의 팔을 떨쳐내려 했다. 말없이 몸싸움을 하는 와중 발걸음을 멈춘 통행객들 사이에서 비명이 터져 나오기 시작했다.

택시에서 내린 이소가이가 센다이 역 2층으로 뛰어들었을 때 머리 위에서 여자들의 비명 소리가 들려왔다. 옆에서 발걸음을 멈춘 슈헤이가 바람 통로를 올려다보더니 3층 광장을 가리켰다.
"가나미가!"
고개를 든 이소가이는 믿을 수 없는 광경을 봤다. 칼을 손에 쥔 가나미가 벽을 등진 남자를 노리고 칼끝을 내리찍어 버렸다.
역 구내에 여자들의 비명 소리가 울려 퍼졌다. 이소가이와 슈헤이는 에스컬레이터를 달려 올라갔다. 앞길을 가로막는 승객들을 밀치며 슈헤이가 외쳤다.
"가나미, 그만둬!"
현장에 도착한 이소가이의 눈에 이쪽을 돌아보는 가나미와 벽에 기대 쓰러져 있는 남자의 모습이 들어왔다. 오카베 가즈야였다. 오카베의 배 앞쪽이 피로 물들어 있었지만 의식은 분명히 붙어 있는 듯했다.
슈헤이가 아내에게 달려들어 등 뒤에서 끌어안으려 했다. 그때 가나미가 손에 쥐고 있던 칼을 옆으로 휘둘렀다. 슈헤이의 셔츠가 가로로 찢겨 그 틈으로 보이는 피부 위에 붉은 직선이 뚜렷이 떠올랐다.

"가나미, 그만해."

슈헤이는 자기 상처에서 눈을 떼고 아내를 향해 손을 내밀었다.

"칼을 나한테 건네줘."

그 말의 극적인 효과에 이소가이는 눈을 크게 떴다. 가나미의 표정이 순식간에 연약하게 변하더니 눈물 고인 눈으로 슈헤이에게 호소했다.

"왜, 슈헤이, 왜 아기를 낳으면 안 돼? 어째서?"

"이제 그만해 가나미! 아기는 우리 둘이서 기르기로 했잖아!"

"거짓말!"

빙의 인격이 외쳤다. 좌우에 있는 슈헤이와 오카베에게 재빨리 시선을 돌리면서 증오가 서린 목소리로 내뱉었다.

"이 남자랑 둘이서 짜고 아기를 죽이려고 하는 거잖아. 내 소중한 아기를!"

"가나미, 제발 말 좀 들어 줘."

다가서려는 슈헤이를 나쓰키 가나미로 돌아온 여자가 눈물을 흘리며 견제했다.

너무나도 빠른 인격 변화에 이소가이는 가나미의 정신 상태가 걱정됐다. 그리고 그 불안감은 이윽고 현실이 돼 이소가이의 시야에 들어왔다. 가나미의 양수가 터져 있었다. 자궁 문이 벌써 열리고 있었다. 이대로라면 선 채로 갑작스럽게 출산할 위험이 있었다.

"왜 다들 다가와서 아기를 죽이려고 들지?"

가나미가 새된 목소리로 울며 외쳤다.

"내 아이란 말이야! 둘도 없는 내 생명이란 말이야!"

"아무도 죽이려고 들지 않습니다."

이소가이가 가나미를 향해 한 걸음 다가갔다.

"그 칼을 내리도록 해요."

"당신은 가만히 있어!"

이소가이의 모습을 본 가나미가 빙의 인격으로 변해 분노에 차 소리 질렀다.

"당신 지금까지 몇 명의 아기를 죽여 온 거야! 살려고 하는 아기를 몇이나 죽여 온 거냐고!"

호흡 반사 운동을 반복하던 아기의 모습이, 그리고 "아기는요?" 하고 분만대 위에서 묻던 너무나도 어린 어머니의 목소리가 이소가이의 뇌리에 되살아났다. 하지만 그 돌이킬 수 없는 과거가 최후의 해결책을 내놨다. 인공 임신 중절을 위한 분만 유도법은 조기박리증의 긴급 처치 방법인 급속 분만술이기도 했다. 가나미의 태반이 벗겨지기 전에 자궁 내 아기를 출산한다면 엄마와 아기 모두를 구할 수 있을지도 몰랐다.

이소가이는 위험한 내기를 걸었다. 달려온 역무원을 손짓으로 제지하고 거칠게 말했다.

"네가 말하는 대로지. 나는 이 손으로 수많은 아기를 죽여 왔어. 왠지 알아? 무책임한 부모가, 사회가 아기를 죽이길 원해서였어!"

격렬한 분노 탓인지 여자는 할 말을 잃은 듯했다. 그녀는 어머니라고 이소가이는 생각했다. 아이를 위협하는 폭력에 몸을 던져 막아서는 어머니였다. 가나미의 감정을 흐트러뜨리기 위해 이소가이는 더더욱 도발을 시도했다.

"숨도 못 쉬는 아이를 엄마의 태내에서 끌어냈지. 아무런 처치도 않고 죽게 방치해 왔어. 손과 다리와 눈과 귀가 붙어 있는 작은 아기를!"

헐떡이듯 입을 움직이며 가나미가 칼을 쥐어 들었다.

계속 외쳐 대는 이소가이는 이게 도발이 아니라 모성에 대한 참회라고 느꼈다.

"아기들은 폐가 짓눌린 채 숨도 못 쉬고 죽어 갔어. 살리고 필사적으로 발버둥치면서 소리조차 내지 못하고 죽어 갔어. 그 누구의 품에도 안기지 못하고 차가운 작은 상자에 봉해져······."

가나미가 이소가이를 향해 발을 옮겼다. 그걸 본 역무원이 가나미에게 달려들려 했다. 이소가이는 역무원을 팔로 밀어젖히고 재빨리 돌아섰지만 칼이 내리 찍히는 일은 벌어지지 않았다. 가나미는 고통에 차 얼굴을 일그러뜨리고 그 자리에 서 있었다.

"가나미?"

슈헤이가 겁에 질려 물었다.

움직임을 멈춘 가나미의 손에서 칼이 미끄러져 떨어졌다. 가나미는 양손으로 배를 감싸고 신음 소리를 내며 주저앉았다.

이소가이는 가나미에게 달려들며 외쳤다.

"구급차를! 진통이 시작됐어!"

주위가 떠들썩해졌다. 달려나간 역무원을 스치며 철도 경찰대가 달려왔다.

"구급차를 두 대 불러 주세요!"

이소가이는 쓰러져 있는 오카베 가즈야를 흘끗 보고 경찰관에게 말했다.

"신생아를 받아 줄 곳을 찾아 주세요! 그리고 칸막이가 될 만한 것도요!"

"칸막이요?"

경찰이 되물었다.

"산기가 있단 말입니다. 구급차가 제때 못 올지도 모른다고요!"

슈헤이가 이소가이를 향해 경악한 표정을 지었다.

"저는 어쩌면 좋죠?"

"침착하세요."

이소가이는 슈헤이와 자기 자신을 위해 말했다.

"아마도 이게 마지막 싸움일 겁니다."

"싸움요?"

"힘을 합쳐서 가나미 씨와 아기를 지켜 내야 한단 말입니다!"

슈헤이의 시선이 이를 악물고 격렬한 고통을 참아내고 있는 아내를 향했다. 슈헤이는 그 자리에 무릎을 꿇고 아내의 손을 잡았다.

"가나미!"

이소가이는 서둘러 오카베 가즈야에게 다가갔다. 셔츠를 찢고 상처를 보니 출혈은 이미 거의 멎어 있었다.

오카베는 떨리는 목소리로 말했다.

"저 사람을 도와주세요."

이소가이는 고개를 끄덕였다. 그때 역무원과 경찰관 세 명이 군중을 헤치고 사무용 칸막이를 운반해 왔다.

사람들의 눈길을 차단시키자마자 이소가이는 가나미의 옷을 말아 올리고 속옷을 벗겼다. 양수에는 이미 피비린내가 감돌고 있었다. 신생아의 냄새였다. 촉진을 한 슈헤이는 산도 내에서 태아가 내려오고 있음을 알아챘다. 이미 자궁문은 아기를 내보내기 위해 완전히 열려 있었다.

"구급차를 기다릴 시간이 없습니다!"

이소가이의 말에 슈헤이가 눈물이 그렁그렁한 채 외쳤다.

"도와주세요! 제발요! 가나미와 아기를 도와주세요!"

"여기서 받도록 하죠."

이소가이는 결단을 내리고 역무원을 돌아봤다.

"의무실이 있습니까?"

"구호실은 있어요."

역무원이 황급히 답했다.

이소가이는 슈헤이와 역무원에게 말했다.

"지금부터 제가 말하는 걸 준비해 주세요. 아시겠죠?"

슈헤이가 진지한 표정으로 고개를 끄덕이고 주머니를 뒤져 메모와 펜을 꺼냈다.

"거즈, 타월, 의료용 장갑, 제대클립, 멸균 처리한 실과 가위, 가능하면 산소 호흡기도요. 있는 것만이라도 갖춰 주세요."

슈헤이가 물건을 다 받아 적자 역무원이 말했다.

"갑시다!"

두 사람이 몸을 돌려 달려 나갔다.
이소가이는 가나미의 손을 잡아 주며 생각했다. 임신 29주째. 지금 아기를 낳더라도 신생아 집중치료실이 있는 병원으로 아이를 옮긴다면 살릴 가능성은 충분했다.

슈헤이는 역무원을 따라 온 힘을 다해 달렸다. 이소가이가 말한 물품 리스트는 메모를 보지 않더라도 머릿속에 전부 들어차 있었다. 취재 경험으로 기른 기억력이 궁지에 몰린 지금 그 역할을 톡톡히 발휘하고 있는 것 같았다.
"여깁니다!"
역무원이 개찰구를 뛰어넘어 1번 홈 북쪽으로 안내했다. 구호실에 뛰어 들어간 슈헤이는 이소가이가 말한 의료용품을 차례차례 말하면서 선반을 뒤졌다.
"제대클립이 뭔지 모르겠네요."
역무원이 슈헤이를 봤다.
"지금 있는 것만으로도 충분해요."
제대클립 외에는 전부 찾아냈다.
"돌아갑시다!"
구호실을 뛰쳐나갈 때 벽에 걸린 시계가 눈에 들어왔다. 아직 9시 30분. 나카무라 구미의 사망 시각이 채 안 됐다. 실낱같은 희망과 함께 슈헤이의 온 생각이 기원으로 변했다.
'가나미와 아기를 구해 주세요.'
눈에 보이지 않는 초자연적 존재에게 말을 걸며 슈헤이는 달렸다.

'제발 이 외침을 들어 주세요.'

가나미는 만출기에 접어들었다. 배와 가슴을 위로하고 반듯이 누워 양 무릎을 든 소위 쇄석위라는 자세를 취한 채 말 그대로 산고에 온몸을 비비 꼬고 있었다.

이소가이는 땀으로 뺨에 달라붙은 가나미의 머리카락을 쓰다듬어 올리며 말을 걸었다.

"숨 쉬세요! 배에 힘을 주고!"

가나미의 신음 소리가 커졌다. 회음부에 손을 가져다대자 산도를 타고 내려온 태아의 머리가 만져졌다. 아기는 지금 좁은 산도에 맞게 두개골을 변형시키고 있었다. 밀려 나오고 있는 작은 몸은 엄마 골반이 꺼진 부분에 따라 90도 회전된 채 엄마의 등 쪽을 향한 상태로 탄생 시기를 기다리고 있을 터였다.

이소가이가 회음부의 탄력도를 확인하고 있을 때 슈헤이와 역무원, 그리고 구급대원이 잇따라 달려왔다.

"제대클립만 없더라고요!"

슈헤이가 외치듯 말하고 가져온 의료용품을 보였다.

"타월을 가나미 씨 아래로요."

이소가이는 장갑을 끼고 회음부를 보호하는 몸자세를 취하며 구급대원에게 말했다.

"제대클립이나 코허 겸자 없나요?"

"제대클립은 있습니다."

"빨리 가져오세요. 그리고 신생아 집중치료실이 있는 의료 기관에 접수 요청도요!"

"네."

구급대원이 달려 나갔다.

남은 대원이 오카베 가즈야에게 달려갔다.

"괜찮아요. 여기에 있을게요."

오카베의 목소리가 들려왔다.

"가나미 씨의 양손을 눌러 주세요!"

이소가이는 슈헤이에게 지시하고 다시 가나미를 향했다.

"자아, 숨 쉬세요!"

슈헤이가 튀어 오르는 가나미의 양팔을 움켜쥐었다. 그와 동시에 회음부가 넓어지더니 태아의 정수리가 보이기 시작했다. 거꾸로 선 게 아니라 머리부터 나오고 있어 이소가이는 큰 희망을 품었다.

"빠르게 호흡 하세요!"

엄마의 치골을 지점으로 태아의 머리가 들어 올려졌다. 정수리부터 이마, 눈, 코와 아래를 향한 아기의 얼굴이 천천히 나타났다. 눈을 감고 아무 말 하지 않는 그 모습은 이 세상에 외출하기 위해 정좌하고 있는 듯 보였다.

"머리가 보여요! 조금만 더 힘내세요!"

가나미의 이마에서 엄청나게 땀이 흘러내렸다. 아기의 몸이 골반 모양에 맞춰 다시 90도로 회전해 엄마의 오른편을 향했다. 이소가이는 목까지 나온 태아의 두부에 양손을 가져다 대고 아래를 향해 가볍게 눌렀다. 어깨가 나왔다. 이어 고개를 들어 올리자 급격히 저항이 사라지더니 아기의 온몸이 모체에서 흘러나왔다.

태어났다.
 가나미의 신음 소리가 끊겼다. 칸막이 너머로 들려오던 군중의 웅성거리는 소리도 사라져 주위는 갑작스런 정적에 휩싸였다.
 슈헤이가 숨을 삼키고 이소가이를 봤다.
 이소가이는 할 말을 잃고 양손으로 받아 든 여자아이를 바라봤다. 갓난아이는 축 늘어진 채 숨을 쉬지 않았다. 거즈로 코와 입의 양수를 닦아 줬지만 그래도 반응이 없었다.
 사산이었다.
 이쪽을 바라보고 있는 슈헤이의 얼굴이 점점 파랗게 질렸다.
 바로 옆에 놓여 있던 제대클립과 겸자를 사용해 태반을 처리한 뒤 이소가이는 왼손으로 아기를 끌어안았다. 이대로 죽일 수는 없었다. 사라져 가는 혼을 도로 불러내려는 듯 이소가이는 아기의 발바닥을 때렸다.
 "숨 쉬어!"
 무심결에 외치고 있었다.
 "공기를 들이쉬어! 울어 보렴!"
 곧바로 왼손에 무게감이 느껴졌다. 이소가이는 움직임을 멈추고 바라봤다. 아기의 짧은 팔다리가 자신을 끌어안듯이 뻣뻣해지더니 목 깊은 곳에서 약한 울음소리가 울려 퍼지기 시작했다.
 생명의 탄생이 확인된 순간 주변을 둘러싼 남자들의 얼굴에 안도의 미소가 피어오르고, 칸막이 너머에서 왁자지껄한 환성이 터져 나왔다.
 이소가이는 신생아를 타월로 감싸고 전신의 상태를 체크했다. 체중은 1500그램 정도에 불과한 극소 미숙아였지만 반응이나 심박수를 볼 때 아프가 점수는 7로 가사 상태는 피했다. 흉곽에 함몰 호흡 징후가 보였지만 구급 수송하면 걱정하지 않아도 될 것 같았다.

시선을 들자 여태껏 멍한 표정을 짓고 있는 슈헤이가 보였다. 슈헤이의 시선이 천천히 아기에서 아내로 옮겨갔다.

가나미는 움직이지 않았다. 의식을 잃은 듯 눈을 감고 있었다. 빨리 구급차를 태워야겠다고 생각했지만 이소가이는 위험성을 인지하면서도 아기를 부부에게 데려갔다.

"무사히 태어났어요. 여자아이입니다."

슈헤이는 아기를 받아들고 아내의 얼굴에 들이밀었다.

"가나미?"

아기 울음소리에 반응한 건지 엄마의 눈꺼풀이 움직였다.

그때 이소가이는 갑자기 누군가가 떠나가는 기척을 느껴 황급히 주위를 둘러봤다. 그러나 주변에 있던 사람은 모두가 그 자리에 남아 있었다. 역무원도 경찰관도 구급대원도 그리고 오카베 가즈야도 어머니가 자신의 아기를 마주하는 순간을 기다리고 있었다.

"슈헤이?"

가냘픈 목소리가 들렸다. 가나미가 천창을 보고 누운 채 초점이 맞지 않는 눈으로 자신의 남편을 찾고 있었다.

"슈헤이? 어떻게 된 거야?"

슈헤이가 가나미의 가슴 위에 아기를 놓았다. 엄마의 양팔이 반사적으로 아기를 안아 들었다. 그리고 깜짝 놀라 크게 뜬 눈에서 뚝뚝 눈물이 떨어지기 시작했다.

"우리…… 우리 아기가 태어났어."

이렇게 말한 슈헤이는 엉엉 울음을 터뜨렸다.

이소가이는 구급대원한테 신생아의 산소 호흡과 모체 출혈에 주의하라고 말하고는 두 사람을 같이 옮겨 달라 부탁했다.

가나미가 아기를 안은 채 들것에 실렸다. 엄마와 아기를 옮기기 위해 칸막이가 치워진 순간 주위를 둘러싸고 있던 사람들 사이에서 박수가 일었다. 또 다른 들것에 실린 오카베 가즈야도 기쁜 웃음을 짓고 있었다. 이소가이는 안도했다. 이렇게 많은 사람들에게 축복받으며 태어나는 아기도 드물겠거니 생각했다.

들것이 움직이기 시작했다. 가나미가 신기한 표정으로 함께 가고 있는 이소가이를 올려다봤다.

이소가이는 미소 지었다.

가나미도 희미하게 미소지었다.

첫 대면이었다. 지금까지 가나미의 기억은 빙의 인격과 함께 어디론가 사라졌을 터였다.

나쓰키 가나미에게 들러붙었던 여자의 영혼은 어린 생명을 지켜내는 목적을 달성하고 하늘로 불려 갔을 것이다.

에필로그

아내와 딸이 센다이 시내 병원에 입원한 다음 날 슈헤이는 건강 보험증과 갈아입을 옷가지를 챙기러 잠시 도쿄에 돌아왔다. 이소가이가 센다이에 남아 있어 주어 든든했다.

병원으로 후송된 뒤 박리된 태반이 가나미의 몸 밖으로 나왔지만 걱정했던 큰 출혈은 벌어지지 않았다. 이소가이의 말에 따르면 태반에 조기박리증을 의심할 만한 병변이 다소 있었지만 후유증을 비롯해 모든 가능한 처치를 했으니 걱정하지 않아도 될 듯했다. 한편 아기는 신생아 집중치료실로 옮겨져 폐포를 부풀리는 물질을 투여한 결과 위험한 상황은 피했다고 했다. 호흡 곤란 증후군이나 인공 폐 계면활성제 보충 요법 등 때에 따라 어려운 전문 용어를 줄줄이 읊은 이소가이는 마지막으로 웃으며 말했다.

"요약하자면 엄마와 아기 모두 괜찮을 거란 말입니다."

하지만 슈헤이의 마음을 누그러뜨린 건 그뿐만이 아니었다. 병실에서 아내와 얘기를 나눌 때 눈앞에 있는 사람이 틀림없이 가나미라는 확신이 생겼다. 아내는 돌아왔다. 귀여운 딸을 데리고. 그런 가나미를 슈헤이는 한껏 껴안았다.

고마고메에 도착한 슈헤이는 자기네 집으로 향했다. 모든 사건의 발단이 된 고층 맨션. 아무도 없는 방 세 개짜리 집은 쓸모없는 장물이 돼 버렸다. 슈헤이는 아내와 딸이 있는 병원으로 빨리 돌아가고 싶었다.

작업실에 들어가 부재중 전화를 재생시키자 편집자인 하시모토가 여러 번 메시지를 남겨 뒀다. 급한 용건이 있으니 당장 만나고 싶다는 내용이었다. 계속 병원에 있던 탓에 휴대전화의 전화를 꺼둔 상태라는 걸 처음 깨달았다.

북크래프트에 전화를 걸자 곧 하시모토가 받았다. 슈헤이는 그와 만날 약속을 잡았다. 아기가 태어난 이상 경제 사정이 전보다 훨씬 중대한 문제였다.

짐을 꾸려 역 앞 카페에서 잠시 기다리자 하시모토가 왔다.

"연락이 안 되던데 어떻게 된 거야?"

슈헤이는 짧게 대답했다.

"아기가 태어났어."

순간 멍해졌던 하시모토의 표정이 곧 활짝 폈다.

"아빠가 된 거네? 우와. 대단하군그래."

슈헤이는 하시모토가 자신을 '아빠'라고 부르기 시작해 쓴웃음을 지으며 말했다.

"걱정을 끼쳐서 미안해. 가나미도 완전히 괜찮아졌어."

"겹경사로군."

"응."

슈헤이는 숙연한 기분이 들었다.

"그래서 급한 용건은 무슨 일이야?"

"그거 말인데, 나도 좋은 소식을 가지고 왔어."

하시모토는 빙긋 웃으며 말했다.

"단행본 계획이 통과할 것 같아.『쾌적하게 사는 법』제2탄 말이야."

"뭐?"

슈헤이는 몸을 앞으로 기울였다.

"제목은『쾌적 연애학』이야."

슈헤이는 입을 벌린 채 하시모토의 얼굴을 봤다.

"오늘날 젊은이들에게 좀 더 쾌적한 연애를 가르쳐 주는 거지. 파트너 찾는 법부터 시작해서 큰돈을 쓰지 않고도 만족스러운 데이트를 하는 방법이나, 싸고 분위기 있는 가게 소개라든가……."

"잠시만. 그거라면 벌써 다 구상해 뒀어."

말허리를 자르고 슈헤이가 말했다.

"정말이야?"

"다만 내가 하고 싶은 말을 하게 되면 책이 전혀 안 팔리는 건 아니겠지만 아무튼 잘 안 팔릴 거야."

하시모토가 미간을 찌푸렸다.

"어떤 구상인지 좀 알려 주겠어?"

"글쎄."

슈헤이는 카페 바깥을 지나가던 커플을 바라보며 말했다.

"피임을 하지 않으면 아기가 생긴다. 그런 것도 모르는 녀석들은 연애를 하지 말 것."

웨이트리스와 다른 테이블에 앉아 있던 손님들이 이쪽을 돌아봤다. 슈헤이는 계속했다.

"질외사정은 피임이 아니다. 아기가 생기면 책임을 질 것. 짐승만도 못한 존재로 전락하지 말 것."

"이봐."

하시모토를 무시하고 슈헤이는 계속 말했다.

"사랑이라는 둥 불륜이라는 둥 쾌락 추구라는 둥 그럴싸하게 말하는 매스컴이나 문화인들에게 호도되지 말 것. 섹스를 하면 아기가 생기는 거야. 울게 되는 건 여자고. 남자는 도망쳐 버리지. 연애라는 건 아기를 낳기 위한 도화선이라고."

하시모토는 한숨을 쉬더니 실망한 눈빛으로 슈헤이를 봤다.

"정말로 안 팔리긴 하겠군. 반품이 산처럼 쌓이겠는데."

"그렇지?"

"이 기획대로 할 생각은 없는 거지?"

"응. 좀 더 견실하게 돈을 벌 수 있는 일감을 줘."

"알겠어. 다른 작가를 찾아볼게."

"용건은 그것뿐이야? 가나미한테 가고 싶은데……."

"잠깐. 한 가지 더 있어."

슈헤이는 일어서려다가 도로 앉았다.

"실은 살림을 꾸리게 됐어."

"누가?"

"내가."

슈헤이는 하시모토를 보고 이 남자도 부끄러워할 때가 있구나 하고 놀랐다.

"상대는 누군데?"

"사내 결혼이야."

만면에 미소를 짓고 하시모토가 말했다.

"레이아웃 부서 여자애 있잖아?"

"아, 그 애?"

듣고 보니 납득이 됐다.

"어찌됐든 축하해."

"고마워."

하시모토는 중요한 얘기를 꺼낼 때마다 그랬듯 테이블 위에서 손깍지를 꼈다.

"그래서 너하고도 관계가 있는 문제인데."

슈헤이는 대체 무슨 일일지 불안해졌다.

"뭔데?"

"우리 신혼집 때문에."

병원 복도를 걷던 이소가이는 중년 남성 둘이 병실에서 나가는 걸 봤다. 어제 이소가이한테도 찾아왔던 형사였다. 얼굴을 마주치는 것도 귀찮았던 이소가이는 간호사실 앞으로 숨어들어 두 사람이 엘리베이터에 타길 기다렸다.

형사들이 떠난 후 이소가이는 다시 오카베 가즈야의 병실로 향했다. 오카베의 상태에 대해선 어제 사정 청취를 위해 찾아온 형사들에게서 이미 들어 뒀다. 길이 15센티미터 정도의 자상이었다. 하지만 상처가 깊지 않았던 덕택에 위독해지지는 않았다. 3주 정도면 완치될 터였다.

열려 있는 문을 통해 병실에 들어서자 늘어선 침대 여섯 개 중 가장 안쪽에 오카베가 누워 있는 게 보였다.

"이소가이입니다. 어제는 실례 많았습니다."

침대맡으로 다가가 인사를 하자 오카베의 얼굴에 웃음이 번졌다.

"신세를 졌군요. 가나미 씨의 상태는 어떤가요?"

"더는 걱정하지 않아도 될 겁니다. 육체적으로도 정신적으로도."

"아기도요?"

"네."

"다행이네요."

오카베는 마음속 깊은 곳에서 우러나는 목소리로 말했다.

"덕택에 저도 큰 탈 없을 것 같아요."

"불행 중 다행이네요."

이소가이는 벽에 기대어진 의자를 가져와 자리를 잡고 앉아 본론으로 들어갔다.

"아까 복도에서 스쳐 지나왔는데 형사들이 왔던 모양이네요."

"네. 선생님께도 갔었나요?"

"어제 사정 청취를 하러 왔더군요."

이소가이는 어제 벌어진 일을 생각했다. 가나미의 정신과 진료 이력을 들은 형사가 주치의인 이소가이에게 병명을 물었었다. 이소가이는 망상성 장애라고 전했다. 해리성 장애라고 말하면 확률이 낮기는 하지만 가나미가 상해 사건의 법적 책임을 묻게 될 가능성이 있어서였다.

"형사들은 제 의사를 확인하러 온 것 같더군요. 피해 신고서를 접수하거나 고소를 할지 어떨지 말입니다."

"그래서요?"

"그럴 의사가 없다고 분명히 말해 뒀습니다."

이걸로 가나미는 불기소 처분을 받을 터였다. 이소가이는 고개를 숙였다.

"감사합니다."

"아니요."

오카베도 황송한 듯 말했다.

"당연한 일인걸요. 게다가 저는 돌이킬 수 없는 짓을 저질렀으니까요."

이소가이는 고개를 들었다.

"어제 제 앞에 서 있던 여성은 틀림없이 구미였어요. 그 아이는 저에게 책임을 일깨워 주러 왔던 거겠죠."

오카베는 창밖으로 펼쳐진 센다이의 거리를 바라보면서 홀연히 말했다.

"구미에게는 정말 미안한 짓을 했어요."

이소가이는 위로의 말을 입에 올리지 않았다.

오카베는 한동안 입을 다물고 있다가 이윽고 이소가이를 보고 물었다.

"가나미 씨의 아기 이름은 뭔가요?"

"그러고 보니 아직 안 물어봤네요."

"하나 생각난 게 있어서요…… 구미가 임신하기 전에 했던 말이죠. 아기가 생기면 아스카라는 이름을 지어 주고 싶다고. 남자아이든 여자아이든요."

"좋은 이름이군요."

"네."

오카베는 고개를 끄덕이고 다시 창밖을 봤다.

이소가이는 그의 눈에 과거의 광경이 비치고 있겠거니 생각했다. 연인을 향한 사랑이 결코 흔들리지 않을 것이라고 착각했던 먼 옛날의 추억을.

"정말로 못할 짓을 해 버렸네요."

오카베는 되풀이해 말했다.

이소가이는 센다이에서 이틀 동안 머문 뒤 도쿄로 돌아갔다. 가나미는 앞으로 며칠, 아기는 이삼 개월 정도 입원 간호가 필요했지만 병원의 관리 체계가 철저한 덕택에 이소가이는 안심하고 귀경길에 올랐다.

그 이후 생활은 갑자기 눈이 어지러울 정도로 바빠졌다. 분쿄의대 정신과 의국에 얼굴을 비춰 교수와 의국장에게 복직 의사를 전했다. 물론 두 사람은 반겨 줬다. 신세를 졌던 동료 의사들에게도 인사를 건넨 뒤 마지막으로 이소가이는 집중치료실에 있는 도다 마이코의 문병을 갔다.

재활 치료가 성공한 덕택에 마이코는 순조롭게 회복하고 있었다. 아직 말은 생각처럼 자유롭게 못 하는 듯했지만 마비됐던 몸은 서서히 움직일 수 있게 됐다. 그리고 무엇보다도 이소가이의 모습을 발견한 마이코가 온화한 표정을 지어 준 게 무척 기뻤다.

병실을 나서자 마이코의 임신 경과를 보기 위해 찾아온 히로카와 쇼코와 마주쳤다

"복직하기로 했어."

이소가이의 말에 히로카와는 웃음을 지었다.

"도다 씨의 재활 운동도 순조로워요."

"배 속의 아기는 어떻지?"

"무럭무럭 자라고 있어요."

이소가이는 안도의 한숨을 쉬었다.

히로카와는 사적인 자리에서 쓰는 말투로 말했다.

"가나미 씨 얘긴 들었어. 다행이네."

"응. 정말 다행이지."

"의국엔 언제 돌아와?"

"다음 주 월요일."

"그 전에."

히로카와는 주변에 간호사가 없는 걸 확인하고 물었다.

"주말에 식사 어때?"

이소가이는 히로카와를 봤다. 그 얘길 까맣게 잊고 있었다.

"싫으면 말고."

"아냐, 그러자."

무언가가 시작되려는 예감이 들었다. 왜 이 세상에는 여자가 있는 걸까 하는 묘하게 근본적인 의문이 떠올랐다.

그로부터 2개월 동안 전처럼 일에 치이는 나날이 계속됐다. 여동생 미호는 남편이었던 의사와 이혼이 성립해서 앞으로도 오빠네 집에 눌러붙게 됐다. 히로카와 쇼코와 정기적으로 만나게 된 이소가이는 어떻게 하면 여동생을 쫓아낼 수 있을지 음모를 꾸미게 됐다.

바로 그때 슈헤이와 가나미 명의의 편지가 도착했다. 정중하게 예를 갖춘 편지에 이소가이는 자신의 노력이 보답 받은 것 같았다. "다음 주말에 가족 모두 도쿄로 돌아갑니다."라고 쓰여 있기에 언제쯤일지 헤아려 전화를 걸었다. 자신의 눈으로 가나미와 아기의 회복을 확인해 두고 싶었다. 전화를 받은 슈헤이는 "좀 놀라실지도 몰라요."라며 이소가이의 방문을 흔쾌히 승낙했다.

금요일 오후 업무 중에 빠져나와 고마고메에 위치한 맨션으로 가자 슈헤이가 건물 바깥에 서 있었다. 슈헤이 앞에는 트럭 두 대가 서 있었다. '놀랄지도 모른다'던 슈헤이의 말은 이걸 의미한 걸까? 이소가이는 웃으며 슈헤이에게 다가갔다.

"이소가이 씨."

자신을 발견한 슈헤이의 얼굴이 빛났다.

인사를 나눈 뒤 이소가이는 물었다.

"이사 하시나요?"

"네."

슈헤이는 쓴웃음을 지었다.

"친구인 편집자가 결혼하게 돼 이 방을 빌리게 됐어요. 월세가 들어오게 돼 대출 상환 걱정은 안 해도 될 것 같아요. 앞으론 제가 벌기만 하면 됩니다."

이소가이는 마치 자기 일인 양 안도했다.

그때 맨션 현관에서 가나미가 유모차를 밀며 나왔다. 두툼한 원피스를 입고 있었다. 혈색이 나빠 보이는 건 원래 피부가 흰 탓이리라. 가나미의 표정은 온화했고 출산 후에 찾아온다는 산후 우울증도 걱정하지 않아도 될 법했다.

가나미는 오후 햇살에 실눈을 뜨고 하늘을 올려다 본 뒤에 이쪽을 눈치 챈 듯했다.

"이소가이 선생님."

"건강해 보이시네요."

이소가이는 슈헤이와 함께 모녀 곁으로 다가갔다.

가나미는 주치의에게 거듭 감사를 표했다. 그 말을 들으며 이소가이는 그 자리에 주저앉아 유모차 안을 들여다봤다. 핑크색 망토를 두른 아기가 기분 좋은 듯 양손을 연신 흔들어 댔다. 보는 각도에 따라 어머니를 닮은 듯도 아버지를 닮은 듯도 했다. 어쩜 이렇게 귀여운지 이소가이는 진심으로 감명 받았다. 그리고 이렇게나 신성한 생명을 창조해 내는 영광을 인간은 왜 음란한 행위로 느끼는지 기이하다는 생각이 들었다.

"이소가이 씨, 잠시만요."

슈헤이가 주차장 옆 정원으로 불러냈다. 테이블을 사이에 두고 앉은 이소가이와 슈헤이는 누가 먼저랄 것도 없이 웃음을 터뜨렸다.

예전에 두 사람은 이곳에서 몇 번이나 절망적인 얘기를 나눠 왔다.

"결국에는 가나미는 아무것도 기억을 하지 못하더군요."

슈헤이가 속삭이듯 말했다.

"중절 얘기를 처음 꺼낸 날부터 출산할 때까지의 기억이 전부 사라져 있더라고요."

"그게 낫지 않습니까?"

이소가이가 대답했다. 해리성 건망증이라는 진단명은 더 이상 쓸모가 없었다.

"앞으로는 미래를 생각하기만 하면 되겠군요."

"네. 그래서 제 나름대로 결론을 내려 봤는데요."

슈헤이는 진지한 표정을 지었다.

"나카무라 구미의 혼이 소꿉친구인 가나미를 지켜 줬던 게 아닐까요. 의학적인 설명이 가능할 수도 있지만 저는 그렇게 생각하고 싶어요. 빙의 현상이 나타나지 않았더라면 저기 있는 딸아이는 중절 수술을 받았겠죠. 이 세상에 존재할 수 없었을 거예요."

그 말을 들으면서 이소가이는 생명 탄생의 신비를 역력히 느꼈다. 두 명의 남녀가 만나 작은 세포가 결합돼 새로운 생명이 태어난다. 심령 현상과 유사할 정도로 신비로운 일이었다.

"지금은 나카무라 구미라는 여성에게 감사하고 있어요."

"저도 마찬가지입니다."

이소가이는 눈앞의 친구와 마주보고 웃었다.

"게다가 슈헤이 씨에게도 감사드리고 싶군요."

슈헤이는 놀란 표정을 지었다.

"왜요?"

"잘 버텨 내 주셨잖아요."

짧은 찬사에 과거의 힘든 싸움이 되살아난 건지 슈헤이는 희미하게 눈물지었다.

"이소가이 씨 덕택입니다. 그리고……."

"그리고요?"

"한 여성을 계속 좋아한다는 건 붕 뜬 감정뿐만이 아니라 때로는 의지력도 필요하더군요. 그걸 뼈저리게 알게 됐어요."

이소가이는 슈헤이가 빠졌던 감응 정신병 증상을 떠올렸다. 그때 슈헤이는 자신의 정신에 깔린 심연을 깨달았을 터였다. 이성을 향한 사랑이 정반대의 감정과 표리일체라는 사실을. 그것도 어려움에 직면했을 때 그게 너무나도 쉽게 뒤집힐 수 있다는 사실을. 이소가이는 슈헤이와 가나미를 번갈아 보며 이 젊은 부부는 죽는 날까지 함께 하겠거니 생각했다. 자기 자신의 그림자에서 눈을 돌리는 사람은 결코 행복해질 수 없었다.

배기음이 들려왔다. 이삿짐 트럭의 시동이 걸렸다. 슈헤이는 도중에 자리를 떠 운전수와 얘기를 나눈 뒤 돌아왔다.

"갑자기 바빠져서 죄송합니다. 슬슬 이사할 집으로 가야 할 것 같아요."

"저야말로 바쁘신데 실례했군요."

"이번엔 방 두 개에 부엌이 하나 딸린 집으로 갈 거예요. 좁아 터지긴 했지만 괜찮으시다면 언제 놀러 오세요."

"네. 그러겠습니다."

가나미와 아기와 함께 트럭 쪽으로 걸어가며 이소가이가 물었다.
"그러고 보니 아직 아기 이름을 모르네요."
"아, 깜빡하고 있었네요."
슈헤이가 웃었다.
"딸 이름은 아스카예요."
"아스카?"
이소가이는 발걸음을 멈췄다.
"그건 누가……."
"제가 지었어요."
그 말에 돌아보자 계면쩍은 웃음을 지으며 가나미가 이쪽을 보고 있었다.
"나쓰키 아스카예요. 좋은 이름이지 않나요?"
"그렇네요."
이소가이는 눈앞의 여성에 대한 놀라움을 감추고 말했다. 유모차로 시선을 향하자 아기는 마치 누군가가 어르고 있는 듯 아무것도 없는 허공을 향해 신나게 떠들고 있었다.
여기에 한 사람 더, 아스카의 탄생을 축복하는 여성이 와 있다고 이소가이는 느꼈다. 강함과 부드러움을 겸비한 아름다운 여성이.
"그럼 실례할게요."
트럭 두 대가 달려 가는 것과 동시에 슈헤이네 가족도 맨션 부지를 떠났다.
이소가이는 한 가족의 뒷모습을 배웅하면서 나쓰키 아스카의 생명을 구한 건 무엇이었을지 생각했다. 그건 의학도 종교도 아니었다. 그 두 가지 모두가 설명할 수 없는 무언가가 있다고 느꼈다.

무력감에 휩싸이며 이소가이는 발걸음을 돌렸다. 보잘것없는 달성감은 34만분의 1이라는 숫자 앞에서 사라졌다.

무너져 가는 누군가의 마음을 치료하기 위해 이소가이는 일터로 돌아갔다.

〈끝〉

옮긴이 | 김아영
대학에서 영어와 스웨덴어를 전공. 번역을 업으로 삼고 있다.

K·N의 비극

1판 1쇄 찍음 2013년 6월 7일
1판 1쇄 펴냄 2013년 6월 14일

지은이 | 다카노 가즈아키
옮긴이 | 김아영
발행인 | 김세희
편집인 | 김준혁
책임편집 | 장은진
펴낸곳 | 황금가지

출판등록 | 2009. 10. 8 (제2009-000273호)
주소 | 135-887 서울 강남구 신사동 506 강남출판문화센터 5층
전화 | 영업부 515-2000   편집부 3446-8774   팩시밀리 515-2007
홈페이지 | www.goldenbough.co.kr

한국어판 © ㈜민음인, 2013. Printed in Seoul, Korea

ISBN 978-89-6017-704-8 03830

㈜민음인은 민음사 출판 그룹의 자회사입니다.
황금가지는 ㈜민음인의 픽션 전문 출간 브랜드입니다.